lições inesperadas sobre o amor

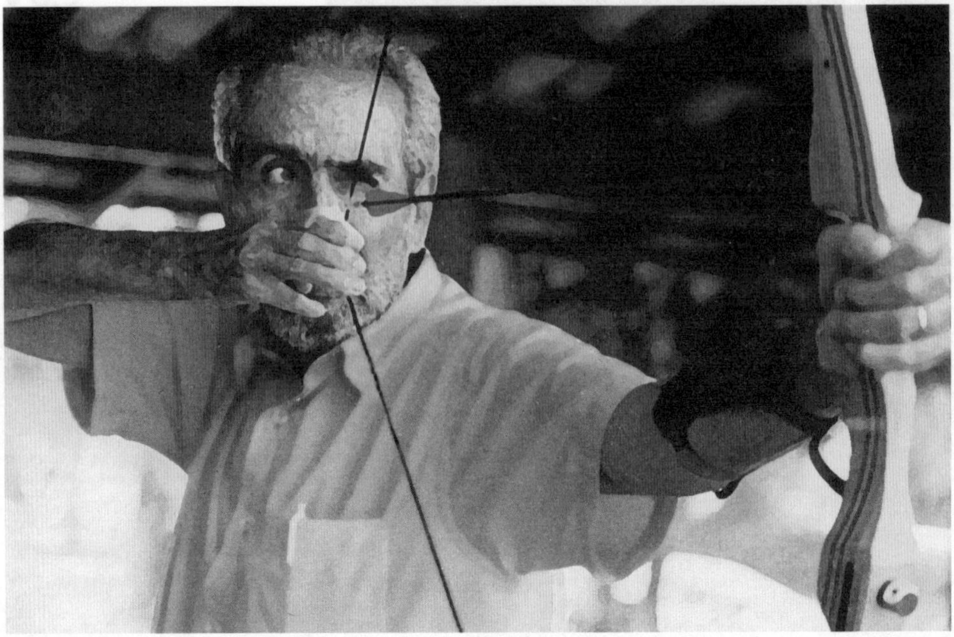

O Arqueiro

Geraldo Jordão Pereira (1938-2008) começou sua carreira aos 17 anos, quando foi trabalhar com seu pai, o célebre editor José Olympio, publicando obras marcantes como *O menino do dedo verde*, de Maurice Druon, e *Minha vida*, de Charles Chaplin.

Em 1976, fundou a Editora Salamandra com o propósito de formar uma nova geração de leitores e acabou criando um dos catálogos infantis mais premiados do Brasil. Em 1992, fugindo de sua linha editorial, lançou *Muitas vidas, muitos mestres*, de Brian Weiss, livro que deu origem à Editora Sextante.

Fã de histórias de suspense, Geraldo descobriu *O Código Da Vinci* antes mesmo de ele ser lançado nos Estados Unidos. A aposta em ficção, que não era o foco da Sextante, foi certeira: o título se transformou em um dos maiores fenômenos editoriais de todos os tempos.

Mas não foi só aos livros que se dedicou. Com seu desejo de ajudar o próximo, Geraldo desenvolveu diversos projetos sociais que se tornaram sua grande paixão.

Com a missão de publicar histórias empolgantes, tornar os livros cada vez mais acessíveis e despertar o amor pela leitura, a Editora Arqueiro é uma homenagem a esta figura extraordinária, capaz de enxergar mais além, mirar nas coisas verdadeiramente importantes e não perder o idealismo e a esperança diante dos desafios e contratempos da vida.

Lucy Dillon

lições inesperadas sobre o amor

ARQUEIRO

tradução: Alessandra Esteche
preparo de originais: Sheila Louzada
revisão: Luis Américo Costa e Suelen Lopes
projeto gráfico e diagramação: Natali Nabekura
capa: Renata Vidal
imagem de capa: Lisa Glanz | Creative Market (cãozinho);
gstudioimagen | Freepik (balões de coração)
impressão e acabamento: Bartira Gráfica

CIP-BRASIL. CATALOGAÇÃO NA PUBLICAÇÃO
SINDICATO NACIONAL DOS EDITORES DE LIVROS, RJ

D574l
Dillon, Lucy, 1974-
Lições inesperadas sobre o amor / Lucy Dillon ; [tradução Alessandra Esteche]. - 1. ed. - São Paulo : Arqueiro, 2021.
336 p. ; 23 cm.

Tradução de : Unexpected lessons in love
ISBN 978-65-5565-079-2

1. Ficção inglesa. I. Esteche, Alessandra. II. Título.

20-68104 CDD: 823
CDU: 82-3(410.1)

Camila Donis Hartmann - Bibliotecária - CRB-7/6472

Editora Arqueiro Ltda.
Rua Funchal, 538 – conjuntos 52 e 54 – Vila Olímpia
04551-060 – São Paulo – SP
Tel.: (11) 3868-4492 – Fax: (11) 3862-5818
E-mail: atendimento@editoraarqueiro.com.br
www.editoraarqueiro.com.br

Para todas as pessoas que já ouviram aquela voz bem baixinha...
e tiveram coragem de seguir seu conselho.

Prólogo

Ponte do Brooklyn, outubro

Jeannie caminhava com Dan cobrindo os olhos dela, mas não estava preocupada. Naquele instante, naquele momento borbulhante como champanhe, sentia-se repleta de uma felicidade que jamais imaginara possível.

Até então, o fim de semana prolongado em Nova York vinha sendo uma surpresa romântica atrás da outra. Dan tinha planejado a viagem em segredo, mas escolheu tudo que Jeannie teria escolhido: uma manhã passeando pelas lojas vintage do Chelsea Market, uma tarde pisando em folhas cor de cobre e tomando chocolate quente no Central Park. Drinques e ostras, os típicos táxis amarelos e as luzes multicoloridas da Times Square, beijos discretos no metrô lotado – cada segundo era como se os dois estivessem estrelando o próprio filme.

O hotel era tão maravilhoso que ela poderia passar o fim de semana inteiro naquele minúsculo quarto chiquérrimo, com tapetes macios e iluminação suave. E, é claro, com Dan. Só de pensar na pele bronzeada dele em contraste com a roupa de cama branquíssima, Jeannie sentia uma onda quente de felicidade. *Alguns* pontos altos da viagem ela não contaria à mãe quando voltasse para casa.

Aquele dia, o último, começara com ovos e café numa lanchonete. Depois, participaram de um tour a pé pelo centro da cidade, visitando locais que um dia foram frequentados por suas ídolas pop dos anos 1980. Dan pacientemente tirou selfies dos dois em frente ao lugar onde a banda Blondie costumava ensaiar e no apartamento onde Madonna *morou*. Eram só tijolos e janelas, claro, mas, para Jeannie, aquelas ruas eram o local em que fora criada a trilha sonora de sua vida, composta por músicos que um dia lutaram pelo reconhecimento assim como ela fazia agora. Sua alma se elevou enquanto o guia do passeio contava os obstáculos e os sucessos daqueles artistas, e Jeannie beijou Dan com um amor cheio de gratidão, imaginando se ele fazia ideia de como era importante para ela o fato de ele claramente ter ouvido as coisas que ela *não* disse.

Estavam agora na ponte do Brooklyn. Dan lhe prometia a vista mais linda do mundo em apenas mais um, dois, três passos.

– Chegamos – disse ele finalmente, mas sem tirar as mãos dos olhos dela.

Com as mãos pequenas porém capazes de voar pelo braço do ukulele, Jeannie segurou os dedos longos do namorado. Ele tinha mãos fortes e hábeis de veterinário, mãos que tratavam cães feridos e traziam bezerros ao mundo. Uma brisa fresca soprava do rio lá embaixo e entre Dan e Jeannie havia um brilho dourado-rosê.

Ela deixou o corpo cair contra o dele, desejando que aquele momento não acabasse nunca. A luz do sol sumia no céu e Jeannie sentia sua alma entoar uma música, como um eufórico canto de pássaros correndo por suas veias. Sua melhor amiga, Edith, dizia que uma felicidade assim era impossível na vida real, mas pela primeira vez Edith Constantine estava errada. *Muito* errada.

– Pronta? – perguntou Dan com um leve tom de provocação.

De repente ela torceu para que ele não a tivesse levado até a beirada da ponte. Não lidava bem com altura. Tentou lembrar se já tinha dito isso a ele – às vezes ela esquecia que ainda não tinham chegado ao estágio do relacionamento em que cada um tem um manual bem chato sobre o outro. Alergia a marzipã, medo de corvos... essas coisas que a gente só conta quando já acabaram as coisas interessantes.

– Tcharam!

Dan enfim tirou as mãos do rosto dela. Jeannie ofegou quando o horizonte iluminado de Manhattan surgiu à sua frente, um mosaico em preto e prata de luzes e torres brilhando ao crepúsculo.

– Uau!

Ela se virou ainda nos braços de Dan, ficando de frente para ele. Dan era bonito de qualquer ângulo. A brisa jogava seu cabelo louro nos olhos, aqueles olhos de um azul-escuro incomum, e Jeannie precisou convencer a si mesma de que aquela era realmente sua vida. Era tudo perfeito demais, romântico demais para ser verdade. Mas era. Era amor, enfim.

– Estou tão feliz! – deixou escapar.

Para seu encanto, os olhos de Dan brilharam tanto quanto os dela. Ele apenas piscava, como se também não conseguisse acreditar na perfeição daquele momento.

Foi então que aconteceu. Em um movimento que pareceu em câmera lenta, Dan a soltou, deu um passo para trás e se ajoelhou. Algumas pessoas que caminhavam ali pela ponte desviaram fazendo cara feia, mas outras entenderam o que estava acontecendo e pararam para ver, com um sorriso cúmplice.

Jeannie levou um instante para se dar conta. Não, espera aí. Aquilo era… o que ela achava que era? Seu coração batia forte. Dan estava prestes a pedi-la em casamento? Ela nem tinha ousado imaginar isso e agora estava acontecendo. Um pedido de casamento… era algo que só acontecia uma vez. Na vida toda.

De repente, Jeannie se sentiu tonta, como se Dan a tivesse levado até a beirada da ponte.

– Jeannie McCarthy – começou ele, e agora havia pessoas em volta, reunidas em grupos –, eu sei que a gente se conhece faz só cinco meses, mas foram os cinco meses mais felizes da minha vida. Você quer se casar comigo?

Manhattan se erguia atrás de Dan como uma multidão desejando felicidade, sorrindo para o casal apaixonado, suas luzes brilhando como estrelas. Câmeras de celulares foram levantadas discretamente, as pessoas em volta prenderam a respiração aguardando o desfecho. Jeannie sentia que toda a cidade de Nova York esperava sua resposta.

Dan a fitava com aqueles olhos azuis desconcertantes. Ele era lindo, inteligente e a tinha levado a Nova York para pedir sua mão em casamento. Jeannie agitou o corpo para sair do transe. O que mais poderia querer?

Antes que sua mente lhe desse a resposta, ela já abria a boca para responder:

– Sim!

Todos em volta aplaudiram.

Capítulo 1

Maio do ano seguinte

Jeannie McCarthy estava a vinte minutos e 6 quilômetros da prefeitura de Longhampton quando lhe ocorreu o primeiro pensamento que não conseguiu ignorar a respeito do casamento.

O pensamento era: *Não consigo respirar.*

Para ser honesta, parte da sensação de claustrofobia em seu peito se devia ao vestido de noiva apertado. Parecia recém-saído de um conto de fadas, com anáguas de tule que sussurravam a cada movimento do corpo e delicadas rosas cor de marfim salpicadas pelo corpete de cetim com decote em formato de coração. Não era algo que normalmente escolheria – seu estilo estava mais para calça larga e, dependendo do clima, coturnos –, mas tinha ficado tão impressionada com a imagem elegante no espelho que a escolha de alguma forma lhe pareceu inevitável. O vestido ficou *perfeito*, ela parecia uma noiva de verdade. A assistente da loja cobriu a boca com a mão enluvada enquanto a dona vinha correndo até o provador, a taça comemorativa de espumante a postos.

– É esse – decretou a dona da loja, suspirando e assentindo com veneração. – Confie em mim, querida, esse é o seu vestido.

Parecia coisa do Destino que Jeannie tivesse encontrado O Vestido, logo o *primeiro* que experimentou. Mas também tinha parecido coisa do Destino que Dan fosse a primeira pessoa a mandar mensagem na noite em que ela desistira de encontrar o Cara Certo à moda antiga e entrara, relutante, em um site de namoro. Do primeiro encontro até o dia do casamento passou-se apenas um ano. Nem um só minuto desperdiçado. Ou, como disse a dona da loja, assentindo mais uma vez: "Quando a gente sabe, a gente sabe." Tudo tinha acontecido muito rápido. Muito, muito rápido.

É claro que o outro motivo para aquele aperto no peito era a percepção crescente de que estava prestes a cometer um erro gigantesco.

Quando tentou respirar fundo mais uma vez, ela quase engasgou. O corpete justo não permitia encher os pulmões direito, e Jeannie tinha quase certeza de que a falta de oxigênio estava começando a afetar seu cérebro. Não respirava fundo desde que o corpete fora fechado, na suíte nupcial, e agora sentia a cabeça girar. A taça gelada de champanhe que colocaram em sua mão antes de sair da suíte não tinha ajudado. "Só para você relaxar!", dissera o dono do hotel com um sorriso. Mais bebida. O pai terminou a taça por ela.

Sra. Hicks. Jeannie Hicks.

Parecia o nome de uma estranha.

Antes das três, ela seria a Sra. Jeannie Hicks para o resto da vida. Jeannie McCarthy, cantora e compositora, professora, filha, passaria a ser... outra mulher.

O pânico subiu como um foguete por sua garganta, deixando um rastro amargo de poeira cósmica. Jeannie engoliu em seco, mas a queimação não desapareceu. Ela olhou discretamente o pai, Brian, sentado ao seu lado no banco traseiro do carro, mas ele estava virado para a janela, ensaiando baixinho seu discurso, parando e sorrindo de vez em quando em resposta aos risos imaginários.

É nervosismo, Jeannie disse a si mesma. É só nervosismo. Isso é normal, é sinal de que você está levando a sério o conceito do casamento, todos os blogs dizem isso. O compromisso. O compromisso eterno com outra pessoa, na alegria e na tristeza, na riqueza e na pobreza, etc., etc.

Ela se recostou no assento de couro do único Rolls-Royce Silver Shadow da cidade e tentou fazer o oxigênio chegar aos pulmões, respirando o mais fundo que o corpete permitia. Foi só um golinho de ar. Como a mordidela nos ovos mexidos no hotel. A piscadela de sono na noite anterior. Nada daquilo era suficiente para lidar com o iceberg de humilhação que se aproximava.

Jeannie se forçou a se concentrar no que devia estar acontecendo naquele momento na prefeitura. Dan certamente estava esperando por ela, recebendo os convidados com seu sorriso confiante. Podia vê-lo: o cabelo louro recém-cortado brilhando ao sol, elegante e esguio no terno novo – feito sob medida, azul-escuro, o colete combinando. Estaria dizendo algo engraçado a cada convidado enquanto mantinha a mãe calma e o fotógrafo atento, porque, ao contrário dela, Dan conseguia fazer umas quinze coisas ao mesmo tempo e previa tudo com tanta exatidão que Jeannie às vezes suspeitava que ele fosse vidente.

Mas apostava que ele não fazia a menor ideia do que se passava na cabeça dela agora. Jeannie sentiu um frio na barriga. O que *ele* estaria pensando? Será que também estava tendo dúvidas?

Jeannie olhou pela janela, contemplando as cercas vivas que passavam conforme o carro a levava para cada vez mais perto da prefeitura. *Queria poder voltar no tempo para hoje de manhã e fazer tudo diferente.*

Não, para a manhã do dia anterior.

Não era suficiente.

Para uma semana antes?

Queria poder voltar um ano, Jeannie desejou com fervor. Assim não estaria prestes a magoar tantas pessoas.

Mas a ideia de nunca ter conhecido Dan... Seu estômago se revirou. O que deveria fazer?

– Tudo bem aí? Esses carros velhos são um pouco desconfortáveis, né, querida? Está preocupada com o penteado?

A mão do pai buscou a dela e o aperto reconfortante dos dedos compridos de Brian fez com que Jeannie sentisse vontade de chorar.

– Daqui a pouquinho você vai estar lá. Estamos chegando.

Ela se virou para o pai com cuidado, temendo mexer a cabeça muito bruscamente e os grampos da tiara se cravarem ainda mais fundo em seu couro cabeludo. Mais uma coisa que ela não esperava usar no casamento: uma tiara. Sempre achou que usaria uma coroa de flores e se casaria na fazenda da família em Dumfries, debaixo de um carvalho, com uma banda de *cèilidh*. Mas ali estava ela, a caminho da prefeitura da cidade para a qual tinha se mudado com o futuro marido apenas uma semana antes. Dan conseguira um emprego no hospital veterinário local. Seria mais fácil, decidiram, organizar um casamento e uma mudança no mesmo lugar. Um novo começo juntos, um salto corajoso em direção ao desconhecido, de mãos dadas.

Não é nada como imaginei que seria, pensou ela com certo distanciamento. Nada. Exceto o pai e o carro. Ele sempre dissera que a levaria até o casamento em um Rolls-Royce. O que só parecia piorar as coisas.

– Tem certeza de que está tudo bem, querida?

Brian tinha se virado para ela. Seu corpo magrelo nadava em um terno que parecia pertencer a outra pessoa. Jeannie não lembrava quando tinha sido a última vez que vira o pai de terno. Só o vira de gravata uma vez, quando seu carneiro campeão conheceu a condessa de Wessex na Exposição Real Galesa.

– Eu estou bem!

As palavras saíram pegajosas, o brilho labial cor-de-rosa emitindo um estalido.

– Você falou de um jeito que…

Ele não terminou a frase, a testa franzida, confuso.

Diga alguma coisa, gritou a voz na cabeça de Jeannie, mas ela não conseguia. Sua cabeça parecia estar cheia de algodão, incapaz de assimilar aquele desejo avassalador de parar, parar, *parar aquilo tudo*.

Uma garotinha na beira da estrada viu o carro com a fita branca tremulando no símbolo prata do Rolls-Royce preto reluzente e acenou para eles.

Brian acenou de volta com o entusiasmo especial que reservava às crianças.

– Ah, olha só aquela pequena! Ei, Jeannie, ela está dando tchau para você! Deve achar que você é uma princesa!

Jeannie levantou a mão obedientemente, acenou e tentou colocar um sorriso no rosto. O que só intensificou a sensação preocupante de que ela estava *interpretando* uma noiva. Que aquele não era seu casamento de verdade. Que aquilo não estava acontecendo.

– Parece que não faz nem dez minutos que você tinha a idade dela! – disse Brian com um suspiro. – Inventando musiquinhas engraçadas pra gente no ukulele. Cantando o dia todo. Pouca coisa mudou, não foi?

Jeannie manteve o sorriso, apertando os lábios, tentando conter os pensamentos loucos que teve ao ver a placa LONGHAMPTON 4 KM.

Estavam quase chegando. *Quase chegando.* O que ela ia fazer?

– Jeannie? – Seu pai parecia preocupado. – Você está bem?

– Eu… – Ela expulsou as palavras. – Eu só… só estou…

Para seu desespero, Brian ainda não desconfiava de nada.

– É normal ficar um pouco nervosa, querida. Seu tio Charlie teve que fechar os botões para mim porque minhas mãos estavam... – Ele agitou as mãos diante dela. – Sua mãe estava atrasada... Eu achei que ela não fosse aparecer! Mas ela só tinha rasgado a meia-calça, porque entrou no carro muito rápido. – Ele soltou um suspiro, a lembrança suavizando seu olhar. – Aposto que é difícil de acreditar, olhando pra gente agora, duas cabras velhas, que um dia fomos exatamente como você e o Dan! Mas fomos, sabia?

O coração de Jeannie afundou. Aquela era a pior coisa que seu pai poderia ter dito, porque a obrigava a confrontar o pensamento que tentava evitar havia semanas: o de que, na verdade, ela e Dan *não* eram como seus pais.

De repente ela viu a imagem da mãe, Sue – pequena e forte, sempre ocupada –, e automaticamente imaginou o pai de macacão ao lado dela, assoviando alguma música country até Sue implorar a ele que parasse. Era impossível imaginá-los separados. Eles riam e brincavam e às vezes enlouqueciam um ao outro, mas a verdadeira comunicação entre os dois acontecia sem palavras: uma linguagem de pausas e olhares construída pelos anos que se seguiram ao acidente terrível de Sue, quando todos os McCarthys tiveram que aprender um jeito novo de ser uma família. Era *isso* que significava "na saúde e na doença", pensou Jeannie. Na alegria e na tristeza – não era um clichê, era real. A vida martelara o amor de seus pais como uma ferradura em brasa, mas o sentimento só ficara mais forte a cada golpe. E não teria sobrevivido de outra forma. *Eles* não teriam sobrevivido.

Uma sensação de vazio cresceu dentro dela. Como poderia prometer aquilo a Dan? Não o conhecia o suficiente. Não *se* conhecia o suficiente.

Com essa percepção, Jeannie de repente sentiu como se a cabeça fosse se soltar do corpo e sair voando. Mas *como* desistir de algo assim agora, a minutos da cerimônia? Ela não podia fazer isso. Havia muitas pessoas envolvidas. E Dan! Como poderia fazer isso com Dan?

A ideia de magoá-lo a deixou enjoada. Ele não merecia aquilo.

Jeannie respirou com dificuldade mais uma vez, e outra, e outra. O oxigênio não chegava ao cérebro. O colar de pérolas que tinha pegado emprestado da mãe subia e descia em seu colo enquanto ela arfava como uma duquesa histérica de *Downton Abbey* – um pensamento totalmente aleatório.

Quando pegaram uma entrada da rodovia, Jeannie viu mais uma placa: LONGHAMPTON 2 KM. Faltavam poucos minutos. Literalmente, minutos.

– Pai.

Jeannie não sabia de onde vinha sua voz, devia ter aberto caminho através das costelas esmagadas pelo vestido.

– Será que a gente pode… parar em algum lugar? Só um pouquinho?

Com grande pompa, Brian ergueu o pulso esquerdo e olhou as horas. Tinha colocado o relógio de ouro do pai, em homenagem à ocasião.

– Não vejo por que não poderíamos. Estamos adiantados, de acordo com seu cronograma, não estamos?

Ele se inclinou para a frente e bateu no vidro, deslizando-o para o lado.

– Com licença, amigo, se importa de parar um pouquinho quando puder? Estamos um pouco adiantados e minha filha não quer chegar antes do noivo!

Uma pequena parada se aproximava daquele lado da estrada, uma área sombreada por árvores, com uma lixeira transbordando e uma placa indicando uma trilha. Jeannie nunca se sentira tão aliviada ao ver uma parada. O motorista sinalizou, estacionou embaixo de uma árvore e desligou o motor. Um silêncio poeirento encheu o carro.

Tem que ser agora, pensou Jeannie, mas não sabia como começar.

Este sempre fora seu problema: se fazer ouvir. A questão era apenas uma piada quando ela era pequena (*Desembucha, Jeannie!*), tinha virado um problema no ensino fundamental (*Jeannie? Está acordada?*), mas deixara de ser na adolescência, graças a sua melhor amiga, Edith, que falava pelas duas. Em momentos de estresse, dava um branco na mente de Jeannie. Na de Edith, nunca.

Para seu alívio, o pai pigarreou, meio sem jeito.

– Olha, foi até bom termos parado – começou ele. – Tem uma coisa que eu preciso pedir. Não me leve a mal… É um negócio que eu li num daqueles livros de etiqueta para casamentos que sua mãe pegou na biblioteca.

Ele segurou as mãos da filha, dessa vez com uma solenidade doce, em um gesto tão antiquado que Jeannie mal conseguiu encará-lo. Seu coração batia forte.

– Se você tiver alguma dúvida quanto a se casar, por menor que seja, fale agora – disse Brian. – Não é tarde demais.

O vento soprou nos ouvidos dela: uma explosão intensa de pânico.

E alívio. O puro alívio de ouvir o pai dizer aquilo. Como ele sabia? Será que tinha visto no rosto dela? Como ele a conhecia bem!

Eles ficaram se olhando, até que a expressão gentil de Brian se desfez abruptamente, dando lugar ao choque pela gratidão inesperada que viu nos olhos dela.

– Jeannie? – disse ele, hesitante.

Então a mente veio socorrer seu coração. O pai dizer aquilo era uma coisa, mas como ela poderia cancelar tudo agora? Além de todos os conhecidos, que já deviam estar chegando à prefeitura... o que faria quanto ao dinheiro gasto com a festa? No jardim do hotel, os fornecedores já estavam preparando o salmão defumado, o champanhe gelando no balde. O DJ estava a caminho, vindo de Birmingham. A playlist que ela havia feito com tanta dedicação, a primeira dança escolhida... Meu Deus, o bolo! O bolo de 300 libras esterlinas! Ao pensar em quanto tudo aquilo tinha custado para os pais, para a mãe de Dan e para o noivo, Jeannie sentiu as axilas pinicarem com a transpiração excessiva. Eles economizaram como puderam, mas mesmo assim seriam milhares de libras jogados fora.

– Jeannie?

A voz do pai estava alguns tons mais aguda que o normal. Ele claramente não esperava que ela ficasse em silêncio, mas agora precisava lidar com a situação.

Ela baixou a cabeça e a levantou de novo, bem devagar. O aceno afirmativo mais lento de toda a sua vida, um gesto simples que destruiria o dia de uma pessoa. Que lhe trouxe mal-estar, inebriamento e alívio ao mesmo tempo.

O pai, que nunca falava palavrão, falou um, baixinho. Ela quase riu. Brian parecia totalmente atordoado.

– Você está dizendo que... que tem certeza de que quer se casar com Dan ou que... que quer cancelar tudo?

– Não posso me casar com Dan.

Quando as palavras saíram, uma leveza se espalhou dentro dela. Pronto. Estava feito. E era o certo a fazer. Era terrível, vergonhoso, assustador... mas era o certo.

– Santo Deus! – Brian soltou um suspiro demorado. – Posso perguntar... por quê?

Essas questões emocionais não eram exatamente o forte do pai, mas Jeannie sabia que ele nunca se esquivava de tarefas difíceis. Principalmente quando envolviam pessoas que amava.

Ela tentou organizar os pensamentos incertos tanto para si mesma quanto para o pai.

– Dan é maravilhoso. – As palavras soaram vazias. – Ele não fez nada errado, pai. Mas... os votos são para sempre. E a gente se conhece faz só um ano.

Sério? Colocando naquelas palavras, parecia ridículo. Por que não pensou nisso antes de dizer sim? Era o que qualquer um teria dito. A verdade era que Jeannie não tivera mesmo muito tempo para pensar, ali na ponte do Brooklyn, no auge do fim de semana romântico em que se sentira embriagada de felicidade. Nem naquele momento nem depois, quando os cartões de felicitações pelo noivado começaram a chegar, ou mesmo quando a mãe de Dan mandou para ela um planner de casamento.

– Nem sempre depende de tempo, querida. – Brian falava com a testa franzida, como se estivesse incerto se deveria mesmo tranquilizá-la. – Sua mãe e eu namorávamos fazia apenas alguns meses quando eu fiz o pedido. Sei que tem sido um turbilhão, mas as coisas são diferentes hoje em dia com essa coisa de internet... talvez seja até melhor, se vocês escolheram um ao outro entre milhões de pessoas num site...

– Não sei explicar, pai. – Ela sentia a garganta seca. – Eu queria saber. Queria mesmo.

A voz na cabeça de Jeannie lhe dizia que era melhor que tentasse explicar, e logo. Precisava dar *algum* motivo para a humilhação que causaria a Dan. Será que seria melhor fingir uma apendicite, como na vez que tentara se livrar de ir para o acampamento dos escoteiros? Por favor, Deus, pensou, me arranja uma apendicite neste instante. Ou algo mais leve, desde que obrigue meu pai a me levar para o pronto-socorro e não para a prefeitura.

Ao pensar nisso, a vergonha rastejou por sua pele. Além de tudo, ainda era covarde.

O motorista deu uma tossidinha discreta para lembrá-los da hora e Jeannie enfiou o rosto nas mãos, nervosa.

– Me desculpa, pai, esquece o que eu disse. É só nervosismo! Eu vou me casar, e aí depois, se por acaso eu descobrir que não era só isso, podemos pedir o divórcio quando...

– Não! – Brian ficou horrorizado. – Não, você não pode jurar coisas em que não acredita! Isso seria zombar do amor, de tudo. E como Daniel se sentiria sabendo que você mentiu diante de todo mundo?

Eles ficaram se olhando, atarantados, duas pessoas atravessando um rio sem fazer ideia da profundidade da água, mas sem alternativa senão seguir atravessando, agora que tinham começado.

– Você o ama?

Uma pergunta simples. Jeannie engoliu em seco. Alguns meses antes, ela teria dito que sim sem pestanejar. Dan era a prova de que existia amor à primeira vista. Mas, conforme as semanas iam passando, ela não pôde deixar de sentir que faltava alguma coisa, que havia algum cantinho secreto de sua alma que ele não alcançava. Não em relação aos planos para o futuro dos dois, ele era bem aberto quanto a isso, mas... seus medos, talvez? Seus defeitos? Havia alguma parte de seu passado de que não se orgulhava? Ironicamente, eles sabiam vários fatos aleatórios um sobre o outro, graças às longas conversas on-line que tiveram antes mesmo de se conhecerem pessoalmente (chá ou café?, cachorro ou gato?), mas Jeannie às vezes se perguntava o que *não* sabia sobre ele. Dan falava muito pouco sobre o passado, e, desde o noivado, os fins de semana haviam sido tão cheios de provas de doces e planejamento de decoração que os dois não tinham tempo para aqueles momentos de tédio das noites de domingo, em que escapam vislumbres do ser humano que está por trás do personagem que representamos em encontros. Jeannie não escondia nada sobre si, nem saberia fazer isso, mas ultimamente vinha percebendo que Dan tinha um sorriso fofo a que recorria quando queria evitar algum assunto.

O pai ainda estava esperando uma resposta. *Ela amava Dan?* É possível amar de verdade alguém que não conhecemos por inteiro?

Uma voz triste veio de algum lugar fora dela:

– Não sei.

Uma pausa longa. Duas palavrinhas, capazes de criar o caos.

– Tem certeza?

Jeannie assentiu.

– Meu Deus... – Brian esfregou os olhos, depois respirou fundo. – Bom, vamos resolver as coisas. Você quer que eu ligue para o Dan? Ou quer que eu vá até lá conversar com ele?

Como Dan reagiria? Será que choraria? Será que ficaria com raiva? Jeannie percebeu que não sabia. Nunca o tinha visto lidar com más notícias.

– Vou ligar. – Brian estava pensando em voz alta. – Vou avisar que a gente precisa conversar, assim ele se afasta da mãe e dos padrinhos, aí depois ligo de novo e explico como você está se sentindo. Feito isso, a gente liga pra sua mãe e... e vê o que faz.

– Não, pai. – Jeannie estufou o peito, e o corpete beliscou a pele sensível debaixo dos braços. – Preciso fazer isso eu mesma. Vou ligar pro Dan, vou pedir a ele que vá até um lugar calmo pra gente poder conversar e aí... aí eu falo.

Brian quis protestar, mas desistiu quando Jeannie balançou a cabeça em súplica, implorando ao pai que não apagasse a chama frágil de sua determinação. Ele suspirou, com tristeza dessa vez, e apertou a mão dela.

– Você podia ter conversado com a gente sobre isso antes, querida, mas, se não tem certeza, é a coisa certa a fazer. Você não pode se casar se tem dúvidas, só deve prometer o futuro a uma pessoa se você não consegue conceber sua vida sem ela. – Ele lhe deu um beijo na cabeça. – A honestidade é sempre o melhor caminho.

Jeannie não se sentia honesta. Sentia-se uma grande babaca, isso sim.

– Me desculpa, pai.

– Pelo quê?

– Por desperdiçar esse dinheiro, pela vergonha e... pela confusão de fazer todo mundo vir até aqui e...

– Quê? Não tem ninguém lá que prefira ver você se casar com um homem que não ama só para aproveitar os comes e bebes. – Brian soltou um suspiro demorado. – Certo, vamos acabar logo com isso.

Ele se enrolou com a porta e, quando conseguiu abri-la, Jeannie inspirou o mais fundo que conseguiu. O que não foi muito, por causa do corpete, mas deu para sentir o ar fresco pela primeira vez naquela manhã.

– Está tudo bem? – perguntou o motorista enquanto Brian a ajudava a descer.

– Sim, tudo bem. Tudo bem! – Sua voz deu uma leve esganiçada. – Só vamos conferir uma coisa sobre o local da festa!

Por que ainda estava mentindo? Aquilo devia acontecer com mais frequência do que ela imaginava, certo? Jeannie não seria a primeira pessoa daquela cidade a cancelar um casamento.

Mas no dia *do casamento? Quase na porta da igreja?*

Brian segurou a bolsinha incrustada de pérolas para que a filha procurasse o celular. Estava enfiado entre o batom novinho, o pó, os grampos de cabelo e as balas de hortelã. Sentiu uma pontada ao ver a proteção de tela: uma selfie dela com Dan, os dois rindo para a câmera, com Manhattan brilhando atrás e um futuro dourado se estendendo à frente deles. Ela tocou no contato dele e levou o aparelho ao ouvido.

Sua cabeça ecoava o vazio enquanto esperava. Alguém tinha enfiado uma embalagem de batata frita numa brecha da cerca viva. Sabor sal e vinagre. Jeannie não fazia ideia de como começar aquela conversa.

Uma pausa microscópica e seu coração parou – até perceber que Dan não tinha atendido: a ligação caiu direto na caixa postal. O pânico varreu sua mente, fazendo desaparecer qualquer palavra ou pensamento.

A voz dele, gravada, estava ali em seu ouvido, familiar e gentil, com um toque de sofisticação: "Olá, aqui é Dan Hicks. Desculpe, mas não posso atender agora. Por favor, deixe sua mensagem após o sinal."

A enormidade do que estava prestes a fazer a deixou tonta. Tudo ia mudar depois que pronunciasse as próximas palavras. Tudo. Agora. Diga alguma coisa.

– Dan, sou eu, Jeannie. – Sua voz soava fraca, o sotaque mais escocês que o normal, a voz de uma estranha. – Pode me ligar assim que ouvir essa mensagem? Preciso falar com você sobre uma coisa importante. Eu não... – Ela fechou os olhos. – Me liga, por favor.

Então tocou a tela com um dedo trêmulo e acertou o ícone vermelho na segunda ou terceira tentativa. Pronto.

Ao se virar, ela viu o pai a olhando. Apesar da testa franzida sob a cabeleira branca, ele tentou dar um sorriso de incentivo. Não foi uma boa combinação.

– Conseguiu, querida?

– Deixei uma mensagem.

– Muito bem.

Talvez fosse melhor ele não ter atendido, Jeannie disse a si mesma. Assim Dan teria tempo para se preparar e ela teria tempo para arranjar um motivo melhor do que "Tem alguma coisa errada". Ela olhou para o próprio reflexo embaçado na pintura reluzente do carro. Seria tarde demais para alegar uma intoxicação alimentar? Ela bem que se sentia capaz de vomitar a qualquer momento.

– E agora? – Brian pigarreou. – A gente… a gente espera aqui, até ele ligar?

– Acho… que sim?

Mas e se Dan tivesse desligado o celular para a cerimônia? Ele não ouviria aquela mensagem. Ficaria lá, esperando sua chegada, e Jeannie teria que fazer aquilo de novo. Na porta da prefeitura. Diante de todo mundo.

– Vou tentar de novo, talvez ele estivesse em outra ligação.

– E se ele tentar ligar? – começou Brian.

Mas ela já estava ligando, por medo de que aquele último pingo de coragem fosse embora. Ela não queria humilhar Dan. Não mesmo.

A ligação foi direto para a caixa postal mais uma vez, mas ela começou a falar assim que ouviu o sinal:

– Dan, sou eu. Por favor, não vá até a prefeitura. Não posso me casar. Eu sinto muito. Sinto muito, muito *mesmo*. Por favor, me ligue assim que ouvir isso.

Será que tinha feito o certo ao deixar aquela segunda mensagem? Bem, agora era tarde demais. Seu estômago se agitou com uma confusão de emoções: medo, vergonha, pânico… Mas uma voz lhe dizia que tinha feito a coisa certa. Embora isso não a fizesse se sentir muito melhor.

O pai apontou com a cabeça para o carro.

– Melhor esperar no conforto, não acha?

Ela entrou um pouco desajeitada no banco de trás enquanto o pai se dirigia até a janela do motorista para explicar a situação discretamente.

– Jeannie? – sussurrou Brian ao entrar e se sentar ao lado dela. – Você tem o telefone do padrinho? Talvez seja melhor ligar para ele, se Daniel demorar.

– Sim, tenho no meu celular. O nome dele é Owen. Owen Patterson.

Jeannie abriu a bolsinha ridiculamente minúscula, mas, justo quando estava pegando o celular, o aparelho começou a tocar. Seu coração disparou, mas não era Dan.

Owen, dizia a tela.

– É ele. É o nosso padrinho. – Ela ficou olhando para o celular, sem saber o que fazer. – Por que ele está me ligando?

– Quer que eu atenda?

Jeannie entendeu o que o pai quis dizer: e se o padrinho estivesse ligando porque Dan ouvira a mensagem e não conseguia falar? Ela gelou. O que ela tinha feito era real.

– Não… eu atendo.

Ela tomou coragem e tocou a tela com a mão trêmula.

– Owen?

– Jeannie! Onde você está?

A voz não lhe soou familiar. Ela havia conhecido o melhor amigo de Dan apenas na noite anterior, no jantar, e se falaram pouco.

– Estamos no carro. Paramos porque estávamos um pouco adiantados…

Não mais: agora, estavam atrasados. Devia ser por isso que Owen estava ligando.

– Graças a Deus. – Ele parecia aliviado. – Olha, por favor, não entre em pânico, mas não vá até a prefeitura. Aconteceu uma coisa. Eu avisei à cerimonialista e ela vai mandar os convidados para a recepção.

– O quê? O que aconteceu?

Brian pegou a mão da filha, mas Jeannie foi tomada por uma euforia inesperada: não é que o destino tinha vindo em seu socorro?! Sua mente disparou, imaginando qual teria sido o ato divino. Uma inundação? Falta de luz? Não importava. Estava salva! Teria tempo para consertar seu erro…

– Jeannie, aconteceu um acidente – disse Owen com cautela. Ela ouviu vozes ao fundo, uma sirene. – Mas vai ficar tudo bem, eu prometo.

Capítulo 2

– Vai ficar tudo bem. Vai ficar tudo bem de verdade, não se preocupe – continuava dizendo Owen sem parar, mas a cada repetição soando menos convincente.

Jeannie só conseguia pensar: *O que* vai ficar bem? Sua respiração vinha em arfadas superficiais e incompletas. A culpa agora não era do vestido, era da adrenalina, que fazia seu coração bater rápido demais, e, além disso, sentia um alívio culpado pela impossibilidade de o casamento acontecer.

Jeannie sentiu um arrepio. *Alívio?* Mas era verdade. Estava aliviada.

O pai pegou o celular da mão dela com jeito. Jeannie não o impediu.

– Owen, aqui é Brian McCarthy. – Ele se atrapalhou com a maçaneta do carro mais uma vez e voltou a sair, agora com pressa. – Me diga o que foi exatamente que aconteceu.

Jeannie observou o pai se afastar em direção à cerca viva, a mão enfiada no cabelo branco enquanto assentia com a testa franzida. Um pensamento repentino a deixou enjoada: a mensagem! E se, no fim das contas, não tivesse sido necessário deixar aquela mensagem para Dan? Talvez eles pudessem adiar o casamento indefinidamente… ou ao menos conversar…

Quando o pai se virou para ela, Jeannie entendeu, com um sobressalto, que não tinha sido uma queda de luz na prefeitura ou uma inundação. Era algo muito pior.

– Tá bem… Entendi. Entendi. Certo.

A voz dele estava calma, mas as piscadelas rápidas, atordoadas, fizeram o sangue de Jeannie gelar.

– Se você puder fazer isso… Sim, eu digo a ela. – Ele olhou para Jeannie mais uma vez. – Ela está... Bem, estaremos aí o mais rápido possível. Obrigado, Owen.

Ele não falou com ela de imediato. Foi até a janela do motorista e murmurou novas instruções, em voz baixa e séria. Jeannie ouviu o motorista resmungar quando o pai deu a ele um endereço na cidade e só então entrou no carro.

– Pai? – Ela mal conseguia formular as palavras. – Pai, o que aconteceu?

Brian pegou as mãos dela e Jeannie percebeu que estava tremendo.

– Filha, Daniel sofreu um acidente. Foi atropelado por um ônibus na esquina do hotel em que estava.

Dan sofrera um acidente? Jeannie ficou encarando o pai, incapaz de assimilar aquela informação.

– Atropelado... por um ônibus?

– O motorista disse que ele atravessou a rua sem olhar... o coitado nem teve tempo de frear. Daniel estava... Bem, ele estava ao telefone.

Não. As mãos de Jeannie voaram até a boca, como se pudessem obrigar as palavras catastróficas a voltarem para dentro.

– Ah, meu Deus! Fui *eu*! Deve ter sido quando eu liguei!

– Não temos como saber isso, querida.

Mas ela sabia. A culpa tomou seu corpo, sombria e marcante.

– Foi culpa minha! Isso tudo é culpa minha.

– Jeannie, por favor, respire fundo. A ambulância já chegou, Dan vai ficar bem. – Ele segurou o rosto da filha em suas mãos grandes e gentis. – Vamos lá, inspire, expire.

Ela se agarrou aos punhos do pai, mantendo os olhos fixos nos dele como se estivesse se afogando. O olhar dele tampouco conseguia esconder a tensão.

O que foi que eu fiz?, pensou Jeannie enquanto o carro partia, agora com menos suavidade. *O que foi que eu fiz?*

Dan e os padrinhos estavam hospedados em um hotel do outro lado da cidade, onde os terraços vitorianos davam lugar ao cinza opaco das propriedades industriais periféricas.

Muito antes de chegarem ao local do acidente, uma ambulância os ultrapassou, um borrão de luzes azuis e sons de sirene seguidos por uma viatura da polícia. E outra. Brian apertou a mão de Jeannie: eles se abraçavam forte agora, como se prestes a pular de paraquedas juntos. Brian não disse nada.

Quando estavam chegando ao endereço, o motorista teve que diminuir a velocidade, pois a rua tinha sido bloqueada. O trânsito estava sendo desviado por dois policiais e a indisfarçada curiosidade dos motoristas que passavam dificultava o avanço.

Jeannie ficou rígida no banco do carro, morrendo de medo de olhar para a cena à frente. Havia uma aglomeração tão grande de gente que ela não conseguia ver nada. Dan estava ali, em algum lugar no meio daquela confusão. Mas, enquanto ela não o visse, não tinha acontecido. Era um engano. Um pesadelo. Um pesadelo terrível.

– Não vou conseguir passar. – O motorista estava com o rosto muito vermelho e falava em tom de pesar. – Acho que vai ser mais fácil se vocês descerem aqui… Sinto muito. Vocês me desculpem, mas ninguém vai me deixar passar e nem sei se…

Ele não terminou a frase, mas não foi preciso. Que cena terrível seria, o carro da noiva abrindo caminho em direção ao noivo ferido. Mas Jeannie não teria como se aproximar com discrição, não com aquele vestido enorme.

– Claro, claro. Pare aqui, já está ótimo.

Brian abriu a porta e a ajudou a descer.

– Querem que eu espere? – perguntou o motorista.

– Não, não precisa. A gente dá um jeito. Muito obrigada, o senhor foi ótimo.

Um diálogo de polidez surreal para o momento, pensou Jeannie.

Ela cambaleou nos sapatos de salto alto novinhos ao sair do carro e, ao começar a andar, sentiu as pernas estranhas, como se fossem de borracha. Seus passos eram rápidos demais, mais rápidos do que pretendia, a ponto de quase ter que começar a correr para acompanhar a própria pressa.

Duas ambulâncias estavam paradas em L, com as portas abertas e as macas e os equipamentos dispostos na rua. Um ônibus de número 14 estava estacionado em um dos lados da via, os passageiros com a cabeça esticada para ver melhor, alguns olhando das janelas. O motorista estava apoiado na porta, conversando com um policial. Estava pálido e esfregava os olhos, como se tentasse apagar o que tinha acabado de acontecer. Jeannie ouviu a equipe de socorristas discutindo o diagnóstico e trocando instruções. Ouviu o crepitar e as ordens do rádio da polícia, os apitos dos equipamentos das ambulâncias e, ao longe, o ruído pesado de um helicóptero.

Nisso tudo, nem sinal de Dan. Nenhum grito, nenhuma palavra. Nada.

– Me deixem passar! – ouviu-se dizer. – Me deixem passar, eu sou a noiva dele!

Enquanto abria caminho, Jeannie ouviu um novo rumor encobrindo as batidas de seus saltos, uma agitação sussurrada de curiosidade e choque.

É a noiva é a noiva é a noiva.

Atrás dela, a voz do pai, educada mas firme:

– Nos deixem passar, por favor. Obrigado. Com licença.

A aglomeração foi se abrindo como o mar Morto, deixando apenas cinco paramédicos em volta de um homem imóvel, o corpo visível só da cintura para baixo.

As meias. Jeannie parou. Dan estava usando as meias que ganhara dela em seu último aniversário: vermelhas, com estampa de minúsculos cães brancos. De repente, aquilo fez tudo ficar mais nítido, mais real. Ela ficou olhando para os pés dele, lembrando-se de Dan abrindo o presente durante o jantar, do seu sorriso descomplicado de prazer enquanto as calçava ali mesmo no restaurante, apesar dos protestos dela. Um fim de semana tão feliz...

O que foi que eu fiz?

Jeannie olhava fixamente para as meias. Temia que os paramédicos saíssem da posição em que estavam e revelassem um corpo ferido, embora precisasse ver que Dan estava bem. Ele sempre ria de como ela era sensível a ferimentos e coisas do tipo. Cobria os olhos até durante filmes do James Bond. Mas onde estava o sangue? Não havia sangue? Se não havia sangue, então talvez ele estivesse bem. Talvez simplesmente se levantasse, apenas com alguns arranhões.

Outra pessoa surgira ao seu lado, um homem de cabelo escuro com um kilt verde e uma flor de lapela branca. Tinha o rosto redondo e juvenil e claramente estava se esforçando muito para manter o ar de calma.

– Jeannie, sou eu, Owen. – Ele tocou o braço dela, sem jeito, e acrescentou: – Nos conhecemos ontem à noite. No jantar. Eu sinto *muito*.

– Por quê? – Alguma coisa no jeito como ele disse aquilo a fez congelar. – Dan morreu? Ele vai morrer?

– Não, não… – Owen deu um passo para trás, chocado. – Meu Deus, não! Ele só…

O resgate aéreo, que havia se aproximado enquanto eles se falavam, abafou o restante da resposta de Owen ao aterrissar no estacionamento vazio do outro lado da rua. As folhas das árvores em volta do hotel foram sugadas para o alto e rodopiaram na corrente de ar como confetes, grudando nos cabelos e nos olhos das pessoas que estavam por perto.

Mais paramédicos chegavam, atravessando a rua correndo. Quando a primeira equipe se afastou para deixar que os recém-chegados assumissem o trabalho, Jeannie viu Dan de relance. Ela avançou até ele, quase se jogando, e por pouco não escorregou.

Ele estava estendido na rua, os olhos fechados. Não fosse pelo sangue seco no pescoço, parecia estar dormindo. As escoriações muito vermelhas indicavam onde seu corpo tinha batido no meio-fio. Um soco invisível acertou em cheio o peito de Jeannie quando ela notou pontinhos vermelhos salpicados no pescoço dele, que ainda brilhava com a loção turca – da sessão com o barbeiro pela manhã, um agrado que ele tinha planejado para os padrinhos. Havia mais sangue no asfalto, grosso e escuro, já coagulando, e uma mancha igualmente escura no meio-fio. Os paramédicos ataram a perna esquerda de Dan ao equipamento de transporte de feridos e envolveram seu belo rosto com uma proteção enorme. Jeannie inspirava aos pouquinhos, tentando não engasgar ao se ajoelhar ao lado dele.

Será que podia pegar a mão de Dan? O tule grosso embaixo da saia do vestido marcava quadradinhos em seus joelhos cobertos pelas meias-calças. Jeannie queria tocá-lo, só para que ele soubesse que ela estava ali, mas talvez não devesse mexer em seu braço. Os paramédicos estavam falando sobre imobilizá-lo, estabilizá-lo…

Owen se agachou atrás dela. Cheirava a loção pós-barba e a roupa lavada a seco.

– Estamos com você, parceiro, aguente firme – disse ele, e movimentava as mãos sem jeito no ar, como se também não soubesse se era seguro tocar no amigo. – Vamos lá, fique com a gente. Fique com a gente, Dan.

Um paramédico apareceu ao lado de Jeannie e a afastou dali enquanto a equipe do resgate aéreo dispunha equipamentos esterilizados e instalava Dan na maca.

– Seu nome é Jeannie, certo? Então, Jeannie, o que vai acontecer é o seguinte: a equipe está entubando Daniel e o deixando confortável para poder monitorá-lo a caminho de Birmingham.

– Mas o hospital daqui é mais perto! Fica nesta rua mesmo, passamos por ele no caminho... – Ela gesticulou em direção à cidade. – Por que precisam levá-lo até *Birmingham*?

– Lá tem UTI. Daniel sofreu um ferimento na cabeça, vai precisar de uma avaliação urgente e de cuidados especializados. – Mesmo os olhos imperturbáveis do paramédico demonstravam empatia. – Sinto muito. No dia do seu casamento, que pesadelo. Mas Daniel está em boas mãos, eu garanto.

Jeannie sentiu uma pontada de dor. Não merecia compaixão. Só conseguia pensar em Dan entrando na frente do ônibus. Distraído pela ligação dela, pensando nela, toda a atenção no celular.

– O que podemos fazer agora? – perguntou Owen ao paramédico. – Tem lugar para Jeannie ir com ele no helicóptero? Se você quiser, é claro – acrescentou, em tom inquisitivo, virando-se para ela com a testa franzida, as sobrancelhas grossas unidas.

Jeannie tentava fazer o momento parecer real. O paramédico estava falando, explicando sobre o espaço limitado e equipamentos extras e o vestido, mas as palavras flutuavam ao redor de sua cabeça.

Não é um sonho, Jeannie, disse a si mesma. Está acontecendo.

Owen pareceu perceber sua desorientação e voltou a se dirigir ao paramédico:

– Sem problema, eu levo ela. Meu carro está bem ali.

– Eu vou buscar sua mãe de táxi e já chego lá – disse Brian.

– Não precisa de táxi, Sr. McCarthy, eu ligo para o Mark. Ele levou os padrinhos há uma hora. – Owen pegou o celular e começou a rolar os contatos, então se afastou discretamente. – Mark? Preciso de um favor seu...

A equipe da ambulância estava levantando a maca com Dan. Jeannie tocou os dedos da mão dele: estavam gelados.

– Estou indo, Dan.

Tinham colocado uma máscara de oxigênio no rosto dele e uma bolsa de sangue estava presa ao braço. O braço forte e bronzeado que, duas semanas antes, envolvera a cintura dela na cama. O rosto não reagia, estava assustadoramente pálido. Sem sangue. Jeannie queria gritar *Desculpa desculpa desculpa*, mas a garganta estava seca.

– Beleza, Mark. Atualizo você assim que puder. Claro, com certeza. – Owen estava de volta. Ele guardou o celular e colocou a mão no ombro de Jeannie. – Mark está a caminho. Chega em cinco minutos.

Jeannie não conseguia lembrar qual deles era Mark. Tinha ouvido falar muito sobre os padrinhos de Dan, mas não os conhecia: a maioria chegara tarde na noite anterior e não conseguira comparecer ao jantar. Até Owen chegou só na hora em que serviram o queijo e o vinho do Porto, colocando a culpa pelo atraso em uma urgência no trabalho. Jeannie se deu conta de por que não o tinha reconhecido: estava sem os óculos. Ele usava óculos de aro grosso na véspera. Estilo Jarvis Cocker.

– Vamos indo. A gente sempre se sente melhor quando está em movimento, não é?

Owen a guiou para longe do local do acidente, onde a polícia tinha ocupado o espaço deixado pela equipe da ambulância, e em direção ao hotel. A multidão de curiosos se afastou como por mágica quando eles se aproximaram, olhando para a noiva de um jeito muito diferente do que Jeannie tinha imaginado apenas uma hora antes.

Owen tinha um Mercedes antigo cheio de papéis, pastas e embalagens de biscoito vazias, e dirigia rápido. Mesmo no banco baixo, a saia do vestido de Jeannie levantava à sua volta como um ninho, mas ela acabou conseguindo encontrar um ângulo que lhe permitia respirar quase confortavelmente. Cronometrar as respirações era uma distração conveniente para não pensar na assustadora visão do rosto de cera de Dan.

Nenhum dos dois falava. Concentrado na estrada à frente, Owen nem sequer virou a cabeça para olhar Jeannie. O que era um alívio para ela: estava morrendo de medo do que poderia estar escrito em seu rosto.

Mark ligou enquanto eles estavam na estrada, confirmando que os McCarthys estavam a caminho do hospital. Owen colocou a ligação no viva-voz para que Jeannie pudesse ouvir, mas ela não tinha vontade alguma de participar da conversa, mesmo que encontrasse palavras.

– Você vai me avisar, não vai, assim que souber de alguma coisa?

Mark parecia à beira das lágrimas.

– Claro.

– Diga ao Danny que o amamos. Não acredito que o idiota foi atropelado no dia do casamento... E todo nosso amor à Janie. Tem alguma coisa que a gente possa fazer, qualquer coisa?

Owen olhou para Jeannie.

– A Jeannie está aqui comigo.

– Ah, meu Deus, *Jeannie*, Jeannie, desculpa. – Um burburinho de vozes elevadas. – Olha só, eu tenho que desligar, estamos entrando em contato com os fornecedores. A Sra. McCarthy fez uma lista pra gente, então diga à Janie que está tudo sob controle, tá?

– Vou dizer, Mark, pode deixar.

Jeannie se perguntou, distraidamente, com que frequência Dan comentava sobre ela com Mark, considerando que ele não conseguia guardar seu nome. Se bem que as pessoas erravam seu nome o tempo todo. Jenny, Janey, Jessie... Sua amiga Edith podia até odiar seu nome "de velha", mas pelo menos ninguém nunca o esquecia.

Edith. Ela fechou os olhos: o nome a remetia a cachos louros e meias-calças listradas, não a senhorinhas. Como algo tão importante podia estar acontecendo com Jeannie e Edith não saber? Ela não tinha mandado nenhuma mensagem sobre o casamento. Talvez estivesse esperando para enviar felicitações à tarde. Ou estivesse ocupada demais almoçando com Florence Welch.

– Desculpa aí pelo Mark – disse Owen, constrangido. – Ele nunca foi bom com nomes. É oftalmologista, normalmente tem um papel na frente dele com o nome da pessoa.

– Mark... É aquele que...?

Ela estava tentando lembrar, mas não fazia ideia de quem era.

– De óculos – respondeu Owen, prestativo. – E uma barbinha.

Não ajudou muito. Os amigos de Dan eram bem parecidos.

– Foi o que começou a chorar antes de irmos embora. O que fez um discurso falando como Dan o ajudou com matemática na época do vestibular e que devia toda a sua carreira a ele. Nem estava bêbado.

– Ah, sim.

Agora ela lembrava.

– Em breve você vai conhecer todo mundo. Um bom grupo.

– É o que parece – falou ela, sem emoção.

Essa tinha sido uma das dificuldades no relacionamento à distância (ele em Newcastle, ela em Bristol): cada momento dos fins de semana era tão precioso que eles não queriam incluir mais ninguém. Dan falava bastante sobre Owen ("o cara mais incrível do mundo"), mas sempre dizia que haveria bastante tempo para ela conhecer seus amigos.

Bastante tempo nos anos e anos que teriam juntos.

Owen diminuiu a velocidade; tinham alcançado o movimento do fim de semana. Ouviram outro helicóptero passar pelas filas de carros parados, um atrás do outro na rodovia como contas prateadas de um cordão, e o ruído das hélices despertou desespero em Jeannie. Quem será que estava sendo levado? Será que a pessoa estava morrendo? Será que o helicóptero que levava Dan já tinha aterrissado? Será que ele já estava na sala de cirurgia?

– Quer ouvir uma música? – sugeriu Owen, como se ouvisse o medo se debatendo na mente dela. – Pode ser que ajude a distrair um pouco.

Jeannie apenas balançou a cabeça, recusando.

– Dan me disse que você tem uma banda – continuou ele, determinado a preencher o silêncio. – Ele me mostrou algumas das suas músicas... Eram muito boas.

– Obrigada.

Owen era educado, pelo menos. Ela tinha quase certeza, vasculhando os CDs espalhados pelo carro, que ele não gostava do tipo de música que a Edie's Birdhouse tocava: covers de clássicos dos anos 1980, principalmente, interpretadas com a ironia impassível de Edith, além das músicas pop acústicas compostas por elas. Ou melhor, compostas por *Jeannie*. Calculava que Owen tivesse 31 anos, como Dan, mas devia ter um gosto musical mais parecido com o de Brian: The Smiths, The Who, Led Zeppelin. Jeannie nunca conseguia deixar de avaliar o gosto musical das pessoas. Owen não era descolado, obviamente. Mas gostava de música.

– Vocês estão... gravando alguma coisa agora? – Ele fez uma careta. – Nem sei se ainda dizem gravar, dizem? Não ria de mim. Eu ainda tenho CDs, como você pode ver.

Ela inspirou fundo. Ou, pelo menos, o mais fundo que conseguiu.

– Na verdade eu não tenho mais uma banda.

– Ah, é? – Owen até virou a cabeça, distraído pela amargura inesperada na voz dela.

Até Jeannie se surpreendeu com seu tom amargo.

– A banda acabou. A gente... Bem, nós duas acabamos seguindo caminhos diferentes.

– Divergências musicais? – Ele estava tentando de verdade. – Ou pessoais? Como o Oasis?

– Tipo isso. Bem parecido, aliás. Podemos só ouvir rádio? Esportes, não música.

– Por mim tudo bem.

Owen ligou o rádio e deixou que o silêncio entre os dois fosse preenchido pela narração de uma tediosa partida de críquete entre times que Jeannie nem registrou quais eram, enquanto, o tempo todo, ambos pensavam em Dan.

A recepcionista do hospital não demonstrou reação ao ver surgirem de repente uma noiva e um homem de kilt em meio a um monte de atletas de fim de semana lesionados e crianças resmungando, mas um silêncio súbito se instalou quando Owen se apoiou no balcão e explicou a situação.

– Ele chegou de helicóptero, foi um acidente de trânsito em Longhampton – disse ele. – Daniel Hicks, H, I, C, K, S.

Jeannie não absorveu nenhuma das respostas. Sua atenção se deteve no relógio atrás do balcão: um segundo, dois segundos, três segundos. Ficou olhando para o ponteiro, hipnotizada. Três segundos tinham bastado para que um casamento dos sonhos se transformasse naquilo. Uma mensagem breve, um passo em falso na rua. Naquele momento, era para estarem comendo bolo e brindando. Mas não. Estavam ali.

Uma enfermeira de uniforme azul-marinho apareceu, mechas louras escapando do coque. A mulher não conseguiu disfarçar o choque ao ver Jeannie vestida de noiva.

– Sra. Hicks? – perguntou.

– Não – respondeu Jeannie automaticamente.

– Ele estava… a caminho do casamento – murmurou Owen.

A enfermeira pareceu genuinamente horrorizada.

– Ah, mil desculpas! Meu nome é Amber, sou a enfermeira-chefe da UTI. Sinto muito, deve estar sendo um pesadelo para você.

Todo mundo dizendo isso. *Um pesadelo. Um pesadelo.*

– Como ele está? – perguntou Owen. – A senhora pode nos dizer? Ele está sendo operado?

– Venham comigo até a UTI para conversarmos – instruiu a enfermeira.

Jeannie sentiu todos os olhos a acompanhando pelo corredor até o elevador.

Eles eram as únicas pessoas na salinha para a qual Amber os levou, anexa à ala da UTI. Quatro sofás em formato de U ofereciam espaço para que quatro famílias atordoadas se sentassem juntas e uma televisão que transmitia um episódio de *Judge Rinder* preenchia o silêncio. Owen se sentou ao lado de Jeannie, os joelhos largos e redondos cobertos pelo kilt. Um kilt e um vestido de noiva, pensou ela, os bonecos errados do topo do bolo.

– Infelizmente ainda não tenho nada preciso para informar a vocês – começou Amber. – Daniel entrou em cirurgia assim que chegou. A equipe de neuro tentou reduzir a pressão intracraniana, causada pelo inchaço do golpe na cabeça. Eles estão montando um monitor de PIC, para acompanhar a pressão, e ele vai ficar em observação em coma induzido até que seja seguro acordá-lo.

A respiração de Jeannie ficou em suspenso.

– Ele não acordou?

– Não, mas não se assuste com isso. Estamos monitorando tudo. O quadro dele é estável, o que é bom.

O celular de Owen tocou.

– Desculpa, é que tem muita gente tentando entrar em contato. Eu preciso desligar o celular?

– Aqui não tem problema – respondeu Amber –, mas lá dentro desligue sim, por favor.

– Alguém avisou à mãe do Dan onde estamos? – perguntou Jeannie a Owen.

Como é que ela e aquele estranho tinham acabado no comando? Com certeza os pais deveriam estar ali para acompanhá-lo. Adultos.

– Tem alguém com a Andrea? – continuou Jeannie. – Ela vai ficar...

Não queria dizer *histérica*. Owen conhecia a mãe de Dan melhor do que ela, que só tinha encontrado a futura sogra três vezes, e, embora tivessem se dado bem, Jeannie a achava bastante... dramática.

Ela percebeu um toque de apreensão na expressão de Owen antes de ele se levantar.

– Tem razão. Vou procurar saber e já volto. – Ele saiu para o corredor.

Jeannie estremeceu. Sentia como se estivesse no limite, equilibrando-se em uma tênue linha que a separava de um abismo aterrador. O que quer que as horas seguintes lhe trouxessem – boas notícias, más notícias, notícias ainda piores –, sua vida já tinha mudado, para sempre. A dela e a de Dan.

Capítulo 3

O tempo tinha parado na salinha da UTI, mas só ali – o celular de Jeannie vibrava na bolsa minúscula como uma vespa tentando se libertar, mas, mesmo que ela quisesse atender (e não queria), não conseguia mexer as mãos sequer para abrir o fecho. Owen, entre um telefonema e outro, lhe trouxe chá num copo descartável ("Com bastante açúcar, você precisa de glicose, Jeannie"), mas não tinha nenhuma novidade. Trouxe mais chá vinte minutos depois e olhou com ar surpreso o outro copo, como se nunca o tivesse visto.

Jeannie ouviu a voz da mãe antes mesmo de vê-la pela janela.

– Eles estão aqui? Obrigada, muito obrigada.

Um sotaque claro e forte de Yorkshire que ressoava com confiança. Jeannie sentiu o coração mais leve pela primeira vez desde o acidente. Sua mãe estava ali. Ela saberia o que fazer.

– Ah, sim, aqui está ela… Ah, minha filhota, venha cá!

Sue McCarthy entrou num rompante, seguida por Brian, que carregava uma mala pequena e uma sacola de mercado contendo, provavelmente, "comida de emergência". Nenhum dos dois tinha tirado a roupa de festa, na pressa de chegar. Brian havia desfeito o nó da gravata e tirado o paletó grande demais, enquanto Sue apenas calçara tênis vermelhos confortáveis e mantivera o elegante terninho.

A mera lembrança daquela manhã (a mãe se estranhando com os sapatos novos, pegando curativos com a dona do hotel) fez Jeannie desabar.

– Ah, mãe! – conseguiu dizer logo antes de cair no choro.

– Estamos aqui, querida! – Sue a abraçou com força, balançando-a suavemente. – Estamos aqui.

– Estamos.

Brian ficou afastado por um instante, mas a emoção também o dominou e ele abraçou as duas, enterrando o rosto no cabelo da esposa.

Por alguns minutos, as sombras que cobriam Jeannie recuaram enquanto ela sentia o aroma familiar da mãe (White Linen, um perfume que só usava em ocasiões especiais) e deixava que os murmúrios tomassem conta. Tudo ia ficar bem. Eles teriam notícias logo; os médicos faziam milagres; Dan era um homem forte... Então ela ouviu um barulho lá fora, o som de saltos derrapando e choro, e foi como se a dor em pessoa estivesse avançando pelo corredor em direção a eles.

– Onde eles estão? Aqui? Ah, graças a Deus!

Os McCarthys se separaram quando a mãe de Dan entrou apressada, Owen logo atrás, mexendo no celular. A expressão de força no rosto dele parecia ter se desfeito por um momento; parecia mais jovem e amarrotado.

– Ah, Jeannie! – Andrea Hicks agarrou os pulsos da nora, a boca pequena torcida numa expressão de angústia.

A sala pareceu ainda mais abafada quando as ondas de dor emanaram dela. Então Andrea piscou com força, como se só então tivesse notado o belo vestido de noiva diante de si.

– Ah! Você está tão...!

Seus olhos azuis enormes se encheram de uma angústia nova.

– Como você está, Andrea? – perguntou Sue, tocando seu braço com afeto. – Podemos fazer alguma coisa?

– Por mim? Não, não... Eu só não consigo entender como é possível que isso tenha acontecido! – Ela balançou a cabeça, incrédula, fazendo o adereço preso em seu cabelo louro tremer. – O motorista do ônibus... ele já foi preso? Como alguém pode *não ver* um homem vestido de noivo? Ele estava *bêbado*?

Jeannie viu Owen, à porta, lançar um olhar de relance para Brian, balançando a cabeça quase imperceptivelmente, ao que o pai de Jeannie respondeu com um aceno de cabeça. Deixe-a desabafar, os olhos dos dois pareciam dizer. Não era um bom momento para dizer a Andrea que o culpado pelo acidente tinha sido Dan.

Mas a culpada sou eu, gritou uma voz dentro da cabeça de Jeannie.

– Que tal uma xícara de chá quentinho? – sugeriu Sue, em tom gentil mas firme. – O médico vai vir falar conosco assim que Dan voltar à UTI.

Andrea desabou no sofá de plástico e levou as mãos à boca, os olhos tão arregalados que se via o branco ao redor das íris azuis. Suas unhas estavam impecáveis: um rosa-claro cintilante, da cor de sapatilhas de balé, combinando com o tubinho elegante na altura dos joelhos e os saltos baixos finos. O traje de Andrea tinha sido planejado com muito cuidado nos últimos meses. Aquele casamento, segundo ela dissera aos dois mais de uma vez, era "a primeira coisa boa pela qual podia esperar em anos".

– Me desculpa, Andrea!

As palavras irromperam de Jeannie sem que ela soubesse explicar por que estava dizendo aquilo.

Andrea a olhou com uma expressão surpresa.

– Não é culpa sua, querida! Como é que isso poderia ser culpa *sua*?

Sue pegou a mala.

– Olha, filha, enquanto a gente espera alguma notícia, por que não coloca uma roupa mais confortável? Imagina se você derrama chá nesse vestido lindo.

Tarde demais. Havia minúsculos respingos de sangue na saia, de quando ela se ajoelhou ao lado de Dan na rua, além de marcas escuras e pedrinhas presas no tule.

– Danny nem viu o seu vestido! – exclamou Andrea, e sua voz sumiu num soluço.

– Ele viu – disse Jeannie.

Mas então percebeu que não, Dan *não* tinha visto. *Ela* é que o tinha visto, caído na rua. Ele talvez nunca mais a visse. Jeannie olhou para a mãe, abalada.

– Vamos – disse Sue.

E a levou para longe dos soluços de Andrea.

Em outra sala vazia daquele mesmo corredor, Jeannie se manteve parada enquanto a mãe soltava a amarração do corpete que descia pelas suas costas. Não era fácil. Para fechá-lo, tinha sido preciso Sue e a cunhada de Jeannie, Teri, e agora, depois de a pressão constante de seu esforço para respirar ter forçado as amarras, os nós estavam superapertados, como pérolas densas.

– Quer que eu chame alguém para ajudar? – perguntou Jeannie, olhando por sobre o ombro.

– Não – respondeu Sue, bufando pelo esforço que fazia. – Estou quase conseguindo. É só que... eu fiquei em pé o dia todo. Aqueles sapatos idiotas! Mas vai passar!

Jeannie ficou olhando para a frente. Ela sabia que não deveria dizer mais nada. Não dava para imaginar, olhando para Sue McCarthy, que vinte anos antes ela quase tinha morrido esmagada sob um cavalo quando cavalgava em sua propriedade. Jeannie tinha 9 anos, e seu irmão, Angus, 11. Agora, Sue se portava exatamente como antes do acidente – com a grandeza e a força de uma rainha guerreira viking, apesar de ter menos de 1,60 metro de altura –, mas ainda sofria de dores crônicas decorrentes dos ferimentos. Sua perna direita foi salva por um especialista que estava visitando o hospital local, mas o braço direito foi estilhaçado e, mesmo após anos de fisioterapia, ela nunca recuperou a força. As piores cicatrizes, no entanto, eram aquelas que ninguém via: apagões da memória que a deixavam desorientada e crises de depressão devastadoras, embora ela se recusasse a demonstrar seu sofrimento. Jeannie sabia que o pai escondia as crises da mãe. Conforme crescia, foi percebendo que o pai escondia muitas coisas pela mulher que venerava havia mais de trinta anos, inclusive o medo que ele próprio sentia.

– Mãe, corte os nós. Por favor. Eu *preciso* tirar isso. – A claustrofobia subia pela garganta de Jeannie. A enfermeira podia voltar a qualquer momento com o neurocirurgião. – Chame uma enfermeira, eles devem ter tesouras aqui.

– Não! É bonito demais para cortar. E você vai querer usar de novo, não vai? Quando Dan melhorar. Tem que estar perfeito – um puxão – para esse dia especial! – Outro puxão, agora mais forte.

Jeannie fechou os olhos com força, aliviada que a mãe não estivesse vendo seu rosto. Mais um motivo para se livrar daquela coisa. Sentia-se uma fraude ainda pior naquele vestido.

– Eu sei que é difícil imaginar agora – continuou Sue, engalfinhada com os nós –, mas pense no futuro. Foi o que me ajudou a passar pela reabilitação, fazer planos com seu pai. – Ela puxou o nó como se pudesse consertar tudo ao desfazê-lo. – Seu pai tinha programado uma viagem à Irlanda para nós e ele disse "Você vai pegar aquela balsa, Susan", e nós pegamos. Não a daquele ano, mas depois...

Depois, pensou Jeannie, olhando para o quadro com o horário das refeições e das visitas das enfermeiras. Quatro anos de lágrimas, luta e determinação depois, a mãe pegou a balsa. Além de muita dor, daquele tipo que ou une um casal para a vida inteira ou os separa, afastados pelas mudanças e pelo surgimento de um parceiro que não esperavam. Eu vou ter que ficar ao lado de Dan, como meu pai ficou ao lado da minha mãe?

Sue parou de puxar.

– Me desculpa, querida. Você vai querer usar outro vestido da próxima vez? É claro. Não vai querer uma lembrança do dia de hoje.

Não vai ter próxima vez, pensou Jeannie. Foi quando ela entendeu o que aquilo significava: o pai não tinha contado à mãe o que acontecera no carro.

Jeannie cravou as unhas nas palmas das mãos e pensou que precisava contar à mãe. Mas não suportaria revelar o terrível segredo. Não suportaria pensar no que as pessoas iam dizer se relacionassem o acidente de Dan a algo tão egoísta quanto sua desistência de última hora.

Mas isso não importava agora. Tudo que importava era Dan. Jeannie só queria vê-lo acordar, abrir aqueles belos olhos azul-escuros e fitá-la enquanto dizia seu nome. Um soluço escapou de algum lugar no fundo de sua alma.

– Ah, querida, me desculpa. Falar sobre casamento não é exatamente o que você precisa agora, claro que não. – Sue a abraçou, descansando o queixo no ombro nu da filha. – É um momento difícil, mas Dan está no melhor lugar que poderia estar. E estamos aqui com vocês. Nós entendemos o que estão passando.

Preciso contar a ela, pensou Jeannie.

– Mãe, eu... – começou ela, e parou.

– O que foi, querida?

Sue tinha olhos sinceros, como os de Jeannie. Eram brilhantes e castanhos como os de um pássaro, em um rosto de ossos fortes que fora reanimado pelo sol, pela chuva e por algumas taças de vinho. Sue aceitava as rugas e não cobria os fios brancos, tão feliz por estar viva que não se importava em envelhecer. Mesmo hoje, do alto do seu papel de mãe da noiva, ela havia ficado apenas dois minutos na cadeira da maquiadora de Andrea ("Um presente meu para as meninas!") e logo se levantara para voltar a conversar com todo mundo. Tempo suficiente para aplicar rímel e um pouco de blush, que já tinham quase desaparecido.

– Você acha mesmo que Dan vai ficar bem? – Jeannie se sentiu traiçoeira ao fazer essa pergunta, mas a mãe, ao contrário de Brian, era realista. – De verdade?

– Acho. Ele é jovem, forte e, o mais importante, tem você. Saber que seu pai estava ao meu lado fez com que aquilo tudo fosse um pouco mais fácil de encarar. Casamento é *isso*. É nunca precisar enfrentar sozinho os altos e baixos da vida.

Uma lâmina gelada atravessou o coração de Jeannie.

– Mas ainda nem falamos com o médico, então não vamos pensar no pior – continuou Sue. – Estou quase desatando este nó. Se você conseguir aliviar a pressão do corpete enquanto eu enfio esta caneta aqui... – um puxão – por *dentro* do nó... – Outro puxão. E outro. E mais outro.

Obediente, Jeannie soltou o ar e relaxou nas garras cruéis do corpete, lutando contra o impulso de explodir com toda sua força.

Pontos pretos começaram a dançar em sua visão.

– Consegui!

Que alívio incrível Jeannie sentiu quando a pressão sobre sua caixa torácica finalmente diminuiu e ela inspirou, ofegante, mais fundo do que esperava, como um nadador tirando o rosto da água para respirar. Até cambaleou, tonta com o fluxo de oxigênio, e, quando se virou, a mãe a encarava de um jeito estranho.

– Que foi?

Sue apontou para os ombros dela.

– Você está toda marcada nas costas. Não estava doendo?

– Sério? – Ela contorceu o pescoço, tentando olhar. – Depois de um tempo eu parei de sentir.

– Muita coisa na cabeça. – Sue abriu o zíper da saia do vestido, fazendo sinal para que Jeannie tirasse a anágua. – Agora, troque de roupa enquanto eu dobro isso e depois vamos atrás de uma xícara de chá. – Ela abraçou a filha brevemente, amassando o tule macio do vestido entre as duas. – Vai ficar tudo bem, filhota. Você vai ver. Vai ficar tudo bem.

A pequena mala exalou um cheiro de lar quando Sue a abriu. Jeannie vestiu a calça jeans o mais rápido que pôde, depois sua blusa preferida, uma comprada em brechó, com manga boca de sino e borboletas bordadas. Os dedos dos pés, antes apertados nos sapatos, se remexeram aliviados nos All Star despretensiosos. Jeannie tirou os grampos do cabelo, passando a mão até os cachos cheios de laquê se desfazerem e voltarem a ser as ondas castanhas de sempre. Ela inspirou, expirou e as roupas não tentaram impedi-la.

O feitiço do vestido de noiva estava quebrado, e Jeannie ficou inquieta ao sentir que os preparativos daquela manhã já pareciam ter sido vividos por outra pessoa. Olhou para o próprio reflexo no espelho. Seu olhar parecia mais culpado? Esqueça a ligação por enquanto, disse ao rosto pálido que a encarava de volta. Ninguém sabe, ninguém precisa saber. Só se preocupe com Dan.

Quando Jeannie voltou, mais duas pessoas tinham chegado (seu irmão, com Teri), e a salinha agora parecia lotada. Angus estava enfiando na boca um canapé surrupiado da sacola de mercado, enquanto Teri libertava os pés inchados das sandálias prateadas. O chiffon de cor pêssego do vestido de dama de honra estava esticado sobre a barriga de grávida. O site em que Jeannie havia encomendado o vestido garantia que "disfarçava curvas", mas isso foi antes de eles descobrirem que era uma barriguinha dupla. "Eu não me importo de me substituírem", disse Teri quando descobriram que eram gêmeos, mas as duas sabiam que não havia muita escolha nem tempo para encontrar uma substituta. Edith, a primeira opção de Jeannie, estava a quilômetros de distância, geograficamente falando – e ainda mais distante em outros sentidos.

Angus se levantou de um salto, batendo as migalhas da calça.

– E aí? O que está acontecendo?

– Não sei – respondeu Jeannie. – Ninguém veio aqui enquanto eu me trocava?

– Não, ninguém! – Andrea fungou. – Faz uma eternidade!

– Isso só significa que eles não têm nenhuma novidade – disse Brian, tentando consolá-la. – E, se as notícias fossem ruins, já estaríamos sabendo.

– Tem certeza de que não quer um canapé, Sra. Hicks? – ofereceu Angus, estendendo a sacola.

Uma boa alma de pensamento rápido tinha trazido numa caixa alguns canapés encomendados para serem servidos junto com champanhe durante a recepção.

– Pode ser que a gente fique aqui por um bom tempo, e a senhora precisa cuidar do nível de açúcar no sangue.

Andrea deu um sorriso abatido e pegou um canapé de rosbife. Ela tinha vários problemas de saúde que demandavam monitoramento constante, coisa que a maior parte da família mais próxima sabia desde o jantar da véspera – pois metade de sua refeição teve que ser devolvida e substituída por ingredientes a que Andrea não fosse alérgica ou que não precisasse evitar.

– Onde está Owen? – perguntou Jeannie.

– Lá fora – respondeu o irmão, fazendo um gesto de telefone com a mão. – Está resolvendo as coisas da festa. Ele é muito organizado, não é?

Enquanto o irmão falava, o celular de Teri e o de Brian apitaram.

– Tia Barbara mandou avisar que se tiver alguma coisa que ela possa fazer... – começou Teri.

– Sua avó está pensando em você – disse Brian ao mesmo tempo.

– Obrigada – respondeu Jeannie, de modo automático.

– Alguém aceita um chá? – ofereceu Angus.

Mas, antes que alguém pudesse responder, o médico finalmente apareceu, seguido pela enfermeira-chefe da UTI.

Ele era alto, careca e, se ficou surpreso ao ver uma festa de casamento na sala de espera, seu profissionalismo (ou o cansaço) não deixou que transparecesse.

– Família do Daniel Hicks?

Ele processou as anotações do prontuário fornecido pela enfermeira, viu Jeannie e estendeu a mão.

– Ah, Sra. Hicks.

Ela hesitou.

– Sinto muito. Que dia deve estar sendo para a senhora.

Andrea se levantou de um salto ao ouvir "Sra. Hicks".

– Doutor? Quais são as novidades? Podemos vê-lo?

– Andrea é a Sra. Hicks – disse Jeannie, empurrando-a de leve para a frente. – É a mãe de Dan.

A angústia de Andrea merecia mais atenção. Jeannie não estava tremendo como ela. À exceção de uma azia que lhe subia pela garganta, seu corpo agora estava normal, quase normal demais. Era sua mente que continuava acelerada.

– Quais são as novidades? – perguntou Brian com firmeza antes que Andrea pudesse dizer mais alguma coisa. – Daniel já acordou?

O cirurgião olhou brevemente para todos.

– Tenho boas e más notícias, infelizmente. Antes de qualquer coisa, meu nome é Roger Allcott e sou neurocirurgião. Minha especialidade são lesões cerebrais.

Andrea inspirou alto. Jeannie tentou se obrigar a absorver o que ele dizia.

– Daniel passou por uma tomografia computadorizada assim que chegou e o exame mostrou que ele sofreu um ferimento grave na cabeça, além de uma fratura na perna esquerda, alguns cortes e arranhões menores. Ele bateu a cabeça no meio-fio ao cair e o impacto causou perda de sangue no cérebro e um pouco de inchaço. A pressão no cérebro está sob controle, mas o inchaço precisa diminuir, o estado geral dele precisa se estabilizar para que possamos fazer um diagnóstico completo. O importante é que ele está o mais estável que poderíamos esperar no momento.

Andrea soltou a respiração com um suspiro demorado.

– Mas ele vai ficar bem?

O médico assentiu devagar.

– Vamos saber melhor pela manhã. Por enquanto, Daniel está sendo monitorado com muito cuidado e, se qualquer coisa mudar, vamos agir imediatamente. – O médico fez uma pausa, reconhecendo que só estava levantando mais questões. – Sinto muito não ter nada mais específico para dizer a vocês, mas teremos mais detalhes quando ele estiver consciente.

Ele vai ficar bem? A pergunta sem resposta ecoou pela sala.

– Podemos vê-lo? – perguntou Jeannie.

– É claro.

O médico olhou ao redor: Jeannie, Andrea, Brian, Sue, Angus, Teri…

– A unidade é bem pequena, então é melhor irem só duas pessoas agora. Sra. Hicks e Jeannie, talvez?

Andrea tinha pegado a bolsa e o casaco e já estava na porta antes mesmo que Jeannie se levantasse.

Dan estava em um canto da UTI, em uma cama alta, cercado de máquinas, suportes de medicação intravenosa e monitores. A cabeça estava enfaixada, com alguns tufos de cabelo louro saindo, uma máscara respiratória de plástico cobrindo quase todo o rosto. Havia tubos vermelhos, luzes verdes, luzes de LED piscantes bombeando sangue e fluidos para suas veias.

Jeannie engoliu em seco, contendo o súbito horror de ver seu namorado lindo e ativo perdido em um mundo que ela não podia acessar, seu forte coração de atleta batendo apenas porque uma máquina se encarregava de cada respiração.

Agora, sim, era real. Agora era *muito* real.

Ao ver o corpo imóvel do filho, Andrea começou a chorar e se lançou em direção à cama.

– Ah, meu menino! Meu menininho!

Jeannie se sentiu desabar por dentro. Ela implorou em silêncio: Volte, Dan, por favor. Me perdoe.

A enfermeira que as levara até a UTI colocou o braço em seus ombros, consolando-a:

– Sei que é difícil ver a pessoa respirando com a ajuda de aparelhos, mas sempre parece pior do que realmente é quando a gente vê pela primeira vez. Ele está estável e é muito forte. Ele pratica esportes?

Jeannie assentiu.

– Tênis. E futebol. É veterinário.

Ela não conseguia tirar os olhos do rosto de Dan. O Dan que ela conhecia nunca ficava parado – os olhos atentos, a risada sempre pronta, as sobrancelhas escuras que se curvavam provocantes, um fluxo constante de energia correndo por seu corpo, animando todos que o cercavam. Quando estavam se conhecendo, trocando as primeiras mensagens, as palavras dele saltavam da tela com pontos de exclamação e emojis, cada frase acompanhada da minúscula foto de perfil que agora lhe era tão familiar: Dan comemorando em frente ao gol com o uniforme da universidade, a cabeça jogada para trás, os braços erguidos em triunfo.

– Ele sente alguma dor? – perguntou Jeannie com a voz embargada.

– Não, nada. Está sedado. Aquele tubo ali. Tem uma enfermeira disponível 24 horas por dia, de olho nos monitores, mantendo-o confortável.

– Ele sabe que estamos aqui? – Ajoelhada ao lado da cama, Andrea pegou a mão frouxa de Dan, apertou-a e levou-a ao rosto. – Ele consegue nos ouvir? Danny?

– Sempre partimos do princípio de que os pacientes nos ouvem.

Jeannie viu que o nome da enfermeira era Kate. Ela tinha sardas e três brincos dourados na mesma orelha.

– A gente conversa com eles durante os exames… Sempre digo que o mínimo que podemos fazer é mantê-los informados. Vou deixar vocês à vontade enquanto pego o prontuário…

Kate fechou uma cortina em volta da cama ao sair. Havia outras três camas na unidade, escondidas por cortinas, e os apitos e murmúrios indicavam que estavam ocupadas. Outros pesadelos, pensou Jeannie. Outros dias normais arrancados dos trilhos, outros entes queridos sofrendo, outros medos grandes demais para serem encarados.

– Estamos aqui, Danny – disse Andrea, segurando a mão do filho. – Mamãe e Jeannie. As mulheres da sua vida. Estamos aqui com você.

Suas palavras se dissolveram em uma onda de lágrimas, e ela se virou para Jeannie, seus olhos implorando para que continuasse em seu lugar.

Jeannie se sentou na cadeira, o mais perto possível da cama. Sentia a garganta seca e hesitou antes de se aproximar da orelha de Dan. Tinha colocado uma flor naquela orelha dias antes, uma gérbera muito amarela, de um buquê que ele lhe dera "porque é quarta-feira!". Dan cheirava a hospital agora, não a calor, perfume e energia.

– Estou aqui, Dan – ela conseguiu dizer. – Sou eu, Jeannie. Aguente firme.

As lágrimas levaram sua voz também. Ela e Andrea ficaram sentadas cada uma de um lado da cama, segurando as mãos de Dan, enquanto as máquinas roncavam e zumbiam e o mantinham vivo.

Capítulo 4

O hospital parecia completamente diferente quando Jeannie saiu da UTI e voltou para o corredor claro e iluminado. A noite tinha caído enquanto ela segurava a mão de Dan, ouvindo as máquinas, e agora não tinha ideia de que horas eram. O dia havia se encerrado.

Andrea saíra algum tempo antes e ainda não tinha voltado, de modo que agora estavam só os pais de Jeannie na sala. Brian estava cochilando, a cabeça jogada para trás e a boca aberta, enquanto Sue falava ao celular, a caneta pronta para riscar algum item de uma longa lista na cadeira ao lado.

– ... então eu separei os fornecedores e você vai falar com o hotel... Ah, você é um anjo. Ah! Owen, ela acabou de sair... Falo com você depois, querido, tchau! – Sue se levantou, sem disfarçar certa rigidez no corpo. – Jeannie! Vem cá. Como ele está?

– Dormindo.

Jeannie abraçou a mãe e olhou para a lista por sobre o ombro dela, lendo:

– "Recepção. Fornecedores. Seguro? Lua de mel. Flores para o hospital. Mala." O que está acontecendo?

– Não precisa se preocupar com nada, está tudo sob controle. Owen levou Andrea para comprar algumas coisas... Ela vai passar a noite aqui. O hospital tem acomodações de emergência, mas só tem uma cama vaga. Eu achava que deveria ficar para você, já que é o dia do seu casamento, mas eles deram a Andrea, como parente mais próxima, e ela disse que vai se sentir melhor se estiver por perto.

A expressão marcadamente neutra de Sue sugeria que ela não concordava totalmente com aquilo, mas que tinha sido voto vencido.

– Reservamos um quarto em um hotel no fim da rua para você… Mas pode voltar com a gente, se preferir.

Jeannie estremeceu. Voltar para a suíte com pétalas de rosas sobre a cama? E todos os convidados perguntando sobre Dan, tentando consolá-la… sem saber que escaparam por pouco de um escândalo?

– Vou ficar no hotel, mãe.

– Você vai ficar bem sozinha?

– Vão ser só algumas horas, Susan. São quase nove agora.

O vinco no cenho franzido de Brian estava mais profundo. Sue claramente tinha ultrapassado os limites da própria energia, mas seguia em frente, ignorando a dor, que estava nítida em seu rosto.

– Owen disse que leva você ao hotel e de manhã te busca para voltarem ao hospital – continuou Brian. – Tente dormir um pouco, meu amor. Falando nisso, Susan… é hora de voltarmos também, senão amanhã não teremos serventia nenhuma.

Sue lançou ao marido um rápido olhar reprovador.

– Eu estou *bem*, Brian. Não exagere.

– Pois eu não estou – retrucou ele. – Estou acabado, e ainda temos uma hora de estrada. Você precisa de alguma coisa antes de irmos, Jeannie? Um chocolate da lojinha, talvez?

Ele deu um sorriso de incentivo, como se ela tivesse voltado a ser a garotinha de 9 anos que adorava doces e um chocolate fosse capaz de melhorar qualquer coisa.

– Boa ideia, pai. Vamos lá – respondeu Jeannie, porque sabia que ele estava se sentindo inútil.

E também porque precisava ficar sozinha com ele.

Os dois se juntaram aos outros familiares atordoados fazendo a ronda das prateleiras, sonâmbulos em um pesadelo com uma lista de compras para o pernoite no hospital: pasta de dentes, lenços umedecidos, energético, revistas.

– É o suficiente? – repetia Brian, empilhando garrafinhas de água e barras de chocolate superfaturadas nas mãos dela. – Tem certeza de que não quer um Twix? Tem daqueles gigantes aqui.

– Um Twix seria bom.

Depois de olhar para trás rapidamente, para conferir se a mãe ainda estava ao celular na entrada, Jeannie disse:

– Pai, você contou à mamãe sobre o que aconteceu no carro? Antes... antes do acidente?

A mão de Brian parou sobre as embalagens de Twix. Seu olhar também foi discretamente para a entrada.

– Não. Não tive oportunidade.

– Então, por favor, não fale nada – pediu Jeannie.

– Não devo contar a ela? Por que não?

– Porque agora não faz diferença. Não diante *disso*.

– Jeannie, sua mãe entenderia...

– Não é isso... Eu não quero que ninguém saiba! – sussurrou ela em tom de súplica. – Se Andrea descobrir que eu estava prestes a largar Dan no altar, vai ficar arrasada. E ela não precisa de mais essa dor, além de tudo que já aconteceu, não acha? Eu só quero esquecer isso.

No instante em que as palavras saíram de sua boca, Jeannie percebeu a estupidez que tinha acabado de dizer. Como ela poderia esquecer algo assim? Aquela sensação irracional de pânico no carro, aquela certeza terrível de que estava prestes a despedaçar a vida de alguém só para se libertar. Se era mesmo tão importante, ela *não deveria* fingir que não tinha acontecido.

– Sua mãe e eu não temos segredos entre nós – disse Brian, horrorizado. – Nunca tivemos. Eu não sei mentir, Jeannie, você sabe disso. Não consegui nem fazer você acreditar em Papai Noel.

– Não estou pedindo que você minta para a mamãe, só que *não conte a ela*. Mamãe não vai nem perguntar.

Jeannie sentia a pulsação acelerando mais uma vez, rápido demais, difícil demais. Falar sobre aquilo estava trazendo de volta aquela emoção estranha, como um pesadelo voltando à sua mente em plena luz do dia. Tinha sido realmente ela, no vestido, no carro, segurando o buquê?

Brian soltou o punhado de chocolates com cuidado.

– Escuta, Jeannie. Sim, você deixou para tomar aquela decisão mais tarde do que deveria, mas *ninguém* deve ir em frente com um casamento que não deseja. Sua mãe seria a primeira pessoa a te dizer isso. E tenho certeza de que Daniel não ia querer se casar com alguém que não...

Jeannie não suportaria deixá-lo terminar.

– Por favor, pai – implorou. – Espere só alguns dias, pelo menos até sabermos que Dan vai ficar bem.

– Ele *vai* ficar bem – respondeu Brian de pronto.

Ele tentou, mas não conseguiu manter sua expressão de consolo, e o medo esmagou o peito de Jeannie. Se ele não conseguia consolá-la, um homem cuja expressão corriqueira era a de colinho de pai, as coisas estavam mesmo fora de controle.

– Não temos como saber isso – disse ela com a voz embargada.

– Ah, querida – disse Brian e a abraçou, bem ali na loja, em frente às escovas de dente e a nove tipos de lenços umedecidos.

Nenhum dos dois precisou dizer mais nada.

Brian e Sue foram embora e Jeannie voltou para a lanchonete deserta na entrada do hospital com uma pilha de folhetos que a mãe tinha pegado para ela na Central de Atendimento ao Paciente. Ler fatos sobre ferimentos na cabeça não ajudou a desfazer o nó em sua garganta e depois de um tempo ela desistiu e pegou o celular para rever cada uma de suas selfies com Dan.

Aquele dia, o dia que tinham escolhido para realizar o casamento, era uma data especial: marcava exatamente um ano desde o primeiro contato dos dois. A disponibilidade de última hora da prefeitura lhes parecera coisa do destino. Eles viviam a 500 quilômetros um do outro, de modo que seus caminhos jamais teriam se cruzado não fosse pela internet, mas o destino e os algoritmos, o sorriso de Dan e o perfil "intrigante" de Jeannie conspiraram para uni-los. "Eu encontrei você", Dan sempre dizia, como se ela tivesse passado a vida inteira se escondendo dele, "e você me encontrou". Ele dizia as coisas mais românticas, mas com tanta sinceridade que nunca pareciam bregas.

Um ano antes, a galeria de fotos no celular de Jeannie era composta exclusivamente de guitarras que ela sonhava comprar, os cães fofos do pub onde trabalhava, shows em que tocara e closes da maquiagem especial de glitter que ela e Edith faziam para o palco. Quase da noite para o dia, tudo mudara. De repente eram Jeannie e Dan, as cabeças juntas formando um coração, dividindo o espaço da selfie. Enquanto passava os olhos pela galeria, Jeannie se viu florescendo, timidamente, à luz da confiança de Dan. Seu sorriso torto aos poucos foi ficando tão amplo e destemido quanto o dele.

Ela parou em sua foto favorita dos dois: começando o novo ano com um beijo. O fundo estava borrado de flocos de neve e a lembrança da boca de Dan em seu nariz gelado fez o peito dela doer. Parecia o cartaz de um filme: os cílios longos e escuros de Dan tocando sua face, algumas mechas castanhas escapando por baixo da touca azul-marinho de Jeannie, com o rosto erguido para ele. Olhos fechados, o coração explodindo de amor e champanhe. Como ela estava feliz naquela noite! Feliz como uma criança na véspera de Natal, quando a ansiedade inquieta pelo presente consegue ser ainda melhor que o presente em si. Jeannie se lembrou da maciez gelada da jaqueta de Dan quando ela descansou a cabeça em seu ombro, ouvindo o Big Ben e se sentindo como se estivesse reluzindo por dentro e por fora. Talvez houvesse *mesmo* algo na astrologia, pensou, sorrindo para a lua tão branca, se sua vida podia mudar tão inesperadamente das noites tranquilas sozinha e de sua carreira sem perspectiva para a namorada adorada com um futuro cheio de romance, casas de campo e revistas de casamento.

No entanto... Um vazio esquisito pulsou no fundo de sua mente enquanto ela olhava para a imagem e sumiu antes que Jeannie tivesse formulado um pensamento.

Ela *estava* feliz naqueles momentos, mas alguma coisa tinha mudado. Qual o meu problema?, perguntou-se, e seus olhos se encheram de lágrimas. O que eu fiz para estragar tudo?

– Jeannie? Posso sentar com você?

Ela se ajeitou na cadeira. Era Owen.

– Ah, claro. – Ela esfregou os olhos. – Claro que pode.

O arranhão do metal nas lajotas do piso ressoou quando ele puxou a cadeira em frente à dela.

– Você e Dan?

– É. Ano-novo.

Quando Owen inclinou a cabeça para ver, Jeannie virou a tela para ele.

– Ah, o famoso ano-novo em Londres!

– É. – Jeannie levantou a cabeça. – Ele te contou?

– Ah, não exatamente. A gente costuma reunir a galera num chalé para a virada do ano, mas esse ano… Bom, acho que Dan preferiu passar com a noiva!

– É que ele passou o Natal de plantão. – Jeannie não sabia ao certo por que estava tão na defensiva. – A gente mal se via, por causa do trabalho dele, então Dan fez uma reserva de última hora em Londres, de surpresa.

– Não estava criticando. – Owen ergueu as mãos. – Por que ele não ia querer passar o ano-novo com você? Ele já jogou bastante *beer pong* com a gente. É a London Eye? Parece bem romântica.

– Aham. É incrível.

Dan era generoso com as viagens de fins de semana, para compensar os turnos longos e os ocasionais plantões em feriados.

– Então vocês costumam fazer um grande encontro no ano-novo? – quis saber Jeannie.

– Sim, mas Dan deve ter pensado que, se você visse como ele é competitivo no Imagem e Ação, ia desistir do casamento. Haha! Enfim, como ele está? Alguma novidade?

– Não. As enfermeiras dizem que ele está estável, o que é bom, mas… Não sei. Ele está tão pálido…

Eles estavam muito perdidos, todos eles. O que será que estava acontecendo dentro do cérebro de Dan? Nem os médicos tinham como saber.

– É. Desculpa, foi uma pergunta idiota. – Owen notou o bolo intocado. – Não vai comer isso?

Brian tinha comprado duas fatias quando o café estava fechando, como se a sacola de chocolates embaixo da mesa não fosse suficiente.

– Não – respondeu ela. – Pode ficar.

Owen pegou uma fatia de bolo e metade dela sumiu em uma única mordida. Algumas migalhas ficaram presas nos cantos de sua boca. Ele conteve um *humm* involuntário.

– Você está com… – Jeannie apontou para a própria boca.

Owen franziu a testa, como se estivesse surpreso.

– O quê?

– Hã… por aqui. Migalhas.

– Ah, sim. – Ele limpou o rosto. – Obrigado.

– De nada.

Ele terminou a fatia, então parou e levantou a sobrancelha para o segundo pedaço de um jeito esperançoso.

– Vá em frente – disse Jeannie. – São pedaços pequenos.

Não eram.

Ela de repente pensou no bolo de casamento incrível que antes estava tão ansiosa para comer. Uma camada de cenoura (dela), uma de chocolate (de Dan) e uma de baunilha. Os bonequinhos de marzipã no alto eram um casal, cães, gatos e ukuleles minúsculos. Quem ia comer aquilo? Será que tinham jogado fora? Jeannie ficou surpresa ao notar que pouco se importava, afora o remorso pelo dinheiro desperdiçado. Tantas horas pensando em coisas como a proporção de bolo de cenoura, quando deveria estar fazendo perguntas muito mais difíceis a si mesma.

Owen pegou a segunda fatia e a despachou com a mesma voracidade.

– Desculpa – disse ele. – Não como desde o café da manhã. Geralmente levo alguma coisa no sporran do meu kilt, mas obviamente não tive tempo.

– Tipo o quê?

– Alguns biscoitos. Um bolinho. É incrível o que dá para guardar ali. Geralmente demora um pouco até que os canapés sejam servidos nos casamentos. Já salvei mais de um noivo de desmaiar de fome com uma barra de chocolate.

Jeannie finalmente percebeu o que a incomodara o dia todo em Owen: o sotaque não combinava com a roupa. Na época da escola, tiravam sarro dela por causa do sotaque "estranho", uma mistura das fronteiras escocesas com o norte da Inglaterra (da mãe) e algumas gírias da Irlanda do Norte (do pai). Mas Owen definitivamente não tinha sotaque escocês.

– Se não for grosseiro da minha parte, seu jeito de falar não parece muito escocês para um homem com uma adaga na meia.

– Para falar a verdade, eu não sou escocês.

Owen pegou um guardanapo de papel e limpou a boca com cuidado, tirando qualquer migalha que Jeannie pudesse notar.

– Minha família é mais lá de baixo... Eu sou de Birmingham. Mas minha mãe é de Inverness.

– E você usa kilt em casamentos por *escolha*?

– Rá! Foi Dan quem sugeriu que eu comprasse um kilt... ainda na escola. – Owen começou a dobrar o guardanapo fazendo um aviãozinho de papel, de repente constrangido. – Ele disse que qualquer um consegue assunto para conversar quando está de kilt. Nunca fui muito bom de papo, não como Dan. Bom, você sabe disso. Ele fez de tudo para me ajudar quando éramos mais jovens, mas... Enfim. Acho que ele imaginou que o kilt fosse me ajudar quando ele não estivesse por perto.

Jeannie entendeu a mistura exata de carinho e autodepreciação no meio sorriso de Owen. Ele não era feio, era aquele tipo de cara comum difícil de descrever, a não ser que estivesse sempre de moletom vermelho, mas, ao lado do atlético e sociável Dan, devia desaparecer. Meio alto, cabelo escuro, compleição média. Mas tinha um olhar simpático.

– Sei como é – disse ela de repente. – Minha melhor amiga fala por nós duas. Falava.

– Ela estava aqui hoje? – perguntou Owen. – Era sua dama de honra?

– Não, aquela era a Teri, minha cunhada. Minha melhor amiga era com quem eu tinha a banda. A gente não se fala mais. Ela era tão boa de conversa que conseguiu na lábia o emprego dos sonhos em Londres quando estávamos num festival, por isso a banda acabou. O nome dela é Edith. Edith Constantine.

Owen ergueu as sobrancelhas.

– *Edith*. Uau. E eu achando que Murdo era ruim.

– Seu nome de verdade é Murdo?

– Owen Murdo. Escolha da minha mãe.

– Ah, bom. Nesse caso, você é digno do kilt.

Eles trocaram um sorriso relutante e cansado. Olhar simpático e conversa agradável, Jeannie acrescentou mentalmente.

– Então, diga – retomou ele, indicando com a cabeça os folhetos sobre traumatismo craniano. – O que precisamos saber?

Na mesma hora, a dura realidade da situação voltou à mesa. Jeannie baixou o olhar e se perguntou como contaria a Owen que o melhor amigo dele podia facilmente ficar paralisado ou apresentar danos cerebrais. Quase certamente teria alguma sequela. A visão de Jeannie ficou embaçada de lágrimas. Dan ainda podia acordar e ficar bem, lembrou a si mesma. Ele ainda podia estar *bem*.

Uma lágrima grossa caiu nos folhetos. Owen os pegou em silêncio.

Ele deu uma olhada nas informações, resmungando e retorcendo o rosto enquanto lia, e lentamente uma sensação de alívio se espalhou pelo corpo dolorido de Jeannie. Owen conhecia Dan e Andrea muito melhor do que ela. Ele saberia a coisa certa a fazer e parecia feliz por assumir a responsabilidade pela angústia de Andrea. A própria mãe de Jeannie parecia satisfeita em fazer listas com Owen, e olha que ela geralmente demorava bastante para confiar em alguém.

Mas, se Owen soubesse o que Jeannie tinha feito, será que seria tão gentil com ela? Com um estremecimento, Jeannie teve que se conter para não dar um gemido de dor.

Ninguém sabia sobre aquilo e ninguém saberia. O segredo estava guardado com o pai e ela, como uma aranha presa sob um copo. Mas não tinha desaparecido.

Esqueça, disse a si mesma. Esqueça que isso aconteceu.

– Jeannie?

Ela ergueu a cabeça. Owen tinha terminado de ler os folhetos e a fitava como se não soubesse como formular a pergunta que queria fazer. Jeannie teve o pressentimento horrível de que ele ia perguntar sobre a ligação misteriosa que ela fizera a Dan.

– Quê?

– Nada. Eu só estava... pensando se você quer ir agora. Não quero te apressar.

– Ah. É. Sim. Você vai ficar no hotel também?

– Não, eu moro aqui perto.

Ele pegou a maleta que a mãe de Jeannie tinha trazido.

– Mais um motivo para eu ter ficado feliz em saber que Dan ia morar tão perto. Estava ansioso para passar mais tempo com ele. E com você, é claro – acrescentou às pressas. – Não que a gente não vá mais fazer isso! Só vamos... adiar.

Jeannie conseguiu dar um breve sorriso.

– Obrigada por tudo que você fez hoje. Não eram exatamente essas as tarefas de padrinho que você estava esperando, né?

– Dan é meu melhor amigo desde que eu tinha 11 anos. Aprendi a esperar o inesperado.

Ele parou e, embora tenha dado um sorriso de encorajamento, Jeannie percebeu o movimento desanimado de seus ombros largos.

– Fico feliz por poder ajudá-lo, para variar.

Um dia se passou, dois, três, e nada mudou no estado de Dan. Nenhum despertar milagroso, nenhum aviso aterrorizante das máquinas. Só o apito constante e monótono dos monitores, breves conversas nervosas com Andrea, a presença constante de Owen e a oscilação entre ondas de pânico e de culpa dentro da cabeça de Jeannie.

O Dr. Allcott aparecia regularmente para verificar o progresso de Dan e garantia a todos que a equipe estava bastante satisfeita com a reação dele. O "período mais crítico" tinha passado – o que Jeannie interpretava como "Ele podia ter morrido, mas não morreu" –, mas, fora isso, o neurocirurgião era cauteloso.

– Infelizmente, é um dia de cada vez – disse ele, enquanto Kate, a enfermeira, atualizava o prontuário ao pé da cama. – Estamos monitorando a pressão no cérebro de Daniel, isso é o principal, mas além disso não há muito que possamos fazer enquanto ele não acordar.

– E quando você acha que isso pode acontecer? – perguntou Jeannie.

– Geralmente, pacientes em coma recuperam a consciência espontaneamente depois de 24 horas, mais ou menos, mas Daniel ainda não parece pronto para isso.

– E se isso não acontecer? Se ele não acordar sozinho?

As palavras saíram mais abruptas do que Jeannie pretendia e ela sentiu a mão de Andrea procurar a sua, segurando-a firme.

O Dr. Allcott não titubeou:

– Se Daniel não demonstrar sinais de que vai recuperar a consciência espontaneamente nos próximos dias, vamos tentar acordá-lo. Ele está sob forte sedação agora e vamos reduzir essa sedação... com muito cuidado, é claro. Dependendo de como ele reagir, teremos uma boa orientação do que fazer.

– Entendi.

Parecia algo positivo. Mais ou menos. Jeannie anotou no caderno que Owen tinha trazido para deixar ao lado da cama de Dan, no qual vinham registrando tudo que os médicos diziam. Eram tantos termos técnicos, tantos jargões, que ela sabia que ia esquecer alguma coisa. Além disso, toda vez que saía para ir ao banheiro, Andrea voltava ansiosa, pressionando Jeannie por qualquer minúscula mudança ou qualquer comentário de algum enfermeiro. O caderno ajudava a mostrar que não havia nenhuma novidade, de verdade.

– Mas ele vai estar bem quando acordar? – O medo vibrava na voz de Andrea. – Ele vai se lembrar do acidente? Vai conseguir nos contar o que aconteceu?

O corpo de Jeannie ficou tenso e a enfermeira, ao perceber, deu um tapinha empático em seu ombro.

– É impossível prever qualquer coisa com plena certeza neste estágio, Sra. Hicks.

Houve um burburinho entre os residentes, o que levou Jeannie a pensar que o caso de Dan era mais interessante do que eles deixavam transparecer.

– Fisicamente, o corpo de Daniel sofreu um choque imenso, além do trauma cerebral, é claro. Precisamos dar tempo a ele para que se recupere disso. – O médico fez uma pausa. – E *vocês* também passaram por um choque imenso.

Ah, era isso, Jeannie compreendeu, o coração afundando no peito enquanto olhava para os jovens médicos: *nós* somos o caso interessante. A noiva, o noivo, a mãe e um coma.

Depois que o Dr. Allcott foi embora (levando consigo o rebanho de residentes) e Andrea saiu para tomar mais chá, a enfermeira Kate fechou a cortina ao redor da cama de Dan e se agachou ao lado da cadeira de Jeannie.

– Escuta, por que não vai para casa e descansa um pouco? – Ela tinha um jeito gentil e uma reconfortante postura imperturbável. – Pelo que o Dr. Allcott deu a entender, é improvável que Dan acorde hoje. E, mesmo que ele acorde, vai estar bastante confuso, e ligaríamos para você imediatamente para que voltasse. Você tem sido muito dedicada, está sempre aqui para apoiá-lo, mas o Dr. Allcott tem razão, *vocês* também sofreram um choque e precisam se cuidar para se recuperar. Tome um banho demorado, pegue umas roupas limpas, durma na sua cama... Eu atualizo o caderno para você com tudo que acontecer. – Ela deu um tapinha no braço de Jeannie. – Vá para casa.

Mas onde era sua casa? Eles tinham se mudado para a casa que alugaram do chefe de Dan uma semana antes do casamento. Mal tinham desencaixotado as coisas. O Chalé Dorothy não era "sua casa". O apartamento que ela dividia com Edith em Bristol era sua casa. A velha casa de fazenda dos McCarthys, com as caminhas dos cachorros e a cozinha muito antiga que o pai estava sempre prestes a reformar, era sua casa.

– Eu disse a mesma coisa à sua sogra – continuou Kate. – Ela vai ficar esta noite e sair um pouco amanhã quando você voltar. Se revezem, é a melhor maneira. Owen disse que leva você para casa se quiser.

Owen a deixava no hotel Travelodge toda noite e ia buscá-la exatamente às oito e meia do dia seguinte, cada trecho cuidadosamente acompanhado pelas notícias locais, para que ela não precisasse ouvir nenhuma música que lembrasse Dan.

Todos eram tão gentis. Owen, Kate. Todos cuidando dela, tentando compensá-la pelo dia de seu casamento. Se eles soubessem...

– Obrigada – disse Jeannie.

E se sentiu uma fraude.

Capítulo 5

O Chalé Dorothy ficava na mesma rua que o Four Oaks, o casarão vitoriano onde morava o chefe de Dan, George Fenwick. O Four Oaks, por sua vez, ficava ao lado do canil e centro de resgate de cães da esposa de Fenwick, Rachel.

Seria temporário, Dan prometera, até que conhecessem a cidade bem o suficiente para acharem um lugar para comprar, mas, quando Owen parou em frente à casa e Jeannie olhou para seu novo lar através do arco de madressilvas que coroava o portão, seu coração ficou apertado. Em quaisquer outras circunstâncias, ela se sentiria mais que sortuda por poder voltar para uma casa tão bonita. As rosas trepadeiras tinham florescido ao redor da porta desde que ela saíra na sexta-feira e os tijolinhos vermelhos agora estavam salpicados de pétalas cor de marfim e mel.

Owen puxou o freio de mão, mas não desligou o motor.

– Bom, acho que vejo você no hospital amanhã, certo?

– Sim. Obrigada por me trazer em casa.

Ao dizer isso, Jeannie se deu conta de que não sabia *como* iria ao hospital no dia seguinte. O carro de Dan estava na garagem, mas ela não fora incluída no seguro. Isso estava na lista de coisas a fazer, mas, na pressa de se mudar e finalizar os preparativos do casamento, acabou ficando para depois. Jeannie desejou que tivessem feito isso em vez de passar uma tarde inteira renegociando com a empresa organizadora da festa para incluir mais dois acompanhantes inesperados e um bebê. Será que ela conseguiria resolver o problema do seguro pela manhã? Será que exigiriam que isso fosse feito por Dan? Em qual das centenas de caixas ainda fechadas estariam os documentos dele? Sua cabeça começou a doer.

– Você tem sido incrível, Owen. Obrigada.

– É bom poder fazer algo prático. – Owen mexia nos óculos quadrados. As lentes de contato tinham sumido fazia tempo. – É difícil, não é? Ficar sentado só olhando enfermeiros e médicos pra lá e pra cá, sem saber o que estão fazendo.

– Tenho certeza de que Dan sabe que estamos lá.

– O irônico é que ele provavelmente ficaria fascinado com tudo que está acontecendo, se estivesse consciente. Deixaria todos loucos com tantas perguntas!

Eles trocaram um sorriso exausto, que não era exatamente um sorriso. Estava mais para um reconhecimento. Jeannie e Owen eram dois estranhos até dias antes e agora tinham passado por uma experiência transformadora. Dan pairava invisível entre eles, mesmo ali dentro do carro.

Ficaram em silêncio por um instante. Embora Jeannie quisesse desesperadamente se ver sozinha, ao mesmo tempo estava morrendo de medo. Aquela casa, cheia de planos de uma vida que deveria estar começando; Dan ali e ao mesmo tempo ausente.

– Sua casa é longe daqui? – perguntou ela, então lembrou que ele morava perto. – Desculpa, você disse onde mora? Minha cabeça não está absorvendo nada.

– Eu não disse exatamente. Moro em uma cidadezinha a uns 15 quilômetros do hospital. Meu escritório fica a 1 quilômetro na outra direção, então vou dar uma passada lá na volta, ver se tem alguma coisa que… Ah, falando no diabo…

O celular de Owen estava tocando.

– Eu trabalho com meu pai – explicou ele. – Empresa familiar. Trabalhamos com transportes, a sede fica aqui. Sou gerente de logística. Não é tão glamouroso quanto salvar gatinhos e filhotes, mas alguém precisa levar as coisas de um lado para outro.

Parecia algo que ele já tinha dito um milhão de vezes, como se estivesse acostumado com piadas sobre seu trabalho chato. Jeannie não entendia por que ele estava se explicando tanto. Parecia ótimo trabalhar a dez minutos de casa.

– Você dirige os furgões?

– Quem dera! Rá! – Ele batucou no volante com os indicadores. – A vida seria muito mais fácil. Enfim, eu preciso atender. Posso te ajudar em mais alguma coisa?

– Não, você já fez muito. Até amanhã.

Jeannie pegou suas coisas e desceu do carro antes que pudesse pensar em quão vazia a casa estaria.

A primeira vez que Jeannie passou pela porta do Chalé Dorothy foi nos braços de Dan. Ele insistiu em carregá-la, embora ela tivesse protestado; não queria que Dan começasse a primeira semana em Longhampton com uma vértebra deslocada. Ele amava os gestos românticos, e ela o amava por isso.

Tentou não se lembrar da cena ao abrir a porta. Havia uma pilha de correspondência no capacho, a maioria cartões de felicitações pelo casamento, e um cheiro desagradável vinha da cozinha. Ela largou as bolsas no pé da escada de madeira e foi investigar que cheiro era aquele.

A cozinha era o único cômodo que eles já tinham arrumado, pois café e comida eram essenciais mesmo nos dias frenéticos de preparativos para o casamento. Sobre a mesa, ao lado de uma pilha de plaquinhas para marcar lugares, que ela tinha esquecido de levar para a recepção, estava uma embalagem de floricultura, a umidade se espalhando pelas laterais. Era dali que vinha o cheiro.

Jeannie abriu: um buquê triste de rosas murchas e lírios manchados de pólen desabou, quase morto. A água tinha escapado do saco plástico e encharcado a caixa. Ela pegou o cartão também encharcado, mas o envelope tinha virado papel machê e não havia como abri-lo, muitos menos como ler a mensagem.

Desabou na poltrona, abalada pela feiura das flores moribundas. Deviam ser de Dan. Ele enviava flores toda semana quando não podiam ficar juntos e aquele seria o último buquê para ela como namorada. Entregue, presumia ela, aos Fenwicks por engano e trazido por Rachel, única pessoa que tinha a chave além deles.

Com um soluço, Jeannie pegou o buquê encharcado e jogou na lixeira da cozinha. A lixeira se recusava a fechar sobre aquele volume imenso, mas alguma coisa a fez ficar empurrando a tampa. Até que sua cabeça começou a latejar e ela desistiu, se arrastando de volta para a poltrona. Suas articulações pareciam fracas, como se fossem ceder a qualquer momento. Jeannie estava aflita e a casa silenciosa ecoava seus sentimentos.

Vamos lá, pensou ela, lembrando-se do conselho da enfermeira Kate, de se cuidar um pouco. Prepare um banho de banheira. Faz tudo ficar melhor.

Aquela foi uma das primeiras coisas que Jeannie amou no chalé novo: a banheira funda, em que cabiam duas pessoas. Ela mal tinha tomado uma ducha desde a manhã do casamento e a ideia de um bom banho de banheira quentinho a fez subir as escadas estreitas com o último vestígio de energia que tinha.

Abriu as torneiras e derramou uma porção generosa de um bom óleo de banho, depois foi até o quarto procurar uma toalha. Dan tinha sido o último a sair de casa no dia anterior ao casamento e os traços de seus últimos movimentos fizeram o coração de Jeannie ficar apertado. O roupão vermelho, jogado em cima de uma cadeira; as cápsulas de óleo de fígado de bacalhau na mesinha de cabeceira ao lado do caderno de ideias de músicas de Jeannie. Era a primeira vez que dividiam um quarto. Ainda parecia estranho ver as coisas dele misturadas às suas. Mas ela estava ali e ele...

Jeannie fechou os olhos com força, disse a si mesma que ia ficar tudo bem, depois pegou uma toalha e voltou para o banheiro.

O óleo tinha formado bolhas deliciosas. Ela enfiou os dedos na espuma para sentir se estava quente demais. Mas a água estava um gelo.

O quê? Jeannie enfiou a mão embaixo da torneira de água quente e ofegou ao sentir a água gelada. De repente lembrou... Dan tinha desligado a água quente antes de sair, pois iam passar duas semanas em lua de mel, e ela não sabia onde a religava.

E agora Dan não estava ali para ela perguntar. Talvez *nunca mais* estivesse ali para ela perguntar.

Tudo tremeu. Jeannie deslizou para o chão, finalmente esgotada. Cobriu os olhos com as mãos molhadas, tentando bloquear qualquer coisa que não fosse o ritmo de seu coração.

Alguém estava batendo à porta dos fundos, mas ela ignorou. Não ia conseguir encarar ninguém, mesmo que a pessoa só estivesse tentando ser gentil. Principalmente se estivesse tentando ser gentil.

As batidas pararam. A porta se abriu (Jeannie não ficou surpresa, pois tinha passado a maior parte da vida no interior) e uma mulher gritou:

– Olá? Olá, Jeannie? É a Rachel. Eu não sabia se você tinha leite para o chá. Posso deixar aqui na entrada, se quiser...

Era a esposa do chefe de Dan. A proprietária. Jeannie ouviu a voz da mãe surgir em sua mente sem ter sido convidada, dizendo: Não seja *grosseira*, Jeannie.

Com muito esforço ela se levantou e desceu a escada.

A porta da cozinha dava para um pequeno gramado; além do gramado, de um lado um caminho levava até o casarão e, do outro, atravessava os campos abertos até a cidade. Parada à entrada estava uma mulher de cabelo preto, com uma faixa grisalha em uma das têmporas, e atrás dela um cão muito, muito velho. Um border collie de olhos azuis, tão velho que o pelo branco e preto agora era só um cinza desbotado. Ele a encarava com uma intensidade que não correspondia aos olhos turvos. Também parecia estar com pena dela.

– Mil desculpas por incomodar – disse Rachel, sentindo-se culpada. – É que eu vi as luzes acesas na cozinha e pensei que, se você tivesse voltado, talvez precisasse de algo para o chá. – Ela ergueu uma garrafa de leite, um pacote de biscoitos e um pão. – Eu sei como é, você deve estar querendo ficar sozinha, então vou colocar essas coisas aqui e deixar você em paz. Me desculpe por não ter vindo antes... eu trouxe as flores, elas estavam na sua porta no sábado de manhã, mas... Ah, Jeannie, eu sinto muito.

Jeannie secou o rosto molhado.

– Sempre acho que não tenho mais lágrimas, mas aí...

– Vou fazer um chá para você e depois vou embora. Se você quiser. – Rachel deixou o pão na mesa e afagou o braço dela. – Se importa se o Gem entrar?

Jeannie fez que não com a cabeça e ficou olhando o collie atravessar a cozinha a passos leves atrás da dona, as patas sem fazer som algum no piso. Ele inclinou a cabeça, farejou o ar e se esgueirou até o sofazinho que ficava no canto, ao lado do fogão Aga vermelho. O cão hesitou, calculando a altura com cuidado, para então subir de um salto e se enroscar. O salto foi um esforço para seus ossos velhos, mas o cachorro não emitiu nenhum som. Quase um fantasma.

– Quando você voltou? – perguntou Rachel, procurando chá nos armários. – Você tem nossos telefones? Falei para a sua mãe nos ligar se você precisasse que alguém fosse buscar você no hospital.

– Estão no celular do Dan.

Jeannie parou de repente. Essa era uma questão. Onde estava o celular de Dan? Será que estava com Owen? Uma ansiedade ameaçadora se agitou em seu estômago.

– Ligue para nós sempre que precisar, a *qualquer* momento. – Rachel encontrou uma correspondência inútil e começou a anotar os números atrás da propaganda. – Você sabe como são os veterinários, estamos acostumados com o telefone tocando a qualquer hora do dia ou da noite. Por favor, não me diga que você veio de trem...

– Owen me trouxe. O padrinho do Dan.

– Você comeu? Comida de verdade?

– Hã... não recentemente.

A chaleira ferveu e Rachel preparou o chá, então se virou para Jeannie, com as mãos na cintura estreita.

– Você pode recusar – disse, com delicadeza –, mas o que acha de ir lá em casa e me deixar preparar alguma coisa para você comer? E umas roupas limpas? Posso lavar alguma coisa para você?

Jeannie balançou a cabeça. Suas roupas ainda estavam em uma mala em algum lugar, apenas roupas para passear e sair à noite. Sua cabeça ainda estava no hospital, sempre alerta para qualquer alteração nos apitos e nas linhas exibidas nas telas dos aparelhos. Seu coração... onde estava? Ela se sentia como a assistente de um mágico, cabeça aqui, tronco lá, espada no meio.

– Tentei tomar um banho, mas não tem água quente... – disse Jeannie, com um aceno de derrota indicando a escada. – Eu só... – Sentiu a boca tremer. – Só queria tomar um banho.

Rachel entendeu.

– Beba seu chá. Depois vamos lá em casa comigo e deixe que alguém cuide de *você* um pouquinho.

Jeannie fora apresentada brevemente ao novo chefe de Dan e sua esposa apenas quando se mudaram. Isso porque, para complicar mais as coisas, os Fenwicks saíram de viagem bem no dia em que eles chegaram: as miniférias de aniversário de cinco anos de casamento.

Na ocasião, Rachel mostrou a Jeannie a casa nova enquanto George apresentava Dan ao consultório e aos outros veterinários. Ela era uma mulher de conversa eficiente: em um espaço de dez minutos, Jeannie ficou sabendo que tinha herdado o centro de resgate de cães depois de trabalhar em Londres, mesmo sem *nunca ter cuidado nem mesmo de um cacto*; que o filho de 10 anos do casal, Fergus, ia ficar na casa de um amigo na cidade enquanto eles viajavam e que Jeannie deveria comprar umas *galochas básicas* e jogar fora as roupas pretas imediatamente, por causa dos pelos dos cães, pois *entram em lugares que você não acredita.*

"Vejo você no casamento!", gritara Rachel em despedida, inclinando-se para fora da janela enquanto George ligava o motor e resmungava que iam chegar atrasados. "Liguem se precisarem de alguma coisa e, aconteça o que acontecer, não..."

Mas o conselho de Rachel se perdeu quando George acelerou formando uma nuvem de poeira. Jeannie depois encontrou um buquê de flores na mesa da cozinha, já em um vaso para que ela não precisasse procurar um nas caixas da mudança, com um cartão dos Fenwicks desejando ao casal felicidades na casa nova. Rachel era gentil. E também tinha enchido a geladeira de cerveja.

– Aqui estamos, não repare a bagunça – disse Rachel, abrindo a porta de casa. – Tive tantas coisas para resolver essa semana que acabei me atrasando com a arrumação e, para falar a verdade, a casa está sempre um pouco bagunçada. Primeiro o mais importante: vamos preparar um banho quente...

Jeannie observou o hall de entrada arejado, que cheirava a produto de limpeza e pão recém-torrado no forno. Um vaso de lírios brancos enfeitava um aparador de carvalho e vários pares de galochas verdes estavam enfileirados em ordem de tamanho no alpendre. A parede ao longo da magnífica escada de carvalho era coberta de fotos em molduras pretas modernas: Rachel, George, um garoto (presumivelmente Fergus) e vários animais, de cães e cavalos a porquinhos-da-índia. Misturados aqui e ali havia retratos de família antigos em sépia, emoldurados no mesmo estilo. O efeito era de todo o clã reunido para espiar os visitantes do alto de um nariz comprido característico.

– A maioria é do meu lado da família – contou Rachel, indicando as fotos enquanto subiam. – Tia Dot, meus pais, minha irmã, Amelia... Dá para perceber pelo nariz. Parece afetar mais as mulheres que os homens... – Ela apontou para um grupo de louros gigantes de camisa xadrez dando idênticos sorrisos dentuços para a câmera, a não ser por um adolescente de cara fechada. – Os Fenwicks por volta de 1980. Muito férteis, ótimos dentes. A família ideal de agricultores. A não ser pela incapacidade de se bronzearem. – Ela subiu mais alguns degraus e parou ao lado de um retrato em preto e branco. – Ah, e esses somos nós. George e eu. No dia do nosso casamento.

Era uma bela imagem de duas pessoas apaixonadas. O fotógrafo tinha capturado os recém-casados de surpresa em frente à igreja: Rachel, tão morena e magra quanto agora, mas vestida com elegância impressionante, a testa apoiada no ombro de George e a mão na dele, enquanto ele olhava para a esposa com uma expressão de descrença, como se não conseguisse acreditar na própria sorte. O amor entre os dois era palpável.

– É a foto de casamento mais linda que eu já vi – disse Jeannie.

Rachel tocou a moldura dourada, que se destacava entre as pretas.

– Obrigada. Acho que é muito... a gente. – Ela soltou um suspiro. – Enfim... Que foi, Gem? Ah, e essa aqui é a família dele, claro.

O collie idoso seguiu as duas em silêncio. Só então Jeannie percebeu que havia vários retratos de collies entre a família humana. Pareciam todos idênticos para ela, mas obviamente não para quem tinha colocado as fotos ali.

– Vou pegar umas toalhas – disse Rachel, abrindo a porta do banheiro. – Mandei instalar uma banheira enorme quando reformamos a casa, um agrado para mim mesma, para um bom banho. É o mais próximo que consigo chegar de um quarto de hotel hoje em dia.

– Não vou demorar – disse Jeannie.

Sua consciência lhe lembrou que ela precisava tomar banho, se vestir, comer e ligar para Andrea para ver como Dan estava. E depois descobrir como voltar ao hospital pela manhã.

– Leve o tempo que quiser! Fergus está no quarto, ele tem comida e um livro, então vai ficar ocupado por horas, e George está no consultório, alguma emergência com um gato. Então você não será incomodada.

A maçaneta da porta era um bulbo antigo cor de cobre e provocou uma sensação de solidez e tranquilidade sob os dedos de Jeannie. A casa inteira dava uma sensação de tranquilidade, apesar da bagunça da família e da falação de Rachel.

– Quando tiver terminado eu preparo alguma coisa para você comer. Ops! – Rachel arrancou uma cueca que estava secando no aquecedor. – Desculpa. Esses maridos...

Jeannie fechou a porta e abriu as torneiras. A água estava quente e calmante e, ao deslizar pelas bolhas perfumadas (Rachel tinha uma prateleira de produtos de higiene pessoal bem abastecida), teve de se esforçar para não pegar no sono.

Não havia nem sinal de George ou Fergus quando Jeannie desceu até a cozinha vestindo as roupas de ginástica que Rachel deixara do lado de fora do banheiro. Rachel estava ao fogão, de costas para a porta, mexendo uma panela enquanto conversava animadamente ao celular:

– ... então eu trouxe a pobrezinha para um chá. Ela está passando por uma barra e está sozinha... Sim, eu sei que você está sozinho no consultório também, mas nem se compara, não é? Você não está correndo risco de dano cerebral ou de passar a vida numa cadeira de rodas ou só Deus sabe o quê...

A torrada estava queimando. Quando Rachel apoiou o telefone entre o ombro e a orelha para virá-la e viu Jeannie ali, seus olhos escuros se arregalaram de vergonha.

Jeannie fez menção de se afastar da cozinha, mas Rachel pediu que entrasse com um gesto, puxando uma cadeira à mesa grande e tirando uma pilha de revistas, periódicos de veterinária, catálogos de roupas e jornais locais. Ela largou a pilha em outra cadeira e um gato malhado surgiu do nada com um miado furioso, acordando Gem, que estava dormindo no banco da janela.

Jeannie se sentou. Na pressa de liberar espaço na mesa, Rachel acabou deixando para trás um jornal local. Jeannie o virou. Quando leu a manchete na primeira página, sentiu a garganta se fechar: "Casamento arruinado por acidente terrível". Havia uma foto do helicóptero e ela viu as palavras "noivo", "casamento" e "atendimento rápido".

Rachel se virou de volta com a torrada, viu o que Jeannie estava lendo e tirou o jornal da mesa com uma expressão de "Sinto muito", enquanto valsava pela cozinha e jogava o jornal na lixeira de recicláveis, ainda falando com George ao telefone.

– Ei, ei, querido? Já que está no consultório, pode me trazer um xampu antipulgas? Freda disse que os westies não param de se coçar, pobrezinhos. – Suas sobrancelhas se uniram quando ela franziu a testa e revirou os olhos. – *Sim*, eu pago. Tire da conta do resgate. Bom, tire da nossa conta conjunta, então. George, por favor, um xampu não vai te levar à falência...

Embaixo do avental que dizia "Pior cozinheira do mundo", Rachel usava uma calça de sarja clara, a barra enrolada no tornozelo, e sapatos baixos dourados. Era o tipo de estilo de verão despojado que saía nas revistas. O fato de manter aquela calça impecavelmente limpa estando rodeada de animais e da família dizia algo sobre Rachel, pensou Jeannie. Ela se perguntou se conseguiria recuperar o jornal da lixeira enquanto Rachel estivesse de costas, mas logo desistiu da ideia.

Rachel colocou os ovos no prato enquanto terminava a ligação.

– Tudo bem, vejo você em meia hora. Trinta minutos. Te amo – acrescentou, mas soou meio automático. – Não se preocupe – disse a Jeannie ao perceber a reação dela. – George ainda vai demorar bastante. Você vai estar aconchegada no seu sofá antes mesmo que ele tire o avental cirúrgico. – Enquanto falava, ela deu um passo em direção à porta e gritou lá para cima: – Fergus? Jantar!

Os ovos mexidos bem amarelos que Rachel colocara no meio da mesa pareciam apetitosos e o cheio da torrada fez Jeannie se dar conta de que não fazia uma refeição decente desde... desde o café da manhã que se forçara a comer na manhã do casamento. Quatro dias antes.

– Ovos são o máximo que eu sei fazer – explicou Rachel, enchendo um prato e oferecendo a Jeannie. – George é o chef nesta família. E Fergus. Fergus gosta de experimentar. É o jeito dele de garantir 8 mil calorias por dia.

Enquanto ela falava, um garoto alto apareceu na cozinha. Se não soubesse sua idade, Jeannie daria a ele mais de 10 anos, pela altura. Tinha os olhos quase pretos de Rachel e um nariz robusto, mas, curiosamente, cabelo louro como trigo. Usava uma camiseta da Pantomima dos Jovens Fazendeiros de Longhampton com uma estampa péssima de uma vaca.

– Jeannie, este é o Fergus. Ferg, esta é a Jeannie. Ela se mudou para o Chalé Dorothy com o... – Rachel hesitou, procurando a palavra certa, então disse, naturalmente: – Com Dan, que veio trabalhar com o seu pai. Dan está...

Fergus lançou um olhar cauteloso a Jeannie por baixo da franja.

– É, eu sei, a mãe do Connor estava no ônibus. Ela viu você com o vestido de noiva, a polícia, as ambulâncias e tudo mais.

– Ferg! – Rachel parecia horrorizada, mas não exatamente surpresa. – *Chega!* Um pouco de sensibilidade, por favor?

Fergus pegou o prato e um garfo.

– Desculpa, não quis ser insensível. Espero que ele esteja bem e tal.

– Sinceramente... – Rachel tocou o ombro de Jeannie. – Desculpa, Jeannie. Ele é direto demais. Como o pai.

– E você – resmungou Fergus.

– Tudo bem – disse Jeannie.

Ainda que a mãe de Connor não tivesse visto, todo mundo vira. E todos estariam comentando, se tinha saído no jornal. Ela teria que se acostumar com isso.

– A boa notícia é que Dan está estável e todos estão muito confiantes na recuperação dele.

– Isso é ótimo – disse Rachel, ainda agitada. – Você tem algo mais alegre para contar, Fergus?

– Papai disse que tem um maluco envenenando gatos com anticongelante em Hartley – respondeu ele, pegando o pote de manteiga.

– Por que não come lá em cima, filho? – Rachel então olhou para Jeannie, mortificada. – Sinto muito. Bem-vinda a Longhampton.

Capítulo 6

No dia seguinte, Rachel levou Jeannie até o ponto de ônibus. Quando ela chegou à UTI, um pouco depois das dez, a cena continuava exatamente a mesma de quando tinha ido embora.

Dan na cama, o rosto parcialmente encoberto pelos tubos e pelo suporte de medicação intravenosa, enquanto a floresta de máquinas pulsava ao seu redor. Os cartões de melhoras na mesinha lateral tinham dobrado de quantidade durante a noite e agora ameaçavam transbordar em uma pilha de glitter e positividade.

Quem são Adam e Erin?, perguntou-se Jeannie, lendo o primeiro que encontrou. E Lydia, Larry, Oliver e Phoebe? Todos chamavam Dan de Danny, o que sugeria que eram amigos da família, não colegas da faculdade. Andrea saberia dizer. Jeannie perguntaria depois.

Sentou-se na cadeira mais próxima da cama e acariciou o pescoço dele com cuidado, com as costas do dedo. Kate tinha dito que ela podia segurar sua mão, mostrar a ele que estava ali, mas havia tantas máquinas delicadas detectando cada pequena variação de seu estado que Jeannie morria de medo de interferir no monitoramento vital da pressão em seu cérebro.

– Oi, Dan – disse baixinho. – Sou eu. Como está se sentindo?

Jeannie segurou a respiração, com medo e ao mesmo tempo esperança de que os olhos de Dan se abrissem ao ouvir sua voz. Mas não houve reação. Nem mesmo nos monitores.

– Kate disse que música pode ajudar enquanto você está dormindo – continuou ela –, então eu fiz algumas playlists com as nossas preferidas. Algo para a gente ouvir em vez de eu ficar falando o tempo todo. Aposto que você está cansado das pessoas tagarelando, não está? Sendo que você não pode participar da conversa... Deve ser um inferno!

Ele não respondeu. Obviamente.

– Esta é para você se lembrar daquele fim de semana em Roma. Nossa primeira viagem juntos. – Jeannie aproximou o celular dele, caso algum milagre tivesse acontecido e agora ele conseguisse ver de olhos fechados. – Lembra? Da caminhada pelos Museus do Vaticano, daquela sala cheia de estátuas de animais? Você disse que os cães pareciam ter doença de Addison e aquela francesa mandou você calar a boca. – Jeannie fez uma pausa. – Depois ela te perguntou como era a doença de Addison e acabamos descobrindo que o cachorro dela tinha. Lembra disso? Acabou que ela era muito legal...

Jeannie parou. Estava esperando que Dan prosseguisse a conversa, comentando suas partes preferidas daquele fim de semana, que foram o passeio gastronômico pelo Trastevere com uma família de canadenses e duas freiras de Dublin, e o bar que encontraram em uma ruazinha, onde ficaram observando as pessoas até muito depois das duas da manhã. Dan era como um ímã para gente interessante e fazia Jeannie se sentir como se também fosse uma delas. Podia soar piegas, mas era algo que ela nunca tinha sentido antes.

Eles estavam felizes em Roma, Jeannie tinha certeza disso. Namorando, se apaixonando, se explorando como se fossem turistas no coração um do outro... Eram lembranças felizes e Jeannie se agarrou a elas.

Ela baixou o volume, para não incomodar os outros pacientes, e colocou o celular perto da orelha de Dan. A primeira faixa era "Perfect", de Ed Sheeran, e as primeiras notas fizeram seu peito se render à nostalgia de um momento que já parecia distante.

Fechou os olhos e ouviu. A música era como uma âncora para ela, fixando um instante em seu coração para que sempre pudesse voltar a ele, não importando quantos anos e quantas marés de emoções tivessem vindo depois. A sensação de se apaixonar que preenchera sua cabeça naquele fim de semana voltou com tudo. Ela e Dan deviam ter ouvido "Perfect" cinco ou seis vezes, tocada por artistas de rua em várias línguas, até virar uma piada recorrente entre eles: qual língua seria a próxima? O fim de semana prolongado voltava em flashes: o apartamento que alugaram próximo ao Panteão, que tinha janelas com venezianas e lençóis de linho, a energia ardente e trêmula na ponta de seus dedos e em seus lábios, as desculpas para tirar selfies em frente a pontos turísticos – e, nisso tudo, a alegria perplexa por saber que Dan sentia exatamente a mesma coisa que ela. Estavam voando, voando a cada segundo em direção a um futuro que de repente se revelou mais do que Jeannie imaginara. De cores vivas e romantismo intenso. Um amor que ela esperou encontrar a vida inteira; um amor que Edith dissera a ela, com desdém, que não existia.

A lembrança era tão dolorosa que Jeannie quis parar a música, mas disse a si mesma que precisava sentir aquilo, que *Dan* precisava sentir aquilo, e deixou que os beijos, os Aperol Spritz e o aroma noturno da cidade passeassem por sua mente ao som da melodia.

Jeannie olhou para o belo rosto de Dan dormindo e se perguntou se as mesmas lembranças estavam surgindo por trás das pálpebras dele. Tivera poucas chances de vê-lo dormir, e uma delas tinha sido em Roma, deitada de lado, observando a luz da manhã pousar em sua pele macia, pensando que ele parecia uma das esculturas de mármore dos Museus do Vaticano. Será que a música estava ajudando a trazê-lo de volta, guiando-o à consciência, como uma corda em água turva?

– Como está tudo por aqui? – perguntou Kate, aparecendo entre as cortinas. – Ah, ótima ideia, um pouco de música. Você viu Andrea quando chegou? Ela saiu para tomar um chá.

Jeannie fez que não com a cabeça e abaixou o volume até a música sumir. Não sabia se queria compartilhá-la com Andrea. Era muito pessoal.

– Nenhuma mudança durante a noite?

– Não, mas ele está estável. Se recuperando em seu tempo. Você sabe como algumas pessoas são. Não é, Dan? – Kate checou rapidamente as pupilas sem reação de Dan com a lanterninha, um detalhe clínico que Jeannie ainda não conseguia olhar. – Pode me passar aquela prancheta?

Ao pegar a prancheta, Jeannie viu uma pilha de papéis escondida embaixo: histórias sobre recuperações milagrosas, reunidas na internet: pacientes que tinham sofrido acidentes terríveis e ficado em coma durante meses e acordado perfeitamente bem, a não ser por um novo sotaque galês ou a capacidade de sentir o aroma de maçãs a 30 quilômetros de distância. Várias histórias, do mundo inteiro, com o mesmo resultado: "Achávamos que tínhamos perdido Brad/Maureen/Rajeev/papai e os médicos diziam que haviam feito tudo que podiam, mas um dia ele/a se sentou na cama, normal/falando espanhol/perguntando sobre a seleção de críquete."

Jeannie se sentiu desconfortável. Andrea estava coletando evidências de milagres enquanto ela pesquisava sobre sequelas permanentes de lesões cerebrais. Jeannie queria ter aquele otimismo, mas o longo percurso até a recuperação percorrido por sua mãe ensinara à família inteira que era melhor esperar pelo melhor mas se preparar para o pior. Isso fazia com que as melhoras mais discretas parecessem grandes triunfos.

– Isso acontece? – perguntou Jeannie à enfermeira, mostrando os papéis. – Existe alguma chance de... Dan acordar como se nada tivesse acontecido?

Kate parou de preencher o prontuário e pensou com cuidado na resposta.

– Acontece, mas é raro, principalmente se o paciente passou mais que alguns dias em coma. O que não quer dizer que seja impossível, é claro! – Ela deu um sorriso largo. – Dan está mostrando sinais positivos. Vamos nos concentrar nisso.

Ela saiu e Jeannie aumentou novamente o volume da música no celular, torcendo para conseguir ouvir mais uma antes que Andrea voltasse. Era "Ho Hey", dos Lumineers. Mais uma vez seu coração disparou: a letra de alguma maneira dizia tudo que ela sentia sobre aqueles meses durante os quais foi se apaixonando, percebendo que a vida pela qual vinha esperando tinha finalmente chegado com Dan. Ela estava tão feliz! Os dois estavam.

Então onde é que as coisas haviam dado errado? Jeannie olhou para Dan, perdida. Onde tinha ido parar a magia? Andrea apareceu na porta da UTI, carregando um chá e uma revista, e acenou para ela.

Uma luz se acendeu na mente de Jeannie. Foi quando comecei a ler revistas de casamento, pensou. Quando começamos a planejar o casamento. Foi quando Dan e eu paramos de fazer perguntas de verdade um ao outro, porque parecia um pouco constrangedor perguntar ao seu *noivo* se ele acreditava no paraíso ou qual era sua estação preferida. Em vez disso, só falávamos sobre frango ou salmão, sobre a primeira dança.

O dia em que Dan fez o pedido foi quando pararam de aprender um sobre o outro. Cinco meses depois de se conhecerem. A cabeça de Jeannie acelerou enquanto Andrea avançava pela ala na ponta dos pés, cumprimentando as pessoas baixinho.

Mas agora tinha a oportunidade de consertar isso. Haveria tempo para conversar com Andrea, com Owen, para pensar em cada pergunta que queria fazer a Dan e a si mesma. *Eles* poderiam respondê-las. Ela poderia preencher as lacunas que havia em seu coração antes que ele acordasse, e talvez assim desaparecesse aquele pânico sufocante que sentia ao pensar em se casar com um homem que ela parecia não conhecer. Talvez fosse um recomeço.

Jeannie pegou o celular que tinha deixado junto à orelha de Dan, guardou-o de volta na bolsa e se aproximou da mesa para pegar os cartões com desejos de melhoras.

– Oi, Andrea! – disse, sorrindo, quando a mãe dele se aproximou. – Então... quem são Adam e Erin?

Pela expressão de encanto no rosto de Andrea, ela não poderia ter feito pergunta melhor. Não havia nada de que Andrea gostasse mais no mundo do que de falar de seu Danny.

Jeannie comprou algumas rosas de aroma adocicado na banquinha de flores antes de pegar o ônibus de volta para casa. Queria dar alguma coisa a Rachel em agradecimento por deixar que ela usasse aquele óleo de banho tão caro... e pelas seis horas de sono feliz que teve depois.

O ônibus parou bem em frente à placa do Centro de Resgate Four Oaks e, ao entrar na propriedade, Jeannie viu Rachel parada ao lado de um Land Rover, conversando com uma mulher de cabelos brancos bem mais baixa que usava um casaco de lã vermelho. Rachel estava claramente chateada com alguma coisa e a mulher acariciava seu braço, tentando acalmá-la.

Ao se aproximar, Jeannie ouviu um uivo fraco vindo do porta-malas do Land Rover, um som agudo e amedrontador que percorreu seu corpo e fez com que lágrimas se insinuassem, com um nó na garganta.

Rachel passou as mãos pelo cabelo escuro, fazendo os fios grisalhos brilharem ao sol. Seu rosto estava coberto de lágrimas enraivecidas.

– Qual é o *problema* dessas pessoas? – dizia. – Não entendo como um ser humano pode ser tão cruel.

– É por isso que a polícia estava lá. Não para prender aquele imbecil, mas para impedir que eu fizesse o que gostaria de fazer com ele. – A expressão da outra mulher era feroz. – Mas, olha, tiramos eles de lá, ele está na delegacia, e este vai ser um novo começo. Vamos lavá-los e alimentá-los, e as coisas vão melhorar.

– Rachel? Rachel! – Jeannie correu pelo quintal. – Está tudo bem?

Rachel se virou, tentando suavizar a expressão.

– Ah, oi, Jeannie. Esta é a Debbie... Debbie, Jeannie, Jeannie, Debbie... Ela é coordenadora de resgate. Acabamos de chegar de uma fazenda próxima à fronteira que a polícia invadiu com autoridades do conselho municipal.

– Que tipo de fazenda?

– Criação de cães sem licença. Estou com o porta-malas cheio de filhotes e as mães. – Debbie apontou para o Land Rover com a cabeça. – Trouxemos o que conseguimos colocar nos caixotes. Tem mais um carro indo para o canil em Much Harlowe. Um dos nossos veterinários foi com a gente, disse que é um dos piores casos que ele viu em anos. Teve que sacrificar alguns dos cães lá mesmo.

– O quê? – Jeannie ficou horrorizada.

Rachel balançou a cabeça, pressionando os lábios.

– Foi horrível, Jeannie. Imundo. Debbie já trouxe ninhadas resgatadas para cá antes, mas foi a primeira vez que eu vi com os próprios olhos. Se soubesse o que aquele homem prometia em seu site, e depois onde os filhotes que ele vendia estavam de verdade...

– Ele terá o que merece – sentenciou Debbie.

– Então... o que eu posso fazer? – Rachel parecia muito abalada. Jeannie teve vontade de abraçá-la. – Como posso ajudar?

– Ah, não... não, você já tem *mais* do que o suficiente com que se preocupar. – Rachel se virou para Debbie. – O namorado de Jeannie é nosso novo veterinário, Dan. Ele sofreu um acidente, está no hospital...

Jeannie a interrompeu:

– E é exatamente por isso que estou me oferecendo... preciso de alguma coisa que me distraia do fato de que não posso fazer nada para ajudar Dan agora. – Ela virou para Debbie. – O que eu posso fazer? Parece que vocês precisam de uma mãozinha.

– Bom, temos cerca de vinte cães ali. Eles precisam ser lavados, secos e alimentados – disse ela rapidamente. – Podemos pensar nas vacinas e outras coisas depois.

– Para onde eles vão? Tem espaço aqui?

Jeannie de repente imaginou Rachel requisitando o chalé em caso de superlotação. Seria isso parte do acordo de aluguel para veterinários?

Rachel se recompôs. Sua mandíbula forte se restabeleceu e Jeannie teve um vislumbre da mulher mais velha e severa nas fotos da escada dos Fenwicks.

– Vamos arranjar espaço. Tecnicamente, estamos lotados, mas sempre damos um jeito.

– Boa garota. – Debbie deu-lhe um tapinha de aprovação, como se ela fosse um cachorro grande. – Não sei o que faríamos sem você. Rachel tem nos ajudado muito – acrescentou, virando-se para Jeannie. – Conseguiu um novo lar para centenas de cães desde que assumiu aqui. Ela é um anjo.

O choro estava ficando mais alto.

– Eu devia fazer mais. *Muito* mais. – Rachel baixou o olhar, mas logo se recuperou. – Acabei de ter uma ideia... Venham, eu também preciso fazer alguma coisa para me distrair.

Os cães que saíram do porta-malas do Land Rover eram diferentes de todos os que Jeannie já tinha visto. Ela só conseguia ver olhos sem brilho e aterrorizados em uma massa de pelos imundos.

Havia três caixotes cheios de cães fedidos, alguns grandes, mas a maioria bem pequenos. Eles fediam a comida indigesta, urina e medo. As mães – máquinas de procriação, disse Debbie, sem rodeios – estavam esquálidas e assustadas, como se mal tivessem visto seres humanos até então e os que haviam visto tivessem lhes dado motivo para se esconder. Os filhotes foram marcados com pontos de tinta spray pelo veterinário, para que pudessem ser identificados por ninhada. Quando Debbie e Rachel tentaram pegar os filhotes trêmulos, as mães uivaram e tentaram de tudo para impedi-las, mas estavam fracas e cheias de pulgas. Eram uma Staffordshire bull terrier tigrada de cabeça larga, uma poodle toda desgrenhada e uma border collie que era só osso e nós no pelo.

Rachel lidou com os cães com delicadeza e eficiência, mas, quando a collie veio, Jeannie percebeu seus ombros se abaterem. Ela estendeu o braço para tocar o pelo emaranhado com ainda mais gentileza, depois se abaixou para sussurrar palavras de conforto em sua orelha contraída.

– Vamos lavar uma ninhada por vez, começando pelos terrier – instruiu Debbie, abrindo um galpão em frente aos canis que Rachel usava para lavar os cães. – Mantenha os filhotes à vista da mãe, senão ela vai descer da pia.

As mulheres seguraram a terrier que se contorcia na pia funda e a lavaram com água morna enquanto os filhotes se contorciam em um cesto de roupa suja forrado com jornal. Ela tremia sob as mãos das duas, o rabo submisso enfiado entre as tetas flácidas. Debbie desconfiava que ela tivesse acabado de parar de amamentar. Os filhotes provavelmente tinham quatro semanas.

– O veterinário vai ter que confirmar a idade deles, porque não estão como deveriam.

Jeannie acariciou a cabeça da terrier e cantarolou o mais gentilmente que podia enquanto Rachel lavava o corpo magro e limpava os ouvidos fedorentos. A cadela não tirou os olhos castanhos do cesto nem uma vez sequer, mesmo enquanto Rachel procurava ferimentos com todo o cuidado.

– Jeannie, você pode ir até o escritório e trazer toda a ração para recuperação que tivermos? – pediu Rachel, pegando as chaves do bolso de trás. – Ela precisa se alimentar, pobrezinha.

– Ração de recuperação? – Jeannie se sentiu perdida. – Está escrito na embalagem?

– Hum, sim. Está no armário de rações. George nos deu algumas que estavam com a embalagem danificada. Pegue também umas tigelas. Se não tiver nenhuma, eu vou até o escritório e pego. É uma emergência.

– Tranquilo.

Jeannie ficou feliz por ver que Rachel estava recuperando suas energias e mais feliz ainda por poder sair daquele ambiente. Não tanto pelo mau cheiro, mas pelo medo que via nos olhos das cadelas e por pensar em quanto elas e os filhotes deviam ter sofrido para ter tanto medo do toque humano. A submissão era mais triste do que qualquer agressão.

Quando Jeannie voltou trazendo pilhas de coisas, o ar estava mais fresco, cheirando a água quente e xampu antipulgas. Rachel e Debbie haviam terminado de secar a cadela, que ficou em um caixote de metal enquanto elas limpavam os filhotes na pia, dois por vez.

– Boa garota – disse Rachel, e Jeannie não sabia se era com ela ou com a cadela. – Jeannie, pode colocar um pouco de comida para ela? Vamos deixar que coma aqui, para que ela possa ver os filhotes.

Jeannie despejou a comida enlatada na tigela e colocou a tigela no chão. A terrier quase voou do caixote. Comeu rápido, olhando de um lado para outro como se a tigela pudesse ser levada a qualquer momento, mas continuou atenta à pia onde estavam os filhotes.

– Pobrezinha, você não tem nem nome? – quis saber Jeannie.

Até mesmo Debbie, que era bastante durona, tentava conter as lágrimas de raiva que se acumulavam em seus olhos.

– Quantos anos o veterinário calculou? – perguntou Rachel.

Debbie esfregou o cabelo curto grisalho.

– Não chega a 2. E não é a primeira ninhada. Ela é só uma criança.

O horror daquilo tomou conta do ambiente e elas ficaram em silêncio, vendo a cadela comer tudo, arrastando a tigela no chão para pegar cada pedacinho.

– Bom, ela está a salvo agora – disse Rachel. – É aqui que sua vida começa. E o nome dela é Sadie.

– Lady Sadie – completou Jeannie, porque ela parecia uma lady.

Em uma hora, Jeannie e Debbie deram banho em todos os filhotes, enquanto Rachel limpava a mãe collie trêmula, desfazendo com cuidado os nós que estavam emaranhados demais para pentear. Cantarolava suavemente o tempo todo, e depois de um tempo Jeannie pensou ter visto a cadela começar a se encostar em Rachel, com muito, muito cuidado. Ou talvez tivesse inventado a cena só porque queria muito ver aquilo.

Elas colocaram as famílias em canis improvisados: os terriers em caixas forradas com toalhas no escritório, os collies ali perto na sala de tosa e os poodles em um cantinho tranquilo no canil principal. Havia vinte cães ao todo, menos de um terço do total que o conselho havia apreendido do criador. Por sorte, Freda e Ted, os voluntários que tinham saído para caminhar com os outros cães resgatados, voltaram e começaram a ajeitar os pelos emaranhados da poodle, pois "entendiam de poodles". Freda estava dando banho nos filhotes da melhor maneira que conseguia, mas Ted se revelou um especialista com a tesoura, removendo com delicadeza os piores nós para que a mãe pudesse ser lavada.

– O que vai fazer com eles? – perguntou Jeannie enquanto Rachel preenchia formulários no escritório. – Vai encontrar um lar novo para todos?

– Nem sempre é tão simples. – Rachel marcou mais alguns itens nos formulários. – Já largaram reprodutoras aqui antes e as pobrezinhas... elas sempre têm problemas. Não socializam, morrem de medo de homens, não sabem andar com coleira, algumas têm problemas físicos por terem passado a vida inteira deitadas em chão de pedra...

O caixote cheio de filhotes diante delas era uma massa estridente de barrigões e fofura, a mãe observando tudo da relativa paz de uma gaiola ao lado. Com mais uma pequena refeição na barriga, Lady Sadie ainda parecia exausta.

– Não vai ser mais fácil encontrar lares para os filhotes? – perguntou Jeannie.

– Com certeza, as pessoas sempre querem filhotes. – Rachel deu uma risada vazia. – Eles vão se recuperar rapidinho, mas vão precisar de supervisão e socialização, além de vermífugo e ração apropriada, até poderem ir para novos lares. As mães vão precisar ser castradas e alimentadas, e George vai ter que examiná-las para que não tenham problemas maiores... – Ela suspirou e bateu a caneta na lateral da cabeça, frustrada. – É caro. Estamos sempre no vermelho. Mas o que podemos fazer? Eu jamais daria as costas a eles. Só vou ter que implorar a George por mais um favor.

– É incrível que ele dê tanto apoio – disse Jeannie. – Dan me disse que parte do seu trabalho era ser voluntário algumas horas por semana aqui... e você sabe que também vou ficar feliz em ser voluntária.

– Sim, George sempre foi muito bom com a gente. – Rachel suspirou. – Mas...

Ela parou.

– Mas o quê?

– Nada.

Rachel franziu a testa, olhando para o laptop, então emitiu um som de reprovação para si mesma.

– George é um santo, ele ajuda o centro desde antes da minha época, que Deus abençoe aquela alma ranzinza. É *minha* culpa sempre precisarmos de ajuda. Mas ele vai dar um jeito. – Ela levantou o olhar. – Acho que o casamento é isso, na riqueza e na pobreza. E, no nosso caso, nas contas atrasadas.

Capítulo 7

Duas coisas ajudavam Jeannie a atravessar os dias lentos passados ao lado do leito de Dan: o estoque ilimitado de chocolate que os pais mandavam e Owen organizando a enxurrada de informações que rodopiava ao redor deles.

O último exemplo da capacidade que ele tinha de transformar o caos em dados perfeitamente cruzados foi a planilha enviada por WhatsApp com as escalas das visitas deles.

Eu sei, sou um chato das planilhas…, acrescentara ele, constrangido.

> *Mas é que a Andrea não para de me mandar mensagens dizendo que Dan vai acordar e não vai ter ninguém lá, então isso é para que ela fique tranquila. Claro que você pode ficar lá o dia todo se quiser, mas as enfermeiras me falaram, em off, que Dan também precisa de um pouco de sossego. Não quero que, depois de tudo que passou, ele ainda fique com dor de ouvido!*

Eles tinham um grupo de WhatsApp sobre Dan com Andrea, mas Owen enviara isso em particular. Jeannie sabia por quê: Andrea não reagia bem a nada que considerasse "negativo" e às vezes era difícil ter uma conversa direta com os enfermeiros sobre o progresso diário de Dan. Jeannie sentia que Owen precisava saber a verdade, qualquer que fosse ela, e, apesar do melindre habitual, percebeu que ela própria também se sentia assim.

Andrea estava "escalada" para entrar só à tarde, de acordo com a planilha de Owen, mas, quando Jeannie chegou na manhã seguinte, logo depois da ronda dos médicos, ela já estava lá, segurando a mão de Dan. Seu rosto se iluminou quando ela viu Jeannie.

– Danny, Jeannie chegou! – exclamou Andrea. – Ah, o que você tem aí?

Ao sair de casa, Jeannie pegara algumas fotos de família emolduradas de uma caixa que Dan ainda não tinha aberto. O Dr. Allcott sugerira trazer fotografias sobre as quais pudessem falar, caso Dan estivesse ouvindo, e, como Jeannie mal conhecia a família de Dan, achou que seria também uma boa maneira de preencher algumas lacunas.

Andrea ficou mais que contente em comentar a primeira: um retrato, em moldura prata, dela com Dan adolescente, os dois em trajes brancos de tênis.

– Ah, eu me lembro disso! Danny e eu éramos uma ótima dupla... Tão gentil da parte dele jogar com a velha mãe! – disse ela, então admitiu, após Jeannie pressioná-la, que era muito boa na juventude.

Não foi surpreendente ouvir que Dan era um prodígio do tênis; Jeannie ficou mais interessada nas revelações modestas de Andrea sobre o próprio sucesso na juventude. As histórias foram surgindo como se havia muito ela não pensasse naquilo.

– O engraçado é que eu sempre fui melhor nas duplas que no individual – concluiu ela, saudosa. – Você joga?

Jeannie fez que não com a cabeça.

– Precisamos ensiná-la!

As duas olharam para a fotografia. Dan era um adolescente bonito, pensou ela, quase um jovem príncipe William: cabelo louro compridinho caindo nos olhos entreabertos por conta do sol, pele dourada, pernas longas e atléticas. Ele não sorria, mas Andrea, sim – sob a faixa branca, estilo Chris Evert, seu rosto de queixo estreito brilhava de orgulho e também com a luz refletida no enorme troféu recém-conquistado por eles.

– Capitão do time de tênis da escola *e* do de críquete – acrescentou Andrea. – Ela olhou para a forma adormecida de Dan, baixando a voz como se temesse que ele ouvisse: – Ele teve que ficar interno na escola, depois que Malcolm e eu nos separamos e eu... eu tive que me mudar. Danny tinha muitos bons amigos lá, como o querido Owen, então eu sabia que estava feliz. Mas eu sentia falta dele. Malcolm teria matriculado Dan no internato aos 8 anos, mas foi a única coisa na qual eu me impus.

Aquilo chamou a atenção de Jeannie. Dan nunca falava sobre o pai. Tudo que ela sabia sobre Malcolm Hicks era que ele ganhara muito dinheiro no mercado imobiliário e que tinha largado Andrea e formado uma nova família no Canadá quando Dan ainda estava na escola. A única vez que ela perguntara sobre isso, logo no início, ele contou o básico, completando: "Eu tento não pensar no meu pai." E mudou de assunto. Não parecera triste. Apenas demonstrara certa rigidez.

Mas Andrea tinha tocado no assunto por conta própria, então Jeannie se perguntou se não lhe ocorria o mesmo pensamento no meio da noite: se Dan tinha sofrido um acidente grave, capaz de mudar completamente sua vida, seu pai não ia querer saber? Elas não deveriam procurá-lo? Dan não quis contar sobre o casamento, mas aquilo...

– Que divertido! O que mais você trouxe? – perguntou Andrea, animada, e Jeannie entregou a fotografia seguinte.

Andrea fechou a cara de imediato: era Dan com o pai.

– Desculpa, eu só peguei as primeiras da caixa que estava na sala – disse Jeannie. – Nem olhei...

– Não sabia que Dan tinha esta foto.

A foto fora tirada nos degraus da entrada de uma escola. Malcolm Hicks, alto e elegante em um terno listrado e de chapéu panamá, estava com a mão no ombro de um Dan mais novo, olhando para a câmera com um sorrisinho charmoso. Dan tinha o cabelo louro-claro da mãe, mas os olhos azuis penetrantes e as sobrancelhas escuras do pai. Pelo jeito, a confiança natural também.

A leveza sumiu da expressão de Andrea e as linhas em seu pescoço se enrijeceram.

– Dia do discurso – contou, tentando sorrir.

Jeannie tinha plena consciência de que não conhecia muito bem a sogra. Era estranho sem Dan lá para ajudá-las.

– Me desculpa, Andrea – disse ela, e estendeu a mão para pegar a foto de volta. – Estava em uma caixa, eu nem sei se Dan deixava exposta em algum lugar...

– Malcolm não era um homem bom – disse Andrea, medindo as palavras. – Mas Danny ganhou três prêmios naquele dia e o pai estava muito orgulhoso. Foi por isso que Dan guardou a foto, imagino. Malcolm nos abandonou mais ou menos uma semana depois disso.

Ah, meu Deus. Jeannie deu um chute em si mesma por dentro. Mas aquele era o campo minado pelo qual andava na ponta dos pés: não conhecia

Dan bem o suficiente para abrir suas caixas sem ele lá, menos ainda para lidar com sua mãe.

Ela respirou fundo e tomou coragem:

– Malcolm sabe sobre...?

– Não! Não, ele não sabe. É a última coisa que Danny ia querer, o pai aparecendo aqui para intimidar as enfermeiras. Ou coisa pior. – Andrea levou a mão ao pescoço e Jeannie viu uma mulher assustada, pequena, surgir em seu rosto. – Desculpa, Jeannie, infelizmente só de falar nesse homem eu fico...

– Você está bem? – Andrea parecia ansiosa. – Quer que eu chame a Kate?

– Está tudo bem, querida. Tudo bem. Sempre digo que aquele homem me deu um filho maravilhoso e vários problemas de saúde por conta de ansiedade. – Mas ela não parecia bem. – Tem alguma foto de vocês dois aí? Danny me mandou uma linda do dia em que vocês ficaram noivos...

Ela era tão boa em mudar de assunto quanto Dan. Relutante, Jeannie olhou na bolsa, mas a terceira foto era do time de futebol da universidade.

– Hã... não. Mas eu tenho algumas no meu celular...

– Me mostre, por favor! – Andrea se aproximou mais. – E quero ver algumas desse seu grupo pop! Danny é péssimo em dar detalhes, preciso saber mais sobre isso. Ah, é você? Que maquiagem de glitter fabulosa! Está na moda de novo?

Jeannie sentiu um carinho repentino pela quase sogra. Andrea parecia muito interessada em conversar, em contar e ouvir histórias. Elas tinham visto só metade das selfies de Nova York (Andrea precisava saber *todos* os detalhes) quando passos familiares soaram no corredor, vindo em sua direção, seguidos por mais passos.

– Ah, que bom que ambas estão aqui! Podemos conversar?

As duas levantaram a cabeça quando o Dr. Allcott apareceu ao pé da cama de Dan, seguido por Kate, que trazia alguns folhetos sobre a prancheta de sempre. O coração de Jeannie acelerou. O que o médico tinha vindo lhes dizer?

– Olá! Estávamos só conversando – disse ela, guardando o celular na bolsa. – Andrea e eu, quero dizer.

– Ha, ha! Muito bom.

– O senhor tem novidades? – Andrea foi logo perguntando. – Vai acordar Dan?

– Sim. E não, infelizmente. – O Dr. Allcott se sentou na cadeira do outro lado da cama. – Tive uma reunião hoje com a equipe médica e quero atualizá-las quanto ao que discutimos.

Jeannie sentiu o estômago se apertar. Ela pegou o caderninho na mesa.

– Como você bem lembra, Andrea, conversamos no início sobre tentar trazer Dan de volta se ele não recuperasse a consciência espontaneamente – começou o médico, e Andrea inclinou o tronco para a frente, só para recuar de novo quando ele acrescentou: – Mas, depois de alguns testes investigativos, decidimos esperar um pouco mais.

– Ah.

Ela pareceu desolada.

– Por quê? – perguntou Jeannie.

O Dr. Allcott começou a resumir os motivos complexos: risco de coágulos, pressão no cérebro, termos técnicos que faziam sentido enquanto ele estava explicando, mas que Jeannie sabia que precisaria pesquisar de novo mais tarde, na lanchonete do hospital. É surreal ter esta conversa junto do corpo imóvel de Dan, pensou. Ela e Andrea de um lado, o médico do outro, Dan no meio. O futuro dele – o futuro *deles* – em discussão.

– Então, tem mais alguma coisa que eu possa responder já que estou aqui? – finalizou ele.

– Eu tenho uma pergunta – disse Andrea.

– Pode fazer.

– Ele vai... Dan vai nos reconhecer quando acordar?

Seus olhos imploravam por algum consolo.

– Os pacientes geralmente perdem a memória de curto prazo após um trauma na cabeça... Tem a ver com as diferentes áreas do cérebro onde as lembranças de curto e de longo prazos são armazenadas. Mas as de longo prazo e as *repetidas* são muito mais difíceis de apagar, e não detectamos nenhum dano nessa parte do cérebro de Daniel, então... eu diria que é muito provável que ele reconheça vocês, mas pode ter poucas lembranças dos dias anteriores ao acidente. – O Dr. Allcott virou para Jeannie. – Infelizmente, ele não deve se lembrar muito do dia do casamento, mas pelo menos o vestido ainda será uma surpresa!

O quê? Jeannie tinha conseguido tirar o casamento da cabeça por algumas horas.

Andrea pegou a mão dela, apertando com tanta força que Jeannie sentiu os anéis da sogra se cravarem em sua pele, e disse:

– Não posso mentir, não é o que queríamos ouvir, mas, desde que Danny esteja se recuperando, acho que só nos resta ter paciência.

– Ainda estamos muito otimistas quanto à recuperação dele, Sra. Hicks. Assim que tivermos algo novo, prometo que venho falar com vocês. – O Dr. Allcott olhou para o relógio, então deu um tapinha nos joelhos e se levantou. – Me desculpem por vir e sair correndo, mas preciso entrar em cirurgia... Outro acidente de trânsito, infelizmente. Sei que é muita coisa para absorver, mas, se tiverem mais dúvidas, anotem e avisem a Kate.

Jeannie estava observando Kate e detectou uma reação mais cautelosa no olhar da enfermeira.

No trem para casa, Jeannie ligou para Owen. Como ela esperava, ele reagiu às novidades com uma alegria cautelosa.

– Parece que eles estão fazendo todo o possível – disse ele por sobre o som do apito de caminhões dando marcha a ré. – Espero que ele tenha esquecido a despedida de solteiro quando acordar. Sortudo... eu queria poder esquecer.

Jeannie mexeu o copo de café. O comentário do médico sobre o vestido de casamento tinha provocado uma série de dúvidas quanto à perda de memória de Dan. Do que ele se lembraria no que dizia respeito ao dia da cerimônia? Será que se lembraria das mensagens deixadas por ela? Será que revelaria o segredo vergonhoso na frente de Andrea... de Owen? Não, ele jamais faria isso. Com certeza essa era exatamente a lembrança imediata que seria perdida.

Pare de pensar em si mesma. Se preocupe com Dan.

Owen estava perguntando:

– O que você vai fazer hoje à noite?

– Vou continuar arrumando as coisas. Ainda tem um monte de caixas fechadas.

Jeannie não queria mexer nisso, mas estava ficando sem roupas. Tinha imaginado os dois abrindo as caixas juntos, uma montagem de momentos divertidos de "Eu não sabia que você tinha isso!" ao som de Belle and

Sebastian. Moedores de pimenta enormes, sombreiros engraçados, patins. Esse tipo de coisa. Parecia errado abrir as caixas sozinha. Principalmente as de Dan: invasivo de alguma forma.

– Pensei em levar algumas das coisas do Dan... – disse Jeannie. – Roupas, mais fotografias para comentar, sabe? Eu adoraria se você pudesse me falar sobre todas aquelas pessoas nas fotos de escola...

Owen não respondeu. Jeannie se perguntou se os caminhões tinham passado por cima dele.

– Owen?

– Oi, hã... Não quer deixar essas coisas para quando ele voltar?

– Como assim?

– Ah, melhor pensar no futuro, você e ele. Você não vai querer passar o tempo revirando as porcarias do Dan... Que tal levar um presente de casamento? Falar com ele sobre isso?

– Não acho que ele vai sair do coma por um *conjunto de panelas*. – O tom dele definitivamente soara estranho. – Owen?

– Ah, deixa pra lá, esquece. – Os caminhões estavam apitando de novo. Ele prosseguiu: – Escuta, eu tenho que ir, amanhã a gente se fala.

E desligou. Ou foi atropelado.

Jeannie olhou para o telefone sem entender. Owen parecia um cara sensível, talvez tivesse sentido a relutância dela em mexer nas caixas de Dan. Talvez ele tivesse razão.

Mas por que precisava dizer aquilo, sobre não abrir as caixas?

Jeannie se convenceu de que era seu dever como inquilina e meio que funcionária atualizar os Fenwicks quanto ao estado de Dan, mas a verdade era que queria ver como estavam os filhotes. Ajudar Rachel tinha lhe proporcionado raras horas em que se sentira útil e ela não se importava de doar seu tempo depois de Rachel ter sido tão gentil.

Estava virando a esquina da rua que levava aos canis quando o som de vozes elevadas a conteve. O tom também não era de uma conversa leve. Jeannie recuou, esperando que a discussão terminasse, mas então percebeu que a voz feminina era de Rachel.

– … o que mais eu poderia fazer? – Ela parecia mais furiosa que aflita. – Você viu o estado deles!

– Não estou dizendo que você devia ter mandado eles embora, só não pode achar que a gente tem como pagar isso tudo! O centro de resgate não pode ficar sempre no vermelho, Rachel. Você *sabe* como estamos apertados este mês… não só este, nos últimos *seis* meses. E ainda vamos ter que procurar um temporário para substituir Dan…

– O seguro não cobre isso?

– Às vezes eu não consigo acreditar que você já trabalhou em empresa. Não, não cobre.

– Pois deveria! Foi um acidente! Além do mais, é só dinheiro… Nossa situação não chega nem perto da que Jeannie está passando. Não consigo nem imaginar como ela está se sentindo. Você consegue?

– Não estou equiparando as duas coisas. Só estou dizendo que não consigo providenciar 2 mil libras num passe de mágica… assim. – Ele estalou os dedos. – Para vinte cães. *Vinte*, Rachel.

– Não estala o dedo pra mim, George. Você sabe que eu não…

Uma salva de estalos.

Jeannie se sentiu mal por ouvir escondido, mas, de certa forma, ficou feliz por Rachel e George serem educados demais para falar a verdade na cara dela. É claro que o acidente de Dan prejudicara o negócio. E ela estava morando no chalé sem pagar aluguel…

– São só as vacinas e a castração – insistiu Rachel, e parecia que aquela conversa já estava no quarto ou quinto round.

– Só. *Só*. Não. Você fazia ótimos eventos para angariar fundos… pode fazer mais um.

– George…

– Não me venha com essa de *George*. Hoje não, Rachel.

Jeannie tentou ouvir a resposta de Rachel, mas eles se afastaram. Enquanto inclinava o tronco para a frente, mas não tanto para que não a vissem, sentiu como se algo fosse tocá-la no braço e pulou para trás com um gritinho.

Era o collie de Rachel atrás dela. Jeannie olhou para ele em choque. Como que o bicho tinha aparecido ali sem ela perceber? Ele estava parado, encarando-a com seus estranhos olhos azul-claros.

– Gem? Gem? Cadê você?

Jeannie não queria ser pega em flagrante, então se ajeitou e contornou a esquina. O cão a seguiu, conduzindo-a em silêncio até a casa.

Rachel veio pelo outro lado, caminhando tão rápido que quase esbarrou nela.

– Ah, Jeannie! – Um punhado de pulseiras prateadas balançou em seu pulso quando ela afastou o cabelo do rosto. Rachel parecia outra pessoa: os olhos cheios de decepção, e o nariz, ainda mais severo. – Tudo bem com você?

– Sim, eu estava só...

O olhar de Jeannie se desviou para um homem de camisa xadrez caminhando tão rápido quanto Rachel, mas na direção oposta. George. Ela via agora de quem Fergus tinha puxado o tamanho.

Em alguns movimentos bruscos, George chegou à casa, abriu a picape estacionada em frente, jogou a pasta lá dentro e partiu, levantando uma nuvem de poeira.

– Nunca conheci um homem que dirigisse tão bruscamente quanto o George – observou Rachel. – Ele gasta pneus como se não houvesse amanhã. Imagino que você tenha ouvido nossa troca de opiniões francas... Sinto muito. Tentamos discutir longe dos cães. Eles não gostam de gritaria.

– Eu não estava ouvindo escondida.

Rachel fez sinal para que Jeannie a seguisse até o canil.

– Para falar a verdade, não era uma discussão propriamente. Estava mais para um sermão.

Ela abriu a porta da cozinha, onde os filhotes de terrier estavam bem acordados e pulando uns sobre os outros no caixote.

– Ele não vai mudar de ideia sobre esses cães. Diz que eu preciso parar de tratá-lo como se fosse um cofrinho e me mexer para angariar recursos... para variar um pouco. Rá! Até parece – resmungou ela. – Morando na minha casa...

– Tem alguma coisa que eu possa fazer para ajudar?

– Ah, provavelmente. – Rachel pegou duas canecas do armário e ligou a chaleira elétrica. – Quer dizer, não é que a gente *não* angarie fundos. Temos uma loja beneficente na cidade e George está esquecendo, convenientemente, que *fizemos* um bazar há alguns meses. Conseguimos cobrir o valor anual necessário para castração. Mas os custos aumentaram bastante este ano e no verão já vai ter o festival da cidade, então não vai ser fácil organizar algo em tão pouco tempo. As pessoas já estão comprometidas. E precisamos de dinheiro agora.

Ela olhou os filhotes e seu rosto entristeceu.

– Você está bem? – perguntou Jeannie. – Deve ter sido horrível o que você viu.

Rachel soltou um suspiro e deu de ombros.

– Não consigo esquecer. Me leva a querer fazer muito mais por eles.

Jeannie agachou ao lado do caixote para deixar que os filhotes cheirassem seus dedos. Gem estava parado à porta, longe dos filhotes mas claramente de olho neles, enquanto a mãe cochilava ali perto. Quando Jeannie estendeu a mão para eles, Gem se retesou como se sentisse o movimento no ar.

A chaleira ferveu. Rachel pegou a lata de chá.

– Eu já contei a história do Gem? – perguntou, dessa vez em tom mais animado.

– Não.

– Ele era da minha tia Dot. Ela deixou Gem para mim, junto com a casa e o centro de resgate. Alguns passeadores o encontraram quando ele era filhote, abandonado num frio congelante numa sacola com o restante da ninhada. Eles os trouxeram para cá, para tia Dot, a louca dos cães, e ela cuidou deles, deixou-os ao lado do fogão para se aquecerem. Escolheu Gem para adotar, ou Gem a escolheu, sei lá, e Gem cuidou dela até ela morrer. Quando vim para cá, há dez anos, me sentindo quase tão perdida e indesejada quanto ele se sentiu um dia, Gem cuidou de mim. Acho que Dot pediu a ele que fizesse isso.

Jeannie a fitou, surpresa com a crueza inesperada na voz de Rachel.

– Eu não estava bem. Mas essa é uma história para outra hora.

– Ele está com quantos anos?

– Dezessete! George diz que é o collie mais velho que ele já viu. Não sei o que eu faria sem ele, mas vou ter que começar a pensar nisso já, já. E não quero.

Rachel pareceu abatida, mas logo se recompôs.

– Quando cheguei aqui, achava Dot velha e um pouco trágica, mas vou fazer 50 anos em breve e olhe só para mim! – Ela fez um gesto horrorizado indicando o macacão, como se tivesse acabado de se dar conta do que estava vestindo. – Pareço a avó do Tinky Winky! E eu nem sabia quem era Tinky

Winky antes de me mudar para cá. Eu assinava a *Vogue*. Eu tinha classe. Eu fazia *luzes*...

Ela parou de repente, arregalando os olhos.

– Ah, meu Deus! Cala essa boca, Rachel. Que bobagem é essa que estou falando? Me conte sobre Dan. Ele está podendo receber visita? Se bem que eu não sei se ver o chefe faria alguém se sentir melhor, ainda mais no mau humor que George está...

Jeannie fez que não com a cabeça. Teria preferido continuar ouvindo sobre a tia excêntrica ou por que Rachel também precisara ser resgatada, mas estava começando a se sentir incomodada pensando em como "deveria" reagir à situação. As pessoas esperavam que ela estivesse arrasada por causa do casamento... ou que não ligasse?

– Ou então – acrescentou Rachel, percebendo o constrangimento dela – podemos só brincar com os filhotes. Que tal?

– Seria ótimo – disse Jeannie.

Rachel lhe entregou a xícara de chá.

– Faz bem para eles. Para todos nós.

Capítulo 8

Quando Jeannie ligou para os pais para dar a atualização diária sobre o estado de Dan, Sue reagiu com uma onda de otimismo tão forte que quase dava para ver seu sorriso pela linha telefônica. Jeannie podia ver exatamente os olhos da mãe enrugadinhos, ela assentindo animada, como fazia em reação a notas de provas (altas e baixas), ao time de futebol de Angus (péssimo), aos primeiros lançamentos experimentais da Edie's Birdhouse no SoundCloud (brilhantes, obviamente). Era uma piada recorrente na família: conte à mamãe uma novidade – qualquer novidade – e observe-a balançando a cabeça para cima e para baixo como aqueles cachorrinhos que as pessoas têm no painel do carro.

Jeannie tentava soar mais positiva do que se sentia.

– Aguente firme, minha querida. – A voz de Sue era carregada de calor e consolo, como um chá quentinho e doce. – Dan pode acordar a qualquer momento.

– Eu sei, mãe.

Ela se levantou e andou pela cozinha, abrindo armários onde sabia que não havia nada de mais e fechando logo em seguida. Nem queria comer, na verdade. Só não conseguia ficar quieta naquela casa vazia.

– Como está Andrea? – perguntou Sue. – Ainda dormindo no hospital?

– Não. Owen encontrou para ela um apartamento que não fica muito longe. Ele assumiu as visitas noturnas esta semana... mora perto.

– Que rapaz bacana. Fico feliz que Dan tenha bons amigos para cuidar de você. E como *ele* está lidando com tudo isso?

– Está bem, eu acho. É muito organizado.

Jeannie pensou no caderno ao lado da cama, nas três letras diferentes registrando os dias surpreendentemente agitados de Dan. Andrea anotava cada espasmo e cada "sorriso"; Owen registrava detalhes médicos, comentários dos enfermeiros e exames novos, em uma série de listas claras e úteis; Jeannie rabiscava uns desenhos.

– Alguém está dando apoio a *ele*? Uma namorada?

Sue não fazia rodeios.

– Ele nunca mencionou ninguém.

– Bom, talvez você devesse descobrir. Coitado do Owen. É o melhor amigo dele naquela cama de hospital, não se esqueça disso. Os homens são péssimos em pedir ajuda. Graças a Deus seu pai nunca foi de esconder as emoções...

Jeannie fez um som evasivo. Owen não falava muito sobre si mesmo: ela lembraria se ele tivesse feito qualquer referência a uma namorada. Ela fechou o armário e abriu a geladeira. Estava vazia, a não ser por dois potes de geleia e uma lata solitária de Guinness, afastados como convidados de uma festa que não foram apresentados.

– E como você está de comida? – continuou Sue, como se tivesse visto pela linha telefônica. – Posso mandar entregar algumas compras de mercado? Você precisa de um pouco mais de dinheiro?

– Eu estou bem, mãe. As pessoas têm sido muito gentis. Minha porta virou um ponto de doação do festival da colheita... já tenho duas caçarolas no freezer e muita geleia.

Claramente, a notícia sobre a má sorte da inquilina de Rachel tinha se espalhado pelos canis, pois a equipe de voluntários de resgate lhe havia deixado muitos gestos de solidariedade comestíveis.

– Bom, espero que você esteja comendo. É muito importante que você se cuide, para que possa cuidar de Daniel. – Sue fez uma pausa. – Você tem tirado um tempo para a música?

– Que tempo? Quando não estou no hospital, estou indo para lá ou voltando de lá...

– Não estou falando de fazer um show, só de pegar o violão e tocar por dez minutos. Você não pode se preocupar com Daniel o tempo todo. Não *deve*. Eu sei como fico quando não posso sair para cavalgar, enlouqueço um pouco, e você sabe que com a música é a mesma coisa, filhota...

Jeannie olhou para os campos pela janela da cozinha, aliviada por a mãe não poder ver seu rosto. Seus violões e ukuleles estavam no quarto de hóspedes, intocados. Não era por causa de Dan. A verdade era que, desde a dramática traição de Edith, Jeannie vinha sentindo um bloqueio. Dan não entendia muito bem, mas ela não esperava que ele entendesse. Não conseguia explicar a relação complicada que tinha com a música nem na própria cabeça. Esse afastamento furtivo não teve importância enquanto o casamento ocupava cada instante livre, mas, agora que ela precisava da liberdade proporcionada pela música, a ideia de pegar o violão e não sair nada a amedrontava.

– Não tem um coral por aí de que você possa participar? Ou um grupo de canto, só por diversão?

Parecia que Sue tinha feito uma lista.

– Mãe, posso perguntar uma coisa? – Jeannie se afastou da janela e se preparou para fazer uma pergunta para a qual não queria necessariamente a resposta. – Sobre... o *seu* acidente?

– É claro, querida. Qualquer coisa.

– Quando acordou, você tinha alguma lembrança do que tinha acontecido?

Sue riu, depois deu um suspiro.

– Meu Deus, não. Num instante eu estava cavalgando por um campo com meu cavalo Capitão Jack e no instante seguinte eu estava numa cama de hospital. Achava que tinha morrido. Tudo era branco como o céu, então ouvi seu pai chorando e percebi que minha perna estava engessada e que eu não conseguia falar. Bem, talvez essa seja a ideia que o seu pai tem do céu! Por que está me perguntando isso? Tem medo de que Dan se lembre de quando se feriu?

– Mais ou menos isso.

Jeannie fechou os olhos e deixou que seu pior medo tomasse forma em sua mente. *Tenho medo de que ele lembre que eu ia abandoná-lo no altar, e eu ainda não conseguiria explicar a ele por que fiz isso.*

Ela ficou horrorizada com o próprio egoísmo. Sua cabeça não parecia mais sua. Os pensamentos que a deixavam completamente chocada ficavam ressurgindo, obrigando-a a fazer de tudo para mantê-los lá dentro.

É claro que ela queria que Dan acordasse, que ficasse bem. É claro que queria. Só porque não queria *se casar* com ele não significava que não o amava. Não significava que não queria que ele ficasse bem, feliz e...

– Olha, não se preocupe – disse Sue. – O cérebro humano é muito esperto. Vai ter apagado isso. As lembranças podem voltar um dia, mas é um processo lento. Não pense nisso ainda. Você quer conversar com seu pai? Ele está ali fora, cortando a grama.

Pai. De repente Jeannie estava de volta ao Rolls-Royce, sem ar, sua garganta se fechando. O pai ia perguntar se podia contar aquele segredo terrível a Sue, e Jeannie não saberia lidar com isso agora. Simplesmente não saberia. Se Dan não ia lembrar, então ela estava preparada para esquecer também. Aquilo nunca tinha acontecido. Nada daquilo.

– Não, tudo bem – respondeu Jeannie. – Não o incomode. Mande um beijo.

– Mando – disse Sue, e Jeannie sentiu um desejo enorme de estar em casa, no meio daquele amor familiar. – Estamos sempre pensando em você. Agora vá e faça algo bom para si mesma, tudo bem?

– Tem razão, mãe.

Jeannie se perguntou se era bom ou ruim que a mãe enxergasse tudo nela tão claramente.

Jeannie pegou uma taça de vinho e se sentou para lidar com a pilha de correspondência que havia se acumulado enquanto ela estava no hospital. A mãe contara a seu lado da família o que tinha acontecido e cortado pela raiz qualquer tentativa de "ajudar", mas havia vários cartões de felicitações pelo casamento com cheques e vales-presente de pessoas que ela nem reconhecia pelo nome no envelope. Sentia-se como uma invasora na própria casa: estranhos lhe desejando felicidade e amor sem nunca tê-la conhecido. Um dos cartões estava endereçado a "Dan e Jessica".

Jeannie conteve algumas lágrimas. Aquele não era seu sonho romântico. Não parecia ser nem sua *vida*. Dan estava no hospital, talvez paralisado, talvez com dano cerebral, e ela estava ali, em uma casa que não tinha escolhido, tentando dar sentido a um futuro que não entendia.

E alguém estava batendo na porta dos fundos. De novo.

Jeannie se levantou e foi atender. Se fosse mais uma caçarola, teria de confessar que era quase vegetariana.

Uma mulher loura estava à entrada, mal conseguindo segurar os três terriers que não paravam de pular uns sobre os outros na maior alegria.

– Espero não estar interrompendo, mas queria deixar isto aqui e me apresentar! – A mulher enfiou um pote de comida nas mãos de Jeannie e puxou os cães para trás. – Meu nome é Natalie… eu ajudo no canil. Oi!

Ela levantou a mão que levava a coleira do menor dos terriers e acenou o máximo que foi possível sem que acabasse levantando o cão do chão.

– Obrigada – disse Jeannie.

– Sinto muito pelo seu… – Natalie hesitou quanto à palavra "marido", mas depois simplesmente continuou: – Pelo acidente de Dan. Se precisar de uma carona, é só me ligar… Eu tenho um café na cidade e estou sempre aqui, ainda mais agora que temos tantos filhotes para cuidar.

Jeannie aproveitou a chance de falar de algo que não fosse ela mesma:

– Ah, eu estava lá agora mesmo, brincando com eles!

– Que ótimo! Quanto mais gente tiver contato com eles, melhor. Quer voltar lá comigo rapidinho, se não estiver ocupada? – propôs ela, apontando com a cabeça para a casa. – Está quase na hora de servir o jantar para eles e Rachel vai ter um trabalhão para separar as brigas por comida!

– Sabe de uma coisa? – disse Jeannie. – Seria muito…

O telefone começou a tocar no corredor. Será que era a mãe de novo, ou o pai? Ou Andrea? Na mesma hora, o cheiro de hospital lhe voltou à boca.

– Desculpa, eu preciso atender. Pode ser do hospital.

– Claro. – Natalie inclinou a cabeça, compreensiva. – Olha só, vamos ficar lá um tempo se quiser dar um pulinho. E espero que goste dos biscoitos. Sem pelos de cachorro, prometo. Vamos, galerinha!

Ela puxou os cães e se afastou.

Jeannie conseguiu chegar ao telefone antes que parasse de tocar.

– Mãe? O que você esqueceu?

Mas não era sua mãe. A pessoa desligou assim que ela atendeu. E, quando Jeannie foi ver quem tinha ligado, o número era bloqueado para identificador de chamadas.

Ela ficou olhando para o telefone por um instante, entorpecida, esperando para ver se a pessoa ia deixar recado. Mas não chegou nenhuma mensagem, nenhum número. E ficou tão aliviada por não ser do hospital que nem se importou.

As palavras de Sue ressurgiram na cabeça de Jeannie quando Owen apareceu de surpresa no meio do "turno" dela no dia seguinte. Ela estava na lojinha comprando mais chocolate quando a cabeça desgrenhada dele apareceu na enorme porta giratória, preso entre uma família inteira de visitantes que andavam devagar. Vestia o terno azul-escuro que usava para trabalhar e, embora a calça estivesse um pouco apertada nas coxas, a camisa estava muito bem passada e os sapatos, engraxados. Jeannie não detectava a presença de uma influência feminina no traje de Owen, mas a mãe provavelmente saberia dizer se estivesse ali.

– Oi – disse ela quando Owen finalmente conseguiu entrar. – A escala mudou? Não estava esperando encontrar você durante o dia.

– Vou sair hoje à noite, então pensei em dar uma passada aqui – explicou ele.

– Uau, um encontro? – perguntou Jeannie, e imediatamente se arrependeu.

Por que você disse isso?

Owen ficou vermelho.

– Não. Apresentação de balé da minha sobrinha. Minha irmã está obrigando a família toda a ir para dar apoio. Mas antes preciso sobreviver a uma reunião com os contadores... Não sei para qual dos compromissos estou mais empolgado. Vamos subir? – Ele fez um gesto em direção à escada.

– Os médicos estão com Dan, devem ficar mais uma meia hora. Você está com tempo para esperar?

Ele olhou o relógio.

– Tempo suficiente. Encontre uma mesa e eu pego um café para nós dois.

Jeannie assim fez, enquanto Owen ia até o balcão fazer o pedido. Ele logo voltou com dois cafés e uma fatia de bolo de chocolate com dois garfos.

– Pensei que você poderia me ajudar – explicou ele, tão sério que ela não percebeu de imediato que era uma brincadeira.

Eles conversaram um pouco sobre os novos exames que a equipe médica estava fazendo e as fotos de bebê que Andrea tinha trazido. Owen sorria enquanto Jeannie falava, deixando-a tagarelar à vontade, e ela se perguntou se estava sendo chata. Era extremamente fácil conversar com ele, mas hoje Owen não estava falando muito, o que era incomum.

– Você só comeu metade do bolo – disse ela. – Está tudo bem?

Owen pressionou algumas migalhas com o garfo e então olhou para ela. Seus olhos castanhos estavam cheios de cautela.

– Jeannie, perdão por perguntar algo que possa trazer más lembranças, mas... você ficou com o celular do Dan?

– Não, achei que estivesse com você.

O coração dela deu um salto estranho.

– Não está. Uma das enfermeiras me deu uma sacola com tudo que ele estava usando quando foi internado, mas o celular não estava lá. Tinha o relógio de Dan, a carteira, o discurso, o panda da sorte (não pergunte) e as alianças, mas nada do telefone. Pensei que talvez alguém tivesse entregado a você.

Jeannie largou o garfo. Algo no modo como ele formulara a pergunta fazia parecer que havia outra pergunta, escondida por trás da óbvia.

– Eu acho que nem vi o celular dele.

– Seu pai não pegou?

– Não que eu saiba.

– Será que algum dos socorristas pegou? – Ele franziu a testa. – Se bem que eles com certeza teriam entregado logo que Dan foi internado. Ou talvez a polícia tenha pegado, como prova?

– Que importa onde está o celular? – perguntou Jeannie, ríspida.

A palavra *prova* fez os pelos de seus braços se eriçarem. O desejo natural de Owen de impor ordem ao caos não estava fazendo com que ela se sentisse muito tranquila dessa vez.

Ele a encarou.

– Bom, tem bastante informação pessoal lá, então acho que importa, sim, com quem ficou. E ele vai querer o celular de volta em algum momento.

– Eu só... – Jeannie se sentiu obrigada a se justificar. Sua reação ríspida pairava no ar entre eles, como fumaça após fogos de artifício. – É que... saber que Dan estava ao telefone quando o ônibus o atropelou... É por causa *daquele celular* que ele está no hospital agora. Não ligo se nunca mais vir aquele aparelho na minha frente, para ser sincera.

Owen fez um som compreensivo, mas continuou olhando para ela como se avaliasse alguma coisa. Seus olhos estavam fixos nos dela e Jeannie sentiu um nervosismo se insinuando no fundo do peito.

Ah, meu Deus, o que ele sabe?

– Bom, é o que todo mundo diz, não é? – As palavras foram saindo com nervosismo, ainda que o cérebro de Jeannie a mandasse calar a boca. – Que ele estava ao celular e por isso não viu o ônibus?

– Estava, sim. Isso é certo, infelizmente.

A mente de Jeannie acelerou, tentando imaginar aquela manhã do ponto de vista de Owen. *Momentos antes do casamento, Dan diz a Owen que tem uma chamada perdida de Jeannie, que precisa sair para ouvir a mensagem...* Será que Owen agora queria o telefone para descobrir qual era a mensagem?

– Então... tudo bem se o celular estiver perdido – disse Jeannie. Mais uma coisa lhe ocorreu. – Vai estar bloqueado. Ainda que alguém encontre, não vai conseguir ligar. Eu nem sei a senha do Dan. Então... deixa pra lá. Espero que um carro tenha passado por cima.

Owen ficou pensativo por alguns segundos e assentiu.

– Verdade – disse ele por fim. – Mas, se o celular aparecer, você me dá, tudo bem?

Os olhos deles se encontraram e Jeannie se sentiu como se dessa vez fosse o contrário, como se o afável Owen estivesse tentando invadir a cabeça dela. Tentou colocar um protetor de tela em sua mente, cobrindo o segredo que não queria que ninguém soubesse. Menos ainda ele.

– Por que *você* quer o celular? – perguntou.

Ele demorou um pouco para responder.

– Porque tem coisas sobre o acidente do Dan que eu não entendo e que acho que o celular pode esclarecer.

Um calafrio percorreu a pele de Jeannie, mais gelado que o ar condicionado da UTI.

– Como o quê? – ela conseguiu perguntar.

Ele balançou a cabeça e olhou para o chão por um momento agonizante.

– Não sei ao certo – admitiu. – Eu não devia ter dito nada. Desculpa.

– Mas você acha... – Ela cobriu a boca com as mãos, incapaz de impedir que as palavras saíssem.

Owen estendeu a mão sobre a mesa, confundindo a reação dela com angústia.

– Me desculpa, Jeannie, eu não queria deixar você preocupada.

Os dois olharam para baixo, para a mão dele tocando o ombro dela, e Owen recuou.

– Me desculpa, esqueça o que eu disse – prosseguiu ele rapidamente.

– Ah, tem mais uma coisa que eu queria comentar com você, algo que li no site de apoio.

– Diga.

O coração de Jeannie ainda batia rápido demais.

– Estamos conversando com Dan como se ele pudesse nos ouvir, o que é ótimo, mas obviamente é difícil puxar conversa sozinho. O site sugere que amigos e familiares gravem suas lembranças favoritas para tocar para o paciente... Citava uma pesquisa que mostra que ouvir vozes familiares e histórias aumenta a atividade neural, o que pode ajudar Dan a acordar logo.

– Ótima ideia!

Owen pareceu aliviado.

– Ah, que bom. Fiquei achando que você podia achar um saco ficar ouvindo histórias chatas... quer dizer, a gente não acha nada chato, obviamente... de gente que você nem conhece.

– Por que eu me importaria?

Na verdade, Jeannie ficou feliz com a sugestão. Ouvir os amigos de Dan contando suas lembranças preferidas do noivo daria a ela uma chance de preencher algumas lacunas desconfortáveis sobre a vida que ele levava antes de conhecê-la.

E depois?, cobrou uma voz em sua cabeça. Você vai se apaixonar de novo? Para poder se comprometer com mais um casamento quando ele acordar?

A tensão pressionou suas têmporas como uma faixa apertada.

– Jeannie?

Ela afastou aqueles pensamentos.

– Desculpa. Estou muito cansada. Não, acho que é uma ótima ideia. Eu adorei ouvir as histórias de Andrea sobre Dan. Passei a conhecê-la muito melhor... e soube de algumas coisas que ele nunca me contou.

– Rá! Aposto que ela contou a história de quando ele apareceu em um programa infantil, não foi? Claro... Fez muito bem a *ela*, também, ter você para ouvir tudo isso – disse Owen. – Eu sinceramente não sei como ela estaria enfrentando isso tudo sem você.

– O quê? Eu? – Jeannie se sentiu constrangida ao receber crédito pelo estado tão frágil de Andrea. – Eu não fiz nada. Você que encontrou um hotel para ela, que resolve as coisas...

– É só logística. Faço isso o dia todo no trabalho. Você está dando a Andrea apoio emocional. Deve ser difícil, considerando que você também está enfrentando uma barra. Ela reconhece isso, sabia? Tem falado muito bem de você, diz a todos como você é paciente, como é carinhosa com Dan…

– É mesmo?

– Ela me disse ontem mesmo que achava que Dan tinha feito uma ótima escolha. – Owen fingiu parecer chocado. – Você não tem ideia do elogio enorme embutido aí.

Ele estava tentando fazê-la se sentir melhor, e funcionou, por um instante. Mas Andrea não gostaria tanto assim dela se soubesse o que quase tinha acontecido na manhã do casamento. Jeannie forçou um sorriso.

– Sério?

O bolo estava pela metade entre eles e Owen tinha relaxado o suficiente para começar a atacar o que restava.

– Juro! Nunca pensei que um dia ouviria isso de Andrea, sério.

– Por quê? Ela não gostava das namoradas anteriores do Dan?

Era uma curiosidade genuína. Dan nunca falava sobre as ex-namoradas e nunca perguntava sobre os dela. Jeannie não tinha muita coisa a contar: dois namorados durante a faculdade: um baterista chamado Ted que a largou quando descobriu que ela tocava melhor que ele e uma aventura infeliz com um "curador de coquetéis" sobre quem Edith escreveu uma música: "Martin the Martini Man". Tinha um refrão especialmente maldoso – e chiclete.

Agora era Owen quem estava se contorcendo na cadeira.

– Rá! Não. Quer dizer, não sei se devo responder isso. Rá! Qual é a resposta certa?

– Dan teve algum relacionamento sério? Quer dizer, imagino que sim. Pode me contar, não tem problema.

Ela sentiu a respiração acelerar, porque não tinha tanta certeza de que não havia problema.

– Algumas… Sei lá. Se Dan não falou sobre isso, não sei se é meu papel.

Havia um tom evasivo na voz dele. Mais do que um leve constrangimento. Jeannie tentou decifrar a ambiguidade na expressão de Owen antes que desaparecesse, mas então ele sorriu e o melhor amigo gentil estava de volta. Gentil e discreto.

– Só o que importa é você e Dan, o futuro – disse ele, com firmeza. – Falando nisso, os médicos já não devem ter terminado?

Jeannie assentiu e eles subiram a escada. Owen era leal demais para entregar alguma coisa, mas quem sabia que outras histórias os outros amigos teriam para contar?

Capítulo 9

Jeannie tinha acabado de entrar em casa naquela noite de sexta quando Natalie bateu na porta dos fundos para convidá-la para jantar – e, aproveitando, perguntou se não se importaria de ajudar Rachel e ela com ideias para a arrecadação de fundos.

– Estamos tentando bolar alguma coisa para ajudar a pagar pelas vacinas dos filhotes e para resolver algumas questões com as mães – explicou Natalie. – George levou Fergus ao críquete de pais e filhos, e o meu respectivo foi à reunião de pais e mestres na escola, então somos só nós três, uma garrafa de vinho e pizza. Seria bom ter umas ideias novas. E eu preciso de mais alguém para convencer Rachel de que não vai rolar outro Show de Talentos de Longhampton.

– Por que não?

– Porque, ao contrário do que acredita a Sra. Rachel Fenwick – explicou Natalie, ranzinza –, o border collie dela *não sabe* cantar. E ela também não.

A conversa foi divertida, principalmente depois que Rachel abriu a segunda garrafa de vinho e Natalie começou a dar cada vez mais sugestões aleatórias. Para cada ideia que elas anotavam como possibilidade – leilão de serviços, karaokê, banho beneficente ("Ninguém gosta de dar banho nos cães..."), corte de unhas beneficente ("*Ninguém* gosta de cortar as unhas dos cães..."), drenagem da glândula anal beneficente ("Sério...") –, havia várias coisas absurdas e simplesmente estranhas que não entravam na lista.

– Não estou dizendo que não *quero* fazer um calendário nu dos passeadores de cães – disse Rachel, acenando com a taça de vinho em resposta à sugestão de Natalie. – Só não sei quem é que pagaria para ter nas paredes de casa fotos do Ted e da Freda usando nada mais que uma coleira e um saco de linguiça de fígado cobrindo as partes íntimas.

– Eu compraria um – disse Jeannie.

– Eu compraria dois – acrescentou Natalie. – Um para mim e outro para dar de Natal à mãe do Johnny, só para ver a cara dela. Pronto: já são três vendidos.

– Vocês são esquisitas. – Rachel pegou mais uma fatia de pizza. – Eu vou insistir: e um show de calouros? O Show de Talentos de Longhampton!

– Pelo amor de Deus, Rachel... – Natalie colocou as mãos na cabeça.

– Ei, mas dessa vez temos um talento *de verdade* em Longhampton! – Rachel apontou para Jeannie. – Temos uma cantora profissional! Será que conseguiríamos convencer sua banda a tocar, Jeannie?

Sua banda. A Edie's Birdhouse, que, aparentemente, nunca fora *dela*, parecia algo de outra vida, embora fizesse menos de cinco meses desde o último show oficial. Jeannie percebeu que talvez nunca mais subisse em um palco, não sozinha. Agora era só uma professora de ukulele e garçonete.

– Lamento decepcionar vocês, mas eu não tenho mais uma banda.

– Por quê? – Rachel encheu a taça dela. – Dan disse a George que você tinha uma banda com uma amiga...

– Eu tinha. Mas minha amiga – era difícil dizer essa palavra – conheceu em um festival ano passado um produtor que precisava de um letrista. Edith é muito boa com as letras, para falar a verdade. Ele fez uma proposta a ela de ir para Londres trabalhar no estúdio com uma equipe de letristas. Ela não podia recusar. Era uma ótima oportunidade. Não a culpo por ter aceitado.

Jeannie deu de ombros, mas sabia que provavelmente não estava conseguindo esconder a sensação de traição que corroía suas entranhas. Ela também deixou de mencionar alguns detalhes importantes. Primeiro, Edith não contou a ela que Amir tinha entrado em contato. Segundo, Edith nem tentou negociar uma vaga para a amiga. E a gota d'água foi quando Edith disse: "Se você queria tanto, por que não foi lá e falou com ele?" Como se ela não soubesse havia vinte anos que Jeannie não tinha jeito para "ir lá e falar com alguém".

– Ai, que droga, hein – disse Natalie. – Ela não disse que vocês eram uma dupla?

– Não. Bom, e eles estão num projeto bem diferente do tipo de música que eu escrevo. Mais... dançante.

– Aposto que você nem ia querer participar mesmo – falou Rachel, levantando o queixo. – Bom, essa Edith que se dane. Ela deve ser uma ridícula egoísta.

Rachel disse isso com tanta satisfação que Jeannie se sentiu melhor por um instante. A opinião de Dan seguia mais ou menos a mesma linha, mas ele nunca gostara de Edith nem entendera minimamente as letras dela, então não era tão satisfatório quanto a repulsa espontânea de Rachel e Natalie.

– Mas você não precisa dela para tocar – insistiu Rachel. – Pode fazer uma apresentação solo…

– Não, não – disse Jeannie. – Estou dando um tempo. Não ando muito… no clima.

A verdade era mais assustadora do que isso: Jeannie temia que a música em sua alma tivesse desaparecido. Mesmo antes do acidente de Dan, um vazio escuro tinha se expandido aos poucos no lugar onde a música antes florescia, borbulhava e fluía, o dia todo, todos os dias, desde que ela segurou seu primeiro ukulele. Pior que isso, ela nem queria tocar. Seus violões e ukuleles ainda estavam no quarto de hóspedes, para onde os levara no dia em que se mudou. Tinha a impressão de estar decepcionando os instrumentos, mas não suportaria pegá-los e não sentir nada.

– Claro, ainda mais com Dan… – Rachel fechou a cara, repreendendo a si mesma. – Meu Deus, me desculpa. Você já tem muita coisa para se preocupar…

– Então, nada de show. – Natalie riscou o item da lista com uma piscadela sutil de "te devo uma" para Jeannie. – Voltamos aos leilões e ao cofrinho do palavrão no pub.

– Precisamos de algo maior. – Rachel enfiou as mãos no cabelo, expondo uma tatuagem minúscula no pulso: uma pegada de pata. – George me mostrou uma planilha ontem à noite com todas as contas do resgate em cores diferentes, para que eu entendesse. Ainda ganhei um sermão de brinde. – Ela olhou para o teto. – Fazia muito tempo que ele não me passava sermão. Também fazia muito tempo que eu não dizia que a condescendência dele é muito irritante. Foi como nos velhos tempos, só que com menos tensão sexual.

– E um bazar? – sugeriu Jeannie. – Meus pais sempre fazem. É surpreendente quanto dá para angariar com coisas que não usamos mais. Roupas que enjoamos de usar, livros que já lemos, esse tipo de coisa.

– Nós somos as rainhas do bazar – disse Natalie. – Como você acha que nossa loja beneficente tem tanto estoque? Eu inventei o termo "purga do outono", como uma reedição da "primavera sem tranqueira". Não deve ter um sótão nesta cidade que nós não saqueamos atrás de roupas boas sem uso.

Rachel ficou fitando a última fatia de pizza, mas de repente desviou os olhos e estreitou-os para algo invisível.

– Rachel? – chamou Jeannie, depois se virou para Natalie. – Eu disse alguma coisa errada?

– Ela está pensando. – Natalie encheu novamente as taças. – Deixa. Mas não fale nada, Rachel, se sua próxima sugestão for que eu cante ou dance ou faça qualquer coisa envolvendo glândulas anais.

A noite foi interrompida pouco depois, com a chegada de Johnny, que passou para buscar Natalie ao voltar da reunião na escola.

– Já sei! – disse ele, parado à porta de jaqueta. – Show de Talentos de Longhampton! Eu quero me oferecer como...

– Ideia *rejeitada*, Johnny – interrompeu Natalie, lançando um olhar desesperado para trás enquanto o empurrava porta afora.

Jeannie estava ansiosa para ouvir as histórias que Owen arrancaria dos amigos de Dan durante o fim de semana. Também estava curiosa para ver que lembranças o próprio Owen escolheria para trazer Dan de volta à consciência, histórias que talvez revelassem algumas coisas sobre aquela amizade improvável. O que eles aprontavam, o menino de ouro Dan e seu amigo introvertido? Aliás, como tinham ficado amigos?

Por sua vez, ela também tinha algumas lembranças para compartilhar com Dan, impressas e enfiadas na bolsa: as longas conversas por WhatsApp do início do relacionamento. Ao dar uma olhada nelas no trem, os olhos de Jeannie se encheram de lágrimas e seu coração acelerou. Ela torceu para que o flerte inicial também trouxesse algumas emoções à tona na mente adormecida de Dan.

Quando ela entrou na UTI, havia certa agitação na unidade, em volta de um novo paciente na outra cama.

Os acompanhantes do homem – os pais e a namorada – chegaram na mesma hora que Jeannie e, embora não tivessem se falado no elevador, ela os reconheceu. Também reconheceu a tensão que pairava no silêncio deles.

Ela acariciou a mão de Dan, tomando cuidado para não deslocar as cânulas, e falou com ele em voz baixa. Ficou constrangida com a outra família, que falava tão alto que ela não pôde deixar de ouvir os detalhes.

O nome do homem era Tyler. Ele tinha sofrido um acidente de motocicleta três dias após completar 25 anos.

– Então, eu trouxe uma coisa para você! – disse Jeannie, desdobrando as primeiras folhas impressas. – Trouxe as mensagens da primeira vez que conversamos. Foi uma noite e tanto, lembra? Só você, eu e o plantão noturno.

Não houve nenhuma resposta de Dan, mas Jeannie ouviu a namorada de Tyler chorando e a mãe do rapaz mandando ela se controlar.

– *Oi, EncantaDorDeCavalos!* – leu Jeannie, constrangida. Mas eles não estavam prestando atenção. Tinham outras coisas com que se preocupar. – *Obrigada pela mensagem. Você leu certo, eu toco ukulele. Mas, não, não limpo janelas nem me escoro em postes de luz. Eu toco em uma banda, mas você não deve conhecer, a não ser que frequente festivais bem pequenos. Por que esse nome? O que dói aí?*

Jeannie não pôde deixar de ouvir a conversa ao lado quando parou de ler para tomar fôlego. Não tinha sido culpa de Tyler acabar debaixo do caminhão. Todos os caminhoneiros deveriam prestar mais atenção nos motociclistas, todo mundo sabia que eram uns babacas. Ty não dizia isso sempre? Sim, ele dizia.

– *Oi, HjNãoBono* – continuou Jeannie. Ela ouvia a voz de Dan na cabeça e, enquanto lia as palavras dele em voz alta, sua voz foi naturalmente assumindo o sotaque do sul da Inglaterra: – *Quem garante que não conheço sua banda?! Me fale um pouco dela! Não tem nada doendo... Sou só um veterinário meio ruim de trocadilhos. Estou no plantão noturno agora, com uma labradora que comeu duas meias e uma calcinha ontem.* Aí eu perguntei: *Mas ela está bem?* E você: *Parece bem melhor que as meias.*

Hannah, a namorada, deveria parar de chorar agora mesmo, porque aquilo não estava ajudando em nada. Quando a enfermeira ia voltar? Se Hannah queria ser útil, deveria chamar a enfermeira. Conseguir alguma informação. E chá. Dois sachês de açúcar.

O barulho de Hannah quase correndo pela unidade fez Jeannie sentir uma pontada. Soava como alguém correndo de uma situação que não conseguia entender, e Jeannie sabia bem como ela se sentia. Voltou a se concentrar no que tinha imprimido. O papel tremia.

– *O que se faz no plantão noturno?* Você: *A gente fica esperando o telefone da emergência tocar, bebe café e mexe no celular. Preciso estar preparado para lidar com qualquer situação de vida ou morte num piscar de olhos. Também preciso falar com pessoas que acham que seu gato está olhando estranho para elas às quatro da manhã ou querem que eu diagnostique depressão em cabras.*

Jeannie olhou por cima do papel para o rosto adormecido de Dan.

– Isso me fez rir alto – disse ela. – Uma coisa que nunca tinha acontecido em qualquer conversa com homem nenhum, fosse pela internet ou não.

Ele não comentou nada. Obviamente. Ela achou que ele fosse responder? Jeannie ignorou a agitação em seu corpo e se obrigou a continuar lendo:

– *Mas, então, onde você está?*

"*Estou no apartamento que fica em cima do consultório. Vantagens do trabalho: acomodação com acesso a toda a quetamina que eu quiser. A dálmata, Pintada (não é o nome mais original, eu sei), está aqui também. Está dizendo oi. Meu nome é Dan, a propósito. Você não disse o seu.*"

Jeannie parou, lembrando-se da agitação que percorreu seu corpo como faísca quando as palavras de Dan surgiram na tela, guiando-a pela conversa com tanta facilidade quanto se eles estivessem conversando em um bar. Era estranho falar aquelas palavras em voz alta. Ela jamais teria demonstrado tanta confiança se eles de fato estivessem em um bar.

– *Pode me chamar de Betty* – leu ela, constrangida. Então, por algum motivo, ela assumira toda a nerdice musical: – *Betty, quando me ligar, pode me chamar de Al.* E você disse: *Oi, Betty! Não entendi a coisa do Al.*

É, ela provavelmente não deveria ter começado com piadas sobre músicas dos anos 1980.

– *"You Can Call Me Al", do Paul Simon? Não sei se o Paul Simon toca ukulele. Parece um instrumento que ele tocaria. Mãos pequenas. Meu nome é Jeannie, na verdade.* Você: *Ha! Bom, olá, Jeannie! Oi!*

Ela fez uma pausa e encarou Dan.

– Você colocou um emoji de aceno aqui. E depois um joinha. Eu não mandei nenhum, porque, para ser bem sincera, Dan, não gosto de emojis.

Eu devia ter dito na época, mas, bem, estou dizendo agora. Nada de emojis, por favor.

As pálpebras dele tremeram? Jeannie parou de respirar e se aproximou, o coração na boca.

– Dan? Dan!

Ela olhou para as máquinas: nada diferente. Nenhum apito, nenhuma linha reta nem nada do tipo.

Ele não voltou a se mexer e Jeannie esfregou os olhos cansados. Os olhos dele *tinham* tremido? Como se ele estivesse rindo, em algum lugar no espaço crepuscular flutuante?

Devia ter sido a luz. Ou talvez a sedação automática tivesse acabado de ser liberada em sua veia, avançando em silêncio pelos nervos e vasos sanguíneos.

– Voltando. – Jeannie virou a página. – Você disse: *Pode ser uma noite longa. Você não tem que trabalhar amanhã? Ou é uma ukulelista em tempo integral?* Eram umas 23h15.

A própria indicação de horário das mensagens era reveladora: segundos se passavam entre as respostas. Como uma boa conversa.

– Eu disse: *Não preciso sair cedo. Quando não temos shows, eu trabalho em um pub e dou aulas de música. Qualquer idade, qualquer grau de habilidade. A maioria dos alunos ou tem menos de 10 anos ou é aposentada.* Você: *Parece divertido! Eu não sei tocar nem triângulo. Espera aí! Tem alguém ligando. Não vai embora.*

Jeannie fechou os olhos e sentiu a camisa xadrez desbotada que estava usando naquela noite, o aroma doce das frésias em um copo ao lado da cama, Eliza Carthy tocando na caixa de som. Mais que isso, se lembrou da eletricidade no ar – da energia de algo novo que se iniciava. O vazio do "E agora?" em relação ao futuro que sentira dias antes de repente rompido por uma estrada larga que se estendia em direção às montanhas e ao céu azul. Indo para algum lugar.

As palavras não eram algo fácil para Jeannie como eram para Edith. Mas, ao conversar com Dan, ela sentira como uma música surgindo em sua cabeça, quando as notas dançavam e ela tinha que ser rápida para pegá-las no ar.

Jeannie tocou o braço de Dan, querendo se conectar com ele, assim como tinha desejado ouvir sua voz naquela noite.

Naquela época, depois de conversarem um pouco, Jeannie quase sentira Dan em sua cabeça. Sentada de pernas cruzadas na cama, ela ampliou o ícone minúsculo da imagem dele até o máximo no celular, o garoto socando o ar com o cabelo louro reluzente caindo nos olhos sorria para ela entre seus dedos. Não era uma foto escolhida com cuidado e com um filtro bonito: era um momento de celebração, de estar vivo, e ela amou isso.

Passos. Algumas pessoas estavam entrando na ala, indo em direção à última cama. Jeannie reconheceu a voz do Dr. Allcott. Ele estava conversando com outro médico, em tom baixo e urgente. Ela não conseguia ouvir as palavras, mas o tom – o tom era familiar, e não de um jeito positivo. Sentiu o estômago se contrair, em compaixão por Hannah e Tyler.

Ela se apressou para continuar a conversa:

– Me avisa se encher o saco, tá bom, Dan? Aí você disse: *Era um homem querendo que eu diagnosticasse o cachorro dele por telefone. Ele disse que estava dando banho no cachorro e encontrou caroços na barriga dele e está com medo de que seja câncer.* Eu: *E o que você disse?* Você: *Eu perguntei se eram carocinhos bem pequenos, em linha. Ele disse que sim. Eu disse: Parabéns, seu cachorro tem mamilos.*

Jeannie fez uma pausa.

– E aqui você me mandou mais um emoji. Sério, se eu soubesse que você usava tantos emojis, talvez eu tivesse desistido. Mas aí você compensou mandando uma foto de um filhotinho no soro que examinara no plantão e eu fiquei... bom...

Ela ficou entregue. Completamente entregue.

Jeannie, sorrindo para o celular na escuridão, pediu mais fotos de filhotinhos. Dan mandou, além de uma selfie com dois gatos de rua que geralmente apareciam no plantão noturno para um lanchinho, e ela ficou chocada com quanto o sorriso dele a fisgou. Era como se o conhecesse desde sempre.

– *Olha só, se você quiser ir dormir, eu vou entender*, disse ele à 1h30. *Eu tô curtindo!* – Eufemismo, pensou ela ao ler as próprias palavras. – *Quero saber se o homem do cachorro deprimido vai ligar de volta. Ou talvez o cachorro ligue, pedindo que você sacrifique o dono dele.*

Então ela chegou às palavras que a tinham virado do avesso, ali sozinha no sótão:

– *Quando a gente vai poder repetir?* Eu perguntei: *Quando é seu próximo plantão noturno?* E você: *Precisa ser um plantão?*

Jeannie fez outra pausa.

– E você mandou um emoji de sobrancelhas levantadas. E eu só ri.

A voz de Jeannie ficou embargada. Lendo aquilo de novo, ela percebeu os antigos sentimentos se agitarem e ressurgirem – não poderia ter sido mais perfeito, ou mais romântico. Então, onde tudo dera errado? Jeannie ficou sentada bem quietinha na cadeira do hospital, tentando se manter naquele instante, naquele lugar em sua cabeça. Com Dan, no início, querendo voltar para poder recomeçar daquele ponto e consertar o que tinha dado errado ao longo do caminho.

– Eu adorava aquelas noites que a gente passava trocando mensagens. Você não achava que era mais... íntimo que conversar, de certa forma? Sei que fizemos um monte de perguntas bobas um ao outro, mas tem tantas outras que eu ainda quero fazer. – A voz dela falhou. – Tipo: quem interpretaria você em um filme? Ou qual é o seu espírito animal? Você acredita em fantasmas? – Ela engoliu em seco. – Do que você mais gosta em mim? Como conheceu Owen e como vocês se deram tão bem? Vocês parecem tão diferentes, se não se importa que eu diga isso. Ele é tão quieto e você... você não. Bom, um pouco como eu e Edith, eu acho. Embora eu não consiga imaginar Owen fazendo com você o que Edith fez...

– Oi – disse Owen atrás dela.

Ele estava bem próximo. O cubículo era pequeno.

Jeannie deu um pulo de susto.

– Há quanto tempo você está aqui?

– Acabei de entrar. Ah, desculpa, você está chorando?

Ela passou a mão no rosto mais do que depressa.

– Está tudo bem – tranquilizou Jeannie, mostrando o papel. – São só... lembranças. Você sabe.

Owen colocou a mão no ombro dela, sem jeito. Deu um tapinha, dois, então tirou a mão.

– Eu posso te contar – disse ele. – Se quiser.

– Me contar o quê?

– Como nos conhecemos. Eu era o "parceiro de escola" do Dan. – Ele se sentou na cadeira do outro lado, se apertando no espaço limitado entre os monitores e o equipamento de respiração. – Ele entrou no meio do semestre e o professor me encarregou de ajudá-lo a se adaptar... Eu era o último de uma longa linhagem de Pattersons, então o professor imaginava que eu saberia o que fazer. O que ele não tinha percebido era que, ao contrário das minhas três irmãs mais velhas, eu tinha timidez crônica e bem poucos amigos. – Owen deu de ombros, como se ela pudesse ter adivinhado aquilo. – Então, no fim, Dan acabou *me* ajudando e fazendo amigos por nós dois. Ele nunca deixou que eu ficasse mal por isso. Nem por um segundo.

– E vocês são melhores amigos desde então.

Owen olhou para Dan.

– Tenho certeza de que as pessoas não entendem como. Ele se dava bem com todo mundo, os populares, os esportistas, até os esquisitões do teatro. Mas eu conheci um lado do Dan que a maioria das pessoas não via. Ele ficou tão perdido quando o pai foi embora, preocupado com a mãe, pensando como ela ia enfrentar a situação sozinha. Minha família morava perto da casa dele, somos uma família grande, minha mãe ama uma festa e meu pai é louco por futebol, e a gente... – Ele encenou um abraço de urso em Dan. – Minha mãe ama Dan como se ele fosse da família. Todos nós.

Jeannie se perguntou se já tinha visto aquele lado de Dan. Afinal, ele era sempre incrivelmente otimista com tudo. Mas conseguia imaginar um abraço de urso cheio de preocupação do jovem Owen, consolando um amigo que tentava se fazer de forte.

– Você acha que ele vai se reconectar com o pai? Agora que está mais velho?

A resposta veio rápido:

– Não. Acho que Dan não quer ver Malcolm nunca mais. Lendo nas entrelinhas, ele foi muito generoso financeiramente, mas tratou Andrea mal, sabe? Muito mal. Uma vez Dan me disse que seu maior medo era se tornar igual ao pai.

Owen olhou para a cama mais uma vez, claramente dividido entre trair a confiança do amigo e ajudar Jeannie a entender.

– Eu não devia... Vocês não conversaram sobre isso?

Ela fez que não com a cabeça, mas percebeu que Owen não ia revelar mais nada.

– Bom, se ele acabar ficando como a Andrea, tudo bem – disse Jeannie. – E se eu ficar como minha mãe... bom, seria ótimo.

Owen visivelmente relaxou.

– Sua mãe é ótima.

Ela sorriu, feliz por ele ter percebido.

– Eu sei. Tenho muita sorte.

– Acho que nós dois temos muito mais sorte do que imaginamos – afirmou Owen, e por um instante pareceu muito triste.

Capítulo 10

Rachel bateu à porta da frente bem cedinho no dia seguinte e Jeannie logo soube que alguma coisa tinha acontecido. Uma coisa boa, para variar.

Os olhos de Rachel brilhavam e ela dava pulinhos na ponta dos pés no degrau da entrada, com Gem logo atrás.

– Preciso da sua ajuda – disse Rachel, sem nem cumprimentá-la. – Sei que está ocupada, mas você poderia ir lá em casa por meia hora me dar sua opinião sincera sobre uma coisa? Ou é uma ideia brilhante para angariar fundos ou uma ideia muito, muito ruim, e eu sinceramente não sei.

– Natalie já deu a opinião *dela*?

A expressão de Rachel mudou.

– Não falei sobre isso com a Nat. Preciso de uma opinião imparcial. A da Natalie nunca é.

Elas foram até a casa dos Fenwicks, com Gem as seguindo como um rastro de névoa. Ao entrarem, Rachel a levou até o andar de cima, passando pelo banheiro enorme, pelo quarto de Fergus, por um patamar cheio de fotos antigas de cães e subindo por uma escada menos chique nos fundos.

Deram em um sótão cavernoso que cobria toda a extensão da casa. A luz do sol que caía pela janela na outra extremidade lançava colunas largas de poeira que rodopiavam pelo chão de madeira. As paredes estavam cobertas por caixas, móveis velhos e, ao longo de uma delas, um montão de araras de roupas cobertas por lençóis. As pesadas vigas de carvalho ainda exibiam algumas rosetas do Pony Club se desintegrando lentamente entre as teias de aranha e um alvo esburacado sugeria uma prática intensa décadas antes.

– Eu sempre prometo ao Ferg que vamos transformar isto em um canto para os amigos dele – disse Rachel, ao ver Jeannie olhando em volta –, mas aí George me lembra que isso significaria adolescentes no sótão, como esquilos gigantes, e que *não temos* como oferecer tantos lanches. Além do mais, não sei se o wi-fi chega até aqui, então Ferg provavelmente se recusaria a se aventurar em um território desconhecido tão distante.

Ela foi tirando os lençóis de cima das araras e remexendo os cabides, revelando lampejos de tecidos brocados e cetim escarlate.

– Essas roupas são suas?

Rachel soltou um suspiro, segurando um vestido longo dourado.

– Algumas. Estas são da minha tia Dot... ela era toda glamourosa nos anos 1960. Estas araras são minhas. Quase tudo preto, como você pode ver.

– Por que estão aqui? Não é trabalhoso ter que subir para se vestir?

Ela riu.

– Não, aqui ficam as roupas que não posso mais usar, ou porque não me servem mais ou porque são muito boas para serem destruídas pela vida no campo e pelos cuidados com a família. Meu passado envolto em naftalina, em outras palavras... Ah, aqui está.

Rachel pegou uma capa cara, pendurou o cabide na arara e abriu o zíper, se aproximando para inspirar o ar que ficara preso ali.

– Aaah. Ainda dá para sentir o perfume que eu usava. Não é delicioso?

Com cuidado, ela tirou o vestido da capa, espalhando a seda marfim com reverência. Era uma borboleta saindo de um casulo singelo: um belo vestido de seda que ia até os joelhos. O design discreto parecia simples, mas obviamente de simples não tinha nada. Jeannie reconheceu imediatamente o vestido das fotos de casamento na escada.

– Uau. É seu vestido de casamento?

– É.

Rachel não conseguia parar de admirar.

– Meu último grito de alta-costura antes de ceder a uma vida inteira coberta de pelos de cachorro. É Givenchy. Menti para mim mesma que poderia usar de novo, ou tingir, mas... não dá. Eu ia parecer uma Srta. Havisham maluca usando corantes para tecido.

– Eu queria ter usado algo assim – confessou Jeannie, e era verdade.

Só quando já tinha planejado quase todo o casamento ela percebeu que não *precisava* usar um suspiro branco enorme só porque era o que as revistas diziam que cairia bem em seu formato de corpo. Mas, àquela altura, o vestido suspiro branco enorme estava escolhido, pago e em produção.

– Eu sempre quis parecer a versão mais bonita de mim mesma no dia do meu casamento, não um suporte de papel higiênico. – Rachel ainda acariciava as dobras de costura invisível. – George tinha umas opiniões bem específicas sobre vestidos... Eu não fazia ideia disso. Acho que ele estava preocupado que eu aparecesse na igreja em um vestido de carne da Lady Gaga. Ou de calça. Concordamos que eu usaria branco. De qualquer forma, eu não tinha mais idade para um vestido de princesa.

– Você se casou com quantos anos? Se não se importa em dizer.

– Quarenta e cinco – respondeu Rachel. – George e eu nos conhecemos quando eu tinha 39. Ele levou seis anos e o período da educação infantil do Ferg para me convencer de que seria uma boa ideia oficializar nossa relação. Insistia que era para facilitar os impostos, mas no fundo é um romântico à moda antiga. Queria ser meu marido e que eu fosse sua esposa. – Ela fez uma pausa. – Eu só dizia não porque não suportava a ideia de estragar tudo, depois de termos esperado tanto tempo.

Seu olhar se desviou e ela sorriu, lembrando-se (imaginou Jeannie) da reação de George ao se virar e ver a noiva à porta da igreja parecendo tão esplendidamente *ela mesma*. Jeannie não conseguiu imaginar Rachel em um suspiro cheio de babados. Ela era muito alta e esguia, muito dona de si para se vestir como outra pessoa no dia do casamento.

– E o Dan? – perguntou Rachel. – Ele tinha ideias específicas sobre o que você deveria usar?

– Não, nenhuma. Só falou que eu deveria usar algo de que gostasse.

– E você demorou muito para achar o vestido dos sonhos?

– Foi o primeiro que experimentei. Serviu, era bonito, a moça da loja chorou...

Jeannie tocou o vestido de Rachel. O tecido era de uma qualidade completamente diferente da do seu: seda de alta-costura.

– Me fazia parecer uma noiva.

– Ah, que lindo! Você disse sim para o vestido!

– Acho que o vestido disse sim para mim. Não foi como nenhuma outra experiência de compra da minha vida, para falar a verdade. Sempre escolhi minhas roupas porque gostava, não porque fossem como... um uniforme que eu deveria usar. – Era estranho admitir aquilo, mas as palavras escaparam e Jeannie sentiu um alívio no peito, um pouco como quando o corpete se abriu. – Não pensei em como seria ficar usando uma armadura completa por mais de meia hora. Não me perguntei *mesmo* se seria fácil entrar em um helicóptero com aquilo. Seria bem difícil, como eu percebi.

– Bom, andar de helicóptero não costuma ser o primeiro critério que vem à mente quando estamos experimentando um vestido de casamento – disse Rachel, com uma expressão compreensiva. – Você levou as madrinhas para ajudar a escolher? Elas não te obrigaram a experimentar mais algum, para dar tempo de encherem as taças de espumante?

– Não, fui sozinha. Levou menos de uma hora.

Rachel ficou surpresa.

– Eu não queria um grande auê – explicou Jeannie. Ela não tinha achado estranho, até então, ter ido sozinha, mas... de repente, se perguntou por que não quis ninguém por perto. – Não quis arrastar minha mãe até Bristol. Mesmo porque ela odeia fazer compras. E eu ainda não tinha madrinhas nem dama de honra. Edith e eu não estávamos nos falando, ela havia ido para Londres, então minha cunhada, Teri, assumiu o posto, mas ela não podia sair mais cedo do trabalho para escolher vestidos. Ela é professora. Então acabei indo sozinha – concluiu Jeannie, um tanto sem graça.

– Acho que é mais fácil para decidir, né? – sugeriu Rachel, ainda não convencida.

Jeannie assentiu.

– E você? Experimentou vários?

– Devo admitir que sim. Tive a sensação de que seria minha última chance de gastar uma quantia vergonhosa de dinheiro num vestido, então aproveitei. Reuni as amigas, fui várias vezes a Londres, tudo. Eu me sentia... me despedindo de alguma coisa. – Ela fez uma careta e confidenciou: – Eu nunca diria isso ao George, é claro.

– Entendo perfeitamente – sussurrou Jeannie.

Rachel passou a ponta do dedo amorosamente pela manga afunilada.

– Eu nunca mais usei esse vestido em público, mas às vezes subia aqui e experimentava quando não tinha ninguém em casa. Isso quando ainda cabia. Mas minha irmã nos deu de casamento uma máquina de pão *e* uma de sorvete e, vou falar a verdade, engordamos à beça. Principalmente eu. Parei de experimentar o vestido porque não passava mais pelos joelhos. Então, um dia, eu me decidi. Não falei ao George que ia fazer dieta, só passei a comer menos e a correr, e uma vez por semana eu vinha aqui ver se o vestido fechava. Sentia que devia isso ao vestido, ainda caber nele.

– E você conseguiu, imagino.

É claro que tinha conseguido. Rachel era bem magrinha, tinha a forma perfeita para usar jeans cigarrete, camisas listradas com mangas 7/8 e sapatos baixos brancos.

– Consegui. – Ela fez uma careta. – Eu corria imaginando o vestido dentro da capa me passando um sermão com um sotaque francês mandão.

– Então é mais que só um vestido. É um personal trainer. Dois pelo preço de um.

– É! Pensando por esse lado, foi uma pechincha. – Rachel deu um sorriso triste. – Enfim, vou vender.

– O quê?

Jeannie não esperava aquilo.

– Vou vender. Nunca mais vou usar, não fica mais bonito em mim, o formato do meu corpo mudou. E estou com quase 50 anos: tem algumas coisas que a gente precisa aceitar. Tentar entrar no vestido de casamento não é só falta de dignidade, beira a loucura.

– Mas...

– Eu sei, não é um vestido de casamento. Esse era o meu argumento também... haveria *taaaaaaantas* oportunidades de usá-lo de novo! Mas digamos que por aqui não acontecem muitos eventos que pedem um Givenchy. – Rachel se virou para Jeannie com uma expressão menos clara. – Mesmo que eu me casasse de novo, o que espero que não aconteça, não ia tirar isso do armário, ia? Não, chegou a hora. Vou dar a outra pessoa a chance de amar esse vestido. E levar sermão dele.

– Mas o que George vai pensar?

Rachel ergueu o queixo.

– George me disse para arrecadar dinheiro em vez de pedir a ele, então é o que vou fazer.

– Mas é seu *vestido de casamento*!

– No fim das contas, é só um vestido – sentenciou Rachel, e as duas sabiam que não era.

Jeannie não sabia o que dizer. Por que Rachel estava fazendo aquilo? Ou ela não ligava mesmo para o vestido, ou queria muito provar alguma coisa a George, ou queria muito, *muito* arrecadar dinheiro para os cães.

Ela tomou uma decisão repentina.

– Então pode vender o meu também.

Rachel ficou espantada.

– Não, por favor, Jeannie. Não precisa.

– Também não quero usar o meu de novo. De qualquer jeito, está pequeno em mim, para falar a verdade. As pessoas ficam dizendo que eu deveria guardar para usar quando Dan melhorar, mas tem tantas lembranças ruins relacionadas a ele agora que eu não ia usar mesmo que *quisesse*...

Ela congelou, horrorizada com o que quase disse em voz alta pela primeira vez desde aquele momento terrível com o pai no carro.

Mesmo que quisesse... A frase pairou no sótão empoeirado entre elas. Jeannie sabia que deveria dizer alguma coisa, qualquer coisa, para afastar logo aquelas palavras antes que elas se fixassem, mas não lhe ocorreu nada.

Rachel não falou nada. Apenas olhou para o rosto de Jeannie, lendo sua expressão com curiosidade, mas sem julgamento. Jeannie sentiu a estranha certeza de que se confessasse tudo a Rachel, até as verdades vergonhosas que nem ela mesma conseguia encarar, Rachel entenderia. Mas não podia correr o risco.

– Mesmo que quisesse passar pela tortura daquele corpete de novo. – Jeannie finalmente se recuperou e tentou parecer normal. – Fique com ele. E pode ficar com o véu e a capa também. Custou mil libras. É de uma butique muito bonita.

– Você tem certeza? Não faça isso por culpa, pelo amor de Deus. Não sei nem se é ético deixar que você ofereça, dadas as circunstâncias.

– Não, eu tenho certeza. Quero ajudar aqueles cachorrinhos. E, como você disse, é um vestido bonito. Merece ter seu dia como centro das atenções.

– E Dan?

– Dan é veterinário – disse Jeannie com confiança. – Ele vai ficar feliz por eu ter feito algo para ajudar os animais necessitados.

Era uma boa resposta. Ela ficou satisfeita com a facilidade com que tinha saído. E era verdade. Dan provavelmente ia preferir que ela arrecadasse dinheiro para os cães a ficar com um vestido que nunca mais usaria.

– Não me traz lembranças felizes, não como o seu – continuou Jeannie. – É muito mais difícil para você se desfazer.

– Ele só esteve fora deste sótão uma vez, mas era bom saber que estava aqui. – Rachel acariciou o corpete, removendo partículas imperceptíveis de poeira, em seguida devolveu o vestido a seu casulo com cuidado. – Mas todos temos que fazer sacrifícios. – Ela desviou o olhar. – Ao que parece.

Jeannie se sentou ao lado da cama de Dan com o próprio caderno no colo e escreveu "lista de tarefas 3 de junho" em letras garrafais, sublinhando duas vezes. A caneta parou. Havia tanto a fazer que ela nem sabia por onde começar.

Contas. Imposto municipal. Seguro do carro. Dinheiro? Emprego em bares? Aulas de música?

Nada daquilo parecia importante no hospital, mas a vida nova de Jeannie fora da UTI seguia em frente, embora ela só entrasse e saísse dela no início e no fim de cada dia. Nunca tinha morado sozinha antes e às vezes acordava em pânico por achar que tinha esquecido de desligar o forno. As listas de "tarefas" eram seu jeito de se ancorar no mundo para além da cama de Dan.

Ela apertou o play na mensagem de Nick, amigo de Dan, que Owen tinha encaminhado, e mordeu a ponta da caneta. Já tinha ouvido aquela história: era sobre as férias dos rapazes na Grécia em 2015 e, o que era decepcionante, não trazia nenhuma informação surpreendente além de que Dan era alérgico a retsina.

– *... não fazia ideia de quanto bronzeador é preciso usar para apagar hahaha a nítida imagem nas costas de alguém hahaha...*

Jeannie sabia que precisava ganhar algum dinheiro logo. Rachel e George estavam sendo muito generosos com o aluguel da casa e os pais dela tinham depositado uma quantia em sua conta "até termos novidades sobre o seguro do casamento", mas ela precisava de algum plano. Preciso voltar a tocar, pensou, os olhos vagando sem expressão pela ala. Não posso ser uma professora de música que não toca.

Hannah não estava lá. Os pais de Tyler estavam sentados ao lado da cama, alternando entre olhar para o nada, chorar e, de vez em quando, iniciar conversas frágeis que afundavam como pedras na UTI silenciosa. A sedação de Tyler era pesada, embora ele estivesse de olhos abertos e parecesse muito mais "presente" do que Dan. Jeannie percebeu que Tyler conseguia respirar sem a ajuda de aparelhos, mas tinha sofrido lesões complexas na coluna e a recuperação incluiria fisioterapia por muito tempo e paralisia dos membros inferiores.

Coitada da Hannah, pensou, tentando não imaginar os possíveis resultados para Dan, nenhum dos quais havia sido explorado ainda. Tudo estava por vir para eles. O diagnóstico de Dan. Sua reação. As reações deles. A vida nova, quando todas as peças finalmente estivessem disponíveis.

Jeannie mordeu o lábio e começou a fazer sua lista.

O chalé parecia abafado e sem vida quando Jeannie entrou em casa naquela noite. Pela primeira vez ela pensou que seria bom ter um gato ou um cachorro chegando de fininho ou saltitando para lhe dar as boas-vindas, uma centelha de vida em uma casa que ainda não tinha livros nas prateleiras nem fotos de família nas paredes.

Talvez Rachel pudesse me emprestar um cachorro do resgate, pensou, pendurando a bolsa na maçã esculpida na base do corrimão. Ou talvez eu devesse comprar um martelo e começar a pendurar algumas fotos.

Isso tornaria sua presença ali permanente, o que fez Jeannie se sentir estranha. Engraçado como era mais fácil imaginar ficar ali sozinha, visitar Dan todos os dias e voltar para lá do que imaginar um futuro no qual ele já estivesse cozinhando quando ela voltasse para casa, cantando enquanto preparava o espaguete que era sua especialidade.

Jeannie apertou o botão de recados da secretária eletrônica antiga antes que pudesse ficar se perguntando demais se aquele prato era *mesmo* a especialidade de Dan.

"Oi, querida, é só a mamãe, para ver como você está. Me ligue quando tiver um tempinho para conversar."

Apagou e apertou "próxima".

"Oi, Jeannie, aqui é o detetive Lyons, do Departamento de Polícia de

Longhampton. Nada urgente, só uma atualização. Pode me retornar neste número, por favor? Obrigado."

E mais uma ligação sem mensagem, sem número. Jeannie estranhou por um momento, mas apagou também. Talvez fosse para Megan, a inquilina anterior? Mais tarde perguntaria a Rachel.

Depois do jantar, Jeannie subiu para o quarto onde tinha empilhado seus instrumentos. Estavam escondidos atrás de caixas de livros e roupas, onde ela não podia vê-los e, assim, não se sentir mal por não tocá-los. Tirou algumas caixas da frente e hesitou diante dos estojos.

Qual?

Você não precisa fazer isso, disse uma voz em sua cabeça, que foi seguida imediatamente por outra, mais alta.

Faça. Faça. *Faça.*

Tinha o adorável Martin acústico, aninhado como uma joia no estojo forrado de veludo vermelho, a beleza de corpo em mogno que ela comprou de segunda mão com o dinheiro que tinha guardado do trabalho no bar. Na época, era isso ou um upgrade do Corsa em que ela e Angus tinham aprendido a dirigir. A escolha não foi difícil.

Atrás dele havia uma guitarra que ela não tocava muito – o som não era adequado para a música que Jeannie ouvia na cabeça, mas ela estava tentando achar um jeito de encaixá-la – e dois ukuleles. Um era o dela; o outro, um presente que tinha dado a Dan no início do relacionamento, depois que ele disse que só conseguiria tocar triângulo. O presente era seu tempo, sua habilidade e paciência, além do instrumento. Ele amou, mas ainda não tinha conseguido uma tarde de folga para começar.

Parecia errado abrir o estojo do violão. Muitas lembranças e expectativas poderiam sair voando dali como mariposas em um combate frenético.

Então se obrigou a pegar o estojo alegre estampado de estrelas do ukulele e abri-lo. Era o instrumento que ela levava para as escolas, para ensinar as crianças a dar os primeiros passos trôpegos na música. Havia algo de amigável no instrumento e Jeannie amava as canções simples que cantava com ele. Curvou a mão ao redor do braço estreito, deixando os dedos sentirem a forma dos acordes com naturalidade. Havia uma estrela dourada colada na lateral: presente de um dos professores na última aula que ela deu antes de se mudar. Uma estrela dourada pelo empenho.

Tinham se passado meses desde a última vez que Jeannie pegara qualquer instrumento e as cordas de náilon machucaram seus dedos, mordiscando as pontas um dia grossas, mas que haviam se suavizado. Ela apertou, ignorando a dor, mas a outra mão não tocou as cordas. Sua mente dizia a ela que tocasse e ondulações de melodias distantes surgiam em sua cabeça, mas algo pesado bloqueava seus impulsos.

Vou só afinar, pensou, enquanto o desejo de libertar a música pelo quarto lutava contra a relutância que a sufocava. Eu não preciso tocar. Vou só afinar, é suficiente.

Jeannie puxou uma corda, ouviu e girou as tarraxas até que as cordas estivessem afinadas. Ficou sentada um tempo com o instrumento no colo, ouvindo a música que percorria seu cérebro, os acordes, os movimentos, as cadências. Eram ecos – músicas que vinham de seu coração, mas que não significavam nada para ela agora nesse novo mundo.

Nada viria. Nenhuma música. Uma tristeza abafada se instalou em seus ombros como uma capa.

Colocou o ukulele de volta no estojo, fechou o zíper e largou-o atrás da caixa com seus livros.

Então foi se deitar, sozinha, e caiu em um sono escuro e sem sonhos. Mas pelo menos, pela primeira vez desde o acidente de Dan, dormiu direto até amanhecer.

Capítulo 11

Jeannie entrou no anúncio do vestido de casamento de Rachel no eBay em um momento de bobeira no hospital e ficou surpresa ao ver que o vestido incrível ainda não tinha recebido nenhum lance.

Ela não entedia por quê. Rachel era, nitidamente, o tipo de pessoa com um manequim acessível para exibir seus produtos no eBay da melhor maneira possível, e a descrição do produto era concisa mas detalhada. A foto do recibo fez os olhos de Jeannie se encherem de lágrimas, então não havia dúvida sobre sua procedência. E Rachel iniciara o leilão a um preço que Jeannie considerava bastante razoável.

Mas parecia que ninguém queria o vestido.

Rachel também ficou perplexa.

– Nenhum lance. – Ela estava olhando para o computador do escritório e balançando a cabeça, incrédula. – Não estou acreditando. Nenhum interesse, literalmente.

Era o breve período de calmaria da rotina matinal do canil, entre o primeiro passeio e a alimentação. Rachel tinha ligado para Jeannie antes do café da manhã para ver se ela se importaria de ajudar com o exercício matinal, uma vez que a funcionária do canil, Mel, não pôde ir por estar passando mal. Jeannie ficara feliz em ajudar e agora, uma hora depois, já tinha corrido com dez cães de vários tamanhos pelo campo atrás do canil e estava atacando uma pilha de torradas, agradavelmente exausta.

– Vender vestido de casamento é difícil – comentou Natalie, à outra mesa, erguendo os olhos do laptop.

Ela havia tirado a manhã de folga do café para cuidar das contas trimestrais do resgate e também "ajudar a socializar os filhotes", ficando perto deles com um chapéu.

– Por que você anunciou no eBay?

– Porque já vendi um monte de coisas lá. E não botei só no eBay, botei também naquele site de desapego de casamento.

– Ah, boa ideia – disse Jeannie, para dar apoio. – Alguém já favoritou?

– Não.

Rachel bufou e rodou de um lado para outro na cadeira giratória.

– Até ofereci a capa como cortesia! Só ela vale umas 50 libras. Que foi? Por que está me olhando assim, Nat?

Natalie a encarava.

– Porque eu não acredito que você não me consultou. Eu teria dito que é perda de tempo tentar vender um vestido de casamento no eBay.

– Não é só um vestido de casamento! É de festa e de alta-costura!

Natalie revirou os olhos.

– Você daria centenas de libras por um vestido para um dia tão importante da sua vida depois de ver umas fotos na internet?

Ela abriu outra aba no laptop e começou a digitar. Digitava freneticamente, as unhas ressoando nas teclas.

– Se você quer vender o vestido, precisa vender toda a experiência. Precisamos do método certo.

– Lá vai ela... – disse Rachel, com um gesto. – Natalie foi a responsável pelo sucesso do chocolate orgânico da Cococoa, sabia?

Jeannie não sabia. Mas conhecia muito bem a marca de chocolate.

– Jura? Que incrível!

– Isso foi antes de me dispensarem e eu abrir meu próprio negócio só para poder levar para o trabalho o cão resgatado que minha amiga Rachel me convenceu a adotar. – Natalie estava analisando sites, com cara de concentrada. – Muito bem, então temos isso... e isso... Hum.

– O que você está procurando?

– Estou vendo se mais alguém teve a ideia que acabei de ter...

– Nat teve a ideia de convencer empresas locais a patrocinar canis individuais... É por isso que tem aqueles símbolos gravados em cima de cada um – explicou Rachel. – Ela é tão boa em arrancar dinheiro das pessoas que às vezes *eu* dou 5 libras para ela.

– Para fazer isso direito, vamos precisar de mais do que um vestido. Então é melhor colocar o meu à venda também. – Natalie continuava digitando freneticamente, sem tirar os olhos do laptop. – Nunca mais vou usar e não tenho filhas para passá-lo adiante.

– Ah, Nat...

Rachel articulou "Vera Wang" com os lábios para Jeannie e levantou seis dedos, fingindo estar horrorizada, mas não pôde deixar de parecer maravilhada ao mesmo tempo.

"Vera Wang?" Jeannie respondeu da mesma forma, chocada. Ela havia dado uma olhada nessa loja. Mas só uma olhada mesmo. O orçamento deles para o casamento todo, incluindo comida e vinho, não seria suficiente.

– Bom, eu não entro mais nele e está ocupando espaço no guarda-roupa. Gostaria de dar a mais alguém a chance de se casar com um Wang.

– E tem o meu também – lembrou Jeannie. – Vou doar.

Natalie finalmente tirou os olhos do laptop.

– O quê? Não, Jeannie. Tipo... *não*. Quer dizer, eu e Rachel somos velhas senhoras casadas. Você ainda *precisa* do seu. Não faça nada de que possa se arrepender... você ainda estaria em lua de mel. Não é hora de doar seu vestido.

Jeannie olhou de relance para Rachel.

– Já expliquei para Rachel que não quero nenhuma lembrança do... do que aconteceu. Eu não vou querer usar aquele vestido outra vez.

Rachel manteve um olhar tranquilo fixo nela e Jeannie ficou vermelha. Será que estava se lembrando do que Jeannie dissera sobre não se casar de novo? A culpa a estava deixando paranoica.

– Me conta, o que você tem em mente? – perguntou ela, com pressa para fazer a conversa andar.

Natalie girou na cadeira.

– Acho que deveríamos lançar um site de casamento, mas com um toque diferente.

– Um toque diferente! – Rachel se inclinou para a frente, impaciente. – Vamos colocar os vestidos nos cachorros?

– Não, não é isso. – Natalie entrou no modo apresentação: – A maioria das mulheres nunca volta a usar o vestido de noiva depois do grande dia. Elas dizem que vão mandar tingir, mas nunca fazem isso. Ou dizem que vão guardar para a filha, mas, sério... É tanto dinheiro gasto em um vestido que vai ser usado por oito horas que praticamente todas se sentem incrivelmente culpadas depois. Pelo menos eu me sinto. Tive que colocar o meu no guarda-roupa do quarto *de hóspedes,* porque toda vez que abria o meu via uma miniviagem pela Europa, ou uma cirurgia para correção de miopia, ou uma reforma no banheiro, sei lá.

– Você é *tão* romântica.

Natalie continuou:

– Então apelamos às mulheres da cidade que façam algo que tenha o potencial de mudar uma vida com o vestido que mudou a vida *delas*. Elas doam o vestido para ser vendido, para dar a outra mulher a chance de ter um dia lindo, e para dar aos cães a chance de uma vida nova. É caridoso e ecológico!

– É como encontrar um novo lar para os vestidos – disse Jeannie. – Para nos ajudar a dar um novo lar para os cães.

– Ah, muito bom! – exclamou Rachel. – Por que não pensei nisso?

– Mas não para por aí – continuou Natalie, levantando o dedo. – Construímos uma história em torno de nossa coleção de vestidos de noiva, para não dependermos apenas do dinheiro da *venda* dos vestidos. Podemos fazer um desfile para que as pessoas usem seus vestidos mais uma vez... Casamentos através do tempo! Podemos fazer um coquetel com canapés e bolo no Memorial Hall!

– E onde colocaríamos os vestidos para venda?

Jeannie olhou em volta: havia dois caixotes de filhotes chiando, brigando, dormindo e fazendo cocô, rasgando o forro como se não houvesse amanhã, e um cesto onde a terrier Lady Sadie roncava alto e fingia que nada daquilo tinha a ver com ela. Havia três sacos de ração apoiados na parede, o equipamento de limpeza estava espalhado e, apesar de Rachel estar sempre varrendo "para que eles se acostumem com as vassouras", ainda havia pelo de cachorro por toda parte.

– Não aqui, obviamente – falou Rachel ao ver a cara de Jeannie.

– Temos uma loja beneficente na cidade – explicou Natalie. – Mas preciso pensar. Não sei se conseguimos deixar a sala dos fundos luxuosa. Precisa ser algo... especial.

Jeannie pensou na butique onde tinha comprado seu vestido. Um refúgio de iluminação suave, bem distante da vida real. Um lugar dos sonhos, onde o romance e a fantasia dissolviam qualquer preocupação da vida real, como dinheiro ou alças de sutiã visíveis.

– E quanto a ajustes? – perguntou ela. – E se alguém amar um vestido, mas precisar ajustar a peça? Vocês têm como conseguir isso também?

Natalie se virou para Rachel.

– É a Freda ou a Shirley que faz ajustes?

– Ei! – Rachel se fez de ofendida. – Não entregue meus segredos comerciais. As duas. E Pamela Hayes. Elas são da Associação de Bordadeiras. São incríveis com a agulha. Você sabia que a filha da Freda montou o próprio negócio de costura em Little Larton? Ela pode oferecer um desconto para os vestidos das madrinhas também.

– Será que elas vão querer participar?

– Se for pelos cães, sim – respondeu Rachel. – As pessoas são muito generosas por aqui. E não vamos exagerar: talvez convencê-las a fazer dois vestidos cada. Elas amam um auê de casamento.

– Acho que é uma ideia – disse Natalie. – Vou entrar em contato com a *Gazeta de Longhampton* para ver se alguém pode fazer uma matéria. Para colocar o assunto na boca do povo. – Ela bateu com a caneta nos dentes muito brancos e certinhos. – Quem é aquela cerimonialista mandona do grupo de Mulheres de Negócios? Sara? Aposto que ela ajudaria. Vou ligar para ver se podemos contar com algumas das ideias dela também.

– Caramba! O que foi que eu coloquei no café hoje? – resmungou Rachel.

– E sabe como vai ser o nome do evento? – anunciou Natalie, com um floreio final.

– Diga, Nat.

Ela fez um gesto orgulhoso com as mãos.

– Vestidos de Noiva Revisitados.

– Ah, muito bom. Eu estava pensando em Cãosamento – disse Rachel. – Mas admito que o seu é bem melhor.

Entreter Dan com toda a ideia de arrecadar fundos com os vestidos de noiva deu a Jeannie pelo menos meia hora de monólogo ao lado do leito de hospital naquela tarde.

Ela esperou até que Andrea se despedisse e fosse embora: não tinha certeza se ela acharia a ideia tão boa. Jeannie certamente não queria responder a nenhuma pergunta sobre o próprio vestido. Dan, disse a si mesma, adoraria a ideia de fazer algo proativo e se envolver com a comunidade.

– ... mas o melhor – finalizou – é que os filhotes já estão recebendo pedidos de adoção! Estão se recuperando muito bem, e vamos conscientizar as pessoas quanto ao resgate ao mesmo tempo. Então é ótimo, não é?

Ela apertou a mão de Dan e sorriu.

Ironicamente, ela se sentia mais à vontade conversando com Dan agora do que em qualquer momento das semanas anteriores. Ler aquele primeiro "encontro" em voz alta parecia ter feito com que o relógio voltasse para uma época mais descomplicada. Aquele era o Dan com quem ela estava conversando agora, não o Dan levemente distante com quem era difícil iniciar qualquer conversa que não tivesse a ver com o casamento nas semanas que antecederam o grande dia.

Ele estava distante, não estava?, pensou Jeannie de repente. Então continuou com as novidades:

– Rachel fica insinuando que eu devia adotar um dos filhotes, mas falei que não seria justo, pois eu o deixaria sozinho metade do dia para ficar aqui com você... Embora ela tenha se oferecido para cuidar dele por mim.

Jeannie olhou ao redor. As cortinas de Tyler estavam fechadas e ela ouvia os pais dele conversando alto sobre o irmão de alguém que nem tinha se preocupado em ligar para saber de Tyler.

– O que você acha de ter um cachorro? – perguntou ela, mais para evitar ouvir a conversa deles.

Dan não respondeu e Jeannie percebeu que era um pouco tarde para perguntar aquilo a ele.

Ela vinha pensando *em si mesma* com um cãozinho, naquela casa, naquele instante. Um cachorro esperando por *ela*, indo atrás dela como Gem ia atrás de Rachel – embora acreditasse que uma devoção como aquela não surgia da noite para o dia. Não tinha certeza se deveria adotar um cão com Dan porque... bem, como seria o futuro quando Dan acordasse? Ela ia ficar com ele? Será que *deveria* ficar?

Isso não vai durar para sempre, Jeannie lembrou a si mesma, esse intervalo estranhamente suportável em que Dan estava gravemente doente, mas sem mostrar sinais imediatos de obrigá-la a encarar a realidade de suas ações na manhã do casamento. Tudo ia muito bem, participando de reuniões convidativas para arrecadar fundos e brincando com filhotes, mas podia mudar em meia hora, se uma das máquinas começasse a apitar.

Meia hora. Esta noite. Às quatro e meia da manhã... a qualquer momento. Agora mesmo.

Ela sentiu um arrepio.

– Tenho mais um encontro on-line para ler para você – disse rápido, colocando a mão dentro da bolsa. – De quando te mandei uma mensagem no meio da viagem de trem que estava fazendo com Edith, quando ficamos presas nos arredores de Reading. E você estava de plantão de novo. Então, eu comecei: *Oi, Dan!* E você respondeu: *E aí, Betty!*

Jeannie se empenhou na leitura, fazendo vozes diferentes para Dan e para si mesma, e tentou manter um volume que não atrapalhasse os outros pacientes, mas, quando chegou à parte em que ela e Dan discutiam que raças de cachorro seriam os piores colegas de apartamento, teve que parar: a conversa no fim da ala estava fervendo.

– Hannah, não é o momento para isso. Você precisa ter mais noção.

Era o pai de Tyler. Ele parecia maldoso.

– Mike, por favor... – Era a mãe de Tyler. – Todos estamos sob muita pressão.

– Me desculpem! Eu não sei o que fazer. Eu não entendo essas escolhas. – Era Hannah.

– Eu eu eu eu! – Um tom impaciente, de escárnio. – O centro da questão não é nenhum de nós. É Tyler. Será que você não entende isso?

E o som de uma cadeira sendo empurrada para trás. O barulho da cadeira arrastando no chão atravessou a ala. A UTI nunca era completamente silenciosa, mas geralmente havia uma calmaria em consideração aos demais pacientes e acompanhantes.

Jeannie se virou e viu Hannah empurrar a cortina e sair da ala cambaleando, com as mãos no rosto para esconder as lágrimas. Sua angústia provocou uma explosão de tensão no peito de Jeannie. Ela olhou em volta procurando por uma das enfermeiras, mas elas estavam ocupadas monitorando pacientes novos, sem tempo para se preocupar com familiares.

O pai de Tyler bufou com desdém, ciente de que tinha uma plateia.

– Se ela acha que algum de nós tem tempo para sair correndo atrás dela, é melhor cair na real. Adora um drama!

Jeannie não achava que Hannah adorava um drama. Achava que Hannah parecia uma mulher enfrentando muitas coisas que não conseguia entender.

O olhar do pai de Tyler recaiu sobre Jeannie e ele revirou os olhos, esperando que ela concordasse. Era uma ala tão pequena que Jeannie mal podia fingir que não tinha ouvido.

Ela retribuiu o olhar, mas se recusou a revirar os olhos também, o que a surpreendeu; evitava tanto o confronto que concordava com quase qualquer coisa só para evitar uma cena. Já se pegara assentindo obedientemente ao ouvir, no ônibus, coisas muito estranhas sobre os direitos das bactérias, por exemplo.

Mas agora estava encarando de volta, se recusando a concordar, e o pai de Tyler desviou o olhar com raiva, se aproximando da esposa e resmungando para ela enquanto olhava de soslaio na direção de Jeannie.

Ela voltou a Dan. Ele ia querer que Jeannie fosse gentil. Owen também. Ela tocou a mão dele e enfiou a conversa impressa embaixo da garrafa de água da mesa de cabeceira, ao lado da leva mais recente de cartões.

– Vou pegar um café. Não demoro.

Hannah estava sentada no canto da lanchonete do hospital em uma posição que Jeannie considerou dolorosamente familiar: as mãos cobrindo os olhos, o cabelo sobre o rosto, os ombros carregando o peso do mundo. Um cappuccino intocado esfriava na mesa, ao lado de seu cotovelo.

Antes que pudesse desistir, Jeannie foi até Hannah e se sentou em frente a ela.

– Desculpe eu me intrometer, mas… você está bem? – perguntou.

Hannah ergueu a cabeça e olhou para Jeannie como se tivesse sido arrancada de um sonho. Seus olhos vermelhos percorreram o rosto de Jeannie, tentando descobrir se ela era enfermeira, médica, uma das dezenas de estranhos que tinham passado por sua vida nos últimos dias.

– Meu nome é Jeannie. Sou namorada do Dan… Dan Hicks… que está na UTI com Tyler. Desculpe, eu não queria incomodar, mas… percebi que você está chateada…

O que está fazendo?, rugiu uma voz em sua cabeça. Você ia *odiar* se alguém fizesse isso com você! Mas alguma coisa fazia com que Jeannie continuasse: uma mistura de empatia com uma compulsão estranha por ouvir o que ela diria para si mesma se pudesse sair do próprio corpo.

– Obrigada.

Hannah deu um sorriso breve e sem vontade, então mordeu uma cutícula do dedão. Todas as suas unhas estavam completamente roídas, o esmalte descascado. Ela ficou em silêncio por um instante e Jeannie estava prestes a se levantar para sair quando ela finalmente decidiu falar, bem baixinho. Tinha um sotaque leve de Birmingham:

– Vimos o especialista hoje de manhã. Ele basicamente disse que Ty não vai voltar a andar. Vai ter que aprender a se alimentar, a ir ao banheiro, a fazer tudo sozinho. Vamos ter que nos organizar para cuidar dele quando ele voltar para casa. *Se* ele voltar para casa.

O desespero no rosto de Hannah disparou um medo congelante por todo o corpo de Jeannie, irradiando de seu peito como se ela tivesse engolido cubos de gelo.

– Sinto muito.

Ela se esforçou para encontrar as palavras certas para fazer a próxima pergunta: como parecer preocupada sem soar mórbida – ou intrometida? É isso que eu sinto, percebeu Jeannie, quando as pessoas perguntam como Dan está. Elas querem saber, mas não sabem como perguntar sem me magoar. E não compreendem de verdade.

– Eu não sei o que posso fazer! – explodiu Hannah. – Cath está lidando bem com a situação, mas o Ty sempre foi o bebê dela, né? Ela trocava as fraldas e dava banho nele quando era pequeno... ela ama cuidar dele. Não estou dizendo que é um sonho para ela, mas ela é mãe. Eu sou a namorada, e amo o Ty, mas... – Ela abaixou a cabeça, envergonhada. – Não sei se consigo. Não sei se sou forte o suficiente para isso.

A mente de Jeannie se esvaziou. Ela queria desesperadamente oferecer algum consolo, mas, sabendo o que ambas sabiam, não era fácil.

– Vai ficar tudo bem – disse, e se odiou por isso.

– Será? – sussurrou Hannah, como se tivesse medo dessa palavra. – Sabe, eu amo Tyler, amo *muito*, mas um fisioterapeuta veio falar sobre a reabilitação hoje de manhã, outra pessoa veio falar sobre terapia, para nós e para ele, depois as enfermeiras trouxeram panfletos sobre empréstimos que podemos fazer para adaptar a casa. Ty precisa de alguém *forte* e *capaz.* E eu me sinto… eu me sinto… – Ela se esforçou para encontrar as palavras, então desistiu.

– É natural se sentir sobrecarregada; isso tudo é muito assustador. – Jeannie sentia que estava falando para si mesma, não só para Hannah. – Não significa que você não vai corresponder à situação, só significa que precisa descobrir *como.*

– Mas eu vou corresponder? – Hannah levantou o olhar e sua expressão era quase de raiva. – Eu não sou médica. Não sou fisioterapeuta. É disso que Tyler precisa agora. Cuidados constantes, disseram, na pior das hipóteses. Eu tenho um emprego, meu primeiro emprego de verdade. Sou professora de educação infantil em Bromsgrove. Já estou encrencada por tirar folga esta semana. A gente ia viajar em julho. Para a Disney, a viagem de uma vida. Eu acho… acho que Ty ia me pedir em casamento. Isso não vai mais acontecer, vai?

– Você não tem como saber. É como os médicos sempre dizem: a gente nunca sabe qual vai ser o resultado final.

– Mas a gente sabe. – Hannah encarou Jeannie como se ela não estivesse escutando. – Ele acabou de nos dizer. Tyler vai ficar em uma cadeira de rodas. O que eu devo fazer?

– Você continua sendo você – afirmou Jeannie. – E Tyler continua sendo Tyler. Isso não mudou. As outras coisas… bom, é para isso que as equipes de apoio estão aqui.

O estômago de Jeannie estava dando vários nós, virando e revirando. Pode ser eu semana que vem, pensou, agitada pela adrenalina. Pode ser eu assim que Dan acordar e eles possam testar suas reações para descobrir quanto de seu antigo futuro restou. Por que você está fazendo com que ela se sinta culpada se não ficar com ele? Você detestaria se alguém fizesse isso com você.

Hannah girava um anel no dedo sem parar. Mas não é a mesma situação, pensou Jeannie. Você e Dan… Você teria terminado o relacionamento se ele não tivesse se acidentado. O casamento teria sido cancelado. De última hora e de um jeito bem esquisito, mas cancelado. Hannah e Tyler se amam, estavam fazendo planos. Ela não está falando em deixá-lo, só duvidando de si mesma. Ela *merece* apoio.

– Você é mais forte do que pensa – disse Jeannie.

Era uma banalidade, mas era verdade.

Hannah olhou para o cappuccino, triste.

– Será?

Jeannie assentiu e as palavras de sua mãe começaram a jorrar de sua boca:

– Não pense muito no amanhã. Lide com o hoje; depois, com a semana. Tyler precisa de pessoas que o amam à sua volta, e você obviamente o ama. Ele precisa dos planos de ir para a Disney. Não precisa ser este ano. Ele precisa saber que você quer olhar para o futuro *com* ele.

Os olhos cansados de Hannah estavam manchados de delineador de dias anteriores; ela parecia grata pelo consolo, embora Jeannie temesse que suas palavras fossem vazias.

– Os pais dele estão tentando me afastar.

– Provavelmente têm medo que você vá embora – concluiu Jeannie com sinceridade. – Aposto que estão tão assustados quanto você. Talvez também não saibam se vão mesmo dar conta. E eles são os *pais* do Tyler.

– Minha mãe disse isso. – Hannah limpou o nariz. – Mas é *comigo* que Tyler mora. Não com eles. É *comigo* que ele vai voltar para casa.

– Eu sei.

Hannah inspirou fundo, arrastando a energia de volta para dentro de si.

– Obrigada. Me sinto melhor por dizer essas coisas em voz alta.

Jeannie não sabia se merecia a gratidão. Basicamente, tinha repetido tudo que a mãe lhe dissera sem fazer a menor ideia de que estava tocando nos pontos mais dolorosos da consciência aflita de Jeannie. Mas a mãe dava bons conselhos, disse a si mesma. *Ela* é que estava errada.

– Sobreviva ao dia de hoje. Talvez faça planos para a noite de sexta.

Hannah conseguiu dar um sorriso cansado.

– Obrigada – repetiu.

– De nada – respondeu Jeannie, e fez uma nota mental para também planejar algo para a noite de sexta.

Capítulo 12

O aviso de tentativa de entrega estava no aparador de Jeannie havia mais de uma semana e, se não tivesse largado uma pilha nova de correspondência sobre ele e feito tudo escorregar e cair no piso do corredor, ela teria se esquecido completamente dele.

Estava enfiado no meio de umas cartas de aparência oficial que ela vinha ignorando havia dias. Os cartões de casamento felizmente tinham diminuído, mas foram substituídos por envelopes que atiçaram os nervos de Jeannie de outra maneira – contas e documentos oficiais que a perseguiam em uma nova vida que não tinha começado de verdade. Alguns até estavam endereçados aos Sr. e Sra. Hicks, como se Jeannie McCarthy tivesse desaparecido.

Ela pulou esses e deu uma olhada no aviso. Há quanto tempo estava ali? As datas já não significavam mais nada, o que era estranho, pois o dia 26 de maio tinha ocupado muito espaço em sua mente durante meses. O pacote havia chegado dia 1º de junho. Ela não conseguia lembrar que dia da semana tinha sido.

Jeannie virou o cartão nas mãos. O carteiro rabiscara “Hicks” e o endereço, nenhum outro detalhe além de uma marca indicando que ela deveria buscar o pacote no correio da cidade. Era um bom motivo para pegar o ônibus para Longhampton, decidiu. Já tinha passado da hora de ela andar pela cidade em que agora vivia em vez de só entrar e sair da estação ferroviária vitoriana.

O pacote, quando o homem que trabalhava na triagem finalmente o entregou, era para Dan.

Por sorte, as contas em nome de ambos ainda estavam na bolsa de Jeannie, então ele concordou, com relutância, que ela o levasse. O pacote não dava nenhuma pista: era uma embalagem preta do tamanho de uma caixa de sapatos, com nome e endereço digitados e sem um carimbo postal que sugerisse de onde tinha vindo. Quando balançou o pacote, Jeannie pensou ter ouvido um leve som de chocalho, mas nada que indicasse qual era o conteúdo.

Ela enfiou o pacote na bolsa e saiu da fila comprida, perguntando-se o que poderia ser. Algo para o trabalho? Mas então teria sido entregue no consultório. Ou um presente de casamento? Mas com certeza seria endereçado aos dois, não apenas a Dan. Jeannie pendurou a bolsa no ombro e entreteve a ideia de abri-lo, para o caso de ser uma coisa urgente, mas algo a deteve.

Não era dela. E, mais uma vez, ela não conhecia Dan o suficiente para adivinhar o que havia no pacote. E se fosse uma surpresa para ela?

Os passos de Jeannie aceleraram conforme tentava aliviar a frustração. Talvez eu *devesse* estar abrindo caixas, pensou consigo mesma. Esta caixa, as caixas dele em casa, todas as caixas que encontrar! Eu *preciso* conhecer esse homem o mais rápido possível, se vou cuidar dele pelo resto da vida.

A discussão interior cessou quando ela parou abruptamente em frente à vitrine de uma loja.

O vestido de casamento de Rachel estava em um manequim de alfaiate, a estrela da vitrine da loja beneficente, lançando uma aura de elegância sobre a rua principal. Alguém com uma noção impressionante de estilo tinha complementado o vestido com uma grinalda comprida com rosas creme de seda e folhas de hera e fixado um véu esvoaçante como uma nuvem cúmulo na parede de trás. Castiçais cor de cobre formavam um corredor reluzente ao longo da vitrine e um jogo de chá verde-jade dançava em pleno ar, suspenso por linha de pesca, xícaras de porcelana flutuando em alturas diferentes ao lado de colheres de chá prateadas e um bolo de casamento alto todo trabalhado.

E, ao lado do manequim, no lugar do noivo, havia um terrier grande de brinquedo.

"Evento de Casamento Beneficente de Four Oaks, mais informações aqui", dizia o cartão na moldura dourada. "Uma chance de mudar uma vida ao começar uma nova vida juntos."

Como será que Rachel se sente ao ver seu vestido à venda?, perguntou-se Jeannie. Sua mente vagou até seu vestido e ela sondou suas emoções imprevisíveis como quem cutuca um dente mole. Como ela se sentiria se o visse na próxima vitrine? Triste? Arrependida?

Vou ficar aliviada, pensou Jeannie, com uma clareza repentina e chocante. Por favor, que alguém o veja, se apaixone por ele e o leve embora.

– O que acha?

Ela se virou. Rachel estava em pé atrás dela, com os braços cruzados.

– Desculpe, eu estava do outro lado da rua... queria ver como ficava a distância.

– É mágico! – Jeannie logo ajustou sua expressão. – *Você* fez tudo isso?

– Fiz, sim. – Rachel pareceu muito satisfeita com seus esforços. – Eu passava horas nas vitrines quando abrimos a loja. Isso me fez perceber como fiquei preguiçosa.

– Ah, para, você é superocupada... os cães, e Fergus, e tudo mais...

Ela balançou a cabeça.

– Um pouco de estresse me faz bem. Preciso de um desafio. Um chute no traseiro. Um despertador da meia-idade, que seja. George e eu caímos na rotina e... bom, eu é que quero sair da rotina. Ele *gosta* da rotina. Não vê a hora de ficar na rotina em tempo integral, o pobrezinho. Já está fazendo planos para construir o galpão onde vai cultivá-la.

Elas olharam para o vestido, em toda sua glória dramática e atemporal. Não era um vestido que tinha intenção de parar no tempo, menos ainda de se afundar em uma crise de meia-idade.

Jeannie lançou um olhar cuidadoso na direção de Rachel: seu rosto forte estava envolto em uma determinação estranha e pesarosa. Mas não era tristeza. Ela parecia quase... zangada.

Jeannie tinha acabado de entrar no hospital, decidindo se pegava um chocolate para levar até a UTI, quando ouviu alguém chamando seu nome:

– Jeannie! Jeannie!

Hannah atravessava o espaço aberto apressada, acenando para chamar sua atenção. Ainda havia olheiras sob seus olhos, mas seu cabelo parecia recém-lavado e seu rosto brilhava com uma energia que Jeannie não tinha visto antes. Algo tinha mudado nos três dias que se passaram desde que elas conversaram. Uma luz tinha se acendido dentro de Hannah e ela se movimentava com uma determinação recém-descoberta.

Uau, pensou Jeannie, sentindo uma pontada. Ela parece quase *feliz*. Será que Tyler teve uma recuperação inesperada?

– Jeannie! – disse ela, ofegante, parando ao seu lado. – Queria falar com você antes de irmos embora.

– Vocês estão indo embora?

Talvez Tyler tivesse *mesmo* recebido boas notícias.

Hannah assentiu.

– Conseguiram uma vaga para o Ty em uma unidade de lesão cerebral muito mais perto de casa... tem um especialista que trabalha literalmente descendo a rua dos pais dele. Não fazíamos ideia de que era uma unidade de saúde, mas... veja só. Bem à nossa porta.

– Bom, você não tinha por que saber disso, não é?

– Não é? Eu passava na frente duas vezes por dia. É engraçado como nunca percebemos essas coisas.

Elas compartilharam um dar de ombros ambíguo em relação ao novo mundo que estavam descobrindo, mundo que sempre estivera ali enquanto elas seguiam com suas vidas, alheias ao que se encontrava a um pequeno escorregão, um passo descuidado de distância.

– Enfim – continuou Hannah. – Eu queria ver você para agradecer. Agradecer muito.

– Por quê?

– Por me ouvir naquele dia. Eu precisava que alguém me dissesse que eu vou conseguir, que eu sou forte o suficiente para dar apoio ao Tyler. Quer dizer, todos têm sido ótimos, mas eu precisava muito ouvir de alguém que estava passando pela mesma coisa. Você *entende* como é difícil quando amamos uma pessoa e temos que aceitar que ela vai ser... diferente. E *nós* vamos ter que ser diferentes também.

A consciência de Jeannie formigou. Ela tinha dito isso?

– Hannah, é muito gentil, mas eu não disse nada que no fundo você já não soubesse.

– Você me fez perceber que não vou estar sozinha. Existem outras pessoas como eu no mesmo barco, e elas estão dando conta. Como eu vou dar conta. Como você está dando agora.

Ela agarrou as mãos de Jeannie, e por um instante surreal Jeannie se sentiu como se elas fossem dançar.

– E o fato de você ter dedicado seu tempo a perceber quanto eu estava mal... foi muito importante. Não consigo nem imaginar o que você está passando, depois de quase perder o marido no *dia do casamento.* Sério! Mas você está aqui apoiando Dan todos os dias. Tão calma e carinhosa e... otimista. Isso significa muito mais que qualquer voto, não é?

Jeannie deu um sorriso tenso. O dia de seu casamento tinha se tornado um tipo de mito hospitalar, com ela como protagonista, a noiva trágica. Assim como se encaixava na ideia que Andrea tinha da nora atordoada mas solidária; na ideia que Owen tinha da noiva corajosa. Isso facilitava tudo de certa forma – ela sabia o que esperavam dela e era fácil corresponder a essas expectativas. Era mais fácil ser a namorada corajosa que as pessoas esperavam do que admitir seu real papel naquilo tudo.

– Você obviamente tem um laço impressionante com seu marido – continuou Hannah, com um aceno de cabeça sincero que fez com que Jeannie se lembrasse, com alguma dor, do aceno da mãe. – Eu tenho observado. Você se senta com ele durante horas, lendo para ele, tocando mensagens... isso nos deu ótimas ideias de como ajudar Tyler a recuperar as lacunas de sua memória.

A consciência de Jeannie não suportava mais.

– Hannah, preciso ser sincera, foi Owen quem pensou nisso, não eu. *Ele* é que tem sido incrível...

Mas Hannah não aceitou.

– Ah, mas no fim das contas, é você que o ama. Ele tem a mãe, ele tem o melhor amigo, e isso é ótimo... mas somos *nós* que temos que estar ao lado deles, de lembrá-los de que ainda são quem eram antes do acidente. Nós é que estamos construindo um futuro em que eles possam acreditar. Você e eu. *Nós.*

O tom solene com que Hannah disse *nós*, como se ela e Jeannie fizessem parte de algum tipo de clube honrado, cortou seu coração como um bisturi, acertando em cheio o segredo em seu núcleo: o espaço vazio onde o amor devia estar.

Jeannie se esforçou para conter as lágrimas de vergonha. Hannah adora Tyler e acha que eu amo Dan da mesma forma, pensou. Se ela soubesse o que Dan vai ter que enfrentar quando acordar, me acharia a maior bruxa do mundo.

– Ei! Não chore! – Hannah estava chorando agora, mas sorrindo ao mesmo tempo. Seu sorriso tinha um espaço entre os dentes da frente e era doce e infantil. – Podemos manter contato se você quiser? Dar apoio moral uma à outra, quando os pais parecerem um pouco demais? Quer que eu te mande meu número?

Jeannie assentiu, porque o que mais poderia fazer? Quando Hannah a abraçou, Jeannie ficou aliviada por ela não conseguir mais ver seu rosto, que se contorcia de desgosto.

Ela conseguiu segurar o tranco até Hannah sumir no corredor, seguindo Mike e Cath e saindo pelas portas principais com Tyler guiado pelos paramédicos entre eles, um barco a vela com eles agarrados à balaustrada. Por hábito, Jeannie disparou em direção à UTI – antes que pudesse perceber que era o pior lugar para o qual poderia ir.

Jeannie se apoiou na parede mais próxima, cansada demais para pensar, familiarizada demais com as próprias emoções para senti-las apropriadamente.

Será que eu devia contar a alguém? pensou, perdida. Será que isso pode me ajudar a colocar as coisas em perspectiva? Mas a quem ela contaria? Já era péssimo que o coitado do pai soubesse, e ainda havia a preocupação de que ele cedesse e contasse à sua mãe. Qual seria o objetivo de abrir essa caixa de Pandora afinal, até que Dan demonstrasse alguma reação e eles soubessem o que o futuro lhes reservava? Se ela contasse a alguém agora, a pessoa ficaria observando de perto, para ver o que ela faria em seguida.

Jeannie fechou os olhos com força, se sentindo sem saída. Ela precisava estar lá quando Dan acordasse – precisava saber que ele ia ficar bem, que ia sobreviver àquele momento terrível que ela causara. O rosto de Andrea e o de Owen flutuavam em sua mente: os dois dependiam dela. Logo estariam fazendo planos para o futuro, no instante em que o especialista lhes desse qualquer esperança. Ela era parte desses planos. Não poderia ir embora de jeito nenhum.

Se ao menos sentisse o mesmo amor inquestionável que dava forças a Hannah. Jeannie desejou com força poder virar uma chave e senti-lo fluir por seu corpo. Se ao menos ela conseguisse olhar para Dan e pensar: não existe vida para mim sem você…

Nós é que estamos construindo um futuro em que eles possam acreditar.

O peso de suas ações a cercou e Jeannie sentiu um impulso imperativo de *correr*. Correr dali e nunca olhar para trás. Mesmo agora, ela não conseguia explicar exatamente o porquê.

Uma mão tocou seu braço.

– Jeannie?

Ela pulou. Ah, meu Deus, era Owen. Ele estava adiantado. *Muito* adiantado.

– O que foi?

A voz dele era suave; obviamente tinha visto as lágrimas antes que ela pudesse cobrir o rosto.

Não havia escapatória. Este era o castigo real: uma compaixão que ela não merecia, para onde quer que olhasse.

– Só… só preciso de um momento. Estou bem.

– Você não está bem. Aconteceu alguma coisa?

Ela se obrigou a levantar a cabeça e, ao ver Owen parado ali no corredor, um estranho que tinha se tornado familiar, *indispensável* até, em questão de poucos dias, Jeannie precisou de todo o autocontrole para não enlouquecer completamente.

Owen era um homem doce, gentil e prático, não tedioso ou mediano – como ele pensava –, mas uma verdadeira torre de força, e ela o enganara também. Seu rosto sincero estava franzido de preocupação por ela, além de por Dan, claro: ele obviamente achava que havia más notícias da UTI e que ela precisava de apoio.

Jeannie balançou a cabeça, colocando as mãos sobre a boca; não confiava que não deixaria escapar tudo se a abrisse.

Owen colocou as mãos em seus ombros com gentileza. Não era um abraço – definitivamente não era um abraço, mas um aperto consolador. Algo na pressão lenta das mãos dele pareceu trazê-la à realidade. Ela se sentiu pequena e segura, protegida da luz e do ruído branco em sua mente. No peito de Jeannie, o coração batia fora de sincronia, como uma bola de pinball ricocheteando em suas costelas.

– Me conte o que aconteceu – pediu ele. – É algo com o Dan?

Ela balançou a cabeça mais uma vez.

– Andrea? Andrea disse alguma coisa? – Então sua expressão se retesou. – *Eu* disse algo que magoou você?

– Não!

Ela não podia deixar que ele pensasse isso. Owen era a única coisa que mantinha tudo em pé.

– Então o que foi? Foram as mensagens? Algo que os caras disseram? – Ele parecia genuinamente preocupado. – Seja sincera. Foi a história da viagem do futebol? Porque eu acho que Sam estava exagerando. Dan não estava *tão* bêbado assim...

Jeannie hesitou, mas não suportava ver Owen tentando encontrar culpa onde não havia, defendendo Dan naquela situação.

– Foi aquela garota, a Hannah.

Ela fez um esforço sobre-humano para manter a voz baixa:

– Hannah...? Ah, da UTI? Com aquele cara na última cama... Tyler?

Jeannie assentiu.

– O que tem ela? Ela disse alguma coisa?

Ele olhou para trás em direção à UTI.

Jeannie engoliu em seco. Coloque para fora. Confesse o máximo que puder.

– Hannah e eu conversamos esses dias. Ela estava chateada com o diagnóstico de Tyler e eu só... conversei com ela sobre encarar um dia de cada vez. Nada de especial ou sábio, só as coisas que as pessoas sempre dizem para mim. Coisas que eu me lembro da situação da minha mãe, quando ela estava em recuperação.

– Perdão, Jeannie, estou sendo ingênuo – desculpou-se Owen, trocando o pé de apoio. – Você acha que não estamos te dando suporte? Eu sei que não sou muito bom nessas coisas emocionais...

– Não! – Ela limpou o nariz, que estava escorrendo. – Não. Vocês estão me apoiando, sim. Me sinto... apoiada. Hannah veio há pouco porque queria agradecer. O Tyler está sendo transferido para outro hospital e ela achou que eu...

As palavras desapareceram em um soluço – para pavor de Jeannie.

– Ela achou que você o quê?

Ele estava quase impaciente, mas não exatamente.

A voz de Jeannie saiu como um guincho rouco:

– Dan… ele merece muito mais. Mais do que eu posso dar. – As palavras despencaram com uma pressa envergonhada. – Eu não sou… Não sou o bastante. Ele merece alguém melhor.

Pronto. Ela confessou.

Para sua surpresa, Owen não reagiu como ela esperava. Ele simplesmente a abraçou, suavizando com mansidão o pânico frenético que havia dentro dela. Ele não falou, e na escuridão macia de sua camisa, que a cabeça de Jeannie pressionava, era como se seu corpo inteiro derretesse no ombro de Owen.

O consolo não vinha só da sensação de ser abraçada, vinha de ter libertado as palavras que ardiam constantemente em sua cabeça, como abelhas furiosas em um jarro. *Não sou o suficiente. Não sou capaz de dar o suficiente a Dan. Ele merece mais.*

Ela soltara essas palavras e Owen, estranhamente, não tinha enlouquecido.

Ele sabe que tentei fugir? Jeannie se perguntou, atordoada. Será que Owen adivinhou? A ideia a amedrontava, mas, ao mesmo tempo, o alívio de não ter mais de esconder a deixou aliviada.

Owen a apertou, então se afastou, mantendo a distância de um braço. Ele olhou nos olhos dela: os seus eram solenes.

– Não repita isso, Jeannie.

– O quê?

– Não diga que você não é o bastante. Você é. Você é *mais* que o bastante.

Jeannie sentiu sua expressão mudar quando o alívio se esvaiu.

– Como assim?

– Vou ser sincero. – Owen não desviou o olhar e Jeannie teve a sensação de que ele estava realmente abrindo o coração, talvez, indo contra seus melhores instintos. – Quando Dan me falou sobre você, eu não sabia o que pensar. Não me leve a mal, mas você é muito diferente da… de qualquer pessoa que ele tenha namorado antes. Tentei encontrar vocês dois algumas vezes, mas sempre havia algum motivo pelo qual não conseguíamos nos reunir; então, de repente, pá!, vocês iam se casar! E, bom... – Ele atropelou o que estava pensando: – Digamos que eu não sabia direito o que estava acontecendo. Eu achava que era rápido demais. Mas estava errado. Você não é o que eu esperava.

Jeannie se perguntou *o que* ele esperava.

– Não no mau sentido – acrescentou ele rápido. – Você é... mais do que eu esperava.

Ela definitivamente não sabia o que dizer.

– Você tem sido incrível. – Os olhos de Owen se encheram de emoção. – Não só com Dan, mas com Andrea. E comigo. Forte, carinhosa, corajosa. Agora você foi gentil com uma garota que nem conhece... parece que você a ajudou de verdade. Dan ficaria orgulhoso de você. Não, ele *está* orgulhoso de você.

Jeannie sabia que seu lábio estava tremendo. Não só o lábio, o rosto inteiro. Owen era a última pessoa que ela ia querer que soubesse seu segredo, mas havia algo em sua doce lealdade a Dan que parecia estar arrancando uma confissão completa dela. Ela lutou para conter essa confissão.

– Não conheço você muito bem, Jeannie... ainda!... mas sinto que você é o tipo de pessoa que *nunca* acha que é o bastante – continuou ele. – Mas você é mais que o bastante. Se a questão é merecimento – acrescentou inesperadamente –, Dan é quem não merece você.

– Como assim?

Dessa vez ele hesitou.

– O que quero dizer é...

Jeannie continuou olhando para ele.

– O quê?

Owen se recuperou.

– O que quero dizer é que ele é parcialmente responsável por você estar se sentindo tão deslocada agora. Ele devia ter se esforçado mais para apresentar você aos amigos em vez de guardá-la só para si. Não seria tão complicado se você nos conhecesse e soubesse que pode confiar em nós.

Ela nunca tinha pensado nesses termos. Por que Dan não a apresentou antes? Será que tinha vergonha dela? Será que achava que ela não se encaixaria?

– Mas podemos consertar isso. Tenho conversado com o Mark e o Adam, e eles querem fazer uma visita, nem que seja só para dizer oi para você. Eles lamentam não terem tido a chance de conhecer você melhor no casamento. – Ele fez uma pausa. – Pode ser?

Ela assentiu, sem dizer uma palavra.

– Ótimo! – Owen abriu um enorme sorriso. – Agora, você quer alguma coisa da lanchonete? Eu estava indo buscar um café para mim…

Jeannie percebeu que o momento tinha passado. Owen achava que ela havia dito que amava Dan e que estava preocupada por talvez não poder *ajudá-lo* o bastante – não que ela *não o amava* o bastante para estar ao seu lado. Sentiu o coração apertado. Ela não compartilhou seu segredo terrível. Não aliviou o peito. Ele ainda estava lá, apodrecendo, e ela estava sozinha.

Respirou bem fundo, estremecendo. Vou ter que seguir meu próprio conselho, pensou. Vou ter que seguir meu próprio conselho maravilhoso. Vou ter que ser a namorada dedicada que todos pensam que sou, pelo menos até Dan acordar e podermos começar tudo de novo. Pelo menos não tem casamento agora. Pelo menos não tem essa pressão.

– Um café com leite seria ótimo – respondeu ela. – Duplo.

Capítulo 13

Jeannie não tinha dormido bem. Pela terceira noite em uma semana, ela se viu no meio do que havia se tornado um sonho recorrente.

Começava do mesmo jeito: ela estava no Rolls-Royce, indo para o local do casamento com o pai, mas, quando ela se virava para dizer a ele que não queria mais se casar, era Dan quem estava sentado ao seu lado, não Brian. Mas não Dan como ela o conhecia, Dan como ele estava agora, inconsciente, com a camisola verde do hospital, presente mas ausente, o som bufante e assustador do respirador bem alto dentro do carro. Jeannie paralisava de medo de que ele abrisse os olhos e a encarasse.

No sonho, ela sentia a estrutura do corpete esmagando seu peito, expulsando o ar de seus pulmões como uma mão gigante. Ela sabia que tinha que fugir do carro antes que Dan percebesse, mas, enquanto seus dedos procuravam a maçaneta da porta, o corpo de Dan se virou lentamente, em silêncio e ele abriu os olhos. Eles eram lindos, mas raivosos, cheios de culpa. Quando Jeannie tentou gritar, não saiu nenhum som e a sensação de asfixia em seu peito se espalhou pelo corpo inteiro até ela não conseguir mais respirar.

Ela acordou, úmida de suor. Foi a primeira vez que Dan abriu os olhos no sonho e isso causou em Jeannie um medo que seguiu se arrastando até o fundo de sua alma, mesmo quando ela já flutuava em direção à consciência. Lá fora, os pássaros cantavam e a luz aquosa do amanhecer se irradiava sobre o jardim. *Dan sabia que ela ia tentar abandoná-lo.* Jeannie disse a si mesma que aquilo era totalmente irracional – não sabia se ele tinha escutado suas mensagens. E, mesmo que tivesse, não havia garantia de que ele se lembraria de alguma coisa anterior ao acidente – mas ainda assim o medo avançava, rastejando. *Dan sabia.*

Foi impossível voltar a dormir depois disso. Jeannie ficou deitada na cama com uma dor de cabeça beliscando seu cérebro, meio que ouvindo o programa matinal da rádio local. Ficou surpresa por perceber quantos nomes de lugares reconhecia só de olhar pela janela do trem nas viagens de ida e volta do hospital, e das conversas no escritório do canil. Natalie e o marido, Johnny, estavam procurando uma casa para comprar; ela ouvia discussões diárias sobre se Little Larton era mais promissora que Hartley e quais pedaços de Longhampton "valiam o dinheiro".

Estava começando a cochilar quando ouviu a voz de Rachel vindo de algum lugar ali perto. Jeannie se sentou na cama, assustada, se perguntando se ela tinha entrado na casa. Mas a voz vinha do rádio: ela estava no meio de uma entrevista sobre o projeto Vestidos de Noiva Revisitados.

– ... se você tem um vestido de noiva ocupando espaço em seu guarda-roupa, *por favor*, considere doá-lo para nosso leilão. Cada centavo que arrecadarmos vai para a reabilitação de nossas três famílias resgatadas de fábricas de filhotes e para encontrar o lar que elas merecem.

– Uma causa muito válida – concordou o entrevistador. – E Rachel trouxe um dos filhotes do qual estava falando hoje... muito lindo! Olá! Au! Au! Ai...

– Cuidado com os dedos – disse Rachel, um pouco tarde.

Deve ser uma das collies, Jeannie adivinhou. Molly, Dolly, Holly, Polly ou Lolly – elas certamente eram as mais atrevidas entre os filhotes, bisbilhotando e capotando para fora do caixote quando tinham chance, sempre procurando por socialização. E com mania de morder, verdade seja dita.

– É uma oportunidade de conseguir um vestido de noiva deslumbrante por uma barganha! – Essa era Natalie, aproveitando enquanto o entrevistador estava ocupado tirando os dedos da boca do filhote que os tinha abocanhado. – Temos alguns vestidos *bem* exclusivos em nossas araras, alguns deles novinhos, usados apenas por algumas horas, por uma pequena parcela do preço original.

– É economia básica – concordou Rachel. – Se você já guardou dinheiro para um vestido caro, compre um dos nossos e pode gastar suas economias em mais vinho.

– Nós entendemos plenamente que é difícil abrir mão de um vestido que tem tanto significado – continuou Natalie depressa –, mas você estará dando a um cãozinho abandonado a chance de ter uma vida nova e fazendo o papel de fada madrinha no grande dia de outra mulher! Todos ganham!

– Então onde as pessoas podem doar seus vestidos? – perguntou o entrevistador. Sua voz saiu abafada, como se ele estivesse chupando uma pequena ferida.

– Elas podem levar os vestidos diretamente até o nosso centro de resgate na Hartley, nos arredores de Longhampton, ou até nossa loja beneficente na High Street. Vamos exibir os vestidos em vitrines de lojas da cidade durante o verão e em um evento de gala que vamos anunciar em breve...

– Parece ótimo. Bom, obrigado por virem, garotas. E obrigado... cachorrinho.

– Polly estará disponível para adoção no fim do mês, assim como suas irmãs. Por favor, entrem em contato com a Four Oaks e preencham o formulário de adoção! – acrescentou Rachel bem na hora.

– Estou com Rachel e Natalie aqui, do Resgate Four Oaks em Longhampton. Você tem um vestido de noiva no armário, Paula?

O apresentador virou-se para a colega com uma risada audível.

– Haha, você sabe que sim, Terry!

– Sim, você tem... *três* vestidos, não é? Essa aqui gosta de bolo de casamento!

– Haha! E você gosta de *qualquer* bolo, Terry. Falando nisso, vamos ouvir Meghan Trainor, com "All About That Bass", e em seguida notícias e viagens, às oito...

Jeannie bateu no botão para desligar o rádio-relógio e jogou as pernas para a lateral da cama. Hora de levantar. E, pela primeira vez em um bom tempo, ela realmente queria enfrentar o dia.

Sua tarefa matinal era lidar com algumas das caixas fechadas que estavam na sala. A mais próxima era do Dan e estava marcada como "livros/sala de estar", então ela não esperava nenhuma surpresa desagradável para além de um número exagerado de livros de Jeremy Clarkson e talvez uma caneca ou meia sem lavar perdida em meio ao caos.

Jeannie estivera na sala de estar do apartamento de Dan três vezes, quando passou o fim de semana lá, e era bastante agradável: um quadro abstrato impressionante comprado em um leilão beneficente em uma das paredes, almofadas que pareciam ter sido escolhidas por Andrea, agora que ela a conhecia melhor, e um apoio enorme para os pés – para um conforto máximo e prolongado enquanto assistia ao futebol, pelo que parecia.

Agora que eles tinham uma sala de estar dos dois, com vista para o jardim do chalé e as colinas ao longe, Jeannie andava procurando por itens pessoais para deixá-la menos parecida com a seção de móveis de uma loja de caridade. O sofá de Dan e a preciosa poltrona dupla molenga de Jeannie estavam lá sozinhos, apenas com a TV de plasma dele como companhia. Precisava desesperadamente de fotos emolduradas, ou vasos de flores, ou prateleiras com seus romances preferidos. Dan não tinha muitos livros em seu apartamento, Jeannie percebera na época, nem um aparelho onde ouvir música que não fosse o celular.

A primeira camada da caixa de Dan era de panos de prato (quem diria que ele teria tantos?). Jeannie estava se maravilhando com os vários boxes de DVDs da série *Doctor Who*, que não paravam de surgir das profundezas da caixa, como palhaços saindo de um carro minúsculo, quando a campainha tocou.

Achando que poderiam ser Rachel e Natalie voltando da entrevista na rádio, Jeannie correu até a porta da frente, pronta para parabenizá-las, mas do lado de fora havia uma mulher com uma capa enorme contendo um vestido de noiva.

– Desculpe incomodar – disse a mulher, confusa –, mas eu trouxe isso para a Rachel... posso deixar com você?

– Ah, você está procurando a casa que fica subindo a rua. – Jeannie apontou em direção à casa dos Fenwicks. – É lá que Rachel mora.

– Eu sei, mas não tem ninguém em casa. – A mulher pendurou o vestido no outro braço. Após olhar com atenção, Jeannie percebeu que havia duas capas, ambas prateadas e com monogramas, e cabides de cetim macio. – Toquei a campainha algumas vezes, mas não quis deixar do lado de fora.

Jeannie olhou para a casa no alto da rua; não havia nenhum carro à vista. George provavelmente tinha levado Fergus à escola, já que Rachel estava na rádio, e Jeannie não fazia ideia de quando ele ia voltar.

– A questão é que tem toda uma história. Preciso explicar para você – continuou a mulher, lidando com os zíperes. – Não é exatamente o que parece e eu quero que quem quer que compre os vestidos conheça a história toda.

– Entre – pediu Jeannie.

Seria uma oportunidade de ouvir outra história que "não é exatamente o que parece" que não a sua.

Abertas e dispostas sobre as cadeiras de pinho escovado da cozinha de Jeannie, as capas pareciam vagens. Dois vestidos diferentes estavam aninhados dentro delas: um longo estilo sereia com teias delicadas de cristal que espiralavam no corpete e um midi rodado vermelho e branco com uma anágua de tule alegre.

– Então, Henry e eu ficamos noivos no meu aniversário. – A mulher, chamada Rhiannon, pelo jeito não estava com tanta pressa a ponto de recusar quando Jeannie ofereceu um café. – Ele comprou ingressos para o teatro, aonde normalmente *nunca* quer ir quando está passando rúgbi na televisão, e escondeu o anel em uma caixa do meu chocolate preferido. Ele tirou os chocolates de que eu não gostava e substituiu por pralina, de que eu gosto. – Ela sorria a cada revelação. – O anel estava na última camada. Eu quase o comi no escuro! Não entendia por que ele estava me apressando para acabar logo com a caixa. Então ele me pediu em casamento no intervalo, com uma garrafa de champanhe.

Jeannie anotou os detalhes; não sabia exatamente o que Natalie e Rachel iam querer saber. Se perguntou se devia preparar uma versão do próprio pedido para apresentar com o vestido. O nó em seu estômago apertou mais uma vez. Foi aí que as coisas começaram a dar errado para eles. No pedido. Não era ridiculamente irônico?

– Que lindo – disse, esvaziando a mente. – Champanhe!

– Eu sei! – respondeu Rhiannon, suspirando feliz. – Então, enfim, comecei a planejar o casamento... Eu namorava esse vestido na internet fazia uma eternidade. – Ela acariciou o cetim perolado com a mão delicada; o mesmo gesto que Rachel fez ao mostrar seu vestido a Jeannie. – Procurei até encontrá-lo em uma loja em Cardiff. Estava *muito* fora do meu orçamento, mas, quando experimentei, eu soube que jamais encontraria outro. A gente simplesmente sabe, né?

– Humm. – Bom, mais ou menos.

– Então eu comprei. Fiz os ajustes, tingi os sapatos para combinar. E aí – os olhos azuis de Rhiannon se arregalaram – descobri que estava grávida.

Jeannie não sabia ao certo qual era a resposta apropriada.

– Ah… parabéns? Não. Meu Deus?

Rhiannon assentiu.

– O bebê ia nascer perto da data do casamento. Então tivemos que adiar… Isso causou muito drama. Você não acredita.

– Acredito, sim – disse Jeannie. – Cancelar um casamento é… bom, algumas coisas são mais fáceis que outras.

Sue e Owen fizeram um trabalho incrível ao apagar o casamento da face da Terra. Tinham restado apenas um freezer com a comida da festa e algumas contas.

Rhiannon olhou para ela de um jeito engraçado e continuou:

– Então, enfim, adiamos e passamos a nova data para todos, e aí… – Ela olhou para as mãos. – Eu perdi o bebê.

A caneta de Jeannie parou no ar. Ela levantou a cabeça, chocada.

– Sinto muito.

– Estava bem adiantada. Eu sabia que tinha alguma coisa errada, tinha um… pressentimento. Henry me levou até o pronto-socorro e fizemos uma ecografia e o bebê tinha morrido. Ele havia parado de crescer com vinte semanas. – Ela mordeu o lábio inferior. – Foi o pior momento da minha vida, ver nosso bebê no ultrassom. Sem se mexer.

– Posso imaginar – murmurou Jeannie.

– Eu tinha falhado. Falhado com nosso feijãozinho e com Henry. Nós o chamamos de Philip, uma homenagem aos dois avôs. – A voz de Rhiannon sumiu em um choro de tristeza. Ela colocou a mão no rosto, envergonhada. – Me desculpe. Faz tanto tempo que não falo disso, achava que já tinha passado…

– Não, por favor, se não quiser continuar…

Jeannie estendeu a mão para tocar a dela. Havia alguns lenços sobre a mesa – havia lenços por toda parte – e ela os empurrou na direção de Rhiannon.

– Obrigada.

Rhiannon deu um sorriso grato entre as lágrimas.

Nenhuma das duas disse mais nada por um instante.

Rhiannon limpou os olhos e tossiu.

– Enfim, as coisas ficaram péssimas durante um tempo depois disso. Eu não conseguia comer nem dormir. Perdi o emprego, porque sempre chegava atrasada, bebia muito. Não era uma pessoa agradável de ter por perto. Mas Henry ficou ao meu lado. Ele foi incrível. Não me culpou nem dificultou as coisas, embora ele também estivesse destruído por dentro. Não sei por que ele ficou, mas ficou. Não falamos mais sobre o casamento. Ele e minha mãe cancelaram tudo e eu não perguntei. Mas... – Ela levantou o dedo, sorrindo por entre as lágrimas. – Um dia, acordei mais cedo e vi Henry deitado comigo em seus braços, seus braços carinhosos e fortes, e pensei: Casamento é *isto*. Estar ao lado da pessoa que você ama mesmo quando ela não ama a si mesma. Já tínhamos passado pela alegria e pela tristeza, não é mesmo?

Jeannie assentiu. Seus olhos também estavam se enchendo de lágrimas agora, ao ver o amor no rosto de Rhiannon.

– Então procurei um terapeuta e, resumindo a história, reorganizei minha cabeça. Por ele, por mim, pelo nosso Philip. Ele não ia querer que seus pais desmoronassem, disso eu tinha certeza. E, quando senti que era eu mesma de novo, pedi Henry em casamento. Foi em uma noite em que estávamos pedindo comida indiana. Nada de mais, eu só disse: "Você quer casar comigo?" E ele respondeu: "Sim, amor." Então nos casamos!

– E você planejou tudo de novo?

– Tudinho. – Rhiannon assentiu. – Cerimônia na prefeitura, cerveja e torta no pub perto de casa, só alguns amigos e a família. Foi muito divertido, mas eu não queria usar esse vestido. Ele me lembrava... coisas demais. Mas também não consegui me convencer a vendê-lo! Loucura, não é? Minha mãe e minhas irmãs me levaram às compras e me deram este. – Ela deu um peteleco no vestido, brincalhona. – Minha mãe disse que era mais a minha cara. E é mesmo, para falar a verdade. Eu dancei a noite toda nele.

– É lindo.

Jeannie tocou a anágua firme, feita para rodar e dançar. Comemorar e amar.

– Aposto que foi o dia mais incrível.

– Foi. Mas foi a cerimônia que me surpreendeu. Eu já tinha ido a tantos casamentos, achava que sabia como seria, mas, quando olhei para o Henry enquanto fazíamos nossos votos e ele prometeu me proteger de qualquer tempestade que a vida lançasse contra nós e me amar exatamente como eu era... eu sabia que ele estava sendo sincero. Porque ele já tinha feito isso. *Sabíamos* quão forte nosso amor era. Não eram apenas palavras.

Havia tanta gratidão no rosto de Rhiannon, e alívio, por saber que o homem que ela amava tinha esperado até que ela se encontrasse. Eles eram parceiros, se conheciam por dentro e por fora, nas horas boas e nas ruins, quando eram fracos e quando eram fortes. Como seria possível fazer promessas assim sem conhecer de verdade a outra pessoa?

Jeannie viu Dan em sua mente, na cama do hospital. Ele não era aquele homem, e ela sabia disso. Mas como poderia deixá-lo?

– Ah, não, comecei de novo! – Rhiannon limpou o rímel escorrido com a lateral do dedo. – Mas é verdade, não é? A gente precisa estar presente nos momentos ruins e também nos bons. Esse é o teste verdadeiro do ser humano, e da relação, eu acho. Ficar. Eu só queria que as pessoas soubessem que as coisas se ajeitam. Nem sempre do modo como imaginávamos, mas, se nos amamos o bastante, de algum jeito dá tudo certo. É por isso que eu precisava explicar por que o primeiro vestido não foi usado... não queria que pensassem que pode trazer azar!

Jeannie olhou para os dois vestidos sobre a cadeira: um, intocado e elegante; o outro, solto e divertido.

– Vai trazer o oposto disso. Mas você tem certeza de que quer nos dar os dois vestidos? Me sinto mal por tirá-los de você – confessou Jeannie. – Tem tanto significado neles.

– Não, está na hora. – Rhiannon colocou o cabelo atrás das orelhas. – Assim que ouvi Rachel no rádio hoje de manhã, falando dos pobres cãezinhos resgatados, pensei: Muito bem, é um sinal. – Ela pegou o celular da bolsa. – Adotamos nossa Angel aqui; foi presente de aniversário do Henry. Vou te mostrar nossa garota...

Jeannie deixou que Rhiannon mostrasse várias fotos de uma terrier paciente e de cara dócil com uma variedade de lenços, chifres de rena natalinos, roupinhas de lã e um tutu. Percebeu por que o pedido que Rachel fez no rádio tinha tocado Rhiannon – Angel era igualzinha a Sadie, a terrier de olhos arregalados no canil. Atarracada, com pernas finas, doce.

– Ainda bem que a encontramos – disse Rhiannon, levantando o olhar, de repente bastante solene, e Jeannie teve a sensação de estar olhando diretamente seu coração.

Capítulo 14

Os filhotes estavam crescendo rápido e explorando os limites de seu novo mundo em expansão como se nunca tivessem vivido nada diferente. A cada manhã Jeannie os encontrava um pouco mais gordinhos, um pouco mais pernudos e muito mais espevitados. Os de terrier eram adoráveis monstrinhos robustos, tropeçando uns nos outros dentro dos caixotes, rosnando e brincando, um tentando engolir o outro, e os collies preto e branco analisavam tudo, farejando e tentando fugir usando os irmãos como degraus na lateral do cercadinho. Os filhotes de pelo enrolado cor de pêssego, pensou Rachel, pareciam mais uma cruza de cocker e poodle. Eram os primeiros a latir um oi para o carteiro ou para as enfermeiras e reagiam com curiosidade à cuidadosa lista de Rachel contendo sons e cheiros.

– Nunca mais quero que tenham medo de nada, nunca mais – insistia ela, mesmo que para isso as três (Jeannie, Natalie e ela) precisassem ficar no escritório longas horas digitando descrições de vestidos de noiva enquanto ouviam CDs de sons de chuva e trovões, bandas de metais e, o que era bem estranho, corais de vozes masculinas, para que os filhotes se preparassem para o mundo lá fora.

Já com as mães traumatizadas era outra história.

Rachel tinha recebido muitos conselhos de Debbie, a mulher que ajudara a resgatar os cães da fazenda próxima à fronteira.

– Vocês precisam ser muito, muito pacientes – avisara Debbie. – As pobrezinhas das mães nunca andaram de coleira, nunca estiveram dentro de casa, nunca aprenderam a brincar. Elas não conhecem nada além do barracão onde eram mantidas. Vocês vão ter que ir com muita, muita, muita calma.

E assim as regras foram estabelecidas. As três mães – a terrier Lady Sadie, a collie Constance e a poodle Grace – não podiam ser deixadas sozinhas durante o dia. Sempre tinha que haver um ser humano lá, supervisionando os filhotes mas também fazendo companhia para as mães. Elas não podiam ser acariciadas sem aviso e precisavam sempre ter espaço caso quisessem se desvencilhar. Em vez das caminhadas, eram levadas para o cercado onde os cães do canil brincavam, e Rachel – ou um dos voluntários – as deixava à vontade enquanto jogava bolas esperando que elas participassem. Às vezes elas entravam na brincadeira, mesmo brevemente, e Jeannie quase chorava ao ver seus pulinhos hesitantes.

Era um trabalho dolorosamente lento, mas Rachel estava determinada a ensinar às cadelas que podiam confiar nela. Gem era sua arma secreta: ele a seguia, observando cada interação, e parecia estar tentando mostrar aos cães resgatados como cães de estimação se comportavam. Jeannie o viu certa manhã colocando a patinha na porta para que Rachel a abrisse. Ele saiu e voltou imediatamente, abrindo a porta com o focinho grisalho. Rachel então se levantou para fechá-la, mas segundos depois Gem colocou a patinha para que a porta fosse aberta mais uma vez.

– Ah, Gem, o que foi? – começou Jeannie, mas então percebeu que Grace e Constance o observavam: ele estava mostrando a elas como pedir para sair.

– Gem é incrível – comentou Rachel, chutando uma bola mastigada para Jeannie no cercado onde os cães brincavam. – Às vezes eu acho que ele sabe o que estou pensando antes de mim mesma. Sabia que collies reconhecem o mesmo número de palavras que uma criança de 3 anos?

Jeannie parou uma bola com o pé.

– Não, não sabia. Que palavras?

– Bacon. Sanduíche. Passeio. Vermífugo. As que ouvem com frequência.

Constance, a border collie, olhava atentamente para a bola, deitada na grama com a cabeça apoiada nas patas brancas. Das três cadelas, ela era a que estava mais perto de entender como as coisas funcionavam ali, mas sua energia era tensa. Cada movimento fazia com que saltasse sobre as patas silenciosas, leve como uma pena flutuando no ar. Sadie, a terrier, estava deitada ao sol ignorando todo mundo, aproveitando o calor nas costas malhadas. Grace caminhava em volta do cercado nas pontas das patas, elegantemente, como se a sensação da grama ainda a confundisse.

Às vezes elas se encolhiam juntas, apoiando uma à outra; outras vezes, pareciam estar em uma bolha formada pela própria ansiedade, resistentes a tudo.

– Fiz um daqueles testes de compatibilidade da internet hoje de manhã – continuou Rachel. – "Qual cão mais combina com você?"

– E?

– Galgo afegão.

– Sério?

Jeannie fingiu surpresa, pois Rachel obviamente não tinha ficado satisfeita, mas na verdade o resultado era perfeito: elegante, estiloso, bem penteado, focinho grande...

– Não sei por que deu isso. Estava pensando ser uma border collie.

– Talvez você tenha esquecido de mencionar o rebanho de ovelhas. Qual será que combina comigo?

Rachel jogou algumas guloseimas para os cães e disse casualmente:

– Você devia ficar com a Lady Sadie.

– Não, não. Espera aí, você quer dizer... adotá-la? – Jeannie balançou a cabeça. – Acho que não combino com uma terrier!

– As pessoas *nunca* acham que combinam com terriers, mas por que não? Olhe só para ela. Passou a maior parte de sua triste vida em um galpão, mas está deitada ali ao sol como uma rainha. Sadie precisa de companhia, você também. É perfeito.

Jeannie ficou tentada. Os olhos brilhantes de Lady Sadie esperando na cozinha quando ela chegasse em casa, seu corpo firme aprendendo a se apoiar nela. Das três, Sadie era a que mais ansiava por voltar a confiar nos humanos. Constance precisava de uma ocupação, Grace precisava de cuidados dedicados de alguém que gostasse muito de pentes. Lady Sadie só precisava de alguém para amar.

Jeannie balançou a cabeça e chutou a bola de volta para Rachel.

– Sadie precisa de companhia, e eu passo metade do dia fora. Não quero deixá-la infeliz.

Rachel continuou como se Jeannie não tivesse falado nada:

– Engraçado, minha tia Dot sabia combinar a pessoa com o cachorro certo, nunca errava. E nem sempre era o tipo de cachorro que as pessoas estavam procurando. Às vezes não conseguimos enxergar nossas necessidades.

– Ela olhou para Jeannie de um jeito engraçado. – Como você soube que combinava com Dan?

– Os algoritmos descobriram por mim. Não se pode discutir com computadores.

– E como exatamente eles fizeram isso?

Jeannie não conseguiu identificar se Rachel não estava perguntando só por provocação. Todo mundo já tinha experimentado um site de namoro em algum momento, não? Ainda que só por curiosidade. Se bem que Rachel estava com George havia um tempão…

– Tem várias perguntas. Você prefere gatos, cães ou iguanas? Hitchcock, Spielberg ou Pixar? Seu encontro ideal seria em uma montanha ou na Veneza do século XVII? Esse tipo de coisa. Evita que você se apaixone por alguém que acabe revelando ter opiniões muito fortes sobre reencarnação. Ou sobre Coca diet.

Rachel pensou por um tempo.

– Está certo. Mas por que você estava namorando pela internet? Achei que você conhecia muitas pessoas por causa da música. Não?

– Ah, sim, muitas. Mas geralmente elas eram apaixonadas demais por si mesmas para se apaixonarem por outra pessoa. Ou estavam bêbadas demais. Ou, você sabe, *Edith*… Enfim, a internet permite conhecer gente de todo tipo.

Jeannie sabia que parecia estar se explicando demais, mas tinha cansado da busca constante por alguém normal. Alguém para simplesmente estar ao seu lado, com quem não teria que competir o tempo todo. A falta de interesse de Dan pela cena musical era, em alguns aspectos, um alívio. Pelo menos tinha sido, no início.

– Como você soube que George era a pessoa certa?

Rachel riu.

– Eu não soube! George e eu jamais teríamos sido um casal escolhido por um computador. Não temos nada em comum. Até hoje me pergunto como foi que acabamos juntos… Quando nos conhecemos, ele me achou superficial e completamente inadequada para a vida no campo, e eu achei ele presunçoso e blasé. Mas mesmo assim… os astros se alinharam, eu engravidei e aqui estamos nós.

Jeannie olhou para Rachel. A maneira irreverente como ela contou aquilo não correspondia ao modo como os outros falavam dela e de George.

Todos achavam que eles tinham sido feitos um para o outro. O fato de George ser taxativo quanto aos gastos era uma coisa, mas todos no resgate falavam de George e Rachel como se fossem a história de amor perfeita.

– Eu amo George – disse Rachel, com uma ferocidade estranha. Ela olhou para a casa. – Só que nem sempre entendo por que ele é tão… argh!… tão *George*.

Gem se enfiou entre suas pernas.

– Ele não foi sempre… George? – perguntou Jeannie.

Rachel não respondeu de imediato. E, quando falou, parecia estar respondendo a outra pergunta.

– O perigo em ser casado é achar que acaba aí. Que você sabe tudo sobre a pessoa – disse ela. – A gente nunca sabe.

– Mas isso não é bom, se o casamento é para o resto da vida? Ter coisas a descobrir sobre o outro? – perguntou Jeannie, esperançosa.

– Não se só um dos dois está disposto a descobrir – respondeu Rachel e saiu pisando firme.

Uma voz feminina desconhecida falava sem parar no escritório quando elas voltaram ao canil e as cadelas ficaram paralisadas atrás das pernas de Jeannie e Rachel assim que a ouviram. Constance soltou um rosnado baixo, algo que Jeannie nunca tinha ouvido. Normalmente, Constance mal fazia barulho. Agora, seus pelos estavam eriçados e ela estremecia, tensa.

– Está preocupada com os filhotes. Vou levar essas três lá para os fundos por enquanto – disse Rachel em voz baixa, se abaixando para acariciar as orelhas atentas da collie. – Mel está lá limpando o canil… Estou mesmo precisando falar com ela sobre os recém-chegados do dia. Vá você, veja se é alguém nos trazendo um vestido.

Jeannie abriu a porta. Natalie estava à mesa do escritório conversando com uma mulher de meia-idade vestida de preto da cabeça aos pés, sentada na única cadeira confortável com uma xícara de chá. O palpite de Rachel estava certo: havia uma capa volumosa pendurada na estante, afastada do caixote de filhotes.

– … vamos fazer um jantar fabuloso com atividades e um bolo de casamento, é claro – dizia Natalie. – Ah, oi! Eu estava contando à Gillian sobre nosso evento de gala.

– Parece maravilhoso! – Gillian arregalou os olhos e cruzou as pernas grossas. Calçava botas pretas reluzentes, embora o calor de verão estivesse intenso lá fora. – Não vejo minhas damas de honra há anos, mas, como Natalie disse, é um ótimo motivo para nos reunirmos!

– Terão desconto se doarem os vestidos, é claro! – Natalie sorriu, então fez uma anotação discreta em um bloquinho: claramente, tinha acabado de ter aquela ideia. – Enfim, Gillian, você estava me contando sobre o vestido. A gente adora ouvir as histórias, né, Jeannie?

– Ah, esse vestido. Estou doando para vocês porque preciso tirá-lo da minha vida! – Gillian jogou as mãos para o alto, fingindo repulsa. – Sai! Sai!

– Mas por quê?

Jeannie se sentou no chão ao lado do caixote cheio de pequenos cocker-poodles, os dramáticos do grupo. Os cinco estavam brigando por um hambúrguer de brinquedo, latindo e mordendo uns aos outros com gosto, enroscando-se em uma pilha de jornais e um tapetinho velho.

– Ele assombrou meus sonhos, esse vestido. Nunca me deu um minuto de paz. Vocês entendem? – Ela agarrou a xícara e arqueou a sobrancelha com piercing para Natalie e Jeannie. – Não sou a única. Aposto que vocês vão receber mais mulheres que fizeram a mesma coisa. Comprei pensando que ele ia me motivar a perder 20 quilos até o casamento.

– E funcionou?

Foi difícil para Natalie escolher o tom apropriado para a pergunta.

– Nããããããão! Eu engordei, de tão preocupada com o maldito vestido! – respondeu Gillian, sem nenhum remorso. – Não sei o que estava pensando. Acho que eu queria ser daquelas noivas elegantérrimas nas fotos, mas, é preciso encarar os fatos, eu não sou assim. Não ia crescer 15 centímetros, assim como não ia rejuvenescer 15 anos. É loucura.

– Então você não usou o vestido.

– Não. Ele ficou pendurado atrás da porta do quarto de hóspedes da minha casa por um ano inteiro, e eu me sentia mal sempre que olhava para ele, então, uma semana antes do casamento, minha melhor amiga, Mandy, me falou o seguinte: "Gillian, precisamos encontrar um vestido porque é tarde demais para você fazer uma lipo ou ter disenteria."

Jeannie engasgou e fingiu um acesso de tosse.

– Então comprei um vestido novo. – Gillian pegou um biscoito e o molhou no chá. – Setenta libras na liquidação da John Lewis. Mandei tingir de roxo e usei em festas até o tonto do meu marido derramar molho curry nele. Pense, semana que vem eu completo vinte anos aguentando aquele tonto, então não posso reclamar.

Ela lançou um olhar carinhoso para a capa do vestido.

– É lindo. Pode ser que precise de alguns ajustes, por ser tão antigo, mas vamos nos mudar e não quero levar comigo. Deem uma olhada...

– Ah, é... lindo, Gillian! – disse Natalie, abrindo a capa: era um exagero de vestido, quase todo coberto de cristais. Brilhava espetacularmente sob as luzes do escritório. Do tipo que Mariah Carey escolheria para um casamento em Las Vegas.

Jeannie piscou com força. Ela não esperava *aquilo*, dado o visual gótico de Gillian durante o dia, mas quem poderia adivinhar a imagem tão imprevisível que uma mulher tinha de si mesma como noiva? Mesmo Jeannie tinha teto de vidro.

Gillian olhou para o vestido com melancolia, então retesou os lábios.

– Alguém vai ficar incrível nele. Mas digam a quem o experimentar que... – ela levantou o dedo para as duas – temos que ser nós mesmas. Conseguir entrar em um vestido não faz com que o casamento dure mais ou menos. Minha cunhada fez a dieta Atkins para o grande dia. Desmaiou e caiu de cara no bolo antes mesmo de cortá-lo. Quando acordou, a primeira coisa que disse foi "Pelo amor de Deus, me coloque de volta no bolo, mãe".

– Vou me lembrar disso – disse Natalie, animada. – Se um dia resolver me casar de novo.

– Muito bem, então. Está na minha hora. – Gillian largou a xícara e estalou os lábios roxos. – Boa sorte com a venda, meninas. Vou ficar de olho no anúncio do evento de gala!

Quando ela saiu, Natalie se levantou para recolher as xícaras e dirigiu um olhar pesaroso para Jeannie.

– Você tem *certeza* de que está bem com tudo isso? – Ela fez um gesto indicando o vestido. – Eu *falei* para Rachel que você talvez ainda estivesse em choque quando concordou em nos ajudar... Por favor, diga se for incômodo ter que falar sobre casamentos o dia todo. Rachel às vezes é bem obstinada depois que começa alguma coisa. Isso não é uma crítica, eu também sou assim.

– Não, eu estou bem, de verdade. Eu diria se não estivesse.

– Jura?

– Juro.

Ouvir a história de cada vestido estava fazendo com que Jeannie encarasse o casamento de um jeito bem diferente – não pensando no dia em si, mas no relacionamento que viria depois e no amor que vinha antes. Talvez, se ouvisse um número suficiente de pessoas falando sobre como o cônjuge a enlouquecia, que ele não era perfeito e que o amor voltou a crescer após algum conflito ou começou em circunstâncias não propensas... talvez isso a ajudasse a decidir o que dizer a Dan. Jeannie se agarrava a qualquer coisa capaz de ajudá-la a descobrir os sentimentos que ainda não entendia muito bem.

– Certo. Diga mesmo. Estamos acostumadas a ser francas uma com a outra, eu e Rachel. – Natalie sorriu, então lavou as xícaras e juntou suas coisas com um gemido. – Bem, estou indo. Me deseje sorte.

– Para quê?

– Johnny pediu que eu ouvisse a orquestra de ukulele dele. Eles precisam praticar com plateia, pelo jeito.

– Todo mundo precisa. Não é fácil no início. Onde vai ser?

Natalie pendurou a bolsa no ombro.

– Na escola. Johnny é professor de história. A orquestra de ukulele pratica uma vez por semana durante o almoço e Johnny é o responsável, está pagando seus pecados. Eles têm alguns shows chegando, por isso a prática com plateia. É um grupo legal. Ele os leva de micro-ônibus para tocar em lares de idosos e eles também cantam. Pelo menos dá para cantar junto, ao contrário do grupo de violino. – Ela revirou os olhos, horrorizada. – Devia haver uma lei contra o grupo de violino, se quer saber minha opinião.

– Ele ensina a tocar?

– Meu Deus, não. Ele também está aprendendo. O Johnny é mais... – ela procurou uma palavra diplomática – entusiasmado do que qualificado. Eles tinham uma professora, mas ela está em licença maternidade e não existem muitos professores por aqui. Por acaso você conhece alguém?

– Bom... eu? – Jeannie se perguntou por que Natalie não tinha perguntado antes. – Eu não me importaria de ajudar, se ele precisa... Um dia por semana?

Natalie assentiu.

– Sim, toda quinta-feira. Você não se importa mesmo? Eu não queria falar nada porque você já tem muitas coisas para resolver. Mas Johnny vai se sentir no céu. Ou "Aléééééém do arco-íris"... Eles cantam *muito* "Somewhere Over the Rainbow".

– Ah, eu amo essa música – disse Jeannie. – Até hoje me faz chorar.

– Me faz chorar também. Johnny nunca conseguiu alcançar aquela nota alta. – Natalie estremeceu. – Posso passar seu telefone para ele? É muito gentil da sua parte ajudar.

– Vai ser um prazer... É bom ter outras coisas para ocupar a cabeça. O Dr. Allcott até disse que Dan precisa de algum tempo em silêncio, sem visitas, então tenho algumas horas livres agora.

– Nenhuma novidade?

– Não. Mas não sabemos quando alguma coisa pode acontecer. Dan está sob observação constante e eles sempre dizem que pode acontecer a qualquer momento. – Ela olhou para o relógio. – Por falar nisso...

Rachel tinha se oferecido para levá-la até a estação. Depois de passar seu número de celular para Natalie, Jeannie foi correndo encontrá-la.

O espaço coberto que abrigava os cães hospedados e os resgatados ficava no fim de um corredor comprido, com acesso ao escritório. Os Fenwicks tinham investido na modernização dos canis e agora eles ostentavam espaços em cores alegres com piso aquecido e janelas compridas que davam para um campo de flores silvestres onde os cães gastavam a energia três vezes por dia. Um rádio tocava música o tempo todo durante o dia, programas de bate-papo (que não gerassem discussão) no fim da tarde e música clássica durante a noite, para os insones.

Era, como Rachel explicou ao mostrar o lugar para Jeannie quando ela chegou, o mais próximo de um acampamento para cães dos anos 1960 que ela conseguiu chegar, faltava só a piscina olímpica. E ela ainda ia construir uma.

Jeannie viu Rachel nos fundos, conversando com Mel, a assistente, sobre dois Jack Russells que tinham chegado naquela manhã. Elas estavam organizando quem poderia sair para brincar com quem mais tarde, usando uma lista de preferências de amizades entre cães. A hora das brincadeiras era um processo complexo, que Rachel levava muito a sério.

– Yan e Tan podem ir com Abbey e Max – dizia ela. – São calmos. Quer dizer, calmos para Jack Russells. Só não esqueça de levar uma bola para cada um, para não virar um *Game of Thrones* canino. – Ela notou a chegada de Jeannie. – Só um segundo, já vou aí…

Jeannie se agachou ao lado do cercado onde Grace, Constance e Lady Sadie estavam esperando. Lady Sadie tinha dominado a cama e estava deitada. Grace ocupava o espaço que restava, sentada com o focinho comprido para cima. Constance estava sentada ao lado delas, as orelhas em pé, olhando para o labrador gordo cor de chocolate que roncava no cercado em frente, como se quisesse saltar em silêncio sobre a cabeça dele só para ver como ele reagiria. Jeannie estava começando a ver muito de Edith em Constance.

– Tchau, garotas – disse ela baixinho.

Grace ficou só olhando para ela, mas Sadie despertou no cesto. Para surpresa de Jeannie, a cadela se levantou e cambaleou até ela com suas pernas que ainda pareciam finas demais para o corpo largo. Ela parou a um passo de Jeannie e se sentou, mantendo contato visual.

Jeannie enfiou os dedos pela grade.

– Você é uma boa garota, Sadie – disse. – Foi legal brincar com você. Até logo.

A terrier ficou olhando para Jeannie, os olhos escuros suaves, a cabeça branca macia. Ela não se mexeu, não se aproximou, mas Jeannie sentiu uma conexão, os primeiros traços de confiança. Sentiu a fisgada de uma nova emoção e sorriu para a cadela pela porta do canil. A cadela – será que estava ficando louca? – pareceu sorrir de volta. Era o sorriso mais doce que Jeannie já tinha visto.

Capítulo 15

A orquestra de ukulele de Johnny era, como Natalie tinha dito, um grupo divertido.

O que havia começado como um "passatempo" para fomentar o currículo de alunos menos preocupados com a carreira tinha inesperadamente se transformado no encontro não descolado mais descolado de todos, e a procura era grande. Quando Jeannie chegou para a primeira sessão de quinta na ala de música da escola, os 25 músicos da orquestra já estavam lá, afinando os instrumentos e conversando: uma mistura de garotas com cabelos sedosos com mechas cor de mel, alguns estudantes nerds e outros longe de serem, alguns alunos do primeiro ano com casacos enormes e até outros do último ano sem uniforme. E Johnny, marido de Natalie, em uma calça de cotelê e, embaixo da camisa xadrez, uma camiseta do George Formby, que revelou com um floreio teatral, ao som das reclamações dos alunos reunidos.

– É o Clube do Uke! – protestou Johnny, mostrando a camiseta, orgulhoso. – É assim que sabemos que é o Clube do Uke e não uma aula de história!

– Só não vem obrigar *a gente* a usar uma dessas, professor – resmungou um dos garotos.

– De jeito nenhum. Eu sou o único George Formby desta orquestra – disse Johnny. – Agora, por favor, deem as boas-vindas à Jeannie, que vai aturar nossos ensaios até o fim do semestre… espero. A não ser que vocês a assustem hoje, o que espero que não aconteça, *Liam* – acrescentou ele, com um olhar que sugeria várias experiências ruins.

– Então é melhor o senhor não cantar, professor – retrucou Liam do fundo da sala.

Jeannie não se intimidou com os rostos cheios de expectativas que se viraram em sua direção – ela nunca conseguira definir se dar aulas ajudava a se apresentar para o público dos festivais ou o contrário – e eles tiveram 45 minutos agradáveis repassando o repertório, com um tempo no meio para que ela ensinasse sua versão de "Wuthering Heights", que Johnny disse ser educativa *e* musical.

Jeannie ficou maravilhada com a facilidade com que entrou no quarto de hóspedes e pegou o ukulele para ir tocar com o grupo, considerando quantas vezes tinha entrado e saído dali sem tocar uma única nota. A diferença era que ali ela não era o foco. Não se sentia exposta quando sua voz soava no meio de outras 26 de tons variados. Além disso, tentou não pensar demais na situação, era apenas um favor que estava fazendo para sua nova amiga Natalie. Tinha dito a si mesma que não precisava tocar ou cantar, podia só demonstrar os acordes, mas, quando chegou a hora, seus dedos se movimentaram e sua voz se juntou à dos demais e… bom, aconteceu naturalmente.

É claro que ela não tocou nenhuma das músicas que costumava tocar com Edith, muito menos alguma das suas. Mas foi bom cantar de novo. Uma nuvem que ela não tinha percebido se afastou enquanto eles tocavam, deixando seu interior inesperadamente ensolarado, e, quando terminaram e o grupo se aplaudiu espontaneamente, Jeannie fez o mesmo.

– Não sei o que houve, mas nunca ouvi esses garotos e garotas tocarem tão bem assim – disse Johnny depois que soou o sinal que avisava o encerramento do horário de almoço e o último aluno saiu da sala de música. – Geralmente temos que parar no meio das músicas por causa de uma briga sobre um cantando fora do tom ou outro errando a letra.

– Não é sempre assim quando chega um professor novo? – comentou Jeannie enquanto guardava o ukulele no estojo com estampa de estrelas. – Todo mundo se comporta.

– Ah, não – respondeu Johnny com firmeza. – Na minha experiência, é exatamente o contrário. Acho que eles sentiram que finalmente estavam tocando com alguém que sabia o que estava fazendo. – Ele segurou a porta para ela e acrescentou, com um sorriso largo: – Isso vale para mim também, muito obrigado.

Como não havia tempo para ir em casa antes do horário do trem, Jeannie pegou o ônibus que passava em frente ao portão da escola para ir à estação. Estava comprando um bilhete na máquina quando seu celular tocou dentro da bolsa.

Era Andrea.

– Só queria te avisar – disse ela, depois das gentilezas habituais – que finalmente consegui transferir Danny para um quarto individual, então pergunte na recepção quando chegar.

– O quê? Ele está bem?

Jeannie equilibrou a bolsa, a garrafinha de água e o estojo do ukulele, tentando pegar o bilhete da máquina sem derramar nem derrubar nada.

– Sim, tudo bem. Só acho que pode ser melhor para ele ter um pouco de paz e silêncio. Danny definitivamente tem demonstrado sinais de que está tentando acordar, Jeannie. Tenho *certeza* de que os olhos estavam se mexendo enquanto ele ouvia as mensagens de hoje. Ele parecia estar *ali*, sabe?

Os *olhos* de Dan estavam se mexendo? Isso era novidade. Um peso se alastrou pelo peito de Jeannie: medo, alívio e mais alguma coisa que ela não queria analisar muito.

– Uau – disse ela. – Algum dos médicos viu?

– Não, mas Kate está acompanhando de perto. Eu vi as pálpebras dele tremerem, como se ele estivesse tentando mostrar que estava me ouvindo.

A voz de Andrea estava trêmula de emoção.

– Eu *sei* que ele está tentando voltar para nós, Jeannie. Que horas você vai chegar?

– Estou saindo de Longhampton agora, então chego em mais ou menos uma hora.

– Vou te esperar. Não suporto a ideia de Dan tentar nos mostrar que está voltando e ninguém estar aqui para ver! Deve ser um esforço tão grande...

– Estou a caminho – disse Jeannie, se perguntando por que seus dedos dos pés estavam molhados.

Ao olhar para baixo, ela percebeu que estava apertando a garrafinha com tanta força que a água tinha derramado.

Andrea se levantou assim que Jeannie apareceu na porta do quarto; já estava com o casaco, a bolsa nos joelhos, pronta para ir embora, mas ficou segurando a mão de Dan até o último segundo.

– Você chegou! – disse com um sorriso doce.

A cada melhora na condição de Dan, Andrea recuperava alguns anos. Hoje, ela parecia transformada.

– Danny, estou indo para a minha consulta, mas Jeannie vai te fazer companhia durante a tarde. – Ela apontou para o telefone na mesa de cabeceira. – Tem uma gravação nova da Claire, tia do Dan. Eu estava tocando algumas das mensagens antigas para ele hoje de manhã. Acho que foi isso que fez suas pálpebras se mexerem, sabe? Que ideia maravilhosa! Você e o Owen são tão espertos!

– Teve mais algum... movimento?

Andrea balançou a cabeça.

– Não. Mas deve ser *muito* exaustivo para ele. Não devemos esperar demais. Por favor, se perceber *qualquer coisa*, me ligue. Preciso voltar a Newcastle hoje para minha consulta com o cardiologista, mas venho de novo assim que puder. Tentei remarcar, mas não deixaram. É muito difícil conseguir uma consulta com o Dr. Davies, e ele disse que, com a tensão que estou sofrendo, é vital avaliar minha medicação.

– Você precisa se cuidar – murmurou Jeannie.

Ela não conseguia tirar os olhos de Dan desde que entrara. O rosto dele estava levemente mais corado (seria a iluminação do quarto?) e uma das enfermeiras trocara sua camisola e fizera sua barba, bagunçando seu cabelo no processo. Parecia que ele estava dormindo, não inconsciente. Pequenas mudanças, mas definitivamente eram mudanças. Será que Andrea estava certa? Será que enfim Dan estava lentamente recuperando a consciência?

– Tenho muitas coisas para te contar, Dan. – Ela se sentou na cadeira ao lado dele, perto o suficiente para enxergar os cabelinhos de suas costeletas se mexerem com o respirador. – Comecei um trabalho voluntário hoje na escola.

– É mesmo? – Andrea parou à porta.

– Sim, estou ajudando a orquestra de ukulele! – Jeannie fez um gesto indicando o estojo. – Vim direto de lá, nosso primeiro ensaio. Foi muito divertido!

– Que bom. – A expressão de Andrea mudou, tentando bloquear pensamentos importunos. – Mas talvez não seja boa ideia se comprometer demais, Jeannie... Seria uma pena ter que desistir de repente. Dan pode precisar de nós o dia todo a qualquer momento.

– É só uma vez por semana – rebateu Jeannie, com um sorriso que ela esperava que parecesse solidário e otimista.

Ela não queria dizer "Andrea, seja realista, Dan vai precisar de muito mais do que apenas eu e você por um tempo", porque isso não era algo que uma nora solidária devesse pensar.

– Bom, você vai saber o que deve fazer. Acho que é bom para você usar suas habilidades musicais!

– Eu estava com saudade de tocar – disse Jeannie, sentindo a ponta dos dedos dolorida e percebendo que, pela primeira vez desde aquela conversa terrível com Edith, sentia, *sim*, falta da música, de tocar com outras pessoas. Muita falta.

Depois que Andrea saiu, Jeannie se aninhou na cadeira e tocou a mensagem de tia Claire mais uma vez. Ironicamente, aprendeu muito mais sobre Claire, seu filho, Gene, o campeão britânico de controle de drones, e seu marido, Tom, o maioral do mercado de vegetais orgânicos de Cheltenham, do que sobre Dan. Fez com que ela se perguntasse quando Claire tinha visto o sobrinho pela última vez e se ela lembrava que ele já era um adulto. Dan sempre foi um bom garoto... Tia Claire sempre soube que ele se sairia bem... Ele tinha razão sobre a perna do gato... Fofinho estava com quase 23 anos agora! Era mais ou menos isso.

As pálpebras de Dan não se mexeram em nenhum momento. Jeannie imaginou que era porque ele certamente tinha revirado os olhos de tanto tédio.

Ela rolou a tela para ver as mensagens antigas que Andrea estava tocando: amigos da escola, colegas de trabalho, o último chefe de Dan. Se estava preocupada porque não conhecia Dan o suficiente, aqui estavam oportunidades preciosas de corrigir isso: as pessoas que mais o conheciam estavam oferecendo lembranças que ela podia ouvir abertamente – isso com certeza lhe daria algumas pistas sobre sua personalidade, suas características, não?

Mas não deram. Ela não sentiu que estava descobrindo *nada* de novo sobre Dan. Tocou a tela e reproduziu a mensagem do amigo Andy:

"Então, cara, lá vai mais uma história. Estávamos em Londres com Mark, Owen e Stu. E, espera, Matty também estava lá? Sim! Matty estava lá, e foi logo depois que Stu abriu o consultório em Cork, naquele haras. Haha! Ah, cara, lembra dos e-mails que ele mandava do haras? Haha! 'Sanduíches de pepino'! Haha! Não preciso dizer mais nada! Haha! Enfim..."

Andy divagou sobre uma refeição chinesa e terminou. Se realmente havia uma piada, Jeannie não ouviu. A participação de Dan fora dividir a conta entre os seis usando a calculadora do celular.

– Acho que só estando lá para entender a graça, não é, Dan? – disse Jeannie, observando o rosto dele para ver se a história engraçadíssima de Andy sobre esconder bolinhos de camarão no bolso de estranhos causaria algum tremor em suas pálpebras.

Que nada.

Nenhum tremor no coração dela também; eles pareciam qualquer outro grupo de amigos curtindo a cidade. Mas amigos bem-educados, que se lembravam de deixar gorjetas. Nenhum deles parecia tão gentil quanto Owen.

No entanto:

– Vamos tentar mais uma – continuou Jeannie, e selecionou a mensagem de Nick.

A anedota de Nick sobre os lendários três gols no mesmo jogo que Dan marcou para o time de futebol dos veterinários era igualmente alegre e pouco reveladora. Jeannie ouviu cada mensagem, esperando um pequeno detalhe de controvérsia ou uma esquisitice (uma cicatriz secreta em um lugar vergonhoso, um talento inesperado para fazer pães), mas não ouviu nenhum. Dan era um cara legal, de quem todos gostavam muito. Só houve uma coisa que se destacou como um alerta digno de desconfiança: nenhum dos amigos mencionou o casamento.

Ela procurou alguma mensagem gravada de Owen – essa, sim, teria lembranças que ela gostaria de ouvir –, mas não encontrou nada e ficou decepcionada.

Depois de uma hora, Jeannie desistiu das histórias de conquistas esportivas e heroísmo com gatos em perigo. O silêncio tomou o quarto. Sua respiração sincronizou com a de Dan, inspira, expira, sobe, desce, e ela olhou pela janela para o céu azul-acinzentado. Nenhuma nuvem. Nenhum som, apenas o zumbido dos equipamentos que mantinham Dan em uma teia de fios. A sala de música barulhenta, ecoando risadas, notas desafinadas e energia adolescente, parecia muito, muito distante.

– Que tal o seguinte? – disse Jeannie, recobrando as energias. – Vou tocar algumas das músicas que toquei com o grupo na escola. Sem cantar. Vou só tocar e conversar com você, tudo bem?

Dan não respondeu.

– Ótimo – prosseguiu Jeannie, e começou a tocar o primeiro acorde de "Hey Jude", durante a qual Johnny tinha dito especificamente a Liam que não cantasse a piadinha de sempre. – Então... algumas novidades sobre o seu local de trabalho – disse ela enquanto os acordes preenchiam suavemente o espaço entre as palavras. – George e Rachel estão em um impasse sobre o financiamento do canil, de acordo com Mel. Ela é assistente no centro de resgate e também recepcionista do consultório em meio período. Ela disse que George é um bom chefe, firme porém justo, e que as pessoas levam um tempo para se acostumarem com seu senso de humor, *seja lá o que isso quer dizer...*

Sentir as cordas cederem sob seus dedos a acalmou. Ela não tocava muito para ele em casa. O tempo que passavam juntos geralmente era dedicado a sair, explorar algo novo, depois voltar correndo para casa – e correr direto para a cama. Além disso, Jeannie tinha pavor daquele tipo de músico que carrega um instrumento por toda parte e o saca na primeira oportunidade. Ela não era assim. Sua música era particular, intensamente pessoal. Além do mais, Edith tinha transformado seus violões em símbolos de tudo que ela havia perdido – e Dan era sua fuga disso tudo.

Ela tocou baixinho, consciente de que poderia incomodar outros pacientes, e ao som do fluxo dos acordes contou a ele sobre os filhotes, com suas patinhas minúsculas que cheiravam a petiscos, e sobre as cadelas abaladas aprendendo a brincar no campo exuberante de flores silvestres de Rachel.

Contou a ele sobre a coragem com que Lady Sadie de repente ousou olhar nos olhos dela.

– Rachel falou que eu devia deixar Sadie vir morar comigo – disse Jeannie. – Poderíamos fazer companhia uma à outra. O que você acha?

Morar comigo. Não com Dan. Rachel também não tinha mencionado Dan.

Os dedos de Jeannie erraram os acordes, tirando-a de seu quase transe.

– Estou interrompendo?

Ela se virou. Owen estava apoiado no batente da porta. Havia quanto tempo ele estava ali?

Jeannie corou e largou o ukulele às pressas.

– Não, de jeito nenhum, entre.

– Não quero atrapalhar. – Ele fez um gesto indicando o instrumento e então, percebendo o desconforto de Jeannie, olhou para o relógio, constrangido. – Ou eu posso voltar daqui a pouco, se quiser. Cheguei adiantado.

Ela tinha percebido que Owen sempre chegava adiantado, coincidindo com as visitas dela no período da tarde, mas também não era justo que ele tivesse que abrir mão de suas noites só porque morava perto. Ele não reclamava, mas com certeza tinha mais o que fazer. Ainda que fossem apresentações de balé.

– Não, entre. Eu estava só tocando um pouco enquanto conversava com Dan. – Ela empurrou a cadeira para abrir espaço para ele. – Andrea te contou que as pálpebras do Dan tremeram?

– Ela me ligou quando eu estava vindo para cá. Quinze quilômetros da rodovia M6 de informações bem detalhadas.

Owen tirou o casaco e se sentou. Ela imaginou que ele tinha vindo direto do trabalho, pois ainda estava com o crachá no pescoço. A foto não era das melhores, mas ele tinha sido bastante modesto sobre o cargo que ocupava: na verdade era Diretor de Operações da Transportadora Patterson Ltda.

– Você percebeu alguma coisa? – perguntou Jeannie.

– Para falar a verdade, não. Mas nesse estágio talvez seja algo que acontece só uma vez por dia.

Os dois olharam para o rosto adormecido de Dan e Jeannie prendeu a respiração, esperando que as pálpebras tremessem agora que os dois estavam ali. Não tremeram.

– Não quero interromper você. – Ele fez um gesto indicando o ukulele.

– É o mais perto que vou chegar da primeira fila de um show. Plateia particular! Sempre achei que o ukulele fosse, você sabe…

Ele imitou alguém tocando um violãozinho freneticamente logo abaixo do queixo.

– Existe um mundo além de George Formby… – brincou Jeannie.

Owen riu. Ela mexeu nas tarraxas, lembrando-se de sua primeira conversa com Dan, constrangida.

– Parece idiota, mas não estou acostumada a tocar sozinha. Eu canto harmônicos.

– Isso é… diferente?

– É mais reativo. A gente não lidera, a gente acompanha. Eu fazia segunda voz naturalmente quando era criança. Para qualquer coisa, ouvindo rádio. Minha mãe achava que eu era uma criança prodígio, mas era só porque minha avó tinha muitos discos do Everly Brothers e a gente cantava juntas.

Owen se ajeitou na cadeira, cruzando uma perna sobre a outra, com cuidado para não chutar os delicados equipamentos que cercavam a cama.

– Seus pais também tocam ou cantam?

– Meu pai gosta de música country. Ele comprou um banjo por acidente num leilão, mas nunca tocou de verdade. Quando eu tinha mais ou menos 3 anos, eles me sentaram com o instrumento no sofá, só por farra, e eu comecei a copiar o que tinha visto meu pai fazendo uma ou duas vezes. Minha avó tirou uma foto da cara que meus pais fizeram em vez de tirar uma foto minha.

Ela imitou a famosa foto da família: Brian e Sue boquiabertos, em choque com a criança quase escondida atrás do banjo. A foto ficava em cima da televisão, já desbotada, meio alaranjada. Jeannie sempre planejou inseri-la discretamente na arte de uma capa – se ela e Edith conseguissem um contrato que envolvesse uma capa *old school*.

– Você toca alguma coisa? – perguntou ela, afastando aquele pensamento inoportuno.

– Nossa, não.

– Aposto que conseguiria. – Jeannie brandiu o ukulele na frente dele. – Tenta, vai. São só quatro cordas…

Ele afastou o instrumento, corando.

– Não, eu era o aluno da escola que nunca conseguiu tirar nenhum som decente da flauta doce. O que não quer dizer que eu não inveje quem consegue manter uma nota – acrescentou ele. – Acho um dom incrível.

Quanto mais Owen protestava, mais corava, atiçando Jeannie: ela sentia que, por dentro, ele estava morrendo de vontade de tentar.

– Aposto que eu conseguiria ensinar você – disse ela. – Já consegui arrancar música de crianças de 4 anos... Hoje mesmo, de um adolescente que foi mandado para a aula de música como castigo por ter matado aula.

Ele levantou uma sobrancelha desgrenhada para ela.

– Você está se oferecendo para me ensinar?

– Se você quiser aprender.

– Que corajosa. E o que eu devia te ensinar em troca? Como dar a ré em um caminhão articulado?

– Toda mulher precisa saber fazer isso – respondeu ela.

– Talvez a gente possa chegar a um acordo.

Jeannie olhou para Owen observando o ukulele com timidez e pensou: Que bom que você está aqui. E se ela tivesse que passar por aquele pesadelo com Nick, o "piadista futebolístico", ou Stu, dos "sanduíches de pepino"? Eles até pareciam agradáveis, mas... Será que ela e Owen teriam tido tantas conversas se Dan estivesse acordado e falando?

Não, pensou. Não seria a mesma coisa.

– Tudo bem se eu fizer alguns exames?

Era uma enfermeira nova, Kim, interrompendo os pensamentos de Jeannie. Ela a observou mexer no intravenoso e nas cânulas de Dan. Owen perguntou sobre as pálpebras terem tremido. Kim explicou o que podia significar e Jeannie anotou tudo no caderno, para que Andrea, ao chegar, visse que podia ser algo positivo mas que também podia ser apenas uma reação a sedativos diferentes.

Quando a enfermeira saiu, Owen perguntou a Jeannie se ela se importaria de tocar de novo.

– Músicas que eu conheça – completou ele. – Então nada muito novo!

Ela fechou os olhos para bloquear qualquer constrangimento, tocando o mais suavemente possível para evitar que saísse muito som do quarto, e, quando a música dominou seus pensamentos, ouviu uma voz cantarolando: a sua.

Ela cantarolou "Live to Tell" e "Let It Be" e, depois de um tempo, ouviu outra voz cantarolando, fora do tom, com ela. Era Owen. O sentimento de companheirismo - e confiança - aqueceu seu coração. Graças a Deus que Owen está aqui, pensou. Graças a Deus por não ter que passar por isso sozinha.

Estava começando a tocar os acordes de "Don't Give Up" quando ouviu Owen falar algo.

- Jeannie - murmurou ele, e ela não ousou olhar logo de imediato. A voz sussurrada enviou uma agitação por sua corrente sanguínea. - Jeannie - sussurrou ele mais uma vez.

Ela se obrigou a levantar a cabeça, mas Owen não estava olhando para ela. Estava olhando para a cama, o olhar fixo no rosto de Dan.

- Você viu isso?

As palavras de Owen seguiam sussurradas.

Algo se agitou no estômago de Jeannie.

- Isso o quê?

- As pálpebras do Dan. Elas se *mexeram*.

Ela agarrou o braço do ukulele. O quarto pareceu se inclinar.

- Ele quase abriu os olhos. - Owen inclinou o tronco para a frente, agarrando a mão de Dan. - Dan. Dan. Parceiro. Está me ouvindo? Pode fazer isso de novo? Para a Jeannie? Sério, eu não acho que seja uma reação ao remédio, acho que ele está mesmo voltando.

De repente, tudo mudou, tão claro quanto um quadro de embarques atualizando as informações no aeroporto. Dan estava voltando. O botão de pause fora desativado e a vida ia recomeçar de onde eles tinham parado. Mesmo quando Jeannie disse a Natalie que as coisas podiam mudar a qualquer momento, parte dela não acreditava nisso, mas agora estava acontecendo. O tempo de que ela dispunha para consertar tudo tinha acabado.

Owen fez sinal para que ela se aproximasse.

- Foi um movimento tão pequeno, a gente pode nem notar.

Jeannie se levantou, colocou o ukulele no chão e se aproximou.

O rosto de Dan. Ela se concentrou em seu nariz, na chuva de sardas espalhadas por sua pele dourada, nas sobrancelhas que afinavam nas extremidades e em uma pequena cicatriz na direita sobre a qual ela sempre quis perguntar, no lábio superior com uma pontinha elevada, como o bico de um pato, apontando para o lábio inferior, grosso. Aqueles dias no hospital tinham dado a Jeannie tanto tempo para observar o rosto de Dan, para descobrir seus segredos e defeitos, mas ela ainda sentia que estava invadindo sua privacidade ao ficar observando.

Ela não conseguia afastar aquela sensação de filme de terror de que os olhos dele podiam se abrir de uma vez e encará-la. *Eu sei o que você fez.*

– Não se preocupe, tenho certeza que ele vai tentar de novo. – Owen acariciou o braço nu de Dan. – Vamos, cara, você não pode mostrar para a sua mãe, para mim e não mostrar para a Jeannie! Ou está guardando algo especial para ela?

Nenhuma resposta.

O momento se estendeu, angustiante, e finalmente Owen soltou um suspiro demorado.

– Ah. Sinto muito, Jeannie. Vamos dar um tempo para ele. Estou pressionando o coitado.

Ele voltou a se recostar na cadeira e tentou parecer normal.

– Talvez você devesse tocar de novo. Acho que ele gostou.

Jeannie forçou um sorriso. Sua cabeça estava latejando.

Mas, quando ela estava prestes a pegar o ukulele outra vez, uma sensação diferente a fez parar e ela ficou olhando para Dan, o coração na boca.

As pálpebras de Dan tremeram, se apertando o suficiente para que os cílios encostassem na pele. Então elas vibraram, revelando uma fatia branca, uma pequena meia-lua azul, os belos olhos azuis.

Jeannie largou o ukulele e o instrumento caiu no piso branco do quarto de hospital, fazendo um barulho mais alto do que qualquer coisa que ela já tinha ouvido.

Capítulo 16

Quando Jeannie ligou para os pais a fim de contar que Dan demonstrava sinais de estar recuperando a consciência, Sue pareceu tão aliviada e contente que Jeannie afundou em uma cadeira da cozinha e cobriu o rosto: a reação da mãe fazia a de Jeannie parecer uma vergonha.

– Ah, minha querida, isso é maravilhoso! – exclamou Sue. – Quer que seu pai e eu vamos até aí te dar apoio? Posso ligar para Carol e pedir que cuide dos cavalos… ela me deve um favor.

– Mãe, não há muito que ver – avisou Jeannie. – O Dan continua dormindo a maior parte do tempo. O Dr. Allcott disse que vai demorar um pouco para que o organismo dele elimine os sedativos por completo e que, quando ele acordar, é muito provável que se comporte de um jeito estranho…

– Querida, e eu não sei disso? – A voz de Sue era um consolo: os olhos de Jeannie se encheram de lágrimas de tanta saudade que sentia da mãe. – Mas é por *você* que queremos ir. Você vai ter que lidar com muitas coisas nos próximos dias.

Quantas mais?, pensou Jeannie, e o medo rastejou por seu corpo.

No dia seguinte, Brian e Sue foram direto ao hospital. Ao vê-los lavando as mãos o mais rápido possível à porta do quarto de Dan, Jeannie quis agarrar as mãos dos dois e sair correndo com eles, para longe daquela situação, mas sabia que não podia.

– Aí está ela – disse Brian, apontando para a filha, contente. – É a nossa garota.

– E Dan – acrescentou Sue depressa. – Ah, Andrea, querida... Ficamos tão felizes quando soubemos!

Andrea voltara às pressas de Newcastle e estava segurando a mão de Dan desde então. Não a largou quando Kate e Kim fizeram as avaliações diárias nem quando os médicos vieram para falar sobre a sedação. Ficou ali sentada, conversando com o filho como se ele estivesse acordado e ouvindo, a esperança transbordando das veias dela.

Jeannie e Andrea levaram algum tempo para atualizar os McCarthys quanto aos novos planos de tratamento para Dan – as duas agora eram especialistas em edema cerebral e sensores de pressão intracraniana. Quando a conversa amornou, Sue apontou para Jeannie como se tivesse acabado de se lembrar de alguma coisa.

– Trouxe isto para você. – Ela pegou na bolsa algo dentro de um plástico. – Coloquei em um saquinho porque fiquei com medo dos germes.

O celular de Dan.

Jeannie ficou olhando paralisada para o aparelho. O saquinho pendia dos dedos de Sue como uma evidência de crime coletada pela polícia e a tela quebrada trouxe o choque da cena do acidente de volta à mente: as luzes azuis piscando e girando, o mar de pessoas sussurrando, a quietude funesta por trás da crepitação de atividade.

Ali estava o celular. O celular que continha seu maior segredo: que *ela* tinha causado aquele pesadelo.

Jeannie olhou para o pai. O rosto de Brian estava tenso e seus olhos pareciam suplicar: *Eu fiz o que pude*.

– Estava no paletó do seu pai – continuou Sue tranquilamente, alheia ao tormento que estava causando. – Eu estava arrumando o terno para deixar na lavanderia e encontrei no bolso interno. É do Dan? Seu pai disse que não lembra onde foi que pegou, mas imagino que seja dele. De quem mais seria?

– É, sim. É do Dan.

Era a voz de Owen, e a cabeça de Jeannie se virou para a porta. Owen tinha chegado bem a tempo de presenciar a única coisa que Jeannie não queria que ele soubesse. Ela ficou irritada consigo mesma. *Por que* tinha mandado mensagem avisando que os pais estavam vindo?

Porque Owen gosta deles e eles gostam de Owen, lembrou a si mesma. Como ia imaginar que a mãe despejaria aquilo sobre eles?

– Isto aqui está parecendo a Piccadilly Circus – comentou Kate. – Infelizmente, vou ter que pedir que vocês vão para a sala de visitantes, pessoal.

Owen olhava para o pacote com tanta intensidade quanto Jeannie. Era imaginação sua, por conta da culpa, ou ele estava se segurando para não estender a mão e arrancá-lo de Sue?

Ele sabia. O coração de Jeannie batia forte. Owen *sabe* que alguma coisa estava errada antes do casamento, pensou, e imagina que tenha a ver comigo. A ideia de ele colocar as mãos no aparelho e ouvir a mensagem deixou Jeannie sem fôlego, em pânico.

– Ah, que bom que não furtamos o celular de algum inocente. – Sue claramente relaxou. – Não tínhamos um carregador compatível, então não conseguimos ligar para descobrir de quem era... Você sabe bem como somos, Jeannie. Ainda sofremos com nossos Nokias pré-históricos! – Ela olhou para Andrea, tentando aliviar a tensão no ar. – Daniel também é assim com você, Andrea? Sempre insistindo que você se atualize e tenha mais megabits?

– Megabytes, mãe – corrigiu Jeannie automaticamente. – O nome é *megabytes*.

Andrea deu um sorriso orgulhoso.

– Danny é quem cuida dessas coisas para mim. Ele é muito bom... sempre compra logo dois celulares e configura um para mim. Aliás... – Ela pegou a bolsa e abriu o compartimento central. – Estou com meu carregador aqui. Levo para todos os lugares, principalmente agora... Morro de medo de ficar sem bateria na rua.

Brian não disse nada, mas olhou para Jeannie com tristeza de um jeito que lhe lembrou os cães resgatados. Um olhar de presságio, misturado ao sentimento de que aquilo era culpa dele de alguma forma.

– Aqui! – Andrea brandiu o cabo sobre a cama em direção a Sue. – Será que dá?

Jeannie se surpreendeu ao voltar à vida de um salto e interceptar o carregador antes que a mãe pudesse pegá-lo.

– Acho que dá, sim. Vou dar uma olhada.

– Será que a gente devia ter entregado o celular à polícia, Jeannie? – Sue se virou para ela, com alguma incerteza. – Como evidência? Foi também por isso que coloquei no plástico, sabe? Por causa das digitais.

– Não acho que a polícia esteja muito preocupada com evidências – respondeu a voz tranquilizadora de Owen, sobrepondo-se à de Jeannie. – Eles têm declarações de todos que estavam no ônibus dizendo que não foi culpa do motorista. Ele parou o mais rápido que pôde, mas Dan estava ao celular, sem ver para onde estava indo. Conversei várias vezes com a polícia sobre isso... eles estão convencidos de que foi um acidente. Um acidente terrível, mas só um acidente.

– Coitado do motorista. – Sue balançou a cabeça. – Aposto que ele não consegue parar de pensar em quanto poderia ter sido pior...

– Sue.

Brian cutucou-a com sutileza. Andrea estava mordendo o lábio.

– Ninguém disse que estava falando com Dan quando aconteceu? – continuou Sue. – Com certeza dá para perceber quando estamos falando com alguém e a pessoa é atropelada. Eu lembro que uma vez Brian derrubou o celular no supermercado e eu achei que ele tivesse caído de uma ponte.

– Meu Deus, Sue.

Brian cutucou a esposa de um jeito mais óbvio dessa vez, mas ela não se tocou e se virou para Owen.

– Bom, talvez dê para descobrir pelo próprio celular, não? De quem foram as últimas chamadas?

De repente Jeannie percebeu que, agora que tinha um carregador, teria que conectá-lo. E, uma vez conectado, teria que ligar o aparelho. E, uma vez ligado, com todos acompanhando, o aviso de mensagem ia tocar e...

– Talvez ele não estivesse conversando com ninguém – disse Owen. – Talvez estivesse ouvindo as mensagens de voz. Talvez não seja culpa de ninguém.

Jeannie endireitou o corpo com um tranco tão forte que sentiu uma fisgada em um músculo nas costas. Andrea quase pulou da cadeira em um movimento repentino. Ela não parecia nada confortável, Jeannie pensou, e não era de admirar.

– Mãe, talvez não seja a conversa mais adequada para o momento – disse ela. – Considerando...

– Quer que eu veja se tem uma tomada aqui atrás, Jeannie? – perguntou Owen, indicando com um gesto de cabeça o celular na mão dela.

Kate finalmente se cansou e entrou com toalhas e gel dermatológico.

– Por que não conversam lá fora, pessoal? Está na hora da ablução diária do Dan e não sei se ele ia querer plateia. *Eu* não quero.

Um alívio percorreu o corpo de Jeannie.

– Deixa, vamos ter que fazer isso depois – afirmou ela, guardando o celular na bolsa.

Estava a salvo. Por enquanto.

Owen parecia contrariado? Ou ela estava imaginando coisas?

– Andrea, quer ir conosco ao restaurante?

Sue estendeu a mão para tocar o braço de Andrea e, embora tenha hesitado – ela gostava de ajudar Kate com o banho e qualquer outra coisa que mantivesse Dan confortável –, Andrea se deixou ser levada pelos pais de Jeannie.

– ... a qualquer lugar onde eu possa providenciar um sanduíche de bacon para Brian, que está dirigindo desde as cinco, coitado, e precisa de algo saboroso...

Owen ficou à porta, sorrindo enquanto eles passavam de um jeito que sugeria que estavam esperando por Jeannie, mas então Sue disse:

– Owen, por que não vem com a gente? Pode nos contar o que tem aprontado desde a última vez que nos vimos.

E Owen não teve escolha, teve que ir junto.

As mãos de Jeannie estavam tremendo, mas ela tentou parecer normal. Uma oportunidade de ficar sozinha. Não podia estragar tudo.

– Já alcanço vocês, preciso fazer uma ligação – disse Jeannie à mãe e partiu em ritmo acelerado na direção oposta, o celular de Dan uma granada já sem o pino dentro da bolsa.

Jeannie sabia exatamente onde havia uma tomada: ao lado da mesa da lanchonete, que considerara sua nas últimas quatro semanas. Quase sempre havia alguém nela, carregando o laptop enquanto trabalhava, mas, quando ela correu até lá, o destino estava a seu favor: a mesa estava livre.

Às pressas, largou a bolsa e o casaco na cadeira para reservá-la, pegou um suco de laranja da geladeira, pagou e se sentou. Seu coração estava disparado, martelando no peito.

Ela colocou o carregador na tomada com as mãos trêmulas, esperando a maçãzinha aparecer na tela quebrada.

Talvez não funcionasse. Talvez a tela quebrada significasse que o aparelho havia quebrado. Nesse caso, ela estava a salvo, não estava?

Jeannie olhou para a perna de metal da cadeira à sua frente. Será que era muito difícil estraçalhar completamente o aparelho? Antes que Owen descesse. Ela podia colocar o telefone embaixo do pé da cadeira, um estalo agudo e…

A maçã apareceu antes que ela pudesse completar o pensamento, como se o celular estivesse sintonizado com seus piores pensamentos. Edith já o teria destruído. Nem precisaria chegar ao fim do pensamento.

A tela brilhou e ligou.

Imediatamente, Jeannie teve um problema sério. Era preciso inserir uma senha de quatro dígitos.

Será que Dan seria do tipo óbvio, 1234?

Ela tentou. Não.

E o aniversário dela: 2809?

Não. Jeannie sentiu uma leve pontada de decepção.

O aniversário do próprio Dan: 1908?

Não.

Os segundos estavam passando – Owen podia aparecer a qualquer momento. Mesmo que ele não tivesse pensado em checar o celular de Dan para ver quem o deixara tão distraído a ponto de entrar na frente de um ônibus, definitivamente pensaria nisso agora. *Valeu mesmo, mãe.*

Jeannie encostou a cabeça latejante nas mãos, as pontas dos dedos enterradas nas têmporas, e olhou para a tela, que parecia uma teia de aranha. Que datas Dan consideraria importantes? A senha dela era 2002, ano de lançamento de seu álbum favorito (*Yoshimi Battles the Pink Robots*, dos Flaming Lips), mas ela não sabia qual era o álbum favorito de Dan – ou mesmo se ele tinha um. Dan não torcia para nenhum time que teria vencido a Copa da Inglaterra para ela tentar o ano – pelo menos não que ela soubesse.

Você deveria mesmo estar fazendo isso?, sussurrou uma voz em sua mente. O que você vai ver se conseguir desbloquear o aparelho? Vai vasculhar os e-mails pessoais do Dan? Vai bisbilhotar o Facebook dele? Enquanto ele está deitado lá inconsciente, incapaz de te dar permissão – ou organizar as coisas antes que você veja? Se você se sente mal em abrir as caixas dele, com certeza não deveria estar invadindo seu celular...

Eu estava prestes a me casar com ele, argumentou Jeannie. Com certeza não deve ter nada no celular que ele não queira que eu veja...

Mesmo tendo pensado isso, ela sabia que nunca daria acesso a Dan para olhar seus e-mails ou suas mensagens. Não porque ele pudesse encontrar alguma coisa, mas porque... era o espaço dela. Sua privacidade. Sua cabeça. Não estava pronta para compartilhar isso com ele, nem com qualquer outra pessoa.

Mas e se houvesse e-mails que Dan não queria que ela visse? E se *ele* também estivesse em dúvida?

Cala a boca, disse a si mesma. Ficou olhando para a tela. Quantas tentativas ainda tinha antes que o celular bloqueasse de vez? E isso seria mesmo uma coisa tão ruim? Se ela bloqueasse o acesso de todo mundo, ninguém poderia checar as mensagens ou a lista de chamadas de Dan...

Antes que pudesse pensar mais sobre isso, ouviu passos: Owen estava caminhando em sua direção, uma expressão determinada no rosto. Ela levantou a mão para cumprimentá-lo. Ele podia vir; não havia por que ela parecer mais evasiva do que já parecia.

– Algum problema?

Owen se sentou na cadeira em frente.

Jeannie largou o celular de volta na bolsa, ainda ligado ao carregador.

– Nenhum, a não ser que carregar celulares seja ilegal aqui como é na UTI!

Ele adivinhou o problema de imediato.

– Tem senha?

– Tem. – Jeannie tentou soar despreocupada. – Não sei a senha do Dan. Você sabe?

– Tentou o aniversário dele?

– Não é.

– O seu?

Ela balançou a cabeça.

– Não, aparentemente não é tão memorável assim.

– Humm. Tentou 2010?

– É um ano importante?

– Foi quando ele se formou. – Owen fez uma pausa, então acrescentou: – Dan sempre disse que foi o início de seu plano de dez anos.

– Plano *de quê*?

– Plano de dez anos... ele sempre fazia planos. – Owen mexeu em um canudo descartado. – Coisas que queria conquistar antes dos 30, outra lista antes dos 40. Eu nunca diria isso a ele, mas talvez esse tipo de ambição seja algo que Dan herdou do pai. Mas não envolvia dinheiro, ou carros chamativos, só... projetos, e pesquisa. Ele queria abrir o próprio consultório; queria encontrar a cura para o câncer em equinos. – Uma sombra de tristeza cruzou seu rosto. – Meu maior medo é que Dan acorde e não... não...

Ele tentou, mas não conseguiu concluir a frase.

Sem pensar, Jeannie estendeu a mão sobre a mesa para pegar a de Owen. Seus ombros estavam caídos, como se de repente ele tivesse se dado conta de que planilhas e escalas talvez não ajudassem o amigo com o que estava prestes a acontecer.

– Estamos pensando positivo, lembra? – insistiu ela. – O Dr. Allcott e a equipe vão fazer mais exames hoje à tarde.

– É, você tem razão. – Ele ficou olhando para a mesa, lutando contra as lágrimas. – Desculpe, eu não devia despejar isso em você...

– *Devia, sim* – rebateu Jeannie, impetuosa. – É difícil manter uma expressão feliz diante de Andrea. Não ache que você precisa fazer isso comigo também.

– Eu sei. Não acho. – Owen levantou o olhar, os olhos castanhos cheios de lágrimas e vulneráveis. Tentou se recompor, não conseguiu e balançou a cabeça. – Obrigado. Somos de um clubinho bem caído, você e eu, não somos?

– O pior. – Ela apertou a mão dele. – Você pode voltar a ser forte e quieto quando Dan estiver melhor.

Ele não disse nada, mas deu um sorriso cheio de gratidão.

O momento foi interrompido por um toque estridente vindo da bolsa de Jeannie. O celular de Dan voltara à vida: novas mensagens chegando, pedindo atenção.

– Arrá! Então não está quebrado? – disse Owen, contente pela distração.

– Parece que não.

Relutante, Jeannie tirou o celular da bolsa e os dois olharam a tela rachada.

– Acho que vamos ter que esperar que Dan acorde para nos dizer qual é a senha – disse ela casualmente.

– Ah! É o celular do Dan? Está funcionando?

Era Andrea, de volta do restaurante e indo em direção à lanchonete.

Os dois ergueram o olhar, culpados.

– Tem um probleminha, Andrea... – começou Owen, mas Jeannie o interrompeu dessa vez:

– Não conseguimos descobrir a senha, então... talvez tenhamos que deixar de lado por enquanto.

Andrea estava concentrada no celular de Dan. Ela se sentou na cadeira ao lado de Owen.

– Tentem 1802. Ou 180260. É meu aniversário – acrescentou para Jeannie, caso ela não tivesse se dado conta. – Danny sempre vinha para casa no meu aniversário, é uma tradição nossa. Ele gostava de me levar para jantar. Na verdade, só teve um ano que ele não veio...

Ela lançou um olhar de reprovação para Owen, que se ajeitou na cadeira.

– Parece uma história e tanto, Andrea! – falou Jeannie, ansiosa para mudar de assunto.

– Eu que o diga! Esses dois foram para Paris para assistir a um jogo de rúgbi no dia anterior e houve uma confusão com os voos de volta! Você não lembra, Owen? – Pela expressão de Andrea, claramente tinha sido algo importante. – Eles tiveram que ficar em Paris por causa de uma greve ridícula dos controladores de voo. Danny veio direto do aeroporto na manhã seguinte e me levou ao Seaham Hall para tomar um chá para compensar. Eu disse ao Danny na época que é isso que acontece quando se compram passagens de uma companhia de baixo custo, principalmente na *França*.

Jeannie olhou para Andrea e então para Owen. Alguma coisa estava acontecendo, mas ela não sabia muito bem o quê. Owen parecia agitado – tinha aberto a boca para dizer alguma coisa, mas fechou de novo quando Andrea começou a falar das greves –, mas também não estava negando nada.

Andrea soltou um suspiro, presumivelmente ao se lembrar do adorável chá de aniversário. Então se recompôs.

– Sim, 1802. Aposto que a senha é essa. Tente.

O que mais ela poderia fazer? Jeannie ativou a tela do celular mais uma vez e respirou fundo: 1802.

A tela mudou e desbloqueou. O rosto de Andrea se iluminou de contentamento.

– Ah!

Então o terror completo das implicações daquela tela quebrada substituiu o prazer que ela havia sentido por Dan usar seu aniversário como senha, e ela cobriu a boca com a mão.

Várias mensagens foram aparecendo no alto da tela, começando por *Parabéns, cara!!* e depois mudando drasticamente para *Você está bem? Acabamos de saber, Dan, ligue para nós...*

O vidro quebrado dificultava a leitura, mas havia um ponto vermelho no símbolo do correio de voz, indicando mensagens não ouvidas. A mensagem dela seria uma dessas? O estômago de Jeannie pesou. Será que suas mensagens ainda estavam ali, esperando para serem ouvidas? Será que Dan tinha ouvido? Será que ouvira só uma, mas não as duas?

As outras chamadas perdidas não traziam nenhuma surpresa: Owen, um número de celular sem identificação (A florista? O escrivão?), mãe, Mark, Jeannie. A vida de Dan, congelada no tempo vinte minutos antes da cerimônia.

Jeannie ergueu o olhar, os batimentos cardíacos acelerando e fazendo sua cabeça latejar. Owen e Andrea estavam olhando para o aparelho, claramente tentando reconhecer os nomes, números e horários de cabeça para baixo, então os dois olharam para ela.

Todos estavam pensando a mesma coisa. Com quem Dan estava falando quando entrou na frente do ônibus?

Owen fez menção de pegar o celular, mas Jeannie foi mais rápida e tocou no símbolo do correio de voz. As lascas de vidro cortaram seu dedo, mas ela colocou o celular na orelha para impedir que o som vazasse. Os olhos dele ficaram fixos nos dela o tempo todo e ela se esforçou para não entregar nada.

O som estava distorcido, difícil de entender com o alto-falante danificado.

"Você tem... mensagens. Mensagem recebida... em... 26... de... maio..."

E a voz nervosa de Jeannie, uma voz que nem parecia a dela, falando do passado perturbadoramente recente. Jeannie ficou enjoada.

"Dan, sou eu. Por favor, não vá até a prefeitura. Não posso me casar. Eu sinto muito. Sinto muito, muito *mesmo*. Por favor, me ligue assim que ouvir isso."

Ela ficou olhando pelas janelas da lanchonete, em choque. Dan devia ter ouvido a primeira mensagem, mas não a segunda.

"Para ouvir a mensagem novamente, tecle 2..."

Antes que se desse conta do que estava fazendo, Jeannie apertou o 3. Com força, com tanta força que cortou o dedo. Apagada. Tinha apagado a mensagem. Sumiu no universo, partículas minúsculas de sua culpa se dissolvendo como se nunca tivessem estado ali. Ela soltou um suspiro trêmulo e pensou: *Ah, meu Deus, o que foi que eu fiz?*

– Era uma mensagem? – Owen inclinou o tronco para a frente.

Ela balançou a cabeça.

– Nada de importante.

Não era. Não era importante agora.

Mas a primeira mensagem, a que Dan devia ter ouvido, ainda estava lá? Em algum lugar? Ela não conseguia lembrar por quanto tempo elas ficavam armazenadas.

– Posso ver?

Andrea estendeu a mão.

– Ver o quê?

– Isso vai parecer bobo, mas... – Sua mão estava tremendo. – Eu não quis falar lá em cima caso ele pudesse ouvir, mas *eu* liguei para o Danny logo antes de ele ir para a igreja. Eu queria dizer a ele quanto o amava e quão feliz estava por vocês... – Andrea cobriu a boca, mas os olhos cheios de lágrimas ameaçaram transbordar. – Caiu na caixa postal, então fui falando, deixei uma mensagem boba comprida. Sei que é ridículo, mas preciso saber que Danny não estava ouvindo minha mensagem quando... foi atropelado. Você consegue descobrir? Tem como saber isso?

O coração de Jeannie se partiu por Andrea. Nos dias que passaram juntas, ela havia começado a entender os motivos complicados da proximidade de Dan com a mãe e sabia como aquilo devia ser doloroso para Andrea, perceber que talvez ela pudesse ser a causa do acidente. Fazia quanto tempo ela estava pensando nisso? Coitada...

– Ah, Andrea, tenho certeza que não foi isso. A tela está quebrada, não dá para deslizar, veja. Mas tenho certeza que ele... Ah!

Jeannie mostrou a tela quebrada do celular, mas, quando o dedo de Andrea tocou os cacos afiados, ela soltou um gemido e puxou o dedo cortado de volta. O celular escorregou, pulou na mesa e caiu no piso de lajota, rápido demais para que Owen conseguisse pegá-lo.

Houve um estalo, então a tela se apagou quando o vidro finalmente se estilhaçou em milhões de pedacinhos.

– Caramba… – comentou alguém à mesa ao lado, olhando para eles com compaixão.

O atendente veio correndo, pá e escova a postos.

Andrea olhou para o aparelho. Sua boca tremia como a de uma criança. Jeannie se levantou e a abraçou, enquanto Owen dizia:

– Ele não estava ouvindo sua mensagem, Andrea. Tenho certeza que ele ouviu quando saímos do hotel.

– Mesmo? Você tem certeza? Não está falando da boca para fora?

– Eu *sei* que ele ouviu.

Andrea encostou a testa no peito de Jeannie com uma gratidão silenciosa e soluçou.

Owen era um cara legal, pensou Jeannie enquanto acariciava as costas trêmulas de Andrea. Não sabia mentir, mas era um cara muito legal.

Capítulo 17

– Queremos ajudar – repetiu Sue. – Diga o que precisa ser feito e seu pai e eu vamos dar um jeito.

Jeannie olhou em volta, inquieta. Eles já tinham feito algumas coisas. Durante a hora que ela passou no campo jogando frisbees para os cães de Rachel, a mãe desempacotara duas caixas e arrumara tudo no sofá e nas prateleiras, enquanto o pai havia instalado uma prateleira no canto da sala e a enchido com a coleção de guias de viagem de Dan. Ele já estava com a mão na massa montando uma segunda prateleira, sentado ali com a caneca de chá e a caixa de ferramentas que tinha trazido no carro "caso a de Daniel ainda esteja no depósito".

Jeannie não fazia ideia se Dan tinha uma caixa de ferramentas, muito menos onde poderia estar.

Era gentil da parte deles, mas ela ficou desconfortável com a situação. Não sabia dizer exatamente por quê: será que era ver um cômodo tomado por suas coisas quando deveria ser compartilhado, ou perceber as caixas de Dan abertas, prontas para serem desempacotadas, sem ele?

Ou seria o lembrete de que, depois de tudo que tinha acontecido, o casamento que ela tentara cancelar parecia estar acontecendo mesmo assim?

Jeannie respirou fundo, parecendo sem ar.

– O que foi? – Sue parou com uma foto da família McCarthy no casamento de Angus na mão. – Eu coloquei as coisas no lugar errado?

– Não, é só... Será que não devíamos esperar Dan voltar para fazer isso? Me sinto mal de mexer nas coisas dele sem ele aqui.

A mãe riu.

– Querida, vocês estão *casados*... É como se estivessem, pelo menos. O que é que pode ter nessas caixas que Dan não queira que você veja?

– Nada. É só... – Jeannie teve dificuldade de colocar em palavras a sensação de que algo a arranhava por dentro. – Parece errado, eu me ajeitando enquanto Dan ainda está... Bem, ainda não sabemos quando ele vem para casa. Talvez fique *meses* sem poder voltar. Esta casa talvez não seja nem prática para ele, se... – Ela teve dificuldade de dizer. – Se ele...

– Dan não morreu, querida – disse Sue com firmeza. – E, *se* ele ficar incapacitado de alguma forma, vocês vão encontrar uma maneira de lidar com isso. Nós vamos encontrar.

Jeannie não soube o que responder. Era difícil colocar em palavras qualquer dúvida diante de duas pessoas que tinham conseguido superar obstáculos terríveis e que achavam que tinham criado uma filha corajosa.

Sue largou a foto sobre a lareira, foi até a filha e a abraçou com força.

– Eu sei que sua cabeça está sempre pensando em Dan, mas você também precisa de um lugar bacana para onde voltar no fim do dia! Tem andado tão ocupada, indo e voltando do hospital todos os dias, mas mal desempacotou suas coisas. Parece que você não está pensando em ficar! E o que Dan acharia disso?

A cabeça de Jeannie estava no ombro da mãe, então Sue não viu a cara que ela fez ao ouvir esse comentário – nem a angústia no rosto de Brian.

– Conte! – articulou ele com a boca, apontando com a chave de fenda para Sue.

Mas Jeannie fez que não com a cabeça firmemente e articulou de volta:

– Não!

– Conte! – repetiu ele, apontando enfaticamente mais uma vez.

– Não.

Sue apertou Jeannie, então deu um passo para trás e acariciou os cachos acobreados em cada lado de seu rosto redondo e beijou sua testa. Teve que ficar na ponta dos pés.

– Agora que você voltou, vou colocar a chaleira no fogo e você pode encontrar algumas fotos do Dan para colocar na lareira... Eu não sabia direito quem era quem, mas você vai saber, não vai? Mais um chá, Brian?

– Obrigado, querida.

Quando Sue saiu apressada, Jeannie evitou os olhos tristes do pai, abriu uma caixa e pegou uma pilha de porta-retratos embalados em jornal. A primeira foto mostrava Andrea e Dan na formatura dele. Ela parecia radiante num terninho amarelo-limão, o braço enganchado no dele.

Andrea tinha exatamente a mesma foto em seu aparador, Jeannie lembrou. A foto se destacara em um mar de retratos dos dois no decorrer dos anos.

Jeannie sentiu o pai se aproximando por trás.

– Você vai ter que contar para sua mãe logo, querida – murmurou ele. – Eu estava conversando com aquela enfermeira, a Kate... Ela acha que é grande a chance de Daniel acordar muito em breve. Como vai ser?

Como vai ser? Jeannie sentiu um calafrio.

– Ótimo! – disse em voz alta.

– Você mudou de ideia? – A voz de Brian não ressoou com o tom paterno de sempre. – Você vai ficar com ele? Tudo bem se ficar, mas... não faça nada pelo motivo errado.

Eles ficaram olhando um para o outro, mudos de horror diante das implicações do que qualquer um dos dois poderia dizer em seguida.

Jeannie forçou as palavras a saírem:

– Qual seria o motivo errado, pai?

– Quer dizer... – Os olhos de Brian desviaram para a porta e voltaram. – Se você vai ficar com Dan, tem que ser porque o ama, não porque tem pena do coitado. Se não queria se casar com ele quatro semanas atrás, não vejo por que se sentiria diferente agora.

– Pai! – Agora os olhos de Jeannie se voltaram automaticamente para a cozinha. – Eu não posso abandonar um homem que está em tratamento intensivo! E não o abandonaria se ele precisa de mim. Que tipo de pessoa eu seria se fizesse isso?

– Faria de você um ser humano, Jeannie. Eu *sei* o que virá pela frente, e é uma estrada difícil. *Difícil.* Se as pessoas começarem a falar demais, eu vou contar a verdade... que você não ia levar o casamento adiante. E pronto.

Jeannie ouviu barulhos de louça batendo na cozinha, Sue reorganizando as canecas desempacotadas no armário. O alívio de poder – finalmente – conversar sobre a única coisa em que ela pensava, dia e noite, era quase físico.

– Mas ninguém ia acreditar! As pessoas iam pensar que estou indo embora porque ele está paralisado.

Ela passou a mão no cabelo. Sua cabeça estava latejando, e isso não costumava começar antes de ela estar a meia hora do hospital.

– Não é só o Dan. Andrea precisa de mim. E Owen também.

– Pelo amor de Deus, você não pode viver de acordo com o que os outros querem que faça! Já fez isso o bastante com aquela sua amiga louca.

– Edith?

Jeannie estava surpresa com o veneno na voz do pai.

– Quem mais poderia ser? – Brian claramente já tinha dito mais do que queria, mas continuou: – Não vou fingir que sei o que acontece com esse negócio de indústria fonográfica, mas você deixou que aquela garota tomasse conta das coisas, e olhe como ela a tratou. Você sempre deixou os sentimentos dos outros ficarem acima dos seus, Jeannie, porque é uma pessoa boa. Como a sua mãe. Mas precisa pensar em si mesma ao menos uma vez.

– Ainda está bebendo café sem açúcar, Jeannie, ou já saiu daquela dieta maluca de casamento? – gritou Sue da cozinha.

– Açúcar para mim, mãe! – gritou ela em resposta, então se virou para Brian e sussurrou: – Eu entendo o que você está dizendo, pai, mas não tenho como pensar nisso agora. O foco não sou eu, é o Dan.

– O foco nunca é você. – Os olhos de Brian estavam tensos, tentando fazer com que a dor em seu coração coubesse nas palavras em sua boca. – Mas é a *sua* vida. E se você não contar para ela logo…

– Prontinho! – Sue reapareceu à porta com uma bandeja que Jeannie tinha trazido de casa para se lembrar dos jantares especiais da mãe em frente à TV. – Comprei alguns biscoitos no caminho, porque sabia que você não tinha.

– Obrigado, querida – disse Brian, e pegou três biscoitos de chocolate.

Jeannie se virou de volta para a caixa e pegou o próximo porta-retratos da pilha.

Era uma foto de duas pessoas que ela não reconhecia, ambas de óculos de sol, sentadas em um Land Rover em um deserto e cercadas de burros. Os burros pareciam entediados, mas saudáveis. Estavam de bandana. O homem tinha queimaduras doloridas apesar do chapéu e a mulher estava bronzeada, com cachos pretos caindo pelas costas, um sorriso reluzente e uma bermuda cáqui. Seu braço estava em volta do pescoço queimado do homem, como se tivesse acabado de ganhá-lo em um sorteio, e uma perna bronzeada se estendia glamourosa sobre o capô do veículo.

Não faço ideia de onde é isso, pensou Jeannie, sentindo um pânico familiar. Nem quem é ela. Nem se esse é o Dan.

– Ah, esse não é o Owen? – perguntou Sue, olhando por sobre o ombro de Jeannie.

Jeannie olhou com mais atenção.

– Tem razão – disse, surpresa.

Owen estava mais magro e irreconhecível de bermuda. Tinha pernas bonitas, bem musculosas. Apesar de estarem bem queimadas de sol. Quem conseguia queimar os joelhos?

– Acho que é.

– Onde eles estão?

– Mãe, eu não sei.

– Eu diria que é a namorada dele. – Sue sorriu. – Viu? Eu sabia que um rapaz bom como ele devia ter uma namorada.

As duas olhavam para a foto agora. Na mente de Jeannie, a mulher risonha na foto não era o tipo de garota por quem Owen se interessaria. Até os burros estavam um pouco admirados com ela. Mas a mulher certamente parecia ter muita intimidade com ele e Owen a abraçava.

Por que Owen não teria uma namorada bonita?, Jeannie perguntou a si mesma, ignorando a descrença. Ele era um homem doce. Gentil, prático, bom ouvinte. Não tão bonito quanto Dan, obviamente, não de uma beleza convencional, pelo menos, mas aparência não era tudo.

– Não sei, mãe. Se for, ele nunca falou dela.

– Ah, meu Deus – disse Sue, as sobrancelhas erguidas. – Talvez isso signifique alguma coisa, não?

Sue se ofereceu para levar Jeannie a Longhampton para pegar o trem da hora do almoço até o hospital e elas saíram cedo para que Sue pudesse conhecer a nova cidade da filha.

Era um dia perfeito de verão e Longhampton se desdobrou como o cenário de um filme quando elas desceram a colina vindo dos canis: das casas geminadas pintadas de napolitano rosa-creme-chocolate nas proximidades até os cestos de petúnias pendurados nos postes de luz. Elas olharam as vitrines da avenida principal até chegar ao café de Natalie, que ostentava o movimento do meio da manhã. Dois terriers escoceses mastigavam petiscos embaixo de uma mesa enquanto seus donos dividiam uma fatia de bolo de cenoura. Um buldogue cor de café com leite estava aninhado em um cesto perto da janela, roncando em um pedacinho de sol enquanto seu dono tomava chá.

Natalie parou de limpar a máquina de café quando elas se aproximaram do balcão. Ficou encantada ao conhecer Sue, bateu palmas de felicidade ao ouvir as novidades sobre Dan e insistiu em preparar cafés e um saquinho com bolo, de cortesia, para a viagem de trem.

– É bom ver que você já fez amigos aqui – comentou Sue quando elas saíram. – Deve ser uma vizinhança muito acolhedora.

– O jeito mais rápido de se apresentar aos vizinhos é sair do casamento em um helicóptero de resgate aéreo – disse Jeannie, acrescentando ao ver a mãe chocada: – Ah, todo mundo sabe do acidente… saiu no jornal local. Não acontece muita coisa por aqui, mãe. Dan e eu temos a maior fama que é possível alcançar sem aparecer na TV ou fazer algo estranho com um porco.

– Ah, Jeannie, eu sei que é bom manter o senso de humor, mas, sério… – Sue parou em frente a uma loja. – Longhampton é aonde todos vêm para comprar vestidos de casamento?

Na vitrine, um véu catedral estava suspenso em cada uma das pontas por passarinhos, emoldurando um vestido marfim deslumbrante em um manequim de alfaiate prata.

– É o quarto vestido de casamento que vejo só nesta rua. Ah, esse é *lindo*! Parece o seu, não parece? Com o corpete e a saia grande?

Jeannie não estava ouvindo. O celular vibrava em seu bolso e a mistura familiar de pavor e esperança imediatamente se instalou em seu peito: era o hospital ligando com notícias boas ou ruins?

Ela checou a mensagem. Era Andrea. *Oi, Jeannie! Você pode trazer mais creme para os pés quando vier hoje à tarde? O Dan parece ter gostado! Atualização da enfermeira: pressão arterial está baixa!*

Jeannie logo digitou uma resposta.

– Estão à venda para arrecadar dinheiro para o resgate de cães – disse sem levantar a cabeça – As pessoas doaram seus vestidos e as lojas da cidade concordaram em deixar Rachel colocá-los em exposição…

As palavras ficaram presas na garganta quando ela olhou para a vitrine sobre a qual a mãe estava falando.

O vestido era muito parecido com o dela porque *era* o dela.

Iluminado na vitrine, afastado da infelicidade de Jeannie, o vestido bailarina era, mais uma vez, tão lindo e romântico quanto na primeira vez que ela o vira na butique. Rachel o tinha estilizado de modo que não parecesse exatamente o mesmo: prendeu uma faixa de seda dourada na cintura e levantou as anáguas como se o vestido estivesse girando sozinho, sua perfeição volumosa refletida no espelho antigo atrás. Um grupo alegre de poodles de brinquedo dançava em primeiro plano e na vitrine havia um texto emocionante sobre Grace e sua ninhada encaracolada, cada um deles precisando de um lar amoroso.

Sue se virou para olhar a filha.

– Jeannie? *É* o seu vestido?

Jeannie engoliu em seco. Não era assim que ela queria que a mãe descobrisse. Não esperava que Rachel fosse colocar o vestido em exposição tão rápido, mas, depois do choque inicial, vê-lo ali na vitrine fez com que ela se sentisse livre, sabendo que não precisaria ser amarrada nele mais uma vez. Sentiu uma pena passageira da Jeannie que tinha comprado o vestido de boa-fé, mas aquela mulher parecia uma estranha agora. O vestido merecia um final feliz que Jeannie não poderia lhe dar.

– Sim – respondeu ela. – É o meu.

– Por quê? – Sue ficou olhando para ela, confusa. – Por que você está dando seu vestido? Era o vestido dos seus sonhos! E você precisa dele… você não se casou ainda!

– Mãe, eu não quero usar esse vestido de novo – afirmou Jeannie. – Prefiro que outra pessoa tenha a chance de se sentir especial.

– Mas é o seu vestido de *casamento*! Eu ainda tenho o meu no sótão, e você sabe que não sou exatamente uma acumuladora… Tem alguma coisa que você não me contou, querida?

Sue conseguia ver dentro do coração de Jeannie e seu rosto ficou enrugado de preocupação. Jeannie quase confessou:

– Mãe, é que…

– Oi! E-ei!

Só podia ser Rachel. Ninguém mais diria e-ei, não daquele jeito.

Jeannie olhou em volta e viu Rachel acenando da loja em frente. O momento de fraqueza passou.

– Venha falar com a Rachel! Aquela é a loja beneficente do resgate.

– O quê? Não, Jeannie, não terminamos essa conversa… Jeannie! Volte aqui.

Mas ela já tinha atravessado a rua e Sue teve que ir atrás dela.

Rachel cumprimentou as duas com o mesmo carinho de Natalie, e Jeannie viu os questionamentos da mãe sobre o vestido evaporarem diante do encanto amigável de Rachel.

– … *tão* bom ver você de novo, Sue, embora não nestas circunstâncias, é claro. A Jeannie tem sido incrível me ajudando com os filhotes… Ela te contou? Ela sempre foi boa com cachorros assim? Vocês tinham Jack Russells? Ah, isso explica muita coisa…

Enquanto conversavam à porta, uma jovem veio em direção à loja, segurando com dificuldade uma sacola plástica enorme. Não era, Jeannie reparou, uma capa de vestido, mas uma sacola mesmo, daquelas desajeitadas projetadas para transportar panelas ou edredons. Era basicamente maior que um saco de lixo.

– Ah, oi! – disse Rachel. – É uma doação para nós?

A mulher olhou por sobre o ombro, como se estivesse se certificando de que não estava sendo seguida, e respondeu com firmeza:

– É, sim.

– Bom, é muito generoso da sua parte… – começou Rachel, mas a mulher já estava empurrando a sacola para ela.

– Desculpe entregar numa sacola. Tinha uma espécie de capa, mas eu não queria chamar atenção, caso a encontrasse no caminho.

– Encontrasse quem? – perguntou Jeannie, intrigada.

– Minha mãe – respondeu a mulher, e pareceu prestes a chorar.

– Você quer entrar? – perguntou Rachel, e a mulher assentiu e entrou às pressas.

No balcão, a mulher – Lou, que trabalhava na corretora de imóveis do outro lado da rua – tirou o vestido embolado de dentro da sacola: era uma massa de renda de náilon e tule, e todas soltaram um *Uau!* involuntário.

– É da minha mãe. Quer dizer, é meu agora, mas... era da minha mãe – explicou. – Ela sempre disse que estava guardando o vestido de casamento para mim, mas eu achava que ela estava brincando, ou sendo romântica, ou sei lá. Mas ela estava falando *sério*. Fiquei noiva há seis meses e na noite seguinte ela me levou isso! Quer dizer, é um vestido bonito e tudo, mas... Bom. Vejam.

Jeannie tinha estendido o vestido sobre o balcão enquanto Lou falava e agora elas conseguiam observá-lo em toda a sua glória esquisita. O vestido era de cetim, de gola alta, com muitas camadas de tule illusion floral entre a gargantilha rendada e o corpete coração. Apliques de flores de renda disfarçavam um par de ombreiras altas e havia uma fenda nas costas. Era o tipo de vestido de casamento reluzente que não ficaria deslocado em um clipe do Guns N' Roses filmado em uma catedral cheia de velas acesas e gelo seco.

– Eu diria que sua mãe se casou no... fim dos anos 1980? – arriscou Sue.

A mulher olhou espantada para ela.

– Como você sabe?

– Todas nós queríamos um vestido assim na época – respondeu Sue.

– É lindo – disse Rachel.

Jeannie tinha percebido havia algum tempo que Rachel dizia isso para todas que traziam um vestido, não importando se era verdade ou não.

– Mas você tem certeza de que quer mesmo que a gente venda uma herança de família? Sua mãe não vai ficar chateada?

– Provavelmente. Ah, meu Deus. Não sei o que fazer. – Lou balançou a cabeça. – Quando ouvi sobre a venda no rádio, era como se alguém estivesse atendendo às minhas preces. – Ela começou a dobrar a sacola plástica em quadrados nervosos, cada vez menores, entre os dedos. – Não tenho mais desculpas... Mamãe planeja isso há anos. Ela está sempre em cima: aonde podemos levá-lo para fazer os ajustes, será que vou precisar tingir os sapatos para combinar? – Ela afastou a franja dos olhos. – Lee e eu vamos nos casar na praia nas Maldivas em seis meses. Não tem como usar isso na praia! Mesmo que eu quisesse, o que, preciso ser sincera com vocês, definitivamente não quero.

– Por que ela quer tanto que você use? – perguntou Jeannie.

– Porque pedaços dele são do vestido da mãe *dela*. – A mulher virou o vestido para mostrar a parte de dentro, um corpete feito à mão. – Minha avó se casou em 1964, a mãe dela era costureira e fez o vestido. Depois ela costurou a saia para a *minha mãe* e acrescentou as mangas de renda... Estão vendo? E a gargantilha, em cima do tule.

Enquanto Lou passava o dedo pela costura meticulosa do corpete, Jeannie percebeu onde tinham sido feitos ajustes, cada um deles costurado com amor e carinho.

– Que ideia linda.

– É, sim. – A mulher mordeu o lábio. – É uma ideia linda. Não quero magoar minha mãe, mas não é o que eu quero usar. – Seu queixo tremeu e ela começou a chorar. Soluços silenciosos, apenas sacudindo os ombros no início, mas que logo ficaram intensos e mais incontroláveis. – Não é... o que... eu quero!

Jeannie e Rachel se entreolharam como se perguntassem “E agora?”, mas Sue reagiu primeiro: largou o copo de café e abraçou a jovem, acalmando-a, enquanto ela liberava todo o estresse reprimido.

– Isso mesmo – disse. – Alivie seu coração, querida. Sabemos que planejar um casamento mexe com as emoções de todo mundo. – Ela olhou para Jeannie por cima da cabeça da jovem. – Sua mãe só quer o seu bem... como a mãe dela só queria o bem dela.

– Mas é tudo! Não é só o vestido! Vovó arruinou o casamento da minha mãe... Ela sempre disse isso! Ela tomou conta de tudo. Por isso mamãe está tomando conta do meu. Ela quer o casamento que não conseguiu fazer para si mesma! Tomou conta da comida e quer que ela e o papai façam uma coreografia... na praia!

Até Sue ficou pálida ao ouvir isso.

– Não acho que devemos vender esse vestido, Lou – falou Jeannie com gentileza. – Acho... acho que ele significa muito para sua família. Você não vai querer magoar sua mãe por causa de um vestido.

– Por favor... – Lou engoliu em seco. – Eu não sei mais o que fazer para *não* usar isso. Lee disse que eu devia dar uma de louca e comer tudo que visse pela frente para não entrar no vestido, mas ela simplesmente colocaria mais tecido para me fazer entrar.

– Ela pode adaptar o vestido de novo? – sugeriu Sue. – Talvez mudar as mangas…

Elas olharam para o vestido. Mudar as mangas seria um começo. Talvez tirá-las, pensou Jeannie, e cortar a saia. E trocar a gola.

– Muito bem, eu tive uma ideia – disse Rachel. – Estamos organizando um jantar de gala para mostrar os vestidos e vai ter uma seção chamada Casamentos Através do Tempo… Por que você não nos *empresta* o vestido, desfila com ele para sua mãe e depois prometemos mandá-lo para você nas Maldivas, quando estiver limpo?

– Sua mãe pode ver você usando o vestido e ter o próprio momento sob os holofotes com você – acrescentou Jeannie, sacando o plano de Rachel. – E depois faremos o possível para que seja entregue a tempo. Mas talvez seja bom você comprar um vestido de praia também. Só por precaução, caso a entrega não chegue.

– Só por precaução.

Lou secou o rosto e conseguiu dar um sorriso de gratidão.

Era surpreendente, pensou Jeannie, ver quantos vestidos de casamento ainda esperavam por seu "felizes para sempre". Isso a deixava um pouco mais esperançosa quanto ao seu, e um pouco menos envergonhada por não cumprir seu propósito.

– Parece um ótimo plano – concordou Sue e apertou a mão de Jeannie.

Capítulo 18

"Você tem tempo para um café hoje, lá pelas cinco? Preciso conversar com você."

A mensagem de Owen chegou quando Jeannie estava saindo para o hospital e a deixou agitada pelo resto do dia. Será que tinha a ver com o celular? O casamento? O prognóstico de Dan? No fim, não era nada disso.

– Eu queria adotar um dos filhotes de que você tanto fala – disse ele, bastante tímido. – Você acha que pode me recomendar para o pessoal do canil?

Rachel ficou encantada ao saber que Owen era de uma família de donos de cães (todos labradores, todos batizados em homenagem a diretores de times de futebol da Inglaterra). Ela lhe enviou um formulário a ser preenchido que, segundo ele, era pouco menos rigoroso que a declaração do imposto de renda. Ela pareceu gostar das respostas, no entanto, e, certa manhã, mais para o fim da semana, Owen apareceu pontualmente à porta de Jeannie, antes do horário marcado no canil para ser entrevistado… pelos filhotes.

– Eu acho que só fui chamado até aqui para que Rachel pudesse mandar um detetive investigar minha casa – resmungou ele enquanto Jeannie lhe servia um café. – Ela já sabe tudo sobre mim, de há quanto tempo eu trabalho a meus padrões de higiene. Dos cães, não minha.

– Ah, não, não precisa se preocupar com isso.

Jeannie lhe ofereceu um biscoito da lata (já transbordando) em que guardava os que recebera de vizinhos. Rachel tinha procurado no Street View o endereço que Owen deixara no formulário e confirmara que ele morava numa cidadezinha próxima de Birmingham, numa casa geminada dos anos 1930 com canteiros circulares de flores e garagem.

– Nossas fontes confirmaram que você tem cercas apropriadas. Rachel ficou muito animada com a cama elástica. Você comprou para o filhote?

Owen engasgou com o café.

– Céus! – exclamou. – Quem são vocês? O Serviço de Inteligência?

– Só somos muito interessadas em garantir que nossos filhotes vivam onde as pessoas dizem que eles vão viver.

Natalie entrara em êxtase ao ver a casa de Owen ("É um lugar muito recomendável!"), mas a imaginação de Jeannie foi tomada pela cama elástica. Quem pulava ali? Ela sabia que Owen não tinha filhos. Será que ele comprara para a sobrinha bailarina? Ou será que a mulher da foto com os burros tinha um filho? Ela ficou surpresa com a própria curiosidade.

– Aliás, eu comprei para os meus sobrinhos – disse ele, limpando migalhas do moletom. – O jardim da minha irmã não tem espaço para a cama elástica que eles queriam.

– Muito legal da sua parte.

– Meus vizinhos é que têm sido legais. – Owen revirou os olhos em um pavor fingido. – Acho que eles são surdos. Pelo menos o filhotinho não vai ser nenhum problema para eles, em termos de barulho.

Ele sorriu e então pareceu notar alguma coisa no móvel.

Jeannie se fez de desentendida. Ela havia colocado a foto de Owen com a mulher misteriosa na prateleira da cozinha, perto de algumas dela. Parecia muita intromissão perguntar diretamente, mas Owen tinha caído direitinho em sua armadilha.

– O que você...? – fingiu ela, consciente de que não estava conseguir soar casual. – Ah, eu encontrei isso numa das caixas do Dan outro dia. É você?

Owen empurrou a cadeira para trás e pegou a foto para vê-la de perto.

– Sou eu, sim. Faz muito tempo que não vejo esta foto.

– Que lugar é esse?

Ele não respondeu de imediato.

– Estou tentando lembrar – falou. – Em algum lugar no Quênia. Eu ajudei Dan com um projeto beneficente que ele montou lá. Trabalhamos pra burro.

Ele riu, um segundo depois, do trocadinho não intencional.

– Quem é a garota?

Uma pausa mais longa.

– É a… Carmen.

– Sua namorada?

Ela observou o rosto dele: definitivamente, estava escondendo alguma coisa.

– Humm! – fez Owen, um barulho que era quase uma risada de desdém. – Uma amiga. Ela fez faculdade com o Dan. Muito talentosa. Defensora ferrenha dos direitos dos animais. Estava na caixa do Dan?

– Bem em cima.

– Humm. Foi uma boa época.

Ele colocou o porta-retratos de volta na prateleira ao lado de um que trazia Jeannie e Angus em roupa de coral. Ela percebeu que ele enfiou o porta-retratos um pouquinho atrás dos demais.

– Ah, essa é você… e seu irmão?

– Sim, cantando na igreja. Angus cantou só uma vez; não foi convidado de novo. Na verdade, minha mãe foi convidada a *não* levá-lo novamente.

– Ah, não! Então o talento para a música não é de família? Onde vocês moravam nessa época?

Pergunte mais, insistiu a voz na cabeça de Jeannie, mas, embora tenha tentado, ela não conseguiu. Owen havia ficado vermelho, feito questão de mudar de assunto, e seria estranho tentar arrancar detalhes.

Eles conversaram um pouco mais sobre os cachorros da família de Jeannie e se ela deveria adotar Lady Sadie ou esperar até que Dan melhorasse. Então Owen disse, como se só agora tivesse lhe ocorrido:

– Já que estou aqui, deixa eu te perguntar… Chegou um pacote para o Dan?

– Quando?

– Na época do casamento.

Ele olhou em volta, observando as prateleiras e o armário da cozinha sem muita sutileza.

Jeannie estava prestes a dizer que não quando se lembrou do pacote que tinha ido buscar na sede do correio. O pacote endereçado a Dan, não aos dois, como a maioria dos presentes de casamento.

– Sim, por quê? O que é? Algo do trabalho?

– Eu queria dizer que não é nada, mas… – Owen passou a mão no cabelo e pareceu ainda mais constrangido. – É… hã… é da despedida de solteiro.

Parece que foi enviado para cá e... Bom, você se importa se eu só levar embora antes que Dan veja?

– *O que é*?

Até onde ela sabia, a despedida de Dan tinha sido inofensiva: um fim de semana prolongado em Dublin com atividades ao ar livre só para os rapazes. Paintball ou passeios de quadriciclo. Ela havia ido a um spa com a mãe e Teri, um plano de última hora e caro demais, mas "precisamos fazer *alguma* coisa". No lugar das demonstrações de amor extravagantes entre amigas exibidas pelas revistas de casamento, elas fizeram uma sessão exorbitante de pedicure enquanto comentavam a série *Line of Duty*.

Owen parou de vasculhar a cozinha com o olhar, percebendo de repente que estava sendo observado.

– Não é nada que você queira ver – comentou ele. – Nada que Dan queira ver também. Haha.

– Se está tentando esconder algo, Owen, não vai funcionar. Me diga o que é.

Ele deu uma risada inquieta.

– Ah, não. É daquelas coisas que não tem como "desver". É melhor eu dar um sumiço. Dan faria o mesmo se soubesse que ia chegar aqui, tenho certeza absoluta.

Jeannie nem lembrava onde tinha colocado o pacote. Será que ainda estava na sacola de compras que ela estava carregando aquele dia? Ou o enfiara num armário? Seus dias se fundiam em uma longa rodada de trens, caminhadas, sacolas e cafés.

– Eu sinceramente não sei onde está – confessou ela. – Mas, quando encontrar, dou uma olhada rápida e, se eu ficar de cabelo em pé, jogo fora e nunca contaremos ao Dan que passou por aqui. Pode ser? Não se incomode com isso... já vi muitas coisas constrangedoras na vida, acredite.

Alguma coisa que Jeannie não conseguiu identificar surgiu como um relâmpago nos olhos de Owen – frustração? pânico? –, mas ele deu de ombros, como quem fez o que podia.

– Tudo bem. Vamos ao canil? – Ele bebeu o último gole de café. – Com certeza vou ter trabalho para explicar o estado do meu jardim a Rachel.

– Com certeza – disse Jeannie. – Vou só vestir minha calça à prova de cães e já te alcanço.

Owen e os filhotes se deram bem logo de cara, como Jeannie previra. Naquele mundo novo, eles não tinham conhecido um único ser humano que não amassem. O que a surpreendeu foi que ele pareceu tranquilizar as mães com muita facilidade.

Lady Sadie, Constance e Grace aos poucos estavam se acostumando com as pessoas, mas ainda eram levadas para os canis quando apareciam homens novos. Quando Jeannie e Owen chegaram, elas estavam à espreita em seu refúgio, um caixote montado embaixo de uma mesa sobressalente, de onde observavam os Fenwicks com olhos ansiosos. As três se davam bem com George – "George emana um cheiro ao qual os cães não resistem", explicara Rachel, "minha teoria é que na verdade ele é 10% labrador" –, mas alguma coisa em Owen claramente não desencadeava os latidos frenéticos e o medo que Jeannie via sempre que estranhos se aproximavam.

As cadelas ficaram sentadas tranquilamente na semiescuridão, protegidas por Gem, que estava deitado entre elas e os humanos, seu intermediário sempre presente. Owen não era 10% labrador, pensou Jeannie, olhando para o gráfico de raças na parede. Se ele fosse um cachorro, seria algo mais peludo, como um são-bernardo ou um terra-nova. Um cão delicado com patas gigantes capaz de afugentar lobos e carregar uma criança para casa nas costas.

Ela levou as mães até a área principal do canil, onde Mel, a assistente, esfregava o chão enquanto ouvia o rádio no último volume. Quando Jeannie voltou, Owen já estava tirando filhotes de cima de sua blusa listrada. Assim que tirava um com todo o cuidado, outro já pulava e agarrava sua manga. Os pequenos collies, cocker-poodles e terriers tinham sido colocados juntos em alguns cercados para brincar, mas os cocker-poodles eram os mais terríveis, pulando e dando patadas como se estivessem praticando luta livre. Owen parecia vencido, mas feliz diante do ataque de fofura.

– Eu só coloquei o braço – protestou. – Eles sobem como se fossem aranhas! Ai! – Ele chupou a ponta do dedão. – Esse me pegou de surpresa!

– Elas são ousadas, as garotas. Destemidas, como devem ser – disse Rachel, soltando a collie Dolly do braço de Owen. – Que pena George não estar aqui... Ele queria conhecer você, mas está trabalhando dois turnos até encontrarmos outro temporário. Um já desistiu por conta do estresse.

– Bom, Dan é um cara difícil de substituir! – disse Owen.

– Com certeza. Eu dei uma olhada no currículo dele... parece que já trabalhou com tudo, de gerbos a leões.

– Leões? – Jeannie levantou a cabeça. – Sério?

Owen assentiu.

– Dan passou um ano da faculdade na África com uma organização beneficente de castração, depois ganhou um prêmio pelo estudo sobre a incidência de várias infecções virais em felinos selvagens. Ele passou um tempo em um santuário de leões trabalhando com grandes felinos.

– Ah, foi quando ele foi para o Quênia? – perguntou Jeannie. – E os burros?

– Esse foi outro projeto. A organização beneficente para a qual Dan estava trabalhando pediu que ele voltasse depois de se formar para trabalhar com os veterinários locais, e ele passou alguns meses ajudando a montar um consultório móvel... Ele poderia estar lá se quisesse, administrando o projeto.

– E por que não está?

Jeannie tinha consciência de que deveria saber a resposta, mas Dan nunca havia mencionado que trabalhara fora do país, embora tivesse contado muitas histórias engraçadas sobre o tempo que passou na Nortúmbria. Partos, bolos de frutas, esterco, calça térmica em pleno verão. Nada sobre consultórios na África. Por quê? Por modéstia?

– Ele queria clinicar no Reino Unido. – Owen começou a brincar com o menor dos filhotes, uma collie mirradinha chamada Lolly.

– Sério? – Rachel pegou a terrier branquinha que eles tinham batizado de Marilyn, por causa da pinta marrom no focinho, e cheirou seu focinho rosado. – Dan escolheu pôneis gordos e chuva onze meses por ano quando podia estar na África com leões e tigres?

Jeannie inclinou a cabeça, acrescentando a própria pergunta silenciosa à de Rachel.

Owen fez cócegas na barriguinha redonda e rosada de Lolly.

– Bom, ele tinha motivos para querer trabalhar aqui. A mãe, por exemplo.

Isso Jeannie compreendia. Havia um limite para o apoio de Andrea, ainda que se tratasse de trabalho beneficente, se fosse a milhares de quilômetros de distância, então...

– Andrea o obrigou a voltar para casa?

Ele mudou de expressão, como se já tivesse falado demais.

– Não, não seria justo dizer isso. Era… complicado. Enfim, o que eu preciso saber sobre esses filhotes, Rachel? Fiquei sabendo que você é a especialista em collies por aqui.

Rachel soltou Marilyn e dedicou sua atenção a Owen. Estava com um sorriso enigmático no rosto.

– Por que você quer saber sobre collies quando claramente já foi escolhido pelo Pierre?

– Pierre?

Owen olhou para baixo, surpreso.

Um cocker-poodle robusto amarelo-alaranjado tinha escalado a manga da camisa de Owen até o cotovelo, onde agora enfiava a cabeça encaracolada nas dobras macias de algodão, batendo no tecido com as garras fininhas.

– Pierre, o mais aventureiro. Alguns o chamariam de garoto kamikaze. Irmão de Jean-Paul, Agnès, Yves e Hubert.

– Nenhuma Coco? – perguntou Jeannie ao perceber que o tema era moda francesa.

– Não. Óbvio demais.

– Estou completamente perdido.

Owen soltou as garras de Pierre e o levantou para que pudessem se olhar direito, cara a cara. Ele era muito mais poodle que cocker, com um focinho comprido e patas finas.

– Acho que você vai ficar grandão, não vai? Não deixe que digam que poodles são acessórios de moda. Você é um cara do campo… chamado Pete.

Parecia a escolha certa. Os cachos de cordeiro de Pierre combinavam com o cabelo desgrenhado de Owen e o cãozinho se aninhou nos braços dele, mordendo sua blusa. Já pareciam uma dupla.

– Acho que temos o par perfeito – disse Rachel, sorrindo, e levantou o dedo no ar como se concordasse com uma voz inaudível.

Owen pediu para fazer um tour completo pelo canil e Rachel ficou muito feliz em atender ao pedido.

Mostrou, orgulhosa, o piso aquecido e as áreas de recreação, e eles estavam avançando pelo corredor de lajotas em direção a Lady Sadie, Constance e Grace quando a atenção de Jeannie foi desviada por mais uma coisa que não esperava.

Ela não percebeu de início, não até sua mente começar a cantarolar junto com o rádio sem que se desse conta disso, embora nunca tivesse ouvido aquela música. A melodia já estava ali, na sua cabeça.

Jeannie aguçou os ouvidos. Não era uma música antiga, mas ela conhecia aquela melodia. Seria um cover? Ela não reconhecia a voz.

Então, de repente, entendeu. Era uma música *sua*.

Ela parou de andar.

– Rachel, pode aumentar o rádio?

No fim do corredor, Rachel estava apresentando Owen a Mel.

– Por quê? Temos um pedido do canil 3? Não me diga... "I Want to Break Free"? Ou "Keep on Running"?

– É que... eu acho que é uma música minha tocando. No rádio.

– Tá falando sério?

Mel se virou para ela. Rachel tinha lhe contado que Jeannie trabalhava com música (ela contava isso para todo mundo, cheia de orgulho), mas Jeannie não era vaidosa a ponto de não entender que era difícil para a maioria das pessoas acreditar nisso a não ser que a vissem no palco. E olhe lá.

– Sim. – A música já estava na metade. – Você pode...?

Rachel alcançou a prateleira e colocou o volume no máximo. Quando ela fez isso, o último resquício de dúvida desapareceu da mente de Jeannie. Era uma música chamada "Eu não sabia", que ela e Edith tinham escrito sobre um dos muitos rompimentos de Edith com o namorado, Django. Não era Edith cantando, mas uma banda feminina. Não muito boa. Quando chegou o refrão, Jeannie sentiu o estômago se embrulhar.

Eu não sabia que podia ser tão má;
Não sabia que era assim até você chegar...
Eu não sabia que eu já era outra pessoa.
Eu não sabia o que eu não sabia...

Jeannie percebeu que estava cantarolando junto com a vocalista, sua mente oscilando de modo automático com a segunda voz que ela cantava acompanhando Edith. Era sua harmonia preferida: sua voz suave serpenteando em volta do vocal mais agudo e amargo de Edith. As garotas estavam cantando em uníssono, não havia nenhuma movimentação harmônica além do *autotune* que unia as vozes.

Owen ficou olhando para ela, visivelmente impressionado, mas ela mal percebeu.

– Uau! – Mel parou de mastigar e ficou boquiaberta. – É sua essa música? Você que escreveu?

– Shh! – resmungou Rachel.

Jeannie assentiu, o choque a impedindo de formar palavras. Se sentia como se tivesse sido roubada, como se algo precioso tivesse sido tirado de seu bolso sem ela perceber. A melodia era dela. A música era *dela*. É verdade que Edith escrevera a letra e elas não gravaram oficialmente, mas era uma música que elas tocavam em shows o tempo todo. Era tão cativante que a plateia cantava "Eu não sabia" junto, geralmente já na segunda vez que ouvia o refrão.

Jeannie sentiu o corpo se retesar. Os quatro ficaram ouvindo em silêncio enquanto as garotas da banda seguiam cantando, acompanhadas por um solo instrumental quase nota a nota igual ao que Jeannie tocava no violão, passando por um trecho de rap (de *rap*!) até chegar ao refrão final.

E acabou, e o apresentador começou a falar por cima da melodia, a melodia que tinha surgido na cabeça de Jeannie como num passe de mágica. E que agora se repetia, brega, em uma flauta doce. Uma *flauta doce*.

– ... e essas foram as New Fridays e o rapper Melting com o novo single "Eu não sabia", fazendo muito sucesso...

– Desligue – pediu Jeannie.

Rachel bateu no botão com a palma da mão.

Ficaram todos em silêncio por um instante.

– Imagino que você não estivesse sabendo disso. Era a Edith?

– Não. Era a banda com quem o produtor dela estava trabalhando. – Seus joelhos fraquejaram. – Concordamos que ela não ia levar nada. Ela *prometeu* que não ia levar nada.

– E você não tem nenhuma garantia legal? Os direitos autorais são seus, não são? – perguntou Owen.

– Não foi gravada. Não tínhamos gravado ainda. Mas íamos gravar.

Essa não era a questão. Edith sabia que era uma coisa que elas tinham tirado de seus corações, juntas, e havia vendido. Vendera para estranhos, para seguir com uma vida que não incluía Jeannie.

Mel estava olhando para os três, inquieta.

– É sério? A música é sua?

– Mel! Quantas vezes vamos ter que repetir? – repreendeu Rachel. – Sim.

Ela pareceu não se incomodar com a repreensão.

– É muito boa.

– Acho que ela sabe disso. – Rachel se virou para Jeannie. – Mas é mesmo. É incrível, você é muito talentosa.

Jeannie ficou olhando para a parede do canil. Eu deveria estar furiosa, pensou. Deveria estar irada e socando a parede, ligando para Edith para dizer que ela é uma maldita egoísta. Mas parecia que o ar tinha sido arrancado de seus pulmões. Cada átomo de oxigênio. Não havia um grito dentro dela, não havia voz, nada. Ela se sentia paralisada.

– Jeannie, você está bem?

Rachel deu um passo e Jeannie assentiu mecanicamente.

– Hospital – respondeu. – Preciso ir.

– Eu levo você. – Owen tocou seu braço e em seguida se virou para Rachel. – Muito obrigado por me deixar conhecer tudo por aqui. Posso ligar mais tarde para falarmos sobre... os próximos passos?

– Claro.

Rachel olhou para Jeannie, preocupada, mas ela não estava ouvindo. Estava de volta à cozinha do apartamento que dividia com Edith, durante a última conversa dolorosa que tiveram: a conversa em que muitas verdades impossíveis de esquecer foram ditas naquele tom impaciente de "Isso é para o seu próprio bem".

Aparentemente, ela não era forte o bastante. Não era durona o bastante para ser bem-sucedida em uma indústria onde é necessário persistir, fazer contatos, inovar e conhecer as pessoas certas. Ela não era nada disso. Não o bastante.

"Não posso continuar fazendo isso por nós duas", lamentou Edith na época, como se fosse Jeannie quem estivesse fazendo uma exigência irracional. "Você se contenta com esses festivais locais, mas eu não. Eu preciso de *mais*."

Durante muito tempo, Jeannie tentara esquecer aquela última conversa destrutiva, enterrando-a no fundo da mente e jogando por cima pilhas e pilhas de preparativos de casamento, até não conseguir mais ouvi-la. Mas a música colocou tudo isso abaixo e Edith estava diante dela mais uma vez, com as botas longas e o olhar severo. Da noite para o dia, transformada por uma única conversa com alguém que finalmente a levou tão a sério quanto ela se levava, Edith tinha virado outra pessoa: uma hipster fria com ar de superioridade, com a bolsa pendurada no ombro, pronta para ir embora. O choque de ver a amiga de infância falar com ela como se fosse um estranha despedaçou algo dentro de Jeannie: o mais difícil foi perceber que Edith nem a considerava uma profissional da música. Há quanto tempo ela pensava assim? E será que era verdade?

Talvez esse caminho não seja para você, Jeannie. Mas, para mim, é.

Edith deixou um dinheiro para o aluguel seguinte no balcão da cozinha e abandonou Jeannie, a banda, os planos, a história e a amizade delas sem olhar para trás.

Jeannie sentiu Rachel colocando o braço sobre seus ombros, depois percebeu que Owen a guiava até o carro. Ela queria reagir, mas precisava se concentrar em impedir que a dor a engolisse por inteiro.

Capítulo 19

Owen nem perguntou: quando viu o drive-thru da Starbucks, entrou direto e pediu um latte grande e um muffin para cada um. De chocolate para ele, de mirtilo light para Jeannie – o que ela sempre pedia na lanchonete do hospital. Quando a voz na máquina perguntou se eles queriam açúcar nos cafés, ele olhou para Jeannie e respondeu:

– Dois cubos no meu e… um no outro.

Ela assentiu. Eles tinham comprado vários cafés um para o outro nas últimas semanas. Até as enfermeiras da ala sabiam quanto de açúcar Jeannie colocava.

O tempo todo, as palavras de Edith rodopiavam na cabeça dela, acompanhadas pela melodia. *Eu não sabia. Eu não sabia. Eu não sabia o que eu não sabia.* Que ironia. Que ironia incrível Edith ter escolhido roubar logo *aquela música.*

Enquanto Owen avançava com o carro em direção à janela onde lhe entregariam o pedido, Jeannie voltou a se atormentar com a pergunta que já tinha feito a si mesma milhões de vezes: por que ela não conseguia escrever as próprias letras? Edith tinha transformado a melodia dela em algo raivoso. A música que Jeannie ouvia na cabeça quando a compôs era suave, o tipo de canção de amor que desejava que alguém cantasse para ela. Mas as palavras certas não vieram, porque nunca vinham, e Edith encaixou as dela tão bem que agora era impossível ouvir a melodia de outra forma.

Já era, pensou, com uma pontada de arrependimento. Edith tinha se enfiado em sua melodia como quem pula para dentro de um carro roubado e simplesmente sai dirigindo.

Owen pegou o embrulho de papel e estacionou de frente para a rua movimentada. Entregou a Jeannie o pacote dela e começou a devorar o próprio lanche, tirando uns pedações como se não comesse havia dias e engolindo com o café.

Ele não falou nada, mas seu silêncio compreensivo era reconfortante. Depois de um tempo, Jeannie ouviu a própria voz em uma confissão, baixa e triste:

– Eu sonhei aquela música, sabe? – Ela ficou olhando para a rua à sua frente. – Eu a ouvi em um sonho, aí acordei e cantei no celular para não esquecer. Não conseguia acreditar que não tinha ouvido aquilo no rádio. Era *perfeita*. É a música que eu mais amo, a que fez com que eu me sentisse uma compositora de verdade. A que me fez acreditar que eu tinha aquela... aquela *magia* dentro de mim, como os compositores que admirei a vida toda. – Ela parou, constrangida. – Desculpa, é difícil explicar sem parecer ridícula.

– É o que você sente. Não é ridículo.

– Eu nunca escrevi nenhuma outra tão boa.

– Continua sendo sua – destacou Owen. – Não entendo muito desse tipo de coisa, mas com certeza se está tocando no rádio você tem direito a receber uma boa parcela do...

– A questão não é o dinheiro. – Jeannie ficou observando o trânsito acelerado, indo em direção a novas oportunidades, reuniões, futuros. – É... – Ela respirou fundo. – E se eu nunca tiver um momento de inspiração como aquele de novo? *Nunca mais*?

– Ah, você vai ter, sim. – Paciente, Owen tirou o café intocado de dentro do pacote e o entregou a Jeannie. – Não conheço muito bem o mundo criativo, mas, se você consegue escrever uma música boa como aquela, então deve haver outras em algum lugar dentro de você. Ou pode simplesmente reescrever aquela, que tal? O Status Quo só tocou uma única música durante anos.

Jeannie não respondeu. Edith lidava com cada acontecimento de sua vida *transformando a dor em ouro*, como costumava dizer – e era verdade, ela escrevia letras *incríveis*, que jogava sobre a mesa com orgulho, esfregando os olhos vermelhos que eram um sinal do coração partido *e* de sua criatividade. Já no caso de Jeannie, quando perdeu Edith, quando Dan quase morreu, quando ficou dividida entre a consciência e o coração, sua mente virou uma página em branco.

– Olha – disse Owen –, a inspiração não é uma coisa que só acontece uma vez. Não para quem é criativo, e você é.

– *Será* que eu sou? – protestou Jeannie. – Não tenho inspiração há *meses*. Estou bem no meio de toda essa emoção e de todo esse medo e... Que foi?

Owen se virou para ela.

– Que tipo de *ser humano* sai escrevendo músicas enquanto o namorado está em coma?

Não era a coisa certa a dizer, mas Jeannie não se conteve:

– Morrissey?

"Girlfriend in a Coma". A única música dos Smiths de que Edith aceitava gostar, porque era "pura ousadia".

Owen fez uma pausa.

– Tudo bem, Morrissey. Mas você quer ser como ele?

O tom horrorizado dele ao dizer isso, como se mal conseguisse pronunciar aquele nome, quase fez Jeannie sorrir.

– Não – admitiu ela.

– Ótimo. Porque... caramba! – Ele franziu a testa e bebeu um gole do café. – Eu gosto da música do cara, mas...

Jeannie cutucou os mirtilos desidratados do muffin. Pequenas cicatrizes roxas que deixavam manchas no bolinho. Ela nem sabia por que tinha dito aquilo; pelo menos Owen entendeu a referência. Dan não teria entendido.

– Acho que a namorada do Morrissey não estava, sabe, realmente... *em* coma.

– *Imagino* que não. – Owen bebeu um gole do café como se nada tivesse acontecido, então acrescentou, sem conseguir deixar o assunto morrer: – Mas que tipo de pessoa imagina uma namorada só para escrever que ela está em coma? Por que não "Girlfriend on a Tractor" ou algo... divertido?

Uma risada breve explodiu dentro de Jeannie, mas ela a conteve, franzindo o cenho.

Owen olhou pela janela.

– Mas, sério, você esperava mesmo ficar *inspirada* com o acidente de Dan?

– Edith disse que...

– Quanto mais ouço sobre a Edith, pior ela parece. Ela tem ideia do que você está enfrentando neste momento? Ela ligou para ver se tem alguma coisa que...? – Ele suavizou o tom de voz ao perceber que Jeannie estava incomodada. – Olha só, eu tenho certeza de que, quando a hora certa chegar... Você não esperava compor *aquela* música, esperava? Ela não surgiu do nada?

Jeannie assentiu. Não sabia de onde tinha vindo a inspiração: a música surgira em sua cabeça como se ela a conhecesse desde sempre.

– Então outra vai surgir. Não foi a única música que você compôs na vida, foi?

– Não, compus mais algumas.

Edith não ousaria usar as outras... ousaria? Jeannie sentiu um desespero. Talvez ousasse. Ela não conhecia Edith de verdade.

– Ótimo. Olha só, eu não me importo de te dar um pouco de privacidade por alguns minutos se você quiser ligar para ela – continuou Owen, tirando o cinto.

– O quê?

– Liga para Edith e... manda ver. Diz a ela exatamente o que você acha dessa punhalada que ela deu em você. Ela merece. E... – acrescentou, mais pragmático – é melhor fazer isso agora, antes de irmos para o hospital. Não quero que você veja Dan com isso tudo fervendo aí dentro.

Owen já estava quase fora do carro.

– Vai em frente. Ah, espera! – Owen apontou para ela de um jeito brincalhão e ofereceu o próprio celular. – Por que não liga do meu? Elemento surpresa, caso ela tenha bloqueado seu número.

Jeannie sentiu um aperto no peito.

– Não posso.

– O quê? Por que não?

Era patético, mas era verdade.

– Não sei o que dizer.

– Sério? Sou capaz de citar cinco coisas que *eu* gostaria de dizer a Edith, e nem a conheço.

– Não é simples assim.

A ansiedade fechou a garganta de Jeannie, causando um branco em sua mente e um pânico familiar. Mas ela precisava que Owen entendesse, então se obrigou a encontrar as palavras:

– Toda hora eu penso o que deveria ter dito quando ela me contou que estava indo embora sem mim, e agora é tanta coisa...

Owen se virou de frente para ela.

– Você não falou umas verdades quando ela disse que ia largar a banda?

Jeannie balançou a cabeça, infeliz.

– Ela ficou falando que ia ser melhor para nós duas. Edith é tão eloquente quando se empolga que eu quase acreditei. Eu... não consegui falar. Achava que ela ia perceber que eu estava chateada, mas ela simplesmente continuou falando e aí...

Ela engoliu em seco ao lembrar que tinha ficado na janela vendo Edith indo embora. A bolsa no ombro nu, os saltos das botas de caubói de brechó beneficente batendo na calçada, já ao telefone com uma nova amiga. Uma tatuagem também nova na escápula esquerda: um asterisco cheio de pontas.

– E aí ela foi embora – completou Jeannie.

– Então Edith acha que está tudo bem?

– Eu não... não sei. Talvez.

Owen escolheu as palavras com cuidado:

– Não quero ser duro, mas você não pode simplesmente *deixar* esse tipo de coisa acontecer, Jeannie. Você deixaria que alguém tratasse sua melhor amiga como Edith tratou você?

– Eu achava que *ela* era minha melhor amiga.

Jeannie se esforçou para transformar a névoa de dor em palavras – não só para que Owen entendesse, mas para que ela própria entendesse:

– Desde a *escola*, Owen. Eu nunca imaginei que Edith pudesse querer uma oportunidade que não incluísse nós duas. Ela sabia que eu era tímida, mas eu me soltava no palco. Cantávamos juntas. Fazíamos tudo juntas. Até aquele momento.

– Você acha que Edith tinha inveja?

– Inveja de quê?

– Do seu talento. – Ele levantou uma sobrancelha. – Ela tocava algum instrumento?

– Ela também tocava violão. Não era o que fazia de melhor, mas não, ela não tinha inveja.

– Tinha ciúme do seu relacionamento com Dan, talvez? Será que ela não achou que precisava aproveitar as oportunidades enquanto podia, já que você ia embora da cidade com ele?

Podia ser uma maneira de encarar as coisas, se as datas se encaixassem.

A verdade era que tinha acontecido o contrário. O pedido de Dan aconteceu algumas semanas depois que Edith foi embora. O pedido e o sim.

– Acho que nenhum dos dois... entendia o outro, para ser sincera – disse Jeannie.

Ela cutucou a tampa do café. Obviamente, não ia contar a Owen o que Edith tinha dito sobre Dan. Eles só se encontraram uma vez, em um show acústico num fim de semana em Wiltshire. Dan foi até os bastidores buscar Jeannie depois do show, e Edith e ele tiveram uma conversa aparentemente muito civilizada sobre a banda Blondie. Alguns dias depois, Jeannie perguntou a Edith o que ela achava de seu novo namorado maravilhoso e Edith revirou os olhos ao responder: "Ah, ele é fofo, mas meio eclético demais, não?"

Owen amassou bem o pacote de papel e olhou para ela, piscando seus cílios escuros marcantes.

– Jeannie, não é da minha conta... – começou ele, mas foi interrompido quando o celular começou a tocar na bolsa de Jeannie. – Aposto que é ela. – Ele fez um aceno de cabeça. – Aposto que ela também ouviu sua música no rádio e está ligando para pedir desculpas.

– Duvido. – Não era do feitio de Edith pedir desculpas. – Mas pode ser minha mãe...

Quase isso: era Andrea.

– Onde você está? Está por perto?

Andrea parecia agitada. Jeannie fez sinal para Owen, indicando que era melhor irem.

– Estamos a caminho – respondeu ela. – Eu mandei mensagem avisando que íamos nos atrasar hoje. Owen veio ver os filhotes e...

Mas Andrea não estava ouvindo.

– Venham o mais rápido que puderem... Aconteceu uma coisa *maravilhosa*!

– O quê?

– Danny acordou! E falou comigo! – Sua voz era uma confusão de lágrimas e riso. – Jeannie, ele *falou* comigo! Ele disse "Mãe!". Ah, Jeannie, estou tão aliviada! Ele vai ficar *bem*!

Owen ouviu tudo. Seus olhos se cruzaram e Jeannie teria dado qualquer coisa em troca de cinco segundos dentro da cabeça de Owen, em troca de saber o que ele estava pensando para que seus olhos castanhos parecessem tão apreensivos.

– Diga a Andrea que chegamos em meia hora.

– Chegamos em meia hora – repetiu Jeannie, sem desviar o olhar de Owen.

Ele ligou o carro e deu ré para sair do estacionamento, e nenhum dos dois disse mais nada até chegarem ao hospital.

Quando chegaram ao quarto de Dan, outro médico e umas enfermeiras estavam em pé à porta, fazendo anotações e de vez em quando olhando na direção de Dan enquanto discutiam a disponibilidade de várias pessoas de quem Jeannie nunca tinha ouvido falar e citavam siglas quase familiares. As enfermeiras sorriram quando Jeannie e Owen entraram.

– O Dr. Allcott já vem falar com vocês para atualizá-los – avisou o médico.

Andrea estava ajoelhada ao lado da cama, olhando para o filho com um brilho de felicidade no rosto; era quase como uma pintura religiosa. Jeannie não conseguia entender o que ela dizia: era um fluxo baixo e balbuciado de palavras, cheias de emoção e amor.

Dan estava deitado ali, os olhos azuis bem abertos, uma cor mais quente no rosto, parecendo extremamente irritado. Estava acordado. Estava de volta. Seu namorado estava de volta e parecia exatamente igual. Um alívio percorreu o corpo de Jeannie.

Ele não parecia feliz por estar acordado, pensou ela, então se perguntou por que isso a surpreendia. Devia estar sentindo a maior dor de cabeça do mundo, mesmo com o coquetel poderoso de analgésicos que circulava em seu organismo.

Ele fez uma careta quando ela e Owen se aproximaram, como se o ato de pensar fizesse seu cérebro doer, então concentrou a atenção em Owen.

– E aí, cara? – Owen puxou uma das cadeiras para perto da cama. – Que bom ter você de volta. Como está se sentindo?

O estômago de Jeannie se revirou. Dan não tinha nem olhado para ela. Toda a sua atenção estava concentrada em Owen. Era de propósito. Ele estava irritado com ela? Estava ignorando Jeannie?

– Bem!

Um fiapo de voz, arrancado à força de uma garganta seca, mas era a voz de Dan e ele conseguiu formar um espectro do antigo sorriso. O sorriso de Owen em resposta quase dividiu seu rosto ao meio de tanta felicidade e parecia que ele mal conseguia conter a ânsia de abraçar o amigo. Foi lindo.

Arrepios percorreram a pele de Jeannie e ela sorriu para Dan.

Como ele não reagiu, o sorriso dela desapareceu aos poucos.

– Incrível! Bom garoto!

Owen bateu gentilmente o punho cerrado no de Dan, que conseguiu fechar o punho bem fraquinho em resposta, e Andrea se lançou para a frente.

– Cuidado, Owen! Cuidado com o intravenoso. Dan ainda está muito fraco, precisamos ter cuidado…

As rugas de concentração na testa de Dan se aprofundaram e ele mexeu a mão vagamente, como se espantasse uma mosca.

– Oi, Dan – disse Jeannie, mas ele não respondeu.

Será que não a tinha ouvido?

Os três ficaram olhando para Dan, segurando a respiração, esperando que ele dissesse mais alguma coisa. Segundos se passaram, nenhuma palavra veio, então ele fechou os olhos com um suspiro pesado e todos eles soltaram a respiração em uníssono.

Teria sido engraçado, pensou Jeannie, se não houvesse tanta tensão no ar. Andrea estava quase vibrando de tão tensa. Quando Dan fechou os olhos, ela inclinou o tronco para a frente, como se tivesse medo de que ele não voltasse dessa vez.

Owen sentiu o desconforto de Jeannie.

– Este momento deve estar exigindo toda a energia dele – disse Owen.

– Acho que sim.

A emoção de ter ouvido sua música no rádio ainda estava a toda em seu organismo, e agora tudo aquilo, o alívio de ver Dan começar a acordar e o medo do que viria depois, foi mais uma onda gigantesca vindo de outra direção. Estava começando a se sentir perigosamente prestes a cair no choro.

Andrea se levantou do chão e foi se sentar na cadeira mais próxima de Dan. Deu uma batidinha na cadeira ao lado, olhando para Jeannie.

– Não é maravilhoso? Não é? Eu estava lendo um cartão-postal da minha irmã para ele quando um monitor começou a apitar. E eu estava chamando a enfermeira quando o ouvi dizer "Mãe!". – Os olhos azuis de Andrea se encheram de lágrimas. – Nunca senti uma felicidade como essa em toda a minha vida, Jeannie. Desde o dia em que Danny nasceu. Vai ficar tudo bem.

– É maravilhoso, Andrea. Maravilhoso mesmo.

Andrea apertava as mãos de Jeannie, que começou a sentir uma claustrofobia subindo pelo peito. Fez o que pôde para se impedir de puxar as mãos, mas a ânsia persistiu.

– O Dr. Allcott vai fazer mais exames agora que Dan consegue dizer como se sente. – Ela apertou as mãos de Jeannie mais uma vez. – Ele pode sair do hospital daqui a algumas semanas! Você sabe o que isso significa, não sabe?

– Hã... não. Quer dizer, além do fato de Dan estar se recuperando? O que é... maravilhoso.

Andrea inclinou-se para a frente, seus olhos brilhando de otimismo.

– Vamos poder voltar a planejar o casamento! Danny sempre foi de estabelecer metas. Sei que ainda temos um longo caminho pela frente, ninguém precisa me lembrar disso, mas, tendo algo maravilhoso como o casamento para se concentrar, sei que ele vai ter um estímulo a mais para a recuperação!

Jeannie ficou enjoada. Uma náusea real, física.

Andrea virou a cabeça para incluir Owen na conversa, mas ele parecia tão atordoado quanto Jeannie.

– É uma boa ideia, mas vamos com calma, né?

– Precisamos pensar em datas – continuou Andrea, como se Owen não tivesse falado nada. – Não vou exagerar, prometo... mas sei que é preciso planejar essas coisas com bastante antecedência. E se tivermos que fazer concessões porque Dan vai precisar de mais apoio por um tempo...

Jeannie teve uma imagem chocante de Dan em uma cadeira de rodas, apoiado pelo fisioterapeuta, enfiado em um terno desconfortável, esperando por ela no fim de outro corredor, todos com o rosto virado para ela, torcendo pelo final feliz – como poderia dizer *agora* que não queria se casar com ele? Como poderia arrancar dele a luz reluzente no fim de uma agenda penosa de terapia, tratamento, reabilitação – reabilitação que eles nem sabiam se seria bem-sucedida? Ela sairia como uma grande megera. E por quê? Porque *seria* uma megera.

Andrea sorriu para ela, alheia a tudo.

Eu não sabia que podia ser tão má.
Não sabia que era assim até você chegar…

Você precisa dizer alguma coisa, insistiu a voz na cabeça de Jeannie. Mas não conseguia sequer pensar em como começar. O que poderia dizer? Ligar para Edith para gritar com ela por ter roubado sua melhor música parecia uma conversa confortável em comparação ao que lhe aguardava com Dan quando ele estivesse em condições de conversar com ela.

E aquilo não envolvia só os dois. Envolvia Andrea, a família que Andrea tanto queria. Os Natais, os netos, pessoas a quem amar e por quem seria amada. Ela já estava naquela família. E envolvia Owen. Não decepcionar Owen *ou* o melhor amigo dele.

Lágrimas de medo finalmente romperam as defesas em ruínas de Jeannie e ela soluçou, envergonhada de si mesma.

– Ah, querida! Eu sei, é um alívio tão grande – disse Andrea. – Coloque para fora!

Andrea a abraçou e Jeannie ficou aliviada por poder esconder o rosto no ombro da sogra.

Capítulo 20

O Dr. Allcott apareceu no fim do dia para informar os resultados dos novos exames. Andrea estava inquieta e empolgada e, talvez por isso, ele começou com um aviso muito claro: Dan estaria cansado e desorientado nos primeiros dias e elas não deveriam esperar muitos avanços logo de cara. Ele podia ficar irritado e sem tato, alertou, podia agir de modo grosseiro – ou simplesmente impróprio. Podia ser frustrante para elas, mas, com sorte, logo passaria, conforme a amnésia pós-traumática recuasse e seu cérebro se recompusesse.

– O cérebro humano não regenera células mortas, mas é capaz de criar novas vias neurais para substituir áreas danificadas. Embora não seja um processo que se dê da noite para o dia, parece que Dan já iniciou essa jornada – concluiu ele ao fim de uma explicação detalhada que cobriu várias páginas do caderno de Jeannie. – Vamos acompanhar de perto o alívio da dor e dar a ele muito tempo para se recuperar, então não se sintam na obrigação de estar ao lado dele a cada instante nesta fase. Ele vai dormir bastante.

– Foram as mensagens que o trouxeram de volta? – perguntou Andrea. Ela ficou com o tronco inclinado para a frente o tempo todo, desesperada por uma confirmação de que Dan logo voltaria ao normal. Confirmação, percebeu Jeannie, que o Dr. Allcott teve o cuidado de não dar. – Nossa presença aqui esse tempo todo, será que ele vai lembrar?

– É muito possível. Existem várias evidências de pacientes em coma que sugerem que eles percebem as atividades que acontecem à volta deles, embora as processem de maneiras diferentes. Como por meio de sonhos. Você vai ter que perguntar a ele.

– Mal conseguimos acreditar que ele finalmente voltou. – Andrea olhou para Jeannie com um sorriso que reforçava o "nós". – E agora podemos começar a esperar algo ainda mais feliz: o casamento de Danny e Jeannie, parte dois. Eu sei, antes que você me repreenda! – Ela levantou as mãos esbeltas no ar. – O caminho vai ser longo, mas quero que Danny saiba que estamos pensando no futuro. Como uma família.

Jeannie forçou um gesto vago de concordância. Andrea não registrara o palpite de Owen sobre deixar a conversa sobre casamento para depois. Na verdade, Jeannie a ouviu dizendo a uma das enfermeiras que ia "compensar tudo aquilo" com "um dia muito especial" na primavera. A enfermeira, é claro, achou que era um gesto maravilhoso e generoso – o que de fato era.

Jeannie esperava que o Dr. Allcott não incentivasse esse tipo de pensamento. Para seu alívio, ele só assentiu.

– Daniel certamente tem muito a esperar – disse ele. – Bem! Temos mais alguns exames para fazer. Vamos conversar novamente daqui a alguns dias, quando tivermos uma ideia mais clara dos próximos passos, seja unidade de reabilitação, alta ou qualquer que seja a melhor opção para a recuperação de Daniel.

Qualquer que seja a melhor opção. Jeannie ficou olhando para suas anotações. Não sabia mais qual era a melhor opção.

Embora estivesse ficando tarde, Andrea anunciou que ia conversar com o fisioterapeuta antes de ir embora. Segundo ela, ainda havia muita coisa que eles precisavam saber.

– Você precisa de um tempo sozinha com Dan – disse, tocando o braço de Jeannie. – Este é o dia pelo qual estávamos rezando, e sei que vocês vão ter muito que conversar...

A verdade era que, como Jeannie descobriu, sentada ao lado do Dan em silêncio absoluto, eles não tinham nada sobre o que conversar.

Primeiro porque Dan ainda passava a maior parte do tempo dormindo.

Segundo porque, quando estava acordado, não fazia a menor ideia de quem ela era.

– Oi, meu amor – começou Jeannie quando ele abriu os olhos.

Estava sentada ali havia quase meia hora, sem querer incomodá-lo, e ficando cada vez mais nervosa a cada segundo. Era como esperar na saída de uma sala de exames, sabendo que o ponteiro dos minutos estava girando e que a hora da verdade se aproximava, gostasse você ou não.

Dan fez uma careta para ela. Fisicamente, seu rosto era o mesmo, mas alguma coisa estava diferente. Jeannie nunca o vira irradiando irritabilidade assim; ele sempre fora um raio de sol de tranquilidade, mesmo em engarrafamentos e filas de aeroportos.

– Como você está se sentindo?

Uma pergunta bem idiota de se fazer, mas ela não tinha conseguido pensar em mais nada e precisava começar de algum lugar.

– Você é enfermeira?

A voz saiu áspera e com dificuldade, mas definitivamente era a voz dele.

– Não. Sou eu, Jeannie.

– Jeannie?

Ela ficou desconfortável enquanto ele a encarava, confuso. Agora não sabia *mesmo* o que dizer. Será que a visão de Dan tinha sido afetada? Talvez ele não reconhecesse sua voz instintivamente como reconhecia a da mãe. Ela se aproximou mais, ficando tão perto que podia sentir o cheiro de sua pele e do creme que Andrea passava com todo o cuidado em suas mãos e seus pés para que não ressecassem. Era um cheiro de hospital, não o aroma íntimo e terno de que ela se lembrava.

– Dan, você está me vendo? *Jeannie.*

– Estou vendo muito bem. Quem é você? Me deixe em paz.

E Dan a empurrou, com um gesto fraco mas mal-humorado, e se jogou no travesseiro, respirando com dificuldade devido ao esforço.

O quê? Jeannie se sentiu como se tivesse levado um soco muito mais forte, e no estômago. Ela se recostou na cadeira de plástico e piscou com força para conter as lágrimas de choque.

Dan não sabia quem ela era. Ela podia ficar aliviada – uma saída e tanto! Não era culpa dela! Tudo estava acabado! –, mas não. Ficou triste.

Ele fechou os olhos, ignorando-a. Uma das enfermeiras veio fazer os exames do início da noite, provavelmente alertada pelo apito das máquinas, que pareciam estar registrando a alteração abrupta do clima ao redor da cama além dos batimentos acelerados de Dan.

– Oi, Jeannie, como estão as coisas por aqui? – Ela verificou e reiniciou os monitores com uma eficiência reconfortante. – Está deixando esse cara animado demais, é?

– Ele não sabe quem eu sou.

A enfermeira parou e colocou a mão no ombro dela.

– Não se desespere. A maioria dos pacientes de coma passa por isso nos primeiros dias depois de acordar. – Ela foi até a cama e tocou o braço de Dan, chamando sua atenção. – Querido, pode me dizer seu nome completo?

Dan não abriu os olhos. Depois de alguns segundos, disse:

– Daniel Richard… Anthony Hicks.

A enfermeira olhou para Jeannie, animada.

– Excelente. E pode me dizer que dia é hoje?

Mais uma pausa longa.

– Quinta? – disse ele finalmente.

Era quarta-feira.

– Quase – disse a enfermeira.

Jeannie olhou o crachá da mulher discretamente: Lauren. Sua memória também era testada constantemente pela equipe numerosa que cercava Dan dia e noite.

– Dan, hoje é *quarta*. Tem torta de limão com merengue! Quarta-feira. Vou perguntar de novo mais tarde, tudo bem?

Dan resmungou.

– Esta é a Jeannie – continuou Lauren, sem que ninguém perguntasse. – Ela é sua namorada. Bom, na verdade… Ela é um pouco mais do que isso, não é? – Ela deu um sorrisinho conspiratório. Jeannie se perguntou se era ela a enfermeira com quem Andrea andava falando sobre os novos planos do casamento. *Todos* estavam envolvidos. – Você quer contar a ele ou eu conto?

As pálpebras de Dan tremeram e Jeannie sentiu uma pontada de preocupação que passou por cima dos próprios sentimentos complicados. Ele ainda parecia vulnerável deitado naquele berço rodeado de máquinas brancas. Ela jamais poderia abandoná-lo quando estava tão desamparado, com o cérebro sem funcionar direito.

– Você conta – disse ela.

Lauren obviamente pensou que Jeannie estivesse arrasada demais para falar. Mas quem não estaria, se tivesse que lembrar ao noivo quem era?

Talvez meu cérebro é que não esteja funcionando direito, pensou ela.

– Dan, Jeannie é sua noiva – informou Lauren, no tom calmo e claro que todas as enfermeiras da terapia intensiva pareciam ter. – Você estava a caminho do casamento quando foi atropelado por um ônibus. Jeannie está aqui ao seu lado desde que você foi trazido para cá. Jeannie, sua mãe e seu amigo Owen. Eles ficaram aqui o tempo todo.

Com um esforço sobre-humano, Dan abriu os olhos e fixou-os em Jeannie.

Eram os mesmos olhos azuis lindos que um dia derreteram o coração dela, mas o olhar era tão intenso e hostil – tão diferente do Dan por quem ela havia se apaixonado – que Jeannie se arrepiou. Ele a examinava, atenta e lentamente, e ela quase conseguia enxergar a mente dele vasculhando o próprio cérebro em busca de algum reconhecimento. Jeannie se sentiu como se estivesse sendo examinada em busca de segredos; nem ousou se mexer. De que ele se lembraria?

– Não – rebateu ele, em tom definitivo. – Essa não é minha namorada.

E adormeceu.

A casa parecia mais escura e vazia que o normal quando ela chegou da estação de trem. O silêncio a inundou no instante em que Jeannie largou as chaves na mesinha da entrada e pegou a correspondência: mais contas, propagandas inúteis, mais uma revista de veterinária com um porquinho--da-índia esquisito na capa.

Jeannie hesitou à entrada. Com uma batida à porta da casa barulhenta, arejada e cheia de conversas dos Fenwicks, ela estaria comendo torrada, acariciando Gem e ouvindo Rachel contar a história do último vestido de casamento doado. Mas não podia ir lá agora. Era muito tarde. Além disso, Rachel ia querer saber de Dan – claro, pois havia uma boa notícia para compartilhar – e, por mais que Jeannie quisesse perguntar a Rachel como poderia fazer Andrea parar de falar em casamento, não sabia como fazer isso sem contar a verdade sobre por que não queria um segundo casamento. Pensar em Rachel – e em Natalie – descobrindo que ela havia terminado com Dan momentos antes do acidente a deixou enjoada. A amizade era baseada em sua coragem ao lidar com aquilo e no apoio que elas lhe ofereciam com sua confiança generosa. Mas quanto tempo passaria até que todos descobrissem?

Ela entrou na cozinha vazia e sentou-se à mesa. Nenhum cachorro, nenhuma torrada, nenhuma toalha na cadeira.

Alguma coisa zumbia em sua bolsa – o celular. Jeannie procurou por ele.

Você já ligou para Edith? Acabei de ouvir sua música no rádio de novo e fiquei tão furioso que tive que parar o carro e mandar essa mensagem. Não deixa ela se safar disso! Owen.

Jeannie ficou olhando para a tela. A mensagem inteira resumia Owen em três linhas. A instrução prática, o fato de ele ter encontrado um lugar seguro para parar antes de escrever – e a indignação leal em nome de outra pessoa. Ele estava cuidando dela agora, do mesmo modo como cuidava de Dan, seu melhor amigo. Provavelmente de todos os amigos. Owen era esse tipo de cara.

Ela se perguntou onde ele estaria naquele momento. Tinha sido um dia emotivo para ele também. Para onde estava indo tão tarde? Owen teve que ir embora antes da reunião com o Dr. Allcott – questões familiares, segundo Andrea –, então ela havia mandado uma mensagem com um resumo. Talvez ele estivesse fazendo compras no supermercado? Visitando a sobrinha? Antes mesmo que Jeannie começasse a responder, mais uma mensagem chegou:

Eu queria ter dito antes, sua música tem uma modulação INCRÍVEL. Todos os clássicos têm uma modulação incrível.

Seu dedo pairou sobre a tela. *Obrigada*, respondeu.

Ela não estava esperando que Owen respondesse *tão rápido*, mas ele respondeu:

Living on a Prayer.

Pausa.

If I Could Turn Back Time.

Mais uma pausa.

Total Eclipse of the Heart.

Jeannie riu alto da última. Bon Jovi ela teria adivinhado. Mas Bonnie Tyler? Será que Owen tinha uma queda por baladas românticas?

Que orgulho estar nessa lista, obrigada.

E aí?, respondeu Owen logo em seguida. *Ligou para ela?*

Ele fazia com que parecesse muito fácil, mas não conhecia Edith. Jeannie se jogou no sofá e afundou entre as almofadas macias. Sentiu o cansaço se esvaindo de seu corpo. *Ainda não. Acabei de voltar do hospital.*

Jeannie sabia que, assim que eles começassem a falar sobre Dan, todo o resto pareceria banal, incluindo sua música, e sentiu vergonha disso.

Preciso saber de tudo... parece positivo! Mas você precisa ligar para Edith enquanto está com raiva. Senão nunca vai ligar.

Isso calou fundo. Jeannie mordeu o lábio. Owen estava certo; ela precisava confrontar Edith antes que tivesse tempo de se convencer a não fazer isso. A vida já estava seguindo em frente. Se ela não achava que a traição de Edith era importante, quem acharia?

Vou ligar. Prometo.

Liga agora! Fala pra ela o que você me falou.

Dez minutos depois ela não saberia dizer como foi capaz de fazer aquilo, mas de repente Jeannie estava procurando o número de Edith na lista de contatos e apertando o botão verde, revivendo na cabeça o momento em que ouvira sua música no rádio. Só quando começou a chamar ela realmente se deu conta do que estava fazendo.

O telefone chamou, disparando um eco infeliz em sua memória.

O coração de Jeannie se expandiu em seu peito, inchando a cada chamada até parecer que o som estava vindo de dentro de sua cabeça. Ela não fazia ideia do que ia dizer se Edith atendesse, mas sua mente rodopiava de indignação e orgulho: cores vivas e ácidas, não palavras.

Então a mensagem genérica começou. "Você ligou para" – a voz sarcástica de Edith – "Edie Constantine. Após o sinal, deixe sua mensagem".

E o sinal. O sinal que fez com que a língua de Jeannie disparasse quase que automaticamente.

– Edith, é a Jeannie. Eu ouvi "Eu não sabia" no rádio. Você roubou minha música. Você roubou. Que tipo de amiga você é? Que tipo de *pessoa* você é?

As palavras saíram ríspidas, frias e firmes; Jeannie mal reconhecia a si mesma. Teve a sensação de estar citando letras de música sem se dar conta.

– Eu só queria que você soubesse que estou enojada por você ter mentido para mim. Eu só queria que você... soubesse. Não vou mais aceitar isso.

Ela parou abruptamente – tanta coisa tinha acontecido desde a última vez que elas haviam conversado que Jeannie conseguia ouvir as mudanças na própria voz. O desastre de seu casamento, a experiência de quase morte de Dan, os cães abusados, semanas no hospital e até a orquestra de ukulele. Mas Edith não merecia saber de nada disso. Tudo que ela precisava saber era que tinha ido longe demais e que, finalmente, a quietinha Jeannie McCarthy estava brava o bastante para pegar o telefone e reprovar seu comportamento. O que tinha acontecido desde a última vez que se viram para que Jeannie mudasse tanto *não era da conta dela.*

Jeannie se sentiu entorpecida. Desligou antes que estragasse tudo.

Então, com as mãos tremendo, mandou mensagem para Owen:

Pronto.

O silêncio encheu a casa outra vez. A vizinhança era *tão* silenciosa, tão calma e silenciosa... Mas ela não se sentia sozinha. Jeannie se levantou, na sala de estar em que ninguém nunca estava, balançando de leve com o esforço de manter a respiração firme. Fora um dia longo e estranho e agora ela estava em uma casa que deveria ser seu santuário, mas que na verdade parecia cheia de segredos. Dela *e* de Dan.

Preciso de um cachorro, pensou. Esta casa precisa de um cachorro.

Então o celular tocou. Dessa vez, Owen não tinha mandado mensagem: estava ligando.

Jeannie não sabia se tinha energia suficiente para reunir forças para uma conversa, mas seu dedo apertou o botão verde e ela não teve escolha.

– Alô?

– Espero não estar atrapalhando.

Assim que ouviu a voz suave de Owen, ela percebeu quanto precisava ouvir alguém dizer que ela havia feito a coisa certa.

– Só queria saber se você está bem.

– Sim. – A voz dela não soava bem. Será que ele conseguia ouvir seu coração batendo forte? – Edith não atendeu. Eu simplesmente falei e de repente parei de falar.

– Não importa. Você aliviou o peito. Não está se sentindo melhor?

– Humm, sim.

O estranho era que estava *mesmo* se sentindo melhor. Era a mesma sensação de exaustão eufórica que sentia na época da escola quando participava de competições de corrida: não tinha gostado de *fazer* e com certeza não havia sido algo bonito de se ver, mas saber que tinha feito era... gratificante.

– Que bom. Não é fácil dizer coisas que as pessoas não querem ouvir.

– Obrigada. Não sei como ela pensou que pudesse sair ilesa dessa. – Jeannie cerrou os olhos. – Ela achou que eu não ia perceber?

– Ela achou que você não ia fazer nada. – A voz de Owen parecia bem próxima em seu ouvido. – Vai ser o maior choque quando ela vir que você ligou.

– Vai nada.

Jeannie imaginou a cara de "surpresa" de Edith: o nariz fino com umas rugas fofas de espanto, a sobrancelha com piercing erguida. Cheia de sarcasmo, porque nada era capaz de surpreender Edith. Ela não permitia.

Owen mudou de assunto:

– Muito bom ver o Dan falando, né?

– Hum, é. Ele... Você achou que ele parecia bem?

– Para quem acabou de sair de um coma, sim. Por quê?

– Ele não me reconheceu. – Jeannie teve dificuldade de pronunciar as palavras que vieram na sequência. *Fale. Não fique guardando.* – Me olhou de cima a baixo e disse "*Essa* não é minha namorada".

Foi o modo como Dan disse, como se ela fosse algum tipo de impostora. Será que ela havia sido arrancada da memória dele? Ou será que ele estava querendo insinuar algo sobre o telefonema antes do casamento? Se ele ouvira a primeira mensagem, devia ter sido uma das últimas coisas que fez antes de ser atropelado, então seria possível que se lembrasse? Mas ela não queria perguntar isso a Owen.

– Ele ainda está sob o efeito de uma tonelada de medicação, Jeannie. Deve ter perdido um pouco da memória de curto prazo.

– Sim, mas *um ano*? Um ano inteiro de nós dois?

– Não fica assim. São os primeiros dias. Vamos ver o que as próximas semanas vão trazer.

– Eu sei.

Jeannie abraçou a almofada – uma de suas coisas favoritas do apartamento que tinha deixado para trás para morar com Dan. Tinha uma ferradura dourada bordada, presente da mãe em seu aniversário de 8 anos. Se encaixava com perfeição em suas costas quando ela se sentava no chão com as pernas cruzadas para tocar violão.

– Antes que eu esqueça – continuou Owen –, Sam é advogado. Lembra do Sam, das mensagens? Ele contou a história sobre aquela vez em que Dan organizou corridas de gato para um evento beneficente da faculdade... Ele pode escrever uma notificação judicial para você mandar para a Edith sobre os direitos autorais.

– Ele faria isso?

Jeannie se lembrava muito bem da história: tinha ouvido quatro vezes. Será que Dan se lembraria das corridas de gatos de Sam e não dela?

– Acredite se quiser, quando não está usando cones de trânsito na cabeça, Sam é bem assustador no tribunal. O apelido dele é Dizimador. Quer dizer, pelo menos a gente chama ele assim. Mando seu contato para ele? De manhã, é claro. Desculpa, eu não devia ter ligado tão tarde...

– Tudo bem. Não estou fazendo nada de mais.

Jeannie olhou ao redor. Ainda não tinha avançado muito com as caixas. Teria que se apressar agora, se Dan ia para casa.

– Foi um dia e tanto.

– O mais cansativo de que eu tenho memória. Nos vemos durante o fim de semana, então?

– Sim. – Agora que Owen estava prestes a desligar, o vazio da casa voltou a se agigantar. – Owen?

– Sim?

– Obrigada por me fazer ligar para Edith.

Jeannie abraçou a almofada. Era mais fácil dizer essas coisas pelo telefone, quando ela não podia ver seu rosto. Owen corava sempre que ela e Andrea lhe agradeciam pelas planilhas, por buscar o chá, por seu apoio generoso. Dessa vez, ela estava agradecendo por outra coisa: por sua amizade.

– Eu não fiz a parte difícil. Você que fez. É mais fácil para quem está de fora. – Ele pareceu constrangido, como ela imaginara. – Só coisas boas virão disso, prometo.

– Como você sabe?

– Eu sei – respondeu ele simplesmente. – Quando somos honestos com nós mesmos, todo o resto se encaixa. É um lema de família, digamos assim. Boa noite, Jeannie.

– Boa noite.

Ela não saiu do sofá até o sol se pôr no jardim atrás do chalé e as listras salmão e lilás no céu claro se extinguirem em um cinza-escuro.

Capítulo 21

No dia seguinte, pela manhã, Jeannie estava no banho lavando o cabelo e reorganizando mentalmente a lista de coisas que precisava fazer antes de sair para o hospital quando a conversa estranha que tivera com Owen sobre a encomenda que havia chegado para Dan ressurgiu em sua cabeça, logo acompanhada de uma imagem instantânea de onde a tinha colocado.

Estava nos fundos do armário da cozinha, o alto, onde ela guardaria cereais e macarrão se alguém ficasse lá para comer cereal e macarrão. Era onde vinha enfiando qualquer correspondência que não estava a fim de encarar no fim de um longo dia: cartões de felicitações, cartas, vales-presentes, notas fiscais, toda a papelada referente ao casamento que ela sabia que teria que resolver em algum momento – mas não agora. Tinha meio que jogado o embrulho lá para tirá-lo do caminho e logo esquecera.

Enxaguou o cabelo com pressa e se vestiu. Decidiu não entregar o pacote a Owen. Claro que ele ia querer proteger o melhor amigo de passar vergonha, mas o que poderia haver de tão ruim no pacote? Algum brinquedo sexual questionável? Ou um gesso "muito engraçado" no formato das partes íntimas de Dan? Conhecendo Owen, provavelmente era alguma coisa completamente inofensiva, algo que talvez até acabasse sendo um pequeno alívio nos anos que estavam por vir. E, mesmo que não fosse, ela e Dan é que teriam que conversar sobre o assunto. Já havia muita coisa que Jeannie não sabia sobre Dan. Não podia começar a acrescentar *novas* incertezas à lista.

Ao descer, Jeannie colocou a chaleira no fogo e pão na torradeira. Dava para ouvir o primeiro grupo do canil ser liberado no campo diante da rua como bolas de sorteio da loteria, latindo e ganindo com o típico arroubo de energia matinal. Se ela se apressasse, ainda conseguiria alcançar Rachel para ajudá-la. Era uma boa maneira de se sentir útil: observando a alegria simples dos cães ao correr e ouvindo Rachel falar sobre as personalidades de cada um, com as vozes engraçadas que inventava para eles.

Enquanto a água fervia, Jeannie abriu o armário alto e enfiou o braço. Havia mais correspondência do que se lembrava. Ela empurrou tudo para o lado e tateou mais para o fundo da prateleira. Então, como não sentiu pacote nenhum, tateou do outro lado. Nada. Só envelopes.

Será que o tinha empurrado sem querer? Ela puxou uma cadeira e subiu para olhar melhor, mas não havia mais nada.

Não fazia sentido. Será que tinha se enganado? No fundo, Jeannie sabia que não, mas teve o trabalho de abrir todos os outros armários para verificar.

Canecas e pratos. Latas e geleias. Panelas. Nenhum pacote. Ela deu um passo para trás, a confusão lentamente se instalando e virando algo diferente. Tinha certeza de que havia guardado o pacote naquele armário e agora ele sumira. O que significava que alguém havia pegado.

As únicas pessoas que estiveram na casa desde então foram Rachel, Natalie, seus pais e... Owen.

Jeannie sentiu o coração afundar.

Sentiu como se a casa a expulsasse depois daquela triste revelação. Jeannie pegou suas coisas, incluindo o ukulele para o ensaio da orquestra no horário do almoço, e foi de ônibus até a cidade. Não eram nem onze horas. Depois de meia hora olhando as vitrines da rua principal sem vontade, ela passou pela loja onde seu vestido ainda estava exposto.

Olhou com tristeza para as anáguas rodopiantes.

– Está procurando Rachel, meu bem?

Ela levou um susto. Era Freda, do canil, voltando para a loja após ter ido ao café de Natalie, a julgar pelos sacos de papel contendo bolo.

– Ela está lá nos fundos, com a Natalie – continuou Freda. – Quer que eu avise que você está aqui?

– Não precisa – respondeu Jeannie. Dava para ouvir a risada de Rachel em algum lugar lá dentro. – Eu vou lá falar com ela.

O Bazar Beneficente Four Oaks tinha um escritório nos fundos, localizado atrás do espaço principal, cheio de livros e roupas. Era pequeno mesmo quando não estava cheio de doações, e naquele dia mal havia espaço para se mexer lá dentro.

Rachel estava no chão ao lado de um caixote com filhotes misturados, as pernas longas dobradas embaixo do corpo. Natalie estava atrás da mesa principal no velho iMac colorido e havia um homem alto e careca sentado na única cadeira disponível. Sete vestidos de noiva envoltos em sacos plásticos pairavam como fantasmas nas prateleiras. Estavam todos entretidos em uma conversa animada, que foi interrompida quando Jeannie apareceu.

Rachel foi a primeira a vê-la, acenando do chão.

– Jeannie! Entre, se conseguir achar espaço. Este é Howard Ridley, da *Gazeta de Longhampton*!

O homem girou na cadeira de escritório e estendeu a mão para Jeannie com um sorriso. Ao contrário da maioria dos homens que ela vira pela cidade, Howard não usava camisa xadrez e colete de lã manchado de lama; vestia um paletó de tweed com uma gravata-borboleta vermelha alegre, coroada por um bigode atrasado uns trinta anos em relação à moda de pelos faciais. Os filhotes olhavam para ele, enfiando o focinho nos vãos do caixote, em um tumulto fascinado.

– Howard veio ver como estão os preparativos para a venda dos vestidos – explicou Natalie. – Estávamos falando sobre a divulgação da noite de gala.

Howard riu.

– Se falarmos mais um pouquinho sobre o assunto no jornal, vamos ter que trocar o nome para *Gazeta Matrimonial de Longhampton.*

O Vestidos de Noiva Revisitados tinha mesmo conseguido bastante espaço na *Gazeta*: até então, Diane, a editora de moda, estava publicando um especial de noivas de verão, e até Gary, o editor de automobilismo, fora persuadido a fazer uma matéria sobre “transportes de casamento alternativos” (quadriciclos). E cada matéria havia sido ilustrada por um vestido doado e um dos filhotes resgatados, para lembrar aos leitores o motivo da arrecadação.

– Você conhece a gente, Howard – disse Rachel. – É só nos dar espaço que damos quatro pautas e uma oportunidade para fotos.

– Ah, se eu tivesse vocês duas na minha equipe! – Ele piscou para elas, depois suspirou. – Ah, se eu tivesse orçamento para uma equipe... Enfim. – Ele bateu nas coxas, olhou para o relógio e se levantou com um gemido. – Vou deixar aquela outra ideia a cargo de vocês, senhoras. Me liguem mais tarde para dizer o que decidiram.

– Combinado – disse Natalie.

– Foi um prazer conhecer você, Jeannie – falou ele, tocando o ombro dela ao passar. – Fiquei feliz em saber que o rapaz está se recuperando.

– Obrigada.

Jeannie lançou um olhar confuso para Rachel, que fingiu estar arrumando uma caixa de tiaras de cristal.

– A esposa do Howard é da equipe de motoristas voluntários do hospital – explicou Natalie depois que ele saiu. – Eles sabem de tudo. Tudo mesmo!

– *Como?*

– Eu não pergunto. Enfim, as pessoas sabem quem você é porque Dan foi resgatado pelo helicóptero. Isso faz de vocês pequenas celebridades. A última vez que vimos o resgate aéreo em Longhampton foi quando ele foi oficialmente abençoado pelo grupo de dança tradicional da cidade.

– Ela não está brincando – confirmou Rachel. – Eles fizeram uma dança especial de bênção do helicóptero e depois jogaram maçãs. Com muito cuidado, é claro, por causa das hélices e tudo mais. – Ela fez um gesto circular elucidativo com o dedo.

– Era... – Natalie olhou para Rachel. – Era mais ou menos sobre isso que Howard queria que conversássemos.

Jeannie olhou para as duas e soltou o filhote com que estava brincando.

– Como assim?

Houve um momento de "Você!", "Não, você!" entre Natalie e Rachel, então Natalie revirou os olhos.

– Howard vai publicar uma matéria sobre a noite de gala, agora que só faltam duas semanas, e eu mencionei que você estava trabalhando com Johnny e a orquestra de ukulele. Ele já sabia quem você era, como eu disse, saiu na primeira página, e perguntou se você se importaria de falar com o jornal sobre o resgate aéreo e sobre como o atendimento dos paramédicos foi ótimo, agora que Dan está se recuperando. Eles vão fazer uma campanha de arrecadação de fundos no final do ano, então é bom que as pessoas saibam que o resgate aéreo salva vidas por aqui. *Literalmente* salva vidas. Howard acha que seria uma matéria local positiva com um final feliz. Só Deus sabe como precisamos de uma!

Jeannie ficou olhando de Rachel para Natalie. Yves, o cocker-poodle, estava mordiscando seus dedos, mas uma dormência familiar demais se espalhava por seu corpo, começando pela garganta.

– E, é claro – continuou Natalie, mais confiante agora que Jeannie não tinha negado imediatamente –, o fato de você estar retomando os planos para o casamento é uma chamada e tanto para a *nossa* noite de gala. Tudo se encaixa tão bem!

O quê? Jeannie teve que obrigar as palavras a saírem:

– Como vocês sabem que estamos replanejando o casamento?

Rachel levantou o olhar da caixa. Tinha colocado no cabelo três tiaras de strass, que brilharam ao sol. Parecia uma modelo de editorial de moda, não uma louca.

– Ah, desculpa. Era para ser segredo? A mãe do Dan ligou para o George ontem à noite. Ela queria nos atualizar sobre a recuperação do Dan e mencionou que estava tentando reservar um lugar especial para vocês, para compensá-los pelo pesadelo daquele dia, e perguntou se conhecíamos algum lugar fabuloso por aqui. Eu disse que não tinha como ser melhor que o Ferrari... – Rachel parou ao ver a cara de Jeannie. – Eu não devia ter falado nada?

– Bom, pode ser que a gente tenha alguma dificuldade. – Ela tentou manter o tom leve. – Tenho quase certeza de que o noivo precisa reconhecer a noiva para que a união seja legalmente possível.

– O quê?

Rachel tirou as tiaras do cabelo às pressas.

– Dan não se lembra de mim. Não sabe quem eu sou.

– Ah, meu Deus, Jeannie. Sinto muito ouvir isso.

– Mas ele está se recuperando? – perguntou Natalie em tom de preocupação por talvez ter entendido errado.

– Sim, mas...

Alguém bateu na porta. Era Benita, uma das voluntárias.

– Rápido, preciso de ajuda! – sussurrou ela. – Cliente tentando negociar um boxe de seriado. Só quer as primeiras duas temporadas de *Mad Men*. Disse que perdeu a graça depois que o presidente Kennedy foi assassinado.

– Isso é com você, Nat – disse Rachel. – Concordo com o cliente.

– Ah… tá bom. – Natalie se apertou para contornar a mesa. – Já volto – disse, estendendo o dedo como um aviso para as duas. – Esperem.

Assim que Natalie saiu e fechou a porta, Rachel tirou Marilyn, a terrier, do cercadinho e disse, casualmente:

– Se preferir não fazer a entrevista, é só falar.

– Não é que eu não queira. – Jeannie odiava mentir para Rachel, uma pessoa que tinha depositado tanta confiança nela. Parecia traiçoeiro esconder algo tão importante. – Eu só… sinto como se fosse provocar o destino. Dan acabou de acordar.

Ótimo. Era um bom motivo. E era verdade.

– Eu achei que ele estivesse quase para ter alta… se Andrea está falando em reservar um local…

– Não, ele não está quase para ter alta. Está só começando a se recuperar. E eu queria que ela parasse de fazer todos esses planos para o casamento.

– Por quê? É cedo demais? – Rachel a observava de perto. – Ou tem mais algum motivo?

Jeannie apertou a ponte nasal. Precisava contar para alguém. Era como se sua cabeça estivesse cheia de passarinhos histéricos.

– A questão é que… eu não sei se vamos nos casar.

Pronto. Tinha dito. Jeannie ouviu a voz de Owen (*Quando somos honestos com nós mesmos, todo o resto se encaixa*) e cerrou os punhos. Rachel começou a colocar Marilyn de volta no caixote com cuidado.

– Por quê?

Ela respirou fundo.

– Porque eu cancelei tudo antes do acidente.

– O quê? – Rachel quase derrubou o filhote. – *O quê*?

– Eu não ia me casar com Dan. Tinha mudado de ideia.

– *Quando*?

– A caminho da igreja. Meu pai perguntou se eu tinha certeza absoluta do casamento e eu percebi que não. Então liguei para Dan para dizer que precisávamos conversar, mas… – *Vai, Jeannie, bota as palavras para fora.* – Ele não atendeu. Deixei uma mensagem dizendo que não podia me casar com ele. Meu pai e eu estávamos esperando que ele retornasse a ligação quando Owen ligou avisando do acidente.

– E ele ouviu? Quando foi atropelado?

O coração de Jeannie começou a acelerar, pulsando em suas têmporas.

– Não sei. *Não sei* se ele estava ouvindo a mensagem e se distraiu, foi para a rua, ou se ouviu, ou o que...

– Ah, meu Deus! – Rachel cobriu a boca com a mão, mas logo a tirou. – Desculpa. Não estou ajudando. Pode continuar.

– E agora Dan não se lembra de mim, menos ainda do casamento! Ele não é o mesmo... Está irritadiço, agressivo. Uma personalidade completamente diferente... mas só comigo. A ironia era que seria melhor que eu me afastasse enquanto ele não lembra quem eu sou, mas sei que Andrea e Owen vão fazer de tudo para despertar a memória dele. Por mim!

Jeannie colocou a mão no peito, se odiando.

– E eu não posso pedir a eles que parem, porque são pessoas boas e *amam* Dan, e se soubessem que eu ia terminar tudo meia hora antes do casamento...

Sua voz foi ficando cada vez mais alta com a tensão, mas agora falhou. Ela não conseguia mais falar.

– E o que você vai fazer?

Jeannie ainda nem tinha tentado colocar em palavras os pensamentos seguintes. Será que Rachel entenderia? Ela era gentil e seu casamento também não seguira o curso mais convencional. Mas partir deliberadamente o coração de um homem que talvez estivesse prestes a ver seu mundo ruir... Jeannie não suportava pensar em Dan incapaz de agir, incapaz de seguir seus sonhos.

– Não sei. Não sei como dizer a ele como me sinto, ainda mais agora que tudo mudou! Mas eu não ia me casar antes do acidente. Então o que vou fazer agora? Ele precisa de mim.

Pronto. Saiu.

Rachel não disse nada. Os filhotes resmungavam e guinchavam dentro do caixote. O trânsito passava lá fora na rua principal e o resto do mundo seguia. Alguém, em algum lugar, disse Jeannie a si mesma, estava tomando uma decisão mais difícil que aquela. Alguém, em algum lugar, estava fazendo algo pior. E o mundo seguia girando.

Isso não a ajudava a se sentir melhor.

– Caramba! – disse Rachel finalmente. – Que pepino.

– Pepino? Eu diria que é um pouco mais que um *pepino*.

Rachel e Jeannie se viraram, cheias de culpa.

Natalie estava parada à porta entreaberta, os braços cruzados.

– Nat. – Rachel fez um gesto indicando a cadeira vazia. – Entre e ouça a história toda. Sente-se.

Natalie a ignorou.

– Por quê?

– Por que o quê?

Jeannie sentiu um frio na barriga.

– Por que você esperou até o dia do casamento para dizer a ele que tinha mudado de ideia?

Ela parecia tensa, como se precisasse se esforçar para manter a voz calma.

– Não houve nem um momento durante os preparativos em que você pudesse ter conversado com ele sobre isso?

Jeannie queria perguntar a Natalie por que ela estava escutando escondida, mas não tinha muita moral para questionar nada. Engoliu em seco, tentando falar devagar na esperança de que as palavras certas viessem.

– Não houve muito tempo de preparativos – começou. – Dan me pediu em casamento em outubro e já começamos a organizar as coisas. Passamos todos os fins de semana depois do Natal fazendo alguma coisa relacionada ao casamento... bolo, local, vestido. Foi divertido! Nós dois estávamos... muito envolvidos. Tive alguns momentos de hesitação, mas achei que fosse só nervosismo. Além do mais, eu não sabia direito o que estava sentindo. Ainda não sei. Então, quando eu estava no carro, quando não havia como voltar atrás, de repente eu soube... que não podia seguir em frente com aquilo.

Rachel parecia mais compreensiva do que Natalie.

– Não tinha ninguém com quem você pudesse falar sobre isso? Sua mãe? Ou uma amiga... Talvez Edith?

– Não. Não tinha.

Edith tinha ido embora para Londres e, de qualquer forma, nunca gostou de Dan, desde o instante em que ele exigiu saber por que o cover delas de "The Tide Is High" era tão "sinistro". Sue teria entendido, mas estava tão animada, tão aliviada por ver a filha feliz depois de Edith ter pisoteado seus sonhos... Jeannie nunca havia se dado conta de que tinha tão poucos amigos de verdade até precisar desesperadamente de um. Tinha amigas que encontrava para tomar um café (Sophie, a outra professora de música, algumas amigas da faculdade), mas nenhuma a quem pudesse confiar um segredo tão importante. Nenhuma.

– E Dan? – A reprovação pesava na voz de Natalie. – Você devia ter falado com *Dan*.

Inconsolável, Jeannie encontrou o olhar dela, desejando ter palavras para explicar o desgosto que sentia por si mesma. O horror que sentia pelo que tinha feito, o medo que aquela ânsia absoluta de escapar lhe causara. Mas não tinha respostas. Merecia a reprovação silenciosa que irradiava dos olhos azuis gentis de Natalie.

– Nat, Jeannie já está se sentindo péssima – disse Rachel. – Acho que você devia explicar por que é tão difícil para você aceitar isso. Pode ajudá-la a decidir o que fazer.

Natalie colocou o cabelo atrás das orelhas.

– O que você fez... aconteceu com minha prima Beth. Eu era a dama de honra dela. Um dia, a uma semana do casamento, o noivo dela não voltou para casa. Enquanto ela ligava para hospitais, pensando no pior, o padrinho apareceu com uma carta, "explicando" – Natalie fez as aspas com os dedos – que Chris não podia seguir com o casamento. Eles estavam noivos fazia três anos. Tinham um gato e uma hipoteca.

Jeannie ouviu a dor por trás das palavras.

– Parece ter sido horrível. Sinto muito.

– Isso foi há cinco anos. Beth não se relaciona com ninguém desde então – continuou Natalie. – Não confia em ninguém. E teve que se mudar para fugir das lembranças, achava que as pessoas ainda comentavam. Foi uma humilhação, e isso sem contar a dor de ter sido abandonada pelo homem que amava.

– Mas ninguém sabe...

– Acho que esse é o lado bom para o Dan, não é? – Natalie falava em tom sombrio. – Pelo menos, tendo ido direto para o hospital, ele não precisaria encarar todo mundo quando você não aparecesse. – Ela fez uma pausa. – Desculpa se estou sendo dura. Mas, se você ama alguém o bastante para aceitar um pedido de casamento, então você deve uma explicação decente. É muito cruel desistir em cima da hora. É uma coisa que Dan nunca vai esquecer.

– Eu também não – respondeu Jeannie, com a voz fraca, mas sabia que não era a mesma coisa.

Momentos de desconforto se passaram enquanto as três digeriam a confissão de Jeannie. Os filhotes nos cercadinhos seguiram dando cambalhotas uns sobre os outros como se nada tivesse acontecido e Jeannie sentiu o coração se partir em lugares novos e dolorosos. Rachel e Natalie faziam Longhampton parecer seu lar. Foram generosas, atenciosas e a receberam no mundo bem-humorado e amável do resgate de cães, tentando fazer com que se sentisse menos sozinha em seu pesadelo de idas ao hospital e de imaginar a pior das hipóteses. Agora Natalie sabia que ela era uma covarde e Rachel estava tentando ser gentil, mas George ficaria do lado de Dan, seu colega, e isso colocaria um fim naquilo tudo.

– Eu nunca quis magoar Dan, de verdade – insistiu Jeannie, tentando não chorar. – Queria poder voltar no tempo e fazer tudo diferente, mas não posso.

– Quem mais sabe? – perguntou Natalie. – Além de mim e de Rachel. Você não pode manter algo assim em segredo. Ele merece ouvir de você.

– Mas ele *precisa* saber? – A pergunta saiu sem aviso. – Aquele momento passou…

– Precisa! – explodiu Natalie.

Ao mesmo tempo, Rachel disse:

– Você precisa contar a ele, se Andrea está decidida a retomar os planos do casamento. Olha só, você não pode mudar o que aconteceu, o que passou, passou, mas não pode magoá-lo de novo.

As duas ficaram esperando que Jeannie dissesse a coisa certa, mas sua garganta tinha se fechado. Qual era a coisa certa a fazer? Todas as opções pareciam erradas. Antes, "não dizer nada" significava que ninguém sairia magoado. Agora, era exatamente o oposto.

Por fim, Natalie quebrou o silêncio:

– Desculpa, gente, mas preciso ir. Vou voltar para o café.

Ela pegou o casaco do cabideiro, que estava coberto de véus doados, como uma teia de aranha gótica.

– Esta conversa está trazendo de volta algumas lembranças ruins e não quero fazer você se sentir ainda pior, Jeannie.

– Desculpa – disse ela, mas não sabia ao certo por que estava se desculpando.

Sinto muito, pensou. Sinto muito mesmo.

– Pare de pedir desculpas, elas não significam nada. – Natalie virou e olhou para ela de um jeito estranho. – Faça a coisa certa, é tudo que eu peço. Porque isso vai afetar o resto da vida de Dan, tanto quanto qualquer coisa que esteja acontecendo naquele hospital.

Dan estava cochilando, se recuperando da visita da mãe, quando Jeannie chegou naquela tarde, revigorada depois de uma sessão com a orquestra de ukulele que quase conseguiu distraí-la dos problemas, e percebeu que alguns dos monitores tinham sido removidos do quarto. Um sinal positivo.

Mas ele ainda não fazia ideia de quem ela era. Quando acordou e a viu ali, depois de Jeannie ter passado uma hora inteira sentada ao seu lado lendo cartões de melhoras, ela viu esperança no rosto dele, mas logo a irritação voltou.

– O que você está fazendo aqui? – perguntou ele, firme. – Quem é você?

– O nome dela é Jeannie. – A enfermeira Lauren tinha entrado para avaliar a reação das pupilas dele. – E ela está aqui porque é sua noiva. – Ela apagou a lanterninha e fez uma anotação no prontuário. – Que dia é hoje?

– Quinta-feira. – Ele olhou desconfiado para Jeannie. – Você é uma médica disfarçada?

– Não, ela é sua noiva – repetiu Lauren.

– Eu *não tenho* noiva – retrucou Dan, emburrado como um adolescente, e fechou os olhos. Fim de papo.

– Tenha calma – disse Lauren, consolando-a. – Vamos continuar tentando fazê-lo lembrar quando você não estiver aqui. Seu amigo trouxe algumas fotos... continue mostrando as suas também. Vamos chegar lá!

Jeannie deu uma olhada nas fotos que Owen pensou que pudessem despertar boas lembranças. Dan estava ativo em todas elas: esquiando, sorrindo, bebendo, abraçando, rindo. Ela procurou por Owen nas multidões de estranhos sorridentes, percebendo que seu cabelo desgrenhado e seus óculos de armação grossa nunca mudavam, ao contrário dos cortes estilosos de Dan. Ele estava lá, observando, apoiando, à sombra da energia de Dan.

Como Dan não respondeu à sua tentativa de conversar, Jeannie mexeu no celular, procurando selfies dos dois aconchegados em pontes, bares, parques. Essa sou *mesmo* eu?, ela se perguntou. Era bizarro quão distante se sentia não só de Dan, mas de si mesma: duas pessoas levando uma vida de fim de semana que parecia tão cheia de cor, comparada aos seus alunos que nunca praticavam o instrumento e ao trabalho nos bares. Era essa a sensação, ela percebeu. Como se fossem férias.

Dan acabou dormindo e, enquanto Jeannie o observava, um pensamento penetrante surgiu em sua cabeça: talvez ele não *quisesse* se lembrar dela. Jeannie não podia voltar no tempo, mas, de um jeito estranho, *ele* podia. Não seria mais bondoso ir embora e deixar que ele tivesse o último ano de volta, para encontrar alguém que quisesse se casar com ele? A tristeza repentina daquela ideia a pegou de surpresa, mas ainda lhe causava a sensação de deixar algo precioso para trás.

Ela se ajoelhou ao lado da cama e pegou a mão dele. Estava mais quente agora, mais parecida com a mão que ela se lembrava de ter segurado em ônibus e sobre mesas de jantar com toalhas brancas.

– Me desculpa – ela se ouviu sussurrar. – Me desculpa, Dan.

Repetira aquilo várias vezes desde o acidente, com significados diferentes, mas agora sentia que estava se desculpando por antecedência, por uma dor que não conseguiria evitar causar, indo embora ou ficando.

Para sua surpresa, Dan virou a cabeça em sua direção no travesseiro. Seus olhos tremeram e seus lábios secos articularam uma resposta. Jeannie teve que se aproximar para ouvir as palavras.

– Me desculpa, querida – sussurrou. – Me desculpa.

Lágrimas quentes encheram os olhos de Jeannie quando ela encostou a testa no lençol gelado. Ele a reconhecera em algum lugar de seu inconsciente, ainda que nunca a tivesse chamado de querida.

Capítulo 22

O que você fez com o pacote do Dan?

Muito acusadora.

Onde você colocou o pacote que pegou da minha cozinha?

Muito prolixa.

Por que você não me disse que pegou o pacote?

Muito reclamona.

Então me diga: o que tinha no pacote que você surrupiou?

Isso, sim, era acusador.

Jeannie apagou a última mensagem e ficou olhando para a tela, derrotada pela linguagem pela milionésima vez na vida.

Como era possível acusar alguém de roubo – sem provas a não ser uma sensação instintiva muito forte – sem começar uma discussão enorme? E, se ele tinha mexido nos armários escondido e levado a caixa, o que havia nela para levar Owen a fazer algo tão pouco característico dele só para impedir que Jeannie visse? Era tão decepcionante. Ela confiava nele. Por que ele não confiava *nela*?

Três xícaras de café não ajudaram com a mensagem. Jeannie ainda estava olhando para o celular quando a tela mudou e apareceu um número fixo que ela não reconheceu.

Ela hesitou por um instante e então (talvez fosse alguma das várias pessoas que podiam estar ligando para saber de Dan) atendeu.

– Oi, Jean Jeannie – disse uma voz familiar. – Como vão as coisas?

Era ela, Edith Constantine.

A voz de Edith havia mudado naqueles meses em Londres. Ela soava menos escocesa, mais confiante (coisa que, antes, Jeannie teria jurado ser impossível), e o fluxo de consciência prolixo que lhe era tão peculiar tinha desaparecido. Agora, todas as frases terminavam com uma subida de tom deliberada, como se estivesse fazendo uma transmissão ao vivo da própria conversa.

Jeannie agarrou o celular com uma das mãos e o encosto da cadeira com a outra, para se equilibrar.

– Então, é, eu recebi sua mensagem – disse Edith, e fez uma pausa.

– E? – A pergunta soou despreocupada, mas a verdade era que a mente de Jeannie estava vazia e ela não tinha conseguido pensar em mais nada.

– E… desculpa? Acho que eu devia ter te avisado que tínhamos uma data de lançamento – falou Edith, como se tivesse esquecido de avisar que esquecera o ferro ligado. – Você ficou chocada? Pensou: "Meu Deus! isso está mesmo acontecendo"?

Jeannie ficou olhando para a mesa.

– Foi exatamente o que pensei.

– Você tem que admitir, é um momento e tanto ouvir sua música no rádio. – Havia um tom de balbucio bobo na voz de Edith. Jeannie se perguntou se ela estaria um pouco bêbada, embora ainda fosse a hora do café da manhã. Não parecia nem um pouco arrependida. – Eu fiquei, tipo, uhul, *conseguimos*! Pelas primeiras, tipo, vinte vezes. Haha! Você não ficou?

A energia de Edith consumiu a indignação de Jeannie até ela se sentir vazia e dolorida. Mesmo do outro lado da linha, Edith preenchia o lugar, empurrando-a para as beiradas.

– E aí? Não ficou? – insistiu ela.

– Não exatamente.

Edith riu.

– Ah, Jeannie, não finja que não liga para isso. Está tocando *muito*! O número de downloads é uma loucura! Não está animada?

Conseguimos. A parte do *nós* não queria dizer ela e Edith, as duas pessoas que tinham composto a música. Havia outros "nós" agora. Estranhos. Uma centelha de espírito combativo se acendeu dentro dela.

– Quando você diz "nós", quer dizer eu como coautora? Ou o nós que gravou a música?

– Meu Deus, Jeannie... Não seja assim. A música está no mundo, as pessoas estão ouvindo, é mais do que teríamos conseguido sozinhas, percorrendo o circuito de festivais, talvez lançando um albunzinho de nada em alguma gravadora independente que sete pessoas baixariam e ninguém nunca mais falaria no assunto.

O quê?

– Então eu devo te agradecer por ter roubado minha música?

– Sim! Quer dizer, não... – Edith riu mais uma vez, aquela risada desdenhosa que encerrava a discussão.

– Por que não me contou que elas tinham gravado? – *Elas.* Jeannie não conseguiu dizer "a New Fridays". Nome idiota e cafona para uma banda. – Você sabia que eu ia ouvir no rádio.

– Porque eu não sabia até... poucos dias atrás. – Edith teve a elegância de parecer levemente envergonhada. – Foi, tipo, quase da noite para o dia, sabe? Amir me ouviu cantando no estúdio e perguntou o que era, então eu toquei para ele no piano e, enfim, uma coisa levou à outra.

Jeannie conseguia imaginar Edith dando de ombros. Isso sempre disfarçava qualquer explicação que ela não estivesse a fim de dar; vinha com um meio sorriso insinuante e uma piscadela que Edith achava que a fazia parecer a Madonna na época de *Procura-se Susan desesperadamente.*

– E você pelo menos *falou* para eles que eu escrevi a melodia? Ou ficou como se fosse sua?

– Não! Eu disse ao Amir que era uma das nossas músicas antigas. Para sua informação, é muito diferente das coisas que eu venho escrevendo aqui. Não costumo tocar nossas músicas antigas... estamos indo numa direção diferente. Mais comercial, mais eletrônica.

– Isso quer dizer que estou nos créditos?

Jeannie se levantou e começou a tirar as coisas do lava-louça. Precisava se manter conectada à realidade, porque aquela conversa já estava ficando surreal.

– Entããão, sobre esse assunto, é – murmurou Edith, convenientemente saindo pela tangente –, estou ligando porque tenho notícias maravilhosas! Tenho conversado com as pessoas aqui e falado sobre você e sobre suas músicas. Se você fizer algumas demos, o Amir vai ouvir, e, se tiver alguma coisa que possamos usar, você pode vir para cá trabalhar com a gente!

Ela fez uma pausa, esperando que Jeannie reagisse com alegria e gratidão.

– Na composição! Com todo mundo!

– Aham.

Jeannie se recusou a dar a Edith a reação que ela queria: não completamente de propósito – ainda não conseguia pensar em nada que fosse incisivo o suficiente. Muito de vez em quando, sua incapacidade de encontrar as palavras certas acabava ajudando. Como um relógio parado duas vezes ao dia.

– E aí?

Jeannie se apoiou no fogão e fechou os olhos. Não queria admitir que não compunha nada desde que Edith fora embora. Só tinha brincado com a orquestra de ukulele, o que era bem mais divertido que tocar com Edith. Definitivamente não tinha nenhuma inspiração lírica. Nem mesmo músicas de vingança cheias de raiva.

– Jeannie? Você ainda está aí?

– Estou.

– Olha só, eu nem devia estar te contando isso, mas o Amir está conversando com outro produtor que está envolvido num projeto que a gente nem devia saber. Vai ser *gigante*. É uma pessoa famosa, que você não esperaria que fosse boa, mas é, e ela quer... quer dizer, *eles* querem um som autêntico de cantora/compositora.

– Você quer dizer o som que a gente fazia.

– Sim, o som que a gente fazia. Você não parece muito empolgada.

Seu belo lábio inferior devia estar saliente, fazendo tremeluzir o piercing prateado.

– Eu estou me arriscando por você, Jeannie.

– Porque você me roubou.

– Bom, estou tentando compensar por isso, tá bem?

Mais uma pausa e uma rachadura de vulnerabilidade.

– Sinto saudade. Quero minha amiga compositora de volta.

Jeannie ainda não conseguia encontrar as palavras, mas seu silêncio parecia estar inflamando Edith sem que ela precisasse se esforçar.

– “Eu não sabia” é uma música incrível, Jeannie. Você sabe que eu amo. Ainda podemos fazer nossa própria versão. Sem o rap. A não ser que você queira fazer um rap... MC Jeannie M? Você precisava ver a minha cara quando Melting Jay veio gravar. Tive que me esconder. O nome verdadeiro dele é Tom.

Apesar de tudo, Jeannie sentia que estava sendo atraída de volta para o campo magnético de Edith, e de alguma forma Edith detectou sua resistência se esvaindo.

– É uma equipe muito legal de trabalhar, você ia amar – continuou ela. – Ficamos no estúdio só trocando ideias. Josh, um dos instrumentistas, está me ensinando a tocar baixo! E estou dividindo uma casa em Highbury com duas das outras garotas, e tem um quarto extra, então se quisesse passar um tempo aqui, você poderia...

Ela parou, claramente lembrando por que Jeannie talvez não pudesse.

Jeannie não disse nada, de propósito, e foi recompensada pelo silêncio constrangedor que se seguiu, ainda que apenas por alguns segundos.

– Como estão as coisas com o Supervet? – Edith não estava fazendo um elogio: provavelmente não se lembrava do nome de Dan. – O casamento foi legal?

– Não estou casada. Aconteceu um acidente – respondeu Jeannie, direta. Puxar o tapete de Edith para variar estava lhe causando um prazer indecoroso. – Dan está em coma desde o dia do casamento. Estamos esperando para descobrir se ele vai ter alguma sequela grave.

– *Quê?* – O choque foi genuíno. – Meu Deus, Jeannie. Em *coma*? Sinto muito. Você está bem? O que *aconteceu*?

A reversão abrupta à voz normal de Edith só deixou Jeannie mais consciente de quanto ela estava fingindo antes. Fez com que amolecesse um pouco com aquela egoísta maluca.

– Ele foi atropelado por um ônibus. Não viu que estava vindo. É meio... surreal – admitiu Jeannie. – Tenho passado muito tempo no hospital. Sei tudo sobre vias neurais. E cateteres, e a escala de coma de Glasgow.

– Meu Deus... Você compôs alguma coisa sobre isso?

O rosto indignado de Owen pairou diante dos olhos de Jeannie e a porta da simpatia se fechou. Nenhuma pergunta sobre o futuro de Dan ou sobre como ela estava se sentindo.

– Curiosamente, estou muito ocupada pesquisando sobre clínicas de reabilitação.

– Não precisa falar assim comigo. Mas, uau, deve estar sendo uma barra. Procura no seu coração. Não é vergonha nenhuma... Dan ia amar se você fizesse uma música para ele. Use isso como ponto de partida para as demos, que tal?

Na cabeça de Jeannie, o Owen imaginário se afastou, resmungando mal--humorado.

Ela jogou os ombros para trás.

– Vou pensar. Mas não vou escrever sobre Dan.

– Tudo bem. Você tem quinze dias... não, três semanas, eu vou viajar no fim da próxima... para me mandar algo que tenha o potencial de mudar sua vida inteira.

E Edith desligou antes que Jeannie pudesse responder, exatamente ao fim de sua última palavra. Típico.

Jeannie mal teve tempo de pensar sobre a ligação, porque logo alguém bateu na porta dos fundos. Rachel enfiou a cabeça para dentro.

– Oi! – Ela fez um gesto em direção ao canil. – É hora de jogar bola. Precisamos de você e do seu arremesso incrível.

– Acho que hoje não...

A cena dolorosa na loja beneficente ainda fazia Jeannie emitir gemidos de frustração sempre que relembrava aqueles momentos. O que tinha acontecido duas vezes na última hora.

– Olha só, se for por causa de ontem, você precisa entender que aquela não foi, nem de longe, a conversa mais constrangedora que eu já tive. – Rachel olhou para ela com franqueza. – Já participei de discussões que me fizeram querer arrancar a língua fora. Tipo quando eu me lamentei por estar grávida para minha melhor amiga sem me dar conta de que ela estava passando por problemas de fertilidade. – Ela fez uma cara de "Quero morrer". – Ou quando meu ex e George brigaram no escritório... e, sim, esse foi outro constrangimento horroroso... e eu chamei George de "meu veterinário" em vez de "meu namorado" na frente dele.

Jeannie balançou a cabeça. As duas ocasiões pareciam *bastante* constrangedoras, mas não chegavam perto de ter abandonado um homem que agora estava em coma.

– O que eu quero dizer é que... não estou julgando você. Sei que às vezes a vida nos obriga a ter certos comportamentos que nos fazem parecer estranhas até para nós mesmas. – Rachel acariciou o braço de Jeannie. – Você não nos deve nenhuma explicação.

Jeannie conseguiu dar um sorriso amarelo.

– A Nat está me julgando.

– É algo muito pessoal para a Nat. A Beth ficou arrasada. Mas dê um tempo a ela. Nat já me perdoou por comportamentos bastante questionáveis ao longo dos anos, e você é uma pessoa muito melhor do que eu. E aí, tem um tempo para brincar com uns cachorros antes de ir para o hospital?

Aquilo foi tão natural e *tão gracioso que* Jeannie sentiu um arco-íris aguado surgir sobre seu constrangimento.

– Tenho – respondeu ela. – Tenho, sim.

O céu da manhã sobre os pomares era de um azul perfeito, com nuvens escama de peixe flutuando como um xale de renda. Constance e Grace trotavam atrás das bolinhas, ousando uma pequena perseguição aqui e ali. Era quase impossível acreditar que eram as mesmas criaturas aterrorizadas e de pelo emaranhado que chegaram no porta-malas do carro semanas antes. Agora exploravam, hesitantes, um mundo novo e fascinante que oferecia mais luz e ar do que elas jamais poderiam ter imaginado.

Rachel não perguntou detalhes, mas, enquanto elas faziam os cães correrem pelo campo atrás das bolinhas, Jeannie se viu explicando tudo que não tinha conseguido expressar antes: que achava que tinha finalmente encontrado o amor com que sempre sonhara; a animação das famílias fazendo com que suas dúvidas crescentes parecessem bobas; a impossibilidade de encontrar o momento certo para parar e conversar.

Rachel ouviu tudo sem comentar, então jogou uma bola e perguntou:

– O que fez você enfim perceber que não podia casar com Dan?

– Não sei.

Se ao menos tivesse havido algo específico, um exemplo concreto que ela pudesse destacar e dizer "*É por isso que não posso me casar com você. Por isso...*".

– Eu estava no carro com meu pai e de repente tive a sensação de que, se pudesse desaparecer daquela cena, tudo poderia seguir sem mim... O vestido, a cerimônia, a comida, a festa. E seria melhor para todo mundo.

– Você ama Dan?

Era a mesma pergunta que o pai tinha feito no carro e Jeannie ainda não sabia como responder.

Ela tinha carinho por Dan, sim, mas era suficiente? Ela não sentia que ele se abria quando conversavam; como reação, sentia que puxava um véu sobre seus sentimentos mais profundos, caso ele não entendesse ou não se importasse. Não era certo, era?

– Eu gosto muito dele. Ele é um ótimo namorado.

E era mesmo. Dan era um ótimo namorado.

– O que seus pais acham?

– Não falei sobre isso com eles. – Ela fez uma pausa, sem saber o que Sue tinha falado com Rachel. – Não sei se ela te contou, mas minha mãe sofreu um acidente muito sério quando eu era criança. Meu pai cuidou dela dia e noite... Ele foi incrível. Eu não pensava muito nisso na época, mas, conforme fui crescendo, fui percebendo quanto isso deve ter colocado o casamento deles à prova. Angus e eu crescemos enquanto mamãe se recuperava e ela sempre foi sincera com a gente a respeito da recuperação, então, se Dan estiver *mesmo* paralisado... não tenho medo disso. Quando a gente ama alguém, a gente cuida dessa pessoa. Mas se eu abandonar Dan agora, quando ele precisa de mim *de verdade*, como minha mãe precisou do meu pai... o que eles vão pensar?

– Mas eles sabiam que você ia cancelar o casamento.

– Minha mãe não sabe. Eu obriguei meu pai a prometer não contar para ela até sabermos o que vai acontecer. E tenho uma sensação terrível de que... – Ela se obrigou a dizer: – De que Dan estava ouvindo minha mensagem quando foi atropelado. Então é minha culpa.

Jeannie agarrou o lançador de bolinhas. O plástico entrou em sua pele, rígido e afiado como a verdade inevitável.

Rachel ofereceu-lhe uma bolinha para que ela jogasse para Lady Sadie.

Sadie não tinha encontrado a mesma confiança que as duas irmãs. Ela se encolhia ao ouvir vozes masculinas e ainda não tinha compreendido totalmente o conceito de brincar; preferia ficar entre os pés de Rachel e Jeannie, observando Grace e Constance saltando e pegando as bolinhas.

– Foi um acidente, Jeannie – disse Rachel, com sensatez, enquanto Jeannie lançava a bolinha com força. – Você não empurrou Dan para a rua. Ele não estava vendo.

– Nunca vamos ter certeza disso.

– Foi um *acidente.*

Rachel ofereceu outra bolinha para Gem, que estava deitado a meio metro de distância. Ele nem tinha tentando entrar na brincadeira, o que era incomum. Era ele que as ensinava a brincar, pacientemente largando e pegando bolinhas até elas entenderem a mensagem.

– Quer ir uma vez, Gem? Ou está fazendo companhia para sua garota?

– Ele está cuidando da Sadie – observou Jeannie.

– Esse é meu Gem. Cuidando de todos nós.

Rachel lançou a bolinha pelo campo e algo no prazer espontâneo do latido das cadelas enquanto corriam atrás dela abriu uma fenda no coração partido de Jeannie, o suficiente para deixar que as palavras tranquilas de Rachel entrassem.

O rádio estava ligado no canil e elas ouviram Mel trabalhando arduamente, varrendo e cantando alto. "Eu não sabia", claro.

Estava acompanhando o rap terrível de MC Tom, acertando cada palavra, incluindo o sotaque jamaicano falso, quando Rachel fechou, com jeitinho, a porta do escritório para abafar o som.

– É tão cativante... Até Fergus estava cantando no carro, e ele *odeia* música pop. – Ela franziu o cenho, repreendendo a si mesma. – Desculpa. Edith já se dignou a te ligar?

– Eu liguei para ela. – A sensação de dizer aquilo foi boa. Jeannie achou que a fazia parecer uma pessoa com atitude. – Ela me ofereceu a maior oportunidade da minha vida... se eu compuser duas músicas novas, vai mostrar para o produtor com quem está trabalhando. Se ele gostar, estou dentro.

– Uma atitude decente! E você quer estar dentro?

Rachel pareceu desconfiada, mas intrigada.

– Bom… sim. É o que eu sempre quis fazer, ganhar a vida com a música.

Em meio a mais uma noite sem dormir, Jeannie de repente pensara que, se largasse Dan, teria que sair do chalé de Rachel. E, para alugar outra casa, precisaria de um emprego. O acordo tinha sido que Jeannie poderia fazer alguns turnos de meio período na recepção do consultório, combinando com as aulas que conseguisse pegar, se quisesse, mas a oferta estaria de pé caso ela largasse Dan? Dificilmente.

Nesse caso, o que a prendia a Longhampton? Era um lugar pequeno. Se ela abandonasse Dan quando ele mais precisava, a indignação local com seu egoísmo tornaria o lugar bastante desconfortável para se viver. Jeannie estremeceu por dentro, imaginando todos olhando para ela como Natalie tinha olhado. E tendo que passar por lugares que lembravam o acidente de Dan todos os dias…

– Podemos falar sobre outra coisa? – perguntou.

– Claro! – respondeu Rachel. – Você pode me ajudar a separar esses vestidos de damas de honra? Recebemos cinco hoje de manhã de uma pessoa que tem amigas que não parecem gostar muito dela, se quer saber minha opinião.

As doações estavam enchendo o cabideiro no fundo da sala: não só vestidos de noiva, mas todo tipo de parafernália relacionada a casamento, incluindo três almofadinhas de alianças e um carrinho de doces. Elas estavam embalando vestidos para levar para a nova "vitrine de noivas" da loja quando George apareceu. Ele encheu a entrada de ar fresco e aroma de vacas.

– Desculpem interromper. – Ele mostrou alguma coisa para Jeannie. – Chegou para o Dan. Cartão-postal. Faz um tempo que quero entregar, mas nunca consigo encontrar você.

– Ou você poderia entregar para mim – disse Rachel, estendendo a mão. – Sua secretária.

George a encarou.

– Poderia. Mas não quero me expor a acusações de que trato você como secretária, então deixei na minha pasta e carreguei por aí pelas centenas de consultas que fiz essa semana para manter o negócio da família funcionando durante esta fase catastrófica da economia.

– Obrigada, vou levar hoje mesmo – interrompeu Jeannie antes que eles pudessem transformar a provocação em uma discussão de fato.

George entregou o cartão e ela virou para ver a foto da frente. Um leão e uma leoa descansando ao sol.

Estava endereçado a Dan no consultório, e a mensagem dizia: "O sol é quente, o futuro é brilhante, eu estou bem... Como vai você?" Não havia assinatura, mas a escrita era distinta: forte e em tinta preta.

– De quem é? – perguntou Jeannie.

– Não sei. Não li – respondeu George.

– Como você pode não ter lido? – Rachel parecia incrédula. – Essa informação fica no mesmo lugar que você precisa ler para saber que é para o Dan.

– Tudo bem. Já entendi o clima de hoje – disse George. – Até mais tarde.

Jeannie quis que Rachel dissesse algo mais gentil enquanto ele saía, mas ela não disse e a porta se fechou com mais força do que o necessário.

– É isso – sentenciou Rachel, como se nada tivesse acontecido. – Comece com isso. Cartões-postais são *ótimos* para ter uma inspiração. "O sol é quente, o futuro é brilhante, eu estou bem... Como vai você?" É um ótimo verso de abertura.

Jeannie olhou para o cartão mais uma vez e franziu o cenho. Quem quer que o tivesse enviado ou tinha esquecido de assinar, ou tinha achado que Dan não precisaria de uma assinatura para saber de quem se tratava. Mais um amigo de Dan que era um estranho para ela.

Ela não teve chance de mostrar o cartão a Dan naquela tarde: ele ficou fora do quarto a maior parte do tempo em que ela esteve lá. Fez exames e testes para explorar a dormência na mão e no ombro esquerdos.

Não havia muito que Jeannie pudesse fazer até que Dan fosse trazido de volta. Ela leu os cartões e o caderno: as primeiras páginas já pareciam história, seus erros de ortografia, as observações superdetalhadas de Owen. As enfermeiras trocaram a roupa de cama e checaram os aparelhos, um médico apareceu, se desculpou e saiu, no fim ela colocou o cartão atrás da garrafa com água e foi embora.

Rachel estava esperando por ela na estação, dentro do Land Rover, com um café para viagem pronto para ser consumido – sinal que Jeannie aprendeu a reconhecer como precursor de um pedido de favor.

– Juro que não estou te perseguindo! Mas eu fiquei pensando, depois que você saiu... – disse Rachel, já subindo a colina. – O que você precisa no fim de um longo dia é de companhia. E tenho uma garota aqui que também precisa muito de companhia.

Jeannie parou no meio do muffin e se virou para trás. Lady Sadie estava na gaiolinha, ao lado do sempre presente Gem. Os olhos castanhos da terrier disparavam na direção de cada cachorro na rua e cada carro que passava, e sua pele macia demonstrava tremores de ansiedade conforme a paisagem passava por sua mente agitada de cadelinha. O mundo externo ao galpão de Sadie às vezes era grande demais.

– Já conversamos sobre isso, mas acho que é hora de agirmos – continuou Rachel. – Sadie precisa se acostumar a ficar em uma casa que seja dela... Ela depende demais de Grace e Constance. E te daria um bom motivo para tomar um ar fresco à noite.

– Você já decidiu isso? – Jeannie inclinou a cabeça. – Aquilo ali atrás é uma tigela e uma caminha, Rachel?

Os olhos de Rachel se mantiveram firmes no trânsito à frente.

– Eu vi quanto Sadie confia em você e quanto você confia nela. Acho que vocês estão destinadas a ficarem juntas. O que acha? Com um período de experiência primeiro, é claro. Sem pressão. Você pode deixá-la no canil a caminho do hospital e pegá-la à noite quando voltar.

Era como Owen e Pete, o cocker-poodle: Rachel tinha um jeito de dizer essas coisas que fazia parecer que a decisão tinha sido tomada por uma força maior.

Jeannie se recostou no banco.

– Período de experiência – decretou ela. – Até Dan ter alta.

Rachel sorriu para o retrovisor e Jeannie percebeu que ela estava sorrindo para Sadie e Gem.

Jeannie então se virou e ficou perplexa ao ver o que parecia – a seus olhos, de quem não tinha um cachorro – Sadie, a terrier, sorrindo de volta.

Capítulo 23

Jeannie não esperava que sua primeira canção em quase um ano fosse sobre uma Staffordshire bull terrier, mas também não esperava escrever nenhuma canção. De alguma maneira, no entanto, a composição surgiu em sua cabeça e se aninhou como se tivesse estado sempre ali.

Lady Sadie e Jeannie estabeleceram uma rotina depois de apenas alguns dias. Na décima noite juntas, estavam sentadas sob o carvalho no quintal dos fundos depois do jantar, curtindo as últimas pinceladas cor de pêssego e douradas do pôr do sol sobre o céu lilás. Sadie cochilava no cobertor e Jeannie dedilhava as músicas que Johnny tinha escolhido para a apresentação da banda de ukulele no evento de gala. O grupo agora se chamava Johnny História e a Usina Ukulear, um nome escolhido pelos alunos de uma lista de trocadilhos infames. Cabia certinho na camiseta que Johnny mandou fazer para a ocasião. O plano era que eles tocassem entre o desfile dos vestidos à venda e o desfile Casamentos de Longhampton Através dos Tempos; pedidos de músicas poderiam ser feitos por meio de lances no leilão silencioso e Jeannie tocaria algumas canções solo.

Seus dedos formavam acordes enquanto ela observava a hóspede cochilando. Sadie roncava como uma morsa e suas perninhas finas tremiam enquanto ela sonhava que perseguia coelhos, tímida demais para fazer isso quando estava acordada. Comparadas ao corpo forte e fofo e à cabeça em formato de coração que parecia levemente grande demais para o restante dela, as pernas de Sadie ainda estavam magrinhas. A cadela ainda tinha um longo caminho a percorrer para deixar os anos assustadores passados em um barracão escuro para trás, anos durante os quais mal vira o sol e certamente não tinha um campo onde correr. Quando Jeannie descansou a mão sobre o dorso de Sadie, ela estremeceu, então reconheceu o cheiro de Jeannie e voltou a respirar profundamente.

– Somos amigas, não somos, Sadie? – Jeannie acariciou as orelhas da cadela, que tinham cor de açúcar demerara. – Boas amigas.

Lady Sadie rolou enquanto dormia, apoiando o peso na perna de Jeannie sem abrir os olhos e expondo a barriga em um gesto de total confiança.

Como ela confia em mim, pensou Jeannie com humildade. Não tinha feito nada para que a terrier negligenciada confiasse nela, só fora gentil. Partia seu coração ver o tamanho da gratidão de Sadie ao receber migalhas de afeto humano.

– Não vou decepcionar você – sussurrou. – Pode dormir tranquila, Sadie.

A cadela roncou em resposta, contraindo as patinhas delicadas perseguidoras de coelhos. As palavras encontraram seu ritmo na cabeça de Jeannie e ela pegou o ukulele. Então, enquanto seus dedos se movimentavam, ela segurou o celular para registrar a música que surgia entre as nuvens dentro de sua cabeça como raios do sol que se punha.

Jeannie não contou a Johnny História e a Usina Ukulear que a música nova era dela quando eles ensaiaram no local do evento, o Edwardian Memorial Hall, atrás da delegacia. Ela ensinou ao grupo a progressão simples dos acordes para que pudessem se juntar a ela no fim, mas não cantou, com medo de desistir à noite. Sabia que deveria testar a música diante de uma plateia antes de mandá-la para Edith, mas o fato de a composição ter surgido tão espontaneamente a deixava nervosa. A melodia parecia familiar, como se ela já tivesse ouvido em algum lugar antes, mas, sempre que cantava, uma sensação borbulhante surgia em sua barriga: a emoção de uma música perfeita fluindo por seu corpo como um rio, fluindo do nada com tanta rapidez que Jeannie mal se sentia envolvida no processo.

Ela vislumbrou a ideia de tocar a música nova para Owen, mas já fazia alguns dias que não o via. Ele tinha tirado alguns dias de folga do trabalho para acomodar Pete/Pierre e visitava Dan por uma ou duas horas durante a noite. Era estranho Owen não manter contato, enviando atualizações diárias, e Jeannie não sabia muito bem o que pensar. Será que ele a estava evitando? Ou tinha apenas fingido interesse em visitá-la para poder pegar o embrulho? Isso a deixou triste. Ela não o confrontara ainda para saber se ele tinha levado o pacote, mas ele já devia desconfiar que ela sabia.

Parecia banal, no entanto, se preocupar com esse tipo de coisa quando Dan ainda estava paralisado de um lado e não a reconhecia; quando Andrea ricocheteava entre alívio extremo e lágrimas escondidas na sala de visitantes do hospital; e quando mais um especialista aparecia no quarto de Dan toda manhã para cutucá-lo e sondá-lo. Músicas, pacotes e culpa pareciam um pouco de egoísmo quando a realidade do que estava por vir ficava mais evidente a cada dia.

As cadeiras de cada mesa do Memorial Hall estavam ocupadas quando o evento teve início na noite de sexta-feira, e, com uma exposição de vestidos iluminados por projetores de um lado do corredor e o outro lado coberto por um tecido branco cintilante, o efeito geral era o de se ter entrado em uma tenda luxuosa.

Os convidados traziam consigo a atmosfera de celebração antes mesmo que a taça de espumante fosse oferecida à entrada. Vários grupos de noivas e suas madrinhas se reuniram para a ocasião e ocuparam mesas com seus vestidos originais; outras tinham desenterrado os piores vestidos de madrinhas e ocupavam seus assentos com um esplendor retumbante. Fornecedores locais de flores, bolos, decoração e outros serviços de casamento tinham oferecido um apoio generoso e o Memorial Hall estava enfeitado com arranjos de rosas sedosas e luzinhas decorativas. Era quase impossível imaginar que apenas 24 horas antes o Clube de Zumba estava mandando ver onde agora havia uma fonte de chocolate.

Apesar do glamour, Rachel insistira que os cães fossem o centro do evento: cada uma das voluntárias que desfilariam com os vestidos selecionados deveria ser acompanhada na passarela por um deles.

– Ou o próprio cachorro, ou um dos nossos que estão esperando por um lar... estamos aqui hoje por um motivo! – explicou Rachel em sua apresentação para a plateia. – Cada vestido que vendermos vai contribuir para que os filhotes resgatados comecem uma vida nova com famílias que lhes darão o amor e o compromisso que todo cão merece. Na saúde e na doença, na riqueza e na poodleza. Agora, vou deixá-los com Natalie Hodge, nossa especialista em moda esta noite. Natalie!

Natalie claramente tinha estudado bem as revistas de noivas e, pelas reações da plateia, elas haviam escolhido os vestidos certos para o desfile. Seu Vera Wang, um Amanda Wakeley de corte reto elegante, um Phillipa Lepley romântico, modelo anos 1950: todos arrancaram suspiros.

O preferido de Jeannie era o terninho brocado feito sob medida com saia separada, doado por uma amazona local que fora até a igreja em seu cavalo caçador. O pacote, Natalie assegurou à plateia, incluía adornos brocados para um cavalo.

– Se me permitem dizer – acrescentou Natalie, com uma expressão de inocência –, é a sela completa.

Em seguida, veio a estrela do show: o vestido de Rachel. Foi exibido na passarela no corpo confiante de Chloe McQueen, filha da dona da livraria local, Anna. Chloe não era tão alta quanto Rachel, então usou saltos vertiginosamente altos para deixar a barra bem visível. Seu cabelo louro platinado estava penteado para trás em um coque gracioso, diferente do chanel de Rachel, que reluzira como um capacete escuro. Ela posou no fim da passarela com o dálmata idoso da família em uma coleira prateada, inclinando a cabeça para que o *voilette* elegante do chapeuzinho caísse sobre os cílios espessos. Pongo se sentou grunhindo, nada modelete, enquanto Chloe projetava o quadril para mostrar os detalhes e fazia um beicinho, lançando um olhar de despedida que denunciava muitas horas praticando diante da câmera frontal do celular.

– Chloe desfila um Givenchy com chapéu da chapelaria real Jane Taylor. Um traje deslumbrante para uma cerimônia civil ou um casamento na prefeitura. Ou em qualquer lugar. – A neutralidade profissional de Natalie desapareceu: – Quer dizer… uau! Olhem só essas mangas. E o tecido. Esse vestido pode ser usado em tantos eventos, ele me faz querer começar uma dieta, sério…

Enquanto Natalie tagarelava, Jeannie observava Rachel para ver como ela reagia. Ela sorriu e aplaudiu os outros vestidos, mas, quando o seu apareceu, uma sombra inconfundível tomou conta de seu rosto. Seus olhos escuros seguiram Chloe pela passarela com uma emoção que ela não tentou disfarçar. Será que estava relembrando seu grande dia, perguntou-se Jeannie? Será que estava relembrando como se sentira fabulosa sob o olhar de todos? Será que estava se lembrando das tardes após o casamento quando se espremia para vesti-lo no sótão cheio de teias de aranha, desejando que ainda servisse? Será que estava se arrependendo de deixar outra pessoa levar o vestido... e suas lembranças?

Então Chloe se movimentou e o olhar de Rachel não, e Jeannie percebeu para onde Rachel estava olhando de verdade. Do outro lado da passarela, no fundo, atrás das cadeiras, estava George, em roupas de trabalho, as mãos nos bolsos. Ele devia ter entrado depois que o evento começou. Rachel não estava mais olhando para o vestido, olhava para o marido grisalho, um mundo inteiro de emoção no rosto. E ele olhava para ela.

A intensidade daquela troca de olhares fez Jeannie estremecer, mesmo de longe. A vibração entre eles era tão forte: um desafio, sim, mas não agressivo – era como se estivessem se vendo pela primeira vez, cinco anos depois de Rachel ter caminhado até o altar com aquele vestido espetacular, seu adeus à antiga vida. Seriam as mesmas pessoas daquela época? Teria a vida mudado?

– E, como não existe nenhum vestido páreo para este, terminamos por aqui a primeira sessão! – anunciou Natalie, instigando mais aplausos. – Quero agradecer a nossas lindas modelos e seus companheiros de passarela, e, se você acha que um desses belos vestidos pode ser perfeito para o seu grande dia, por favor fale com qualquer pessoa que esteja usando uma faixa prateada e vamos marcar um horário para...

Jeannie olhou de novo para George, mas ele havia sumido. Para onde? Ela vasculhou o lugar até encontrá-lo – estava na entrada, ao telefone. Pela expressão tensa em seu rosto, e pela pressa com que colocou o paletó de volta nos ombros e procurou as chaves no bolso com impaciência, era uma emergência do consultório.

Ela viu Rachel avançando entre a multidão para falar com ele, mas sem conseguir alcançá-lo antes que saísse, o cenho franzido e a expressão bastante sombria. Os ombros de Rachel cederam e ela largou a bolsa em uma cadeira próxima, acionando o sorriso solícito para atender uma noiva e sua mãe. Um sorriso largo demais.

Ah, George, pensou Jeannie. Ah, Rachel.

Mas não tinha muito tempo para pensar no que poderia fazer para ajudar, porque Johnny História e a Usina Ukulear esperavam por ela.

As cinco músicas e os dois bis que Jeannie tocou com a orquestra de ukulele a pegaram de surpresa: foi mais enérgico, mais estridente e de alguma forma muito mais divertido que qualquer show que tivesse feito com Edith e a Edie's Birdhouse. A plateia aplaudiu desde a primeira nota – principalmente porque incluía pelo menos cinquenta pais e familiares – e o som radiante que os ukuleles emitiam, tocados juntos, levantou o astral até Jeannie se sentir como se estivesse surfando na animação da plateia. Ela havia ensinado aos alunos arranjos harmônicos mais desafiadores do que qualquer coisa que eles já haviam tentado, e ver os sorrisos se espalharem pela orquestra conforme eles acertavam cada nota fez com que se sentisse resplandecente de tanto orgulho.

Sem querer chamar a atenção para si, Jeannie se sentou ao lado dos iniciantes, enquanto Johnny se empoleirou em um banco alto à frente, apresentando as músicas, mexendo com a plateia feito um tiozão – todos ali pareciam conhecê-lo – e, depois de um tempo, mexendo com os mais falantes da Usina Ukulear também. Até a última música.

– É isso, pessoal! Eu sei, eu sei, vocês poderiam nos ouvir tocar a noite inteira... – Ele levantou as mãos com modéstia. – Mas, antes de voltarmos ao desfile de moda, *queriiiidos*, temos algo especial para vocês: algumas canções da nossa cantora e compositora superestrela local, Jeannie McCarthy!

Não foi assim que ela pediu a ele que a apresentasse... mas *hora do show.*

Era a primeira vez que Jeannie ficava sozinha em um palco. Sentia o coração batendo forte ao se instalar no banco alto que Johnny tinha desocupado. Ela ajustou o microfone enquanto os aplausos diminuíam, ganhando tempo para se acomodar.

– Obrigada, Johnny História. – Ela olhou para as fileiras de rostos cheios de expectativa. – Para quem não me conhece, meu nome é Jeannie Música e Algumas Atividades Artesanais.

O engraçado era que Jeannie nunca se sentia tão tímida no palco quanto no dia a dia. Ela não se importava de deixar que Edith assumisse os holofotes, interagindo com a primeira fila, jogando sua voz distinta para o alto enquanto ondulava com as harmonias, subindo e descendo, até que as vozes das duas se fundiam em uma só, mas a música era sua armadura, invisível e leve. Ela não tinha medo no palco, onde sua música falava por ela.

Naquela noite, Jeannie ficou um pouco nervosa, mas não com a apresentação em si – ficou nervosa pela música. Tinha orgulho dela, estava apreensiva por ela.

Será que eu vou em frente? Será que guardo para outra hora? Será que está pronta?

Os rostos voltados para ela eram amigáveis, alguns já familiares do resgate. Jeannie tomou coragem, abriu a boca e ouviu a si mesma dizendo:

– Vou tocar uma música nova para vocês, como um agradecimento a algumas pessoas muito especiais.

Ela verificou a afinação das cordas. *Pare de enrolar.*

– É uma música sobre confiança e quero dedicá-la a Rachel e Natalie, as duas mulheres inspiradoras da Four Oaks. Elas não só organizaram este evento beneficente incrível, mas também ajudaram uma estranha nos dias mais sombrios que já teve. Sou muito grata. Obrigada.

Rachel estava em pé no fundo do salão, ao lado de Natalie. Enquanto Jeannie falava, Natalie reagiu com surpresa e corou de prazer quando se deu conta do que ela dizia.

Então Jeannie fechou os olhos e começou.

A melodia era simples e sua voz foi se elevando sobre o dedilhado conforme ela encontrava seu caminho pelas notas. A letra não era incrível, ela sabia disso, mas dizia o que estava sentindo. Edith teria cantado mais alto, mas não era assim que Jeannie ouvia a música em sua cabeça. Era uma canção sobre ter medo do amor, mas abrir o coração assim mesmo.

Sei que aquelas noites foram longas e solitárias,
Desejando um amor que parecia não chegar.
Tão distante, mas bem aqui ao meu lado,
Ainda com medo de fechar os olhos e sonhar.

Enquanto tocava os acordes da transição, Jeannie viu Sadie virar a barriga sarapintada para o ar, sonolenta, segura e confortável pela primeira vez em sua curta vida, e seu coração se apertou.

Então ela viu Owen, sentado na cadeira ao lado da cama de Dan depois de um longo dia de trabalho, a cabeça desgrenhada curvada enquanto ele cochilava uns minutinhos. Viu Andrea, sem nunca tirar os olhos do garoto de quem ela cuidava, como se pudesse curá-lo só com seu olhar feroz. Viu as mulheres que doaram vestidos, ainda falando com um brilho nos olhos sobre o namorado que as chamara para sair trinta anos antes. Viu a mãe e o pai, segurando a mão um do outro no hospital quando achavam que Jeannie não estava olhando.

Ela havia testemunhado muito amor nas últimas semanas: amor na prática, de verdade; amor que suavizava a dor e a decepção e se estendia para carregar o ser amado sobre quaisquer obstáculos, chegando até o horizonte, sem nunca duvidar. Paciente, resignado, profundo, alentador e sempre em expansão.

Jeannie gostava de Dan, e o romance dos dois tinha sido colorido, emocionante, divertido, mas tinha alcançado seu tamanho máximo. Sem aviso, lágrimas encheram seus olhos.

Quando você acordar, estarei ao seu lado,
Vou te abraçar enquanto estiver sonhando.
Vamos ver o sol nascer e se pôr,
Estou aprendendo o que é o amor.

O círculo de ukuleles se juntou a ela suavemente – só quatro acordes simples que tinham ensaiado – e a plateia soltou um suspiro coletivo quando alguns dos alunos, sem que ninguém orientasse, começaram a cantarolar no fundo. Uma onda de emoção varreu o corpo de Jeannie, e ela deixou o coração exausto fluir por sua voz enquanto cantava o último refrão, alcançando notas que não esperava alcançar:

Feche os olhos cansados e confie em mim,
Vou te entregar meus sonhos esta noite.

Ela abriu os olhos. Duas mulheres na primeira fila estavam chorando.

Vou te entregar meus sonhos esta noite.

Fez-se silêncio por um momento, então todos começaram a aplaudir, tão alto que ela deu um pulo de susto no banco. Rachel aplaudia freneticamente no fundo, então começou a assoviar – é claro que ela conseguia emitir um assovio ensurdecedor com os dedos na boca. Natalie enxugou os olhos. Jeannie sorriu, tímida, olhando ao redor, em reação à resposta da plateia.

– Psiu! Psiu! – Johnny estava tentando chamar sua atenção. – Pedidos. – Ele agitava um papel no ar.

Jeannie pegou o papel e se aproximou do microfone. Sua voz estava trêmula.

– Obrigada! Muito obrigada! Hã, tenho os pedidos do leilão... – Ela olhou para a lista. – Uau! Um lance vencedor *muito* generoso. Beverley Morton, você quer *mesmo* ouvir "I Will Always Love You".

– É a música do nosso casamento! – gritou Beverley Morton do meio do salão.

– Bom, fique à vontade para cantar com a gente.

O coração de Jeannie batia forte. Ela nunca se sentira tão leve e poderosa, como se fosse capaz de flutuar até o céu, brilhando como um anjo no alto de uma árvore de Natal.

O intervalo musical ofereceu uma ótima oportunidade para que o punhado de homens da plateia fosse até o bar tomar uma cerveja revigorante e para que as modelos fossem correndo se trocar para o segundo desfile da noite: Casamentos de Longhampton Através dos Tempos.

Lou não era a única noiva cuja mãe tinha guardado o próprio vestido cuidadosamente com naftalina para que a filha usasse – ou não usasse. Guarda-roupas e sótãos da cidade inteira haviam cedido uma seleção de elegância vintage. Bom, principalmente elegância.

Natalie estava de volta ao microfone, enquanto o filho adolescente de alguém se encarregava da trilha sonora, que começou com um jazz leve.

– Começamos nossa marcha de amor em 1936, quando Phyllis Taylor se casou com Stanley Nightingale na prefeitura...

A plateia aplaudiu o vestido de cetim de cintura baixa de Phyllis

Nightingale, a barra assimétrica esvoaçando ao redor dos tornozelos pálidos de sua bisneta, Lily; ela foi seguida pelo vestido cintura de vespa da época da guerra de Jocelyn Harris, modelado por sua bisneta, Rosie, que fora espremida no corpete por três pessoas nos bastidores.

Os anos 1950 chegaram em um vestido de baile à Liz Taylor feito em casa, armado por camadas de anáguas, completado por uma frota de vestidos de damas de honra amarelo-narciso – orgulho da esposa de um fazendeiro que tinha uma máquina de costura, quatro irmãs e muito espaço de armazenamento. Um vestido recatado em forma de sino foi seguido (ao som da Motown) por uma adolescente que atravessou a passarela dançando com o vestido minissaia da avó, botas brancas e um chapéu enorme.

Lou era a próxima, com o vestido em que tanto a mãe quanto a avó tinham se casado. A equipe voluntária de cabelo e maquiagem caprichou: o chanel cacheado de Lou estava enorme, e seus lábios escarlates brilhantes chamavam a atenção. Sua aparência provocou um grande *uau* da plateia, e a explicação de Natalie sobre a história familiar do vestido causou um *aaaah* ainda maior. Jeannie, observando da lateral com Rachel, viu Lou procurando pela mãe na primeira fila enquanto rodopiava, e seu coração derreteu com o olhar que elas trocaram: lembranças e amor – e um discreto aceno de cabeça da mãe de Lou que dizia tudo.

Aposto que Lou vai poder usar o vestido de praia agora, pensou Jeannie, e fico feliz por elas terem feito aquilo acontecer, pelo menos. O desfile terminou com um vestido com corpete Vivienne Westwood escultural usado por uma moça que levava um pug cor de damasco em cada braço, como uma pintura de Gainsborough.

– Eva se casou no último Natal, então chegamos à atualidade com esse decote inspirado no século XVIII – anunciou Natalie.

E a noite chegou ao fim.

Várias pessoas quiseram parabenizar Jeannie pela apresentação, e ela aceitou os elogios com timidez até a multidão diminuir e revelar apenas uma pessoa, esperando sua vez.

Seu olhar parou ao chegar a um rosto que ela não esperava ver, à porta.

Owen, parado ali vestindo o paletó de quem veio direto do trabalho. Ela não fazia ideia de que ele viria; fazia dias que não tinha notícias dele. De repente o salão ficou quente e barulhento demais aos ouvidos de Jeannie.

O que Owen estava fazendo ali? Será que tinha acontecido alguma coisa com Dan?

Ah, meu Deus. Seria como um castigo divino se alguma coisa tivesse acontecido com Dan.

– Eu não sabia que você vinha – disse Jeannie. – Não me diga que deixou Pete vendo TV em casa.

– Subornei minha sobrinha para que ela ficasse de babá. Sua música é... linda. – Owen teve que procurar as palavras, como se ela tivesse se tornado alguém que ele não conhecia. – Não sei se é a palavra certa para descrever.

– "Linda" está ótimo. – Ela tentou parecer indiferente, mas não estava, não no fundo. Estava formigando de tanta animação.

– Você não tinha dito que não escrevia letras?

– E não escrevo – começou Jeannie, mas Owen não a deixou terminar.

– Escreve, sim – corrigiu ele. – É a melhor parte da música. Tão simples, mas tão... emocionante. Você ainda acha que nunca mais vai compor uma música boa? – perguntou, meio que brincando.

– Você não vai acreditar, mas...!

Jeannie contou a ele sobre a ligação de Edith, a oferta de colocá-la em contato com os produtores, a oportunidade de trabalhar com a equipe. Enquanto ela falava, a expressão de Owen demonstrou surpresa, depois aprovação e por fim... uma sombra de dúvida?

– Vou mandar essa música para ela. Para que o produtor ouça, veja o que acha – concluiu Jeannie.

Owen mordeu o lábio.

– Você tem certeza de que...? Não. Desculpa.

– O quê?

– Não me leve a mal. – Ele ergueu as mãos largas. – Só estou cuidando de você como Dan cuidaria se estivesse aqui.

Mas será que ele cuidaria mesmo? Jeannie suspeitava que Dan não considerava sua carreira musical uma coisa séria, não em comparação à profissão dele. Foi ele quem sugeriu que ela fosse atrás de uma qualificação para trabalhar como professora para que conseguisse um emprego "de verdade" na escola de Longhampton. Ele tentou retirar a expressão "de verdade" assim que a disse, mas Jeannie ouviu, e ele sabia disso. E não tocaram mais no assunto.

Ela cruzou os braços.

– E?

– Você tem certeza absoluta de que Edith não vai tentar apresentar qualquer coisa que você mandar como se fosse dela? – Owen parecia hesitante, mas incapaz de se conter. – Parece que a única canção dela que eles usaram até agora foi a que vocês escreveram juntas.

– Não! Edith não faria isso. Ela parecia realmente estar tentando se redimir pelo que fez.

– Bom, você a conhece bem. – O rosto dele dizia o contrário. – Mas é uma música tão bonita. O jeito como você canta... – Owen balançou a cabeça. – Meus braços ficaram arrepiados. Não desperdice essa música com alguém que não vai dar valor a ela, Jeannie. E não estou falando de colocar um rap horroroso no meio e deixar um bando de figurantes de reality show berrar a música inteira e depois usar *autotune*.

– Não vou fazer isso.

Ela o encarou demoradamente. Havia algo diferente em Owen ali, longe do hospital, no mundo dela em Longhampton. Agora era Jeannie que estava sem palavras; ela queria dizer como o conselho dele talvez tivesse mudado a vida dela, mas de repente não sabia como.

– Fiquei orgulhoso de você hoje – ele deixou escapar. – Eu sabia que você tocava bem... quer dizer, já ouvi você tocar, claro... mas você estava com todo mundo na palma da mão. Foi mágico. Não tem outra palavra para descrever.

– Obrigada. Obrigada por ter vindo.

Nenhum dos dois sabia o que dizer agora. Ficaram ali, olhando um para o outro, querendo sorrir mais do que estavam se permitindo, quando Jeannie sentiu uma mão em seu braço. Era George.

– Você viu a Rachel?

Ele não parou de vasculhar o salão atrás dela, olhando por cima da cabeça das noivas, das modelos e dos pais enquanto falava.

Jeannie se perguntou por que ele tinha voltado.

– A última vez que a vi, ela estava conversando com Howard, do jornal, sobre o objetivo do evento.

George passou a mão no rosto.

– Eu preciso falar com ela.

– Por quê?

– Fergus me ligou faz mais ou menos meia hora, muito agitado... Por isso tive que ir embora.

– O que aconteceu? – O estômago de Jeannie se revirou.

– Gem não está muito bem.

Os olhos de George foram para Owen, e Jeannie viu uma compreensão no rosto de Owen que a fez gelar por dentro.

– Vou atrás dela – disse, por fim.

Capítulo 24

Gem tinha voltado da patrulha noturna pelo jardim, cambaleado em um círculo e caído aos pés de Fergus. Como nem Fergus nem a babá conseguiram acordá-lo, o garoto ligou para George enquanto Becca levava o cão, todo mole, para o consultório, onde Gem foi colocado no soro e passou por todos os exames possíveis. A verdade, no entanto, era simplesmente que Gem tinha quase 18 anos. Quase 100, em anos humanos.

– Sempre soubemos que esse dia ia chegar – disse George a Jeannie quando ela ligou para saber como ele estava. Então ele fez uma pausa e se corrigiu: – Que nada. Tenho quase certeza que Rachel achava que Gem fosse viver para sempre.

– Como ela está? – perguntou Jeannie, já sabendo a resposta.

George soltou um suspiro. Embora conhecesse Rachel e sua tão dedicada sombra canina havia apenas algumas semanas, Jeannie sentia o laço entre eles, um amor sem palavras nascido do cuidado mútuo e algumas longas noites compartilhadas. O suspiro de George era a única maneira real de expressar o que Rachel estava sentindo.

Até a tarde seguinte, Gem melhorou o bastante para ser levado para casa, para o escritório do canil, onde ficou deitado nos melhores cobertores de Rachel. Tinha um curativo elástico na perna da frente, onde o soro fora colocado, e observava a atividade ao redor com os olhos azuis e esbranquiçados abatidos, mas sua cabeça mal se levantava da beirada da caminha e ele só conseguiu fazer um movimento fraco com o rabo quando Jeannie entrou.

Gem parecia significativamente mais animado que Rachel, que estava jogada no chão ao lado dele, e os filhotes nos cercadinhos estavam mais comportados que o normal. A maioria dos filhotes tinha ido embora para seus novos lares na semana anterior, e agora havia apenas dois: a collie Dolly e a terrier Marilyn. Lady Sadie entrou atrás de Jeannie e, ignorando os latidos da filha, foi direto até Gem, deixando-se cair ao lado do cesto com a cabeça larga sobre as patas. Eles respiraram fundo, em uníssono.

Jeannie se sentou ao lado de Rachel e a abraçou.

– Sinto muito, Rachel.

– Obrigada. – Rachel colocou a mão na cabeça de Gem. – Ele está morrendo de vergonha de toda essa confusão, eu sei. Não é seu estilo, né, velhinho? Ser o centro das atenções. Se pudesse falar, estaria me dizendo para ir embalar os vestidos. – Ela sorriu; foi um esforço. – Consegue adivinhar quanto dinheiro arrecadamos ontem?

– Não. Me surpreenda.

– Quase 4 mil libras, só com a venda de ingressos, o bar, a rifa e o leilão. Alcançamos nossa meta em um dia.

– Uau!

– A orquestra de ukulele foi uma jogada de mestre... Os pais e as famílias que vieram para prestigiar, além das noivas, foram decisivos. Eles beberam *muito*. Todos disseram que a música deu um toque mágico à noite. Eu não ficaria surpresa se a orquestra do Johnny fosse contratada para alguns casamentos.

Um brilho tomou conta de Jeannie; ela tinha feito diferença. Para os cães, para o resgate, para Liam da última fileira, que agora cantava as palavras certas em todas as músicas – e no tom certo também.

– E a sua música! Ah! – Rachel colocou a mão no peito. – Fiquei arrepiada. Todos ficaram. Não se esqueça de nós quando sair em turnê mundial, hein?

Jeannie emitiu um som descomprometido.

– Você vai ter preferência.

– Obrigada. Vou cobrar. – Rachel se levantou do chão. – Temos muito a fazer hoje. Por favor, me mantenha o mais ocupada possível ou vou desmoronar, e Gem *não* aprovaria isso.

Natalie tinha deixado uma lista de contatos para Rachel e Jeannie: noivas que demonstraram interesse em experimentar os vestidos do desfile ou em levar damas de honra para dar uma olhada nos outros modelos. O plano era oferecer um serviço de butique em um lugar novo na cidade: dois dos voluntários estavam lá, transformando uma sapataria vazia em uma butique luxuosa, reaproveitando as flores, os tecidos e as decorações doadas ao evento de gala.

– Segundo a Nat, se conseguirmos um bom negócio no aluguel, a loja pode ser uma nova fonte de receita.

Rachel tirou os olhos do computador.

– Quer um emprego de gerente de butique de noivas?

Jeannie achou que Rachel estivesse brincando e respondeu erguendo as sobrancelhas.

– Não, é sério – insistiu ela. – Não tem loja de vestidos de noiva em Longhampton. E seria útil termos uma fonte de renda que funcione o ano todo, principalmente se George cortar sua doação anual, como ele ameaçou. Pode ser uma permuta pelo aluguel do chalé, se você quiser.

Jeannie ignorou a menção ao chalé, ao menos por enquanto.

– George não vai cortar a doação. – Ela fez uma pausa. – Vai?

O olhar de Rachel se desviou para Gem, que tinha voltado a dormir.

– Não conseguimos conversar sobre isso sem brigar. Acho que ele pode fazer isso, por princípio. George planeja se aposentar cedo desde que eu o conheço, e agora a hora está chegando. O fato de eu precisar de mais dinheiro não está ajudando. E trabalhar mais para compensar também não.

– Mas ele sabe que é importante para você.

Rachel não respondeu de cara. Passou a mão no cabelo, bagunçando os fios grisalhos.

– Eu nem sei mais se a briga é pelo dinheiro. Acho que estamos em um beco sem saída em tudo.

– Então conversem.

– Algumas conversas são importantes demais para começarem do jeito errado. Então a gente acaba não começando.

– Sei bem como é – disse Jeannie.

E Rachel deu um sorriso triste.

Rachel queria ficar perto de Gem no escritório, então Jeannie se ofereceu para levar os cães para as brincadeiras da manhã. Ela lançou bolas e frisbees e ensaiou as frases confiantes sobre a música que tinha toda a intenção de dizer a Edith, mas sem ela lá, para interrompê-la e tirá-la do sério com respostas imprevisíveis, pareceu fácil demais.

Quando voltou uma hora depois, com os braços doendo e pronta para uma xícara de chá, Jeannie colocou a cabeça para dentro do escritório a fim de perguntar se Rachel também queria uma xícara, mas a cena que viu fez com que as palavras sumissem antes de deixar sua boca.

Rachel estava debruçada sobre a mesa, chorando e escrevendo ao mesmo tempo. O olhar de Jeannie se desviou automaticamente para o cesto, mas os olhos leitosos de Gem estavam bem abertos, olhando para a tutora.

– Rachel? O que foi? É alguma coisa com Gem?

Rachel ergueu a cabeça. Ainda que o rímel não estivesse escorrido e o cabelo bagunçado, sua expressão era de partir o coração.

– Ah! Jeannie. – Ela esfregou o rosto. – Desculpa, estou sendo ridícula...

– O que aconteceu?

– Compraram meu vestido. – Ela deu uma fungada, tremendo. – Um homem ligou enquanto você estava lá fora, acabou de pagar. O valor integral. A noiva viu o vestido no nosso site essa semana e se apaixonou, então ele comprou de surpresa para ela.

– Ah... – Jeannie não sabia o que dizer, nem "Que ótimo!" nem "Que horror!" se encaixavam.

– Ele comprou até o chapéu. – Ela olhou para o recibo do cartão à sua frente. – É muito dinheiro. Quer dizer, é uma ótima notícia. Obrigada, Adam Marsden. Seu generoso. Você pagou pela tomografia da Grace e pelas vacinas para todos os filhotes, e com sobra para quitar algumas das promissórias do George.

– Não, Rachel, *você* pagou. – Jeannie hesitou. Coitada da Rachel: já tinha muito com que se preocupar, com a situação de Gem. Não era justo. Se ao menos ela tivesse atendido à ligação em seu lugar... – Olha só, se você está arrependida por ter colocado à venda, então não venda!

– Não! – Ela forçou um sorriso choroso. – Eu disse que ia vender, e George me viu vendendo e... eu vendi. Só estou mais chateada do que pensei que ficaria, agora que aconteceu. É idiotice, eu sei.

Jeannie se lembrou do rosto de George no desfile. Ele parecia arrasado: arrasado e com raiva, e um pouco decepcionado.

– Estou escrevendo um bilhete para enviar com o vestido. – Ela mostrou a caneta. – Só quero que a sortuda da Tilly saiba que não está só ganhando um vestido. Está ganhando um vestido cheio de glamour e estilo e tudo mais que senti em meu coração quando caminhei até o altar com ele. É uma obra de arte, e fez desta estranha e imperfeita aqui uma obra de arte também, ainda que só por um dia. Espero que ela sinta o mesmo. – Rachel fez uma pausa e revirou os olhos para si mesma. – Eu sei, estou escrevendo um bilhete de despedida para o vestido. Estou louca.

Jeannie não conseguiu imaginar o que poderia estar escrito naquela carta, mas sabia que não havia nenhuma chance de a futura Sra. Adam Marsden não ouvir o coração de Rachel quando ele caísse do casulo de amor envolto em papel de seda em que ela tinha embalado o vestido.

A nova semana trouxe uma nova safra de especialistas e enfermeiros, todos concentrados em tirar Dan do hospital para que ele voltasse ao mundo lá fora. Desde a remoção dos tubos de respiração e alimentação, a equipe que entrava em seu quarto no decorrer do dia tinha mudado mais uma vez, a ponto de Jeannie ficar aliviada por ter o caderno, agora cheio de orelhas, para ajudá-la a lembrar quem era quem.

A mais nova adição à equipe de tratamento de Dan era Rhys, o neurofisioterapeuta. Jeannie nunca teve dificuldade para se lembrar de Rhys: ele tinha quase 2 metros de altura e trabalhava com jogadores de rúgbi e boxeadores que haviam batido a cabeça com muita frequência, além de pacientes de derrame. Suas mãos eram como pás, o nariz, achatado pelo rúgbi, e seu toque, leve como uma borboleta pousando sobre seda.

Embora Dan estivesse se recuperando bem em algumas áreas, ele ainda tinha o que Rhys chamava de "hemiparesia extensiva" no lado esquerdo.

– É como se tivesse sofrido um derrame – explicou, com a mesma abordagem pragmática que aplicava aos exercícios diários de alongamento e força que fazia com Dan.

Jeannie só tinha visto uma dessas sessões; Andrea ficava tão perturbada com a inutilidade do braço outrora forte de Dan que não conseguia acompanhar, menos ainda ajudar, embora fizesse isso com entusiasmo na hora do banho e da barba.

– O cérebro dele ainda não está enviando mensagens para o lado esquerdo do corpo, então precisamos incentivá-lo a se restaurar – explicou Rhys. – Vocês já ouviram os médicos falando sobre plasticidade, certo? Dan tem muitos neurônios, só precisamos fazer com que se reorganizem.

– Mas vai voltar? O controle motor?

Jeannie lançou um olhar nervoso por sobre o ombro; os três estavam conversando em frente ao quarto de Dan, e ele estava com os olhos fechados, mas Jeannie nunca tinha certeza se Dan estava mesmo dormindo ou se só estava fingindo para que Andrea parasse de bombardeá-lo com fatos "úteis" para instigar sua memória.

– Vamos fazer tudo que estiver ao nosso alcance – garantiu Rhys. – Teremos uma equipe na reabilitação que se concentrará em cada aspecto do processo de recuperação, mas o principal é Dan. Ele precisa ser paciente e colaborar conosco.

O rosto de Andrea perdera a cor à primeira menção da palavra *hemiparesia* e ainda não tinha se recuperado.

– Rhys, por favor, seja sincero. Danny é veterinário, *cirurgião*. É o que ele sonhava fazer desde criança. Você está dizendo que talvez ele não... – Ela empalideceu, mas obrigou as palavras a saírem de sua boca, fazendo uma careta como se tivessem um gosto amargo: – Ele pode não recuperar controle suficiente para operar?

Triste, Jeannie pensou no que Owen tinha lhe contado sobre os sonhos profissionais de Dan quando se formou. Ela já sabia que ele era ambicioso, mas não tinha compreensão de quanto o trabalho guiava sua vida até Owen explicar.

Eu não estava ouvindo, pensou. Ou Dan não me contou?

Ela tentou imaginar como se sentiria se perdesse o controle do braço esquerdo, dos dedos. E se a leveza do toque nunca mais voltasse? E se ela ouvisse música em sua cabeça mas não tivesse como colocá-la para fora? O pensamento fez com que seu corpo tremesse de pânico e frustração.

– Sou apenas o fisioterapeuta, não tenho como prever o que vai acontecer com o cérebro de Dan. E não vamos pensar nisso ainda. – Rhys tinha colocado a mão no braço de Andrea. Parecia enorme, a mão de um gigante amigável. – Vamos nos concentrar em fazê-lo levantar e caminhar, sim? Essas perguntas vocês podem fazer ao Dr. Allcott na reunião.

A Reunião de Sexta. Jeannie e Andrea trocaram um olhar. Tinham ficado sabendo da reunião de alta de Dan havia menos de uma hora, e ela já tinha assumido letras maiúsculas ameaçadoras.

O Dr. Allcott tinha convocado uma reunião multidisciplinar dos vários profissionais de saúde que supervisionavam o tratamento de Dan: ele, Rhys, uma terapeuta ocupacional, um psicólogo, uma nutricionista e vários enfermeiros. Embora Jeannie não conseguisse acreditar que Dan estivesse perto de voltar para casa, a julgar pelo número de sensores que o ligavam aos monitores, a alta parecia uma realidade. O encaminhamento à unidade de reabilitação estava em processo, e a terapeuta ocupacional tinha deixado uma mensagem para que Jeannie marcasse uma hora conveniente para uma visita à casa, para avaliar quaisquer ajustes necessários à volta de Dan.

Jeannie ficou olhando para a mensagem sem saber o que deveria dizer. Andrea ficou… *entusiasmada*.

– Ah, é maravilhoso! Talvez eu também devesse estar presente? Para ver o que vai ser necessário, em termos de cama extra e coisas do tipo, para quando eu for ficar lá. – Quando Jeannie protestou, sem muito esforço, dizendo que ela não precisava se preocupar, Andrea rebateu suas palavras com uma tacada carinhosa: – Não seja boba… eu faço questão. Assim você vai ter tempo para continuar ajudando seus amigos, certo? Com os cachorros?

Jeannie assentiu. Não havia muito mais que pudesse fazer. Afinal, tecnicamente, a casa era de Dan, não dela. Tudo que parecia tão confortável e estável dias antes de repente estava mudando.

– Pense! – continuou Rhys com uma piscadela animada. – Danny pode sair daqui semana que vem! É incrível, não é?

– Meu Danny sempre foi incrível – concordou Andrea. Ela enlaçou o braço no de Jeannie. – E minha Jeannie também é.

– Agora é com vocês – disse Rhys. – E ele está em ótimas mãos, dá para perceber.

Assim que elas voltaram ao quarto de Dan, Andrea entrou direto em um assunto que Jeannie achava que talvez finalmente tivesse ficado de lado por um tempo.

– Adivinha quem me ligou hoje de manhã.

Ela olhou de Dan, na cama, para Jeannie do outro lado.

– O Papa? – perguntou Dan, cansado. Ele tinha recuperado um pouco do humor, embora mais ácido que o normal. – Ele atende por telefone agora?

– Não, querido! A fotógrafa do seu casamento, Charlotte. Ela ligou para ver como estão as coisas. Ficou muito feliz por saber que você está se recuperando tão bem e me fez uma oferta *muito* gentil.

Andrea levantou uma sobrancelha, instigando-os a adivinhar qual teria sido a oferta.

Jeannie sorriu, mas teve de morder o interior da bochecha para não gritar "Agora não!".

– Ela faz ensaios fotográficos no hospital? – perguntou Dan. – Um pouco sombrio, mãe.

– Danny! Não! Ela se ofereceu para reaproveitar o sinal, caso vocês queiram marcar uma nova data para o casamento. – Andrea olhou para Jeannie. – Vocês sabem quão popular Charlotte é, então eu disse que ligamos para ela para informar a nova data o quanto antes.

Jeannie estava lutando para formular uma resposta adequada quando Dan fez isso em seu lugar:

– Diga que não.

– O quê?

Andrea estava procurando a agenda na bolsa. Ela levantou a cabeça.

A voz de Dan soou brusca e cansada:

– Mãe, eu agradeço por você querer pensar em coisas mais felizes do que a reabilitação, mas não acha que falar sobre fotógrafos de casamento é um pouco inadequado?

– Mas, querido... vamos só escolher uma data e esquecer o assunto.

– Mãe! Pelo amor de Deus! Você acha mesmo que é nisso que estou pensando agora? Fotógrafos de casamento?

Andrea olhou para Jeannie como quem pede apoio, mas ela aproveitou a oportunidade para deter a loucura.

– Não tem pressa – concordou. – Vamos depositar nossa energia em encontrar a melhor clínica de reabilitação para Dan e colocá-lo de volta no caminho da recuperação.

Ela sabia que estava usando os piores clichês, mas o rosto de Andrea se contorceu de surpresa.

Jeannie olhou para Dan, e o modo exasperado porém carinhoso como ele olhava para a mãe a fez se lembrar, emocionada, do primeiro jantar que tiveram juntos; de quão aliviado ele pareceu quando ela e Andrea riram e se deram tão bem.

"Ela vai amar ser sogra", confidenciou ele, alegre, a caminho de casa, e Jeannie ficou um pouco triste por uma noite em família comum ter sido uma ocasião tão especial para os dois Hicks.

– Bom... Me desculpem se fui inadequada. – Andrea tentou se recompor e se levantou. – Vou pegar um chá.

– Andrea, não... – começou Jeannie, mas Andrea fez um gesto dispensando a preocupação e saiu do cômodo.

Ela e Dan ficaram em silêncio por uns instantes.

– Ai, ai... – disse Jeannie.

Ao mesmo tempo, Dan perguntou:

– Você acha que fui longe demais?

– Os médicos disseram que você poderia estar um pouco mais grosseiro que o habitual.

– Uma boa desculpa, não é?

Eles deram um sorriso triste. Ela se perguntou se Dan estava tendo algum rompante de memória; se aquela troca o fez se lembrar *dela*, reanimando uma conexão solta no fundo de sua mente.

– Então por que minha mãe está tão desesperada para que a gente se case? Tem alguma coisa que eu deva saber?

A pergunta saiu despreocupada, mas havia um foco nos olhos azuis de Dan que Jeannie não via desde que ele acordara: parecia mais determinado a encontrar o caminho de volta para a mulher que estava sentada ao seu lado.

– Não se você não se lembra de mim – respondeu ela. – Nada ainda?

Ele balançou a cabeça.

– Alguns... sentimentos, no lugar de fatos? Como sonhos dos quais a gente tenta se lembrar e escapam antes que a gente consiga... – Ele fez um gesto como quem agarra algo no ar.

– Conseguiu definir qual é a sua última lembrança?

Se Dan não se lembrava dela, ele tinha perdido um ano inteiro.

Dan balançou a cabeça.

– Eu me lembro de ir a um jogo de rúgbi com Owen... talvez seja a última lembrança de algo grande. Desculpa. Nosso encontro deveria estar gravado na minha mente para sempre. Não é muito romântico da minha parte.

– E a memória de curto prazo? As coisas estão se fixando na sua cabeça durante a noite? – Jeannie fez uma pausa. – Ei. Esta foi a primeira manhã em que você se lembrou de mim.

– É mesmo. Então estão. – Dan sorriu satisfeito. – Está ficando mais difícil separar o que eu me lembro daquilo que li naquele caderno que vocês preenchem, ou que as enfermeiras dizem, ou que Owen diz. Eu sei que você tem sido gentil e passa muito tempo aqui. Sei que você canta, que tem tocado para mim. As enfermeiras dizem todos os dias o quão especial você é.

O tom agressivo sumira, como se nunca tivesse estado ali. O cérebro de Dan estava se recuperando, pensou ela, sempre mudando, se renovando, se reparando. Avançando em direção ao dia do casamento.

– Você se lembra de ter aceitado o emprego em Longhampton? – perguntou ela. – De veterinário?

Dan franziu a testa.

– Eu sei que *sou* veterinário. Me pergunte sobre síndrome de Cushing, displasia de quadril, eu sei tudo isso. É só... – Sua expressão era de pesar. – Me desculpa. Por favor, me desculpa. Deve ser terrível para você... sentir que foi esquecida.

– É difícil para todo mundo – falou Jeannie.

– Estou lendo as anotações diárias... – Ele balançou a cabeça, sem acreditar. – Aquilo tudo aconteceu?

– Aquilo tudo aconteceu. Foram semanas movimentadas. – Ela fez uma pausa, a voz travando. – Estamos muito felizes por você estar de volta, Dan.

– Eu também. Obrigado por me ajudar a chegar até aqui.

– Tem sido um trabalho de equipe. Eu, Owen, sua mãe, seus amigos e sua família... Você se lembra das mensagens que tocamos para você? Dos cartões que lemos?

– Eu deveria dizer que sim?

Eles ficaram se olhando, e Jeannie sentiu uma conexão sincera entre ambos. Era quase uma conversa que poderiam ter tido antes do acidente. Estranhamente, parecia as conversas que tinham logo que se conheceram, pensou ela, com uma pontada de nostalgia. A menção ao emprego trouxe um pensamento à tona.

– Aquele cartão que eu deixei esses dias... de quem era?

– Que cartão?

– Aquele com os leões. Será que caiu atrás da mesa? – Jeannie se levantou e arrastou a mesa de cabeceira. Não havia nada atrás dela: o quarto de Dan estava impecavelmente limpo. – Chegou no consultório... George me deu para que eu trouxesse para você. Sem assinatura. Dois leões na frente, algo sobre muita diversão.

– Não, não lembro de ter visto isso. – Ele fez uma careta. – Mas... será que eu me lembraria de ter esquecido? É difícil dizer.

– Onde será que foi parar?

Jeannie colocou a mesinha de volta e percebeu que estava bem perto de Dan agora. Se quisesse, poderia se abaixar e beijá-lo. Se ele quisesse, poderia ter tocado sua perna.

Ela parou, e talvez o pensamento tivesse surgido na cabeça de Dan também. Ele mexeu a mão e respirou como se fosse dizer algo, como se fosse tocá-la, e instintivamente Jeannie se afastou, esbarrando na mesa.

Os cartões caíram e a água derramou, chamando a atenção para seu movimento repentino, e eles se olharam. A expressão de Dan era interrogativa, mas vulnerável, como se ele estivesse tentando olhar dentro de seu coração, procurando pistas, e Jeannie sentiu um carinho inesperado por ele. Será que é tarde demais?, ela se perguntou. É tarde demais para me apaixonar por ele de novo?

– Ah! Estou interrompendo?

A enfermeira Lauren tinha voltado para fazer alguns testes. Ela sorriu para os dois, e Jeannie percebeu que ela provavelmente pensava que estivessem se beijando. Jeannie corou e logo perguntou:

– Aquele cartão, com os leões... Você viu por aí?

– Não, não vi. Vou perguntar ao pessoal da limpeza se eles viram. – Lauren acendeu a lanterninha para o teste da pupila. – Mas fiquei sabendo que sua reunião multidisciplinar é esta sexta, Dan. Oba! Está chegando o dia em que vai se livrar de nós!

Sexta, pensou Jeannie, enquanto Dan se recostava nos travesseiros e se submetia à lanterna de Lauren. É o tempo que eu tenho para decidir o que vou fazer.

Capítulo 25

O carteiro devia estar com pressa na manhã de quarta-feira, porque metade da correspondência dos Fenwicks estava misturada à seleção escassa de panfletos e exemplares de revistas de veterinária de Jeannie e Dan.

Jeannie não se importou de levar a correspondência até lá. Ficava feliz por ter um motivo para ir até o casarão: não tivera notícias durante a noite sobre o estado de Gem, o que esperava que fosse um bom sinal, mas sabia que, quando as notícias são ruins, mandar mensagem para os outros não é exatamente uma prioridade.

A casa parecia tranquila quando ela se aproximou pelo caminho de cascalho (não havia música, nem o cheiro habitual de torrada, nem vozes tagarelando, nem latidos) e, quando ela bateu, a porta da frente se abriu de uma vez.

– Oi? – gritou ela em direção ao corredor.

As galochas estavam no lugar de sempre; as coleiras e os casacos, pendurados nos cabides perto da porta. A casa parecia prender a respiração, os residentes invisíveis reunidos tristemente pelos cantos escuros.

Para sua surpresa, foi George quem respondeu:

– Estamos na cozinha.

Estamos. O coração de Jeannie ficou apertado, imaginando a família inteira reunida em volta da caminha de Gem. Ela hesitou, sem querer se intrometer, mas já estava ali, então respirou fundo e avançou pelo corredor.

George estava sentado no chão perto do fogão, ao lado do cesto. Dentro, embaixo de um cobertor, Gem estava deitado sobre um tapetinho branco macio, o focinho comprido sobre as patas, os olhos um risco cinza quase invisível no focinho grisalho.

Jeannie sentiu o coração preso na garganta. A mudança em Gem desde o dia anterior era visível. Ele tinha desvanecido. Ela nunca o vira assim, imóvel. Mesmo quando ele estava em pé ao lado de Rachel, sua energia interior tremeluzia ao seu redor como estática. Agora ele parecia tão quieto e tão fraco...

George levantou a cabeça e deu um sorriso rápido, uma expressão de "Você me pegou num momento sentimental". Vestia as roupas de trabalho, mas tinha arregaçado as mangas da camisa e tirado as botas, revelando um par de meias vermelhas e grossas com um furo em um dos calcanhares. Sua mão descansava na beirada do cesto, seus dedos castigados pelo tempo na cabeça de Gem, carinhosamente conectando o cão com seu humano conforme ele ia se afastando cada vez mais.

– Desculpe, recebemos correspondência de vocês por engano. – Jeannie mostrou os envelopes. Ela não sabia se deveria se sentar com George. Era uma cena muito íntima. – Não esperava encontrar você aqui.

– Tirei a manhã de folga. Liguei para um amigo que me devia uns favores e pedi que ele me substituísse. – Ele fez um gesto despreocupado. – Algumas coisas são mais importantes.

– Como ele está?

– Dormindo. Sem dor. – George coçou a barba grisalha do cão com a mão livre. – Ele não tem muito tempo agora. Eu o levaria ao consultório, mas, para falar a verdade, não tem por que fazê-lo passar por esse estresse... Tenho tudo de que preciso na pasta para deixá-lo partir em paz, se for necessário.

Ah, Gem, pensou Jeannie, tomada por uma tristeza repentina e esmagadora.

– Onde está Rachel?

– Fergus tinha uma consulta no dentista, na cidade. Eles saíram por volta das nove... Eu tive que praticamente chutar Rachel para fora de casa, mas ela estava ficando louca e Fergus precisa ser subornado para ir ao dentista na maior parte das vezes. Prometi que não ia deixar Gem ir a lugar algum enquanto ela não voltasse.

– Acho que ele não iria mesmo a lugar nenhum sem ela.

– Eu sei. Ele está esperando por Rachel. Sempre esperou por ela, com mais paciência do que eu às vezes.

George passou a mão de leve na cabeça estreita de Gem. O gesto era tão diferente dos tapinhas firmes que ele dava em cães maiores, tão gentil e respeitoso que Jeannie precisou conter as lágrimas. Não chore, disse a si mesma. Não chore.

– Venha, sente aqui com a gente – disse George, batendo no piso ao lado do cesto. – Gem vai saber que você está aqui.

Jeannie se sentou do outro lado do cesto. Havia algo de consolador no piso sob seus pés descalços, no calor do fogão, no cheirinho suave de cachorro que subia do collie entre eles. Ela não sabia quando, menos ainda *como*, mas o cheiro dos cães, o pelo macio, as almofadinhas das patas e o corpo quente deles tinham se transformado em um verdadeiro consolo – muito diferente do cheiro asséptico e clínico do hospital, que fazia sua pressão subir logo que ela passava pelas portas giratórias.

– Aqui sempre foi o seu lugar, não é, Gem? Perto do fogão. – George acariciou a orelha dele com o dedo grosso. – Desde o momento em que Dot trouxe você no bolso do casaco até esta cozinha para te dar uma segunda chance de viver. E, em troca, você dedicou sua vida a ela. E depois, quando perdeu Dot, dedicou sua vida a Rachel. Agora está aqui de novo, em frente ao nosso fogão. Pronto para reencontrar Dot.

Os olhos de Jeannie se encheram de lágrimas. Não demorou muito, pensou.

– Sabe, sou suspeito para falar, mas sempre desejei que as relações humanas fossem tão simples quanto as que temos com nossos cães – continuou George. – Sem palavras para atrapalhar o que queremos dizer. A estupidez humana é a causa de grande parte do sofrimento do mundo. Que bagunça fazemos em nossos relacionamentos, em comparação à facilidade com que nos comunicamos com *eles*. Que bagunça!

Jeannie não soube o que dizer. Sabia que ele estava falando de Rachel. Ficar sentado ali com Gem, encarando o fim, estava abrindo o coração ferido de George e deixando sair mais do que ele normalmente permitiria.

– Ele é da família – afirmou Jeannie.

– Gem está aqui há mais tempo que qualquer um de nós. – George ficou olhando o peito estreito do cão subir e descer, em um ritmo irregular. – Rachel diz que foi Gem que nos uniu... Eu dizia que ela era maluca por falar isso, mas agora não tenho mais tanta certeza. Ele nos arrebanha como ovelhas, à sua maneira.

– Rachel diz que foi ele que disse a ela que eu devia ficar com Lady Sadie. E foi a escolha certa.

– Ouvi falar. Está fazendo muito bem àquela cadela ter um lar.

– E a mim. É bom ter com quem passear, em quem pensar, com quem conversar.

Jeannie não tinha se permitido pensar no que aconteceria com ela e Sadie depois de sexta: haveria lugar para Sadie na casa quando Dan voltasse? Seria justo? Sentiu um leve frio na barriga ao pensar em outra pessoa adotando sua garotinha de rosto doce, desfrutando da devoção sincera de Sadie. Não seja egoísta, pensou.

– Os cães fazem bem à alma – disse George. – Não estou falando isso só porque é meu trabalho. Os cachorros mantêm a gente na linha.

– Como assim?

– Eles obrigam você a se olhar de frente. Você precisa se comprometer: a dar de comer, a levar para passear, a ensinar a se encaixar no seu mundo. Se não fizer essas coisas... dá para ver. No cão, eu digo. Seu cachorro é basicamente um reflexo ambulante de quanto você se esforça para ser uma pessoa decente. Você precisa dar o seu melhor.

– Me faz perceber quanto eu gosto das coisas simples quando faço essas coisas com ela – contou Jeannie. – Estou com Sadie há poucas semanas, mas caminhar é muito melhor com um cachorro. Eu reparo mais no pôr do sol. Nas abelhas. Na luz. Até ficar sentada no sofá é melhor com ela no meu colo.

– Bom, isso é amor, na minha opinião. Mesmo em épocas difíceis, somos melhores juntos. Foi como me senti no instante em que conheci Rachel. Eu sabia que ainda haveria problemas, que a vida continuaria sendo imprevisível, cheia de coisas incríveis e desastres completos, mas simplesmente seria *melhor* se ela estivesse ao meu lado.

Jeannie colocou a mão no dorso de Gem, sentindo os ossos afiados da coluna dele. Não esperava ouvir algo tão romântico vindo do pragmático George. Aquilo era, palavra por palavra, o que ela sempre tinha sonhado sentir, aquela certeza instantânea de "você e eu", de dois corações se encaixando como uma chave em uma fechadura. Mas nunca tinha encontrado isso. Muitas pessoas diziam que era um mito, e Jeannie passara a acreditar nelas. Não existia isso de amor à primeira vista, almas gêmeas. Absurdos de comédias românticas que só levam à desilusão. Mas ali estava George, um homem lógico e sério com quase o dobro da idade dela, dizendo que era real aquele sentimentalismo de "A gente simplesmente sabe".

– Você soube desde o *primeiro* instante? – perguntou Jeannie.

George deu um sorriso triste.

– Praticamente. Eu não conhecia Rachel muito bem quando percebi isso pela primeira vez, então foi um pequeno choque. Eu a achava egoísta e com prioridades completamente erradas. Ela insistia em usar saia preta para passear com os cães só porque todo mundo dizia que precisava comprar uma calça adequada. E ela dizia *Eu não gosto de cachorros, não sou esse tipo de pessoa, e nunca vou imitar voz de cachorro*; tudo isso milhares de vezes, embora ninguém dissesse que ela faria isso. Mas Rachel tinha alguma coisa... uma determinação sanguinária de fazer o certo pela tia louca que ela mal conhecia, embora já estivesse decidida de que detestava cada minuto que passava aqui. Aquilo me fez pensar... Muito bem, sua maluca. Vou me juntar a você com prazer.

A ternura áspera da voz dele invadiu o coração de Jeannie, e o calor do fogão atrás dela e o calor do amor de George pela esposa pareceram se unir ali na cozinha.

– E você se apaixonou.

A voz de Jeannie falhou. Era tudo que ela sempre quisera. Aquilo só fez sua dor aumentar, saber que aquela certeza especial existia, mas que ela não tinha encontrado.

George sorriu para o cesto, um sorriso revelador mas íntimo.

– É, me apaixonei. E a vida tem sido mais louca, mais rica, mais irritante e melhor desde então. – Seu sorriso desapareceu. – Não posso falar por ela, é claro.

Preciso contar a ele sobre o vestido, pensou Jeannie de repente. É *importante* que esses dois não percam algo tão precioso. É *importante* para mim, porque quero acreditar em um amor assim, que sobrevive à estupidez e aos erros humanos.

– Rachel chorou enquanto embalava o vestido – disse Jeannie.

– Sério?

George não olhou para ela.

– Ela escreveu um bilhete de despedida. – Jeannie engoliu em seco, sem saber ao certo até onde deveria ir. Então pensou no rosto coberto de lágrimas de Rachel e mandou a cautela pelos ares: – Partiu o coração dela ter que vender, sabe? Você quer que eu tente encontrar a pessoa que comprou e pegar de volta? Ela pode ter anotado o endereço em algum lugar no escritório.

George não disse nada. Aferiu o pulso de Gem e acariciou a orelha dele.

Jeannie se sentiu desconfortável. Fui longe demais, pensou. Eu mal conheço esse homem, e é o chefe do Dan. No entanto, havia uma tensão confessional no ar, como se George quisesse conversar com alguém. Resolveu chutar logo o balde.

– Se está acontecendo alguma coisa, você devia conversar com ela.

George ficou olhando para a frente, para o armário coberto de canecas pintadas à mão, de desenhos todos tortos feitos por Fergus no jardim de infância, de cartões-postais e cartões de agradecimento, fitas de premiação de competições de cães e prêmios de exposições: as quinquilharias adoradas e desorganizadas da vida em família dos Fenwicks.

– Nós dois fizemos algumas bobagens nos últimos tempos – disse ele depois de uma pausa longa. – Eu emprestei um dinheiro para meu afilhado e esqueci de contar à Rachel. Não foi muito inteligente da minha parte, considerando nossas discussões recentes sobre as contas do centro de resgate, mas eu estava ocupado, não estava pensando direito. Eu devia ter contado a ela, mas Rachel tirou as próprias conclusões. E anda agitada por causa daquelas fábricas ilegais de filhotes... O centro de resgate consome uma grana, como você sabe, mas não é só um negócio para Rachel, era a maneira como a tia lidava com os próprios problemas, e ela... *se identifica* com Dot de um jeito que não é exatamente... – Ele levantou a mão, parando por aí. – Talvez eu esteja batendo muito na tecla da aposentadoria. Talvez esteja fazendo com que Rachel se sinta velha. Não quero me aposentar e não fazer nada: quero viajar com ela, aproveitar nossa vida juntos. Mas Rachel anda com um humor estranho há um tempo, e tentei conversar, mas acabamos discutindo porque cada um fala de uma coisa. Talvez estejamos simplesmente com medo do que o outro pode dizer se *realmente* falarmos sobre isso.

O silêncio recaiu sobre eles. Jeannie acariciou a cabeça de Gem, deixando que a ternura no ar se espalhasse entre os três.

– Eu não entendo as mulheres – concluiu George, perdido. – As vacas são muito mais diretas.

– Acho que se você começar com o que acabou de me falar sobre o amor...

Jeannie parou quando Gem ergueu a cabeça do cesto com um grunhido de esforço, levantando as orelhas macias para um som que nenhum dos dois estava ouvindo. Jeannie prendeu a respiração. Ele estava ouvindo Dot vindo buscá-lo? Seria o fim?

Dez segundos depois, a porta da frente se abriu e se fechou, seguida por uma conversa em pleno fluxo.

– ... mais um não faria diferença nenhuma, faria? Por favor, mãe, vai ser bom para o Gem! Ele ia gostar de ter mais um irmão.

– Gem não está bem, Ferg. Você não ia querer um irmãozinho pulando na sua cabeça se não estivesse bem.

– Eu não me importaria.

Um som de sacola caindo no piso do corredor.

– Cuidado com a pintura! Sério, quantas vezes eu tenho que pedir?

– Eu *queria* ter um irmão! Você sabe que eu sempre *quis* um irmão. Ou uma irmã. Na verdade, se não posso ter um irmão, então tenho direito a um cachorro.

A voz de Rachel tinha um quê de dor quando ela disse:

– Fergus, a gente já falou sobre isso...

O menino entrou na cozinha com tudo.

– Pai, posso fazer umas torradas? Mamãe disse que...

Ele parou de falar ao ver Jeannie, e depois Gem, se esforçando para balançar o rabo no cesto, e seu rosto sardento se entristeceu. Em uma fração de segundo, o pré-adolescente desapareceu, restando apenas um garotinho de coração partido diante do amigo de infância que aos poucos se esvaía diante de seus olhos.

– Oi, carinha – disse George. – Gem está cansado. Venha fazer um carinho nele.

Rachel veio por trás do filho e o abraçou, puxando-o para si para que ele sentisse seus braços alentadores mas não visse suas lágrimas. Seu rosto foi tomado pelo esforço de conter a própria dor para preservá-lo.

– Quer que eu cuide do canil hoje à tarde, Rachel? – ofereceu Jeannie.

Ela assentiu, cheia de gratidão, e se sentou pesadamente no piso em frente ao cesto, ao lado do filho.

Jeannie ligou para Andrea para avisar que não visitaria Dan naquela tarde e passou o resto do dia ajudando Mel com a rotina do canil.

Embora George não tivesse exatamente incentivado aquilo, Jeannie procurou por toda parte alguma dica do endereço para onde o vestido de casamento de Rachel fora, para o caso de haver alguma chance de ela conseguir recuperá-lo, mas não conseguiu encontrar nada. Isso a deixou mais triste do que ela esperava.

Talvez seja melhor assim, disse a si mesma. Era só um vestido, não o casamento em si. Mas ela não conseguia acreditar. Ninguém tinha nem provado o vestido de Jeannie ainda, provavelmente porque a história de sua meia viagem infeliz até a igreja tivesse se espalhado.

No fim do dia, dolorida por um bom motivo – de tanto jogar bolinhas e carregar sacos de comida –, Jeannie pegou Lady Sadie do cercadinho que ela dividia com Constance e Grace e a levou para passear pelo caminho até o chalé. Era um fim de tarde suave de verão: as sebes estavam tomadas de folhas e flores e, conforme Lady Sadie passava se esfregando nelas, nuvens de uma fragrância de madressilva se espalhavam.

Jeannie sentiu tanta paz que continuou andando, passando pelo chalé e voltando pelo caminho que levava até a cidade. Seguiram em frente, acompanhando os campos altos de milho e cevada, subiram e desceram uma ou duas escadinhas de madeira para cruzar as cercas e se dirigiram ao bosque que aos poucos rareava, dando lugar aos canteiros de flores e gramados dos jardins municipais.

Sadie parou e farejou cada novo aroma com interesse. Nunca tinha se afastado tanto dos canis, de modo que seu olfato nunca havia sido provocado por traços de raposas, coelhos, toupeiras ou lebres. Jeannie ficou de olho em qualquer coisa que pudesse assustá-la e tinha um pacote de petiscos pronto para distraí-la caso isso acontecesse. Deixou o olhar vagar pelos campos e pomares; tudo era novo para ela também, algo diferente em que pensar.

Havia um banco memorial na entrada do bosque, posicionado no ângulo perfeito para que as pessoas aproveitassem a vista panorâmica da cidade lá embaixo. Jeannie se jogou nele e pegou o celular.

Jogou um petisco para Lady Sadie e discou o número de sempre.

A mãe logo atendeu.

– Alô? É você, Jeannie? Está tudo bem?

– Oi, mãe. – Fazia alguns dias que ela não falava com os pais. – Tudo bem.

– Como está nosso garoto?

Ela mordeu o lábio, precisando da dor para que a mente se concentrasse no aqui e agora.

– Ele está ótimo, obrigada. Vamos ter uma reunião importante na sexta para falar sobre a saída dele do hospital na semana que vem.

– Semana que vem! Que notícia maravilhosa. Ouviu isso, Brian? Dan vai sair do hospital semana que vem. Ah, seu pai está muito feliz. Já sabe se ele vai para a casa nova de vocês?

– Provavelmente ele vai para um centro de reabilitação primeiro. Ainda está com o lado esquerdo paralisado, mas o fisioterapeuta está muito otimista quanto às chances de ele recuperar o controle.

– E como Dan está… por dentro?

Sue sabia, e Jeannie também, que não se tratava apenas dos ferimentos físicos. Havia cicatrizes mais profundas que as da pele, fraturas mentais que talvez Dan ainda nem soubesse que tinha. Na verdade, Jeannie se preocupava muito mais com isso que com a hemiparesia. Eram as cicatrizes que demandavam amor e levavam tempo para sarar.

– Melhorando – respondeu ela brevemente. – Ainda vai levar um tempo.

– Andrea vai ficar muito feliz. Ela já ligou duas vezes esta semana, para saber sobre nossa disponibilidade nos fins de semana para o casamento. Tentei dizer a ela que fosse com calma com Dan, mas ela disse que só quer reservar datas para que vocês não precisem se preocupar com isso. Ela perguntou se temos planos para junho do ano que vem. Por que você não nos contou que estão escolhendo outra data?

– Não estamos, mãe. E não queremos escolher. – Jeannie apertou o nariz. Aquilo precisava parar. Primeiro os Fenwicks, agora seus pais. Ela *precisava* conversar com Andrea. – Nós dois pedimos a ela que se acalmasse, mas claramente é muito importante para ela.

– Ah, meu amor. – Houve uma pausa longa, cheia de preocupação. Jeannie era capaz de ouvir a agitação na linha. – Você quer que a gente esteja aí para essa reunião de sexta?

– Não precisa.

– Owen vai estar lá?

– Na verdade não sei. Ele tem andado distante ultimamente. Adotou um dos filhotes, eu contei?

Sue se recusou a desviar a atenção.

– É bom que alguém esteja lá com você, fazendo perguntas. São decisões importantes, Jeannie. Decisões que podem impactar o resto da sua vida. Você precisa de apoio.

Jeannie fechou os olhos. Ela precisava de apoio, mas também precisava fazer aquilo sozinha.

– Vou ficar bem, mãe. Depois eu conto como foi.

Ela caminhou para casa enquanto a noite caía. Não encontraram ninguém no caminho e, quando parou à porta do chalé, Jeannie olhou para o casarão para ver se as luzes estavam acesas. Só a janela da cozinha brilhava amarela no céu de carvão. Uma luz, três humanos aflitos de vigília ao redor de um cesto. Quatro corações.

– Fique bem, Gem – sussurrou Jeannie, e imaginou o collie em seu auge, correndo silencioso e veloz como a brisa pelo campo.

Alguma coisa se movimentou no jardim, fazendo-a dar um pulo: um gato? Um esquilo? Estava escuro demais para ver. Algo rápido e silencioso à sombra, talvez seguindo o cheiro invisível de alguém que passara por ali havia muito tempo, talvez correndo para casa. Correndo em direção a uma mão nunca esquecida, esperando à beira da estrada.

Jeannie sentiu um calafrio e entrou.

Fora um dia intenso emocionalmente e ela ainda precisava fazer mais uma coisa antes de dormir. O tempo para que gravasse a música e a enviasse para Edith estava acabando. Ela fez algumas versões, mas nenhuma capturou a emoção de sua apresentação na noite de gala. Perguntou-se se algum dia conseguiria cantar novamente como naquela noite. Depois do que Owen tinha dito sobre Edith, Jeannie decidiu pelo meio-termo, para variar, e mandar só uma música em vez das duas que ela havia pedido. Ela que pedisse mais uma depois de provar que não passaria Jeannie para trás.

Jeannie levou o laptop, o amplificador portátil e o microfone para a cozinha e ajeitou tudo perto do cesto de Sadie. Fechou as cortinas e preparou uma xícara de chá enquanto a cadela caminhava de um lado para outro e se aninhava no cesto, com seu sorriso clássico de contentamento de terrier. Jeannie pensou em Gem e Rachel enquanto afinava o violão; pensou no que

George tinha falado sobre os cães tornarem as pessoas melhores. Será que ela merecia a confiança de Sadie, depois do que havia feito com Dan? Provavelmente não, mas os pequenos atos de bondade e paciência que oferecia a Sadie todos os dias certamente a tornavam menos indigna.

Jeannie tocou a cabeça aveludada de Sadie e seu coração se encheu de uma emoção diferente: um calor sem palavras e atemporal que a fez querer ser melhor do que era.

Cantou a música sobre confiança e amor para a cadela, com lágrimas nos olhos. Era perfeito. Não tão complicado ou imperfeito ou cheio de nuances quanto o amor humano pelo qual ansiava, mas simples e suficiente para aquele momento. Acima de tudo, honesto.

Ficou sentada por alguns instantes ao terminar, segurando a música dentro de si como um arco-íris, então exalou devagar. Estava feliz com a música, e Sadie seguiu roncando.

Jeannie subiu o arquivo para a conta do Dropbox que ela e Edith sempre usaram para compartilhar demos e ideias e pensou, enquanto sua mão hesitava no mouse, em ligar para Owen só para garantir que estava fazendo a coisa certa.

Mas se deteve. Como tinha passado a depender de Owen tão rápido? Não só do apoio dele no hospital, mas agora de seu conselho em relação a Edith – uma mulher que ele nem conhecia mas que de alguma forma entendia. Ela não podia ficar toda hora pedindo conselhos ao melhor amigo do noivo. E, depois de sexta, provavelmente não o veria mais com tanta frequência. Pensar nisso a fez se sentir estranhamente vulnerável.

Sua mente agiu por ela. Jeannie clicou em enviar e o upload começou. Sem tempo para pensar – feito. Edith a desafiara, e pela primeira vez ela respondera ao desafio, segundo as próprias condições.

Ficou olhando para a tela até o ícone aparecer. *Pronto.* Uma centelha de ansiedade dançou por sua pele, e ela não soube ao certo se estava com medo ou satisfeita.

Capítulo 26

O sono de Gem foi ficando cada vez mais profundo, até que ele finalmente se foi naquela noite, as patinhas em espasmos na perseguição a cordeiros perdidos em sonhos. Foi enterrado no quintal da casa dos Fenwicks na quinta-feira, ao lado dos outros cães de Dot, cujos locais de descanso estavam marcados com pedras esculpidas, sob o salgueiro.

Jeannie ficou ao lado de Natalie e Mel enquanto Fergus lia um poema e George fazia um breve discurso sobre o amigo que seguira os movimentos da família por mais de uma década.

– Gem conhecia Four Oaks melhor do que nós – afirmou George. – Era o lar dele antes mesmo de ser o nosso. Ele conhecia cada corrente de ar, cada degrau rangente, cada cantinho fresco e cada cano quente. Gem teve a generosidade de compartilhar seu lar conosco e cuidou muito bem de nós desde o início. Éramos seu rebanho de humanos de estimação e ele cuidava de todos nós.

Ele ergueu o olhar do papel para fixá-lo em Rachel, que estava do outro lado da pequena sepultura, pálida de tristeza. Steve, o temporário, tinha saído de fininho para cavar a sepultura antes do café da manhã, antes mesmo que George precisasse pedir ou Rachel pudesse ver. Ela parecia não ter dormido. Seu rosto estava cinzento e ela segurava um ramo de alecrim com força.

Jeannie sabia que ela estava tentando se conter por Fergus. Ao lado dela, o menino segurava uma bolinha branca de pelos e patas rosadas que se contorcia: Dolly, a última filhote de collie. Ele parecia triste, mas, ao mesmo tempo, utilmente distraído tentando conter a cadelinha que se agitava em seu colo.

Então ele conseguiu o irmãozinho, pensou Jeannie. Que bom.

– Obrigado, Gem, pelo amor e pela paciência com os tontos que você se esforçou tanto para treinar – continuou George. – Sempre que bebermos gim no jardim nas noites de verão ou passearmos com os cães no parque nas manhãs de inverno, saberemos que você estará caminhando logo atrás, para garantir que não desviemos do caminho. Às vezes não notávamos quando você estava aqui, tão furtivo e esperto como era, mas sentíamos sua presença. E vamos continuar sentindo sua presença em nossos calcanhares, embora agora você esteja caminhando por outro campo. Você estará sempre conosco e estaremos sempre com você. Adeus, meu querido e velho amigo.

– Amém – disse Fergus.

Natalie, Mel e Jeannie se pegaram repetindo:

– Amém.

Então Steve e George baixaram a caixa de madeira para dentro da terra e Rachel deu um passo à frente para colocar o ramo de alecrim sobre a tampa.

– E isto – acrescentou, colocando a mão na bolsa e tirando um chapéu de tweed surrado. – Era da Dot. Ela usava nas caminhadas em dias de chuva. Gem dormiu em cima dele durante anos depois que ela morreu.

Ela não disse mais nada, mas colocou o chapéu com cuidado sobre o caixão.

Natalie e Mel jogaram flores silvestres que pegaram no campo do canil e Rachel levou Fergus para que George pudesse começar a fechar a sepultura.

Depois de uma xícara de chá com bolo para todos, Jeannie e Rachel voltaram para o canil. Os cães não iam passear nem se alimentar ou lavar os canis sozinhos, como disse Rachel.

– Além do mais, é o que Gem ia querer.

Dan teve um dia cheio de exames e o Dr. Allcott insistiu que ele descansasse depois, então Jeannie ficou para ajudar Rachel a enfrentar a rotina. Pensou em como Dan devia estar se sentindo, no que os exames revelariam: que futuro estava se desenhando para eles. Às três horas, Mel entrou no escritório e anunciou que uma equipe de voluntários terminaria as tarefas do dia.

– Vão para casa tomar um chá – disse, carinhosa. – Ou vinho. O que estiverem precisando. A gente dá conta de tudo aqui.

Então Rachel e Jeannie voltaram para a cozinha grande dos Fenwicks, onde Fergus estava no chão brincando com a collie Dolly, treinando-a para dar a patinha em troca de linguicinhas. Quando viu a mãe e sua amiga, ambas com expressões sombrias que diziam "Vamos ter uma conversa de adultos", ele pegou três pacotes de batatas chips e a filhotinha e subiu para sua toca.

Jeannie tirou a correspondência, os bilhetes, catálogos e jornais da mesa da cozinha e se sentou em uma cadeira. Folheou a *Gazeta de Longhampton* sem vontade e percebeu um artigo circulado de caneta vermelha triunfante: o dono da fábrica de filhotes responsável pela vida miserável de Sadie e suas irmãs tinha recebido uma multa de 15 mil libras e estava banido para sempre de manter criações de animais. Além disso, ia ter que prestar serviços comunitários. Era uma pequena coisa boa em um dia triste.

Rachel serviu duas taças de vinho. Colocou uma delas diante de Jeannie e bebeu um quarto da sua ainda em pé. Então se sentou, com um gemido. Não precisava verbalizar.

Jeannie bebeu um gole do vinho e decidiu não perguntar sobre o criador.

– George fez um belo discurso hoje – comentou. – Chorei à beça. Imagina, já chorei ontem, quando ele me contou como Gem veio parar aqui.

– Pois é, ele consegue ser bastante eloquente falando sobre cães. Só não... sobre humanos. Ah! – Rachel passou a mão no cabelo. – Desculpa. Não tenho direito de ficar me queixando da vida com você. Amanhã vai ser um grande dia, não?

– Vai, mas, Rachel... eu não tenho exclusividade das situações difíceis. Não é competição de sofrimento. E você acabou de perder seu cachorro.

– Na verdade não era meu, era da Dot. E se ela estivesse aqui, me diria para parar de drama e me recompor. – Rachel ficou olhando para a taça de vinho com tristeza. – Ela ia *amar* ter a minha vida. Marido, filho amoroso. Água quente ilimitada.

– Tenho certeza de que ela falaria algo mais gentil.

– Não, ela era bem franca. O que eu mais admirava em Dot – continuou Rachel, quase falando consigo mesma – era que ela se recusava a ter medo de *todas* as coisas que deixavam minha mãe apavorada. Ela largou um bom emprego, abriu um negócio sozinha, nunca se casou. Não se importava de envelhecer, nem com o que as pessoas pensavam. Simplesmente seguia em frente.

– Como você. – Jeannie considerava Rachel uma pessoa que definitivamente não tinha medo de muita coisa. – Do que você tem medo?

– De mim mesma! – A resposta saiu com uma força surpreendente. – Não sei o que está acontecendo comigo. Vou fazer 50 anos mês que vem. Não quero fazer 50 anos. Cinquenta é… bom… – Ela apenas articulou a palavra "velha" com os lábios e lançou um olhar culpado para a porta, caso Fergus estivesse ouvindo.

– Você não é… – Jeannie articulou a palavra "velha" de volta. – Está só começando.

– A natureza tem seu jeito de nos lembrar de que o tempo está avançando, ainda que nosso cabeleireiro possa fingir que não. – Ela passou os dedos pela franja com mechas grisalhas e se corrigiu: – Não é tanto por envelhecer, com isso eu consigo lidar, é pela sensação de estar… entre capítulos? George fica falando de se aposentar, mas Ferg não está nem no ensino médio ainda. Na minha cabeça, eu tenho uns 30 anos, mas ou estou começando a ter calorões, ou precisamos ajustar a calefação. E ainda preciso *fazer* coisas. Não estou pronta para aceitar a meia-idade e frequentar floriculturas, como meus pais.

– Mas George vai *mesmo* se aposentar cedo? – Jeannie pensou na carga de trabalho dele, dobrada na ausência de Dan. – Isso não é só uma coisa que viciados em trabalho dizem para si mesmos para que as pessoas parem de dar sermão sobre doenças cardíacas relacionadas ao estresse?

– Há dois anos eu teria dito que não. Hoje em dia, já não sei. George mudou. Mas eu também. – Rachel levantou a cabeça e olhou pela janela, então voltou a fitar Jeannie, com um sorriso pesaroso. – Já percebeu que essa é a primeira coisa que as pessoas dizem quando nos dão o vestido de casamento? "Ah, é horrível, eu não entro mais nele!" Como se tivessem decepcionado a si mesmas. Mas quem entra? Quem *continua* sendo a mesma pessoa quinze anos depois?

– Ninguém?! – Jeannie se perguntou aonde Rachel queria chegar com aquilo, considerando que ela tinha usado o próprio vestido como um personal trainer especialmente cruel.

– Exatamente. A vida muda a gente. E tudo bem, porque *tem que ser* assim. – Ela girou a taça pela haste. – Casamentos são um único dia de perfeição, mas o matrimônio é uma série de pequenas mudanças e ajustes.

Porque os dois mudam a cada solavanco no caminho, e nem sempre ao mesmo tempo. Enquanto estiverem juntos. E aquele vestido perfeito no qual você talvez nunca mais entre... estou começando a pensar que as mulheres são malucas por se submeterem ao fracasso assim.

– Enquanto pagam uma fortuna por esse privilégio.

Rachel suspirou.

– Talvez fosse melhor antigamente, quando as pessoas simplesmente se casavam com suas melhores roupas de domingo... Elas sabiam onde estavam se metendo. O mesmo cara da igreja, que namoravam fazia três anos. E ganhavam um chapéu novo que poderiam usar depois.

Houve uma longa pausa. Jeannie pensou em Owen e no kilt que poderia ser discretamente ajustado de acordo com a oscilação de seu apetite ao longo dos anos. As coisas eram tão mais fáceis para os homens.

Ela estendeu a mão sobre a mesa.

– Sinto muito se Dan e eu deixamos a vida ainda mais complicada aqui para vocês.

– Ah, não deixaram. Pelo contrário, o que aconteceu com o coitado do Dan me fez perceber como é importante conversar enquanto podemos. George *detesta* conversar, principalmente sobre o que ele chama de Problemas Femininos, mas vou tentar explicar por que eu ando chorando ao ver cavalos e por que o estou castigando para castigar a mim mesma. E esperar que ele tenha a decência de me dizer que também tem sido um idiota. – Rachel fez uma pausa, como se estivesse se preparando para o pior. – Ele é um tonto teimoso, mas prometemos ao vigário que tentaríamos...

Jeannie não conseguia ver George agindo com teimosia diante do pedido de desculpas de Rachel. Sentia que ele só estava esperando que alguém começasse a conversa. Ela estendeu a taça para o reabastecimento oferecido.

– Fico feliz.

– E sabe *por que* eu vou fazer isso? – continuou Rachel.

– Porque vocês se amam?

– Bom, sim. Acho que ainda temos mais alguns quilômetros a percorrer juntos. Mas também para tentar convencer você a fazer o mesmo. Enterros esclarecem as coisas. Principalmente enterros de cães... eles nos deixam cedo demais. – Ela largou a garrafa e olhou para Jeannie. – Você precisa definir o que quer.

– Eu já defini. – Ela retribuiu o olhar de Rachel, olho no olho. – Dan precisa do meu apoio.

– Você pode apoiá-lo. Mas seja corajosa e pense para onde você quer que a sua vida vá de verdade. A rapidez com que um ano se transforma em cinco e depois em dez é assustadora. Eu queria ter conhecido George há *vinte* anos em vez de ter deixado a vida me levar por esse rio abaixo. Poderíamos ter tido mais Fergs, mais aventuras. Você tem sonhos, Jeannie.

Será que Rachel a estava aconselhando a terminar com Dan?

– Acho que eu não conseguiria me perdoar se não o ajudasse a superar isso.

Rachel olhou para ela como se estivesse avaliando se deveria ou não dizer o que ia dizer, com um sorriso hesitante dançando em seus lábios.

– Que foi?

– Sabe, às vezes, as melhores coisas podem vir dos piores começos. Não é segredo, nossos amigos sabem, eu engravidei do Fergus no primeiro encontro com George. No *primeiro encontro*. Acredita? – Ela fez uma expressão fingida de choque. – A vergonha! A gente mal se conhecia. Dois adultos responsáveis. George no conselho paroquial! Mas... aqui estamos nós. É como se o universo soubesse de algo que a gente não sabia.

– Bom, talvez isso esteja acontecendo com Dan e comigo. Pode não ser o melhor começo, mas talvez o universo esteja nos testando...

Rachel empurrou a cadeira para trás e se levantou.

– Eu não estava falando sobre você e Dan – disse por sobre o ombro.

Jeannie não entendeu. Mas, antes que tivesse a chance de perguntar do que ela estava falando, Rachel deu um sorriso animado e continuou:

– Então, eu recebi um e-mail ontem de uma das nossas voluntárias perguntando se ela poderia entrar em contato com você para falar sobre aulas particulares de violão para o filho...

Sadie sempre demorava um tempinho para caminhar até o chalé, conferindo os xixis deixados por outros cães na cerca viva, e elas ainda estavam na metade do caminho quando Jeannie ouviu um carro parando no caminho de cascalho.

George, chegando do consultório.

Jeannie correu em direção à casa. Queria dizer-lhe quanto tinha se emocionado com o discurso que ele fizera para Gem, mas, ao se aproximar, percebeu que ele estava mexendo em alguma coisa no assento traseiro.

Havia um porta-vestido atrás. George pegou-o com cuidado e o pendurou no braço.

Será que ele tinha comprado um substituto para Rachel?, ela se perguntou. Não, aquele porta-vestido era *muito* familiar...

Jeannie não conseguiu se conter: foi correndo até o Land Rover.

– George! – berrou. – É o da Rachel?

George revirou os olhos.

– É claro que é. Você não acha mesmo que eu ia deixar aquela mulher ridícula dar a última palavra vendendo o precioso Givenchy por minha causa, acha? Eu pagaria o dobro para evitar essa desvantagem moral. – Ele enfiou a mão no bolso interno do paletó e entregou um envelope a ela. – Isso aqui estava dentro. Leia.

O bilhete de despedida que Rachel tinha escrito para o próprio vestido de casamento. Jeannie hesitou.

– Tem certeza? – perguntou ela.

– Pode ler. Contém uma pérola de sabedoria da minha esposa que eu acho que merece ser compartilhada com qualquer um que esteja contemplando o santo matrimônio.

"Cara Tilly", Rachel escrevera em sua letra distinta. E seguia:

Este vestido fez de mim a mulher mais feliz, mais sortuda e mais linda do mundo inteiro. E o mais mágico é que, quando o tirei, ainda me sentia a mulher mais feliz, mais sortuda e mais linda do mundo inteiro.

Espero que seu amor seja tão sob medida quanto o que eu encontrei. Não esqueça que, assim como a alta-costura, se o modelo for certo, um bom casamento pode ser apertado ou afrouxado para caber em vocês dois para sempre.

Nunca tenha medo de fazer ajustes.

Felicidades em sua nova vida,

Rachel Fenwick

Jeannie o olhou emocionada.

– É tão romântico. Mas como você encontrou o vestido?

– Como você já deve saber, sou um cara direto, Jeannie, mas minha esposa me faz pensar como uma raposa. Eu *sabia* que ela jamais deixaria que eu mesmo comprasse. Adam Marsden é… cunhado, eu acho, da Sharon, nossa enfermeira. – Ele balançou a cabeça, pensando se era cunhado mesmo, mas uma satisfação orgulhosa surgiu em seu olhar. – A quantia que essa bobagem me custou só de correio é um espanto.

– Valeu a pena.

Jeannie devolveu o envelope. Eles formavam uma dupla e tanto, Rachel e George. Imperfeitos e obstinados, mas inteligentes, amorosos e (ela esperava) dispostos ao perdão. E sabiam disso.

– Ela é mais preciosa que rubis, como diria o cara lá de cima. – Ele enfiou o bilhete de volta no bolso. – Agora, se me dá licença, preciso esconder um vestido de casamento no maldito sótão.

Jeannie dissera a si mesma que não ia verificar se Edith abrira a demo no Dropbox, mas, depois de duas taças de vinho na casa de Rachel, não conseguiu se conter. Era como cutucar um machucado: sabia que não deveria olhar, mas, desde que colocara sua preciosa música nas mãos do destino, não havia como não sentir a empolgação com o que poderia acontecer. Será que Edith tinha mostrado a música a Amir? Será que havia mostrado para a equipe de composição? Será que tinha amado? E se a celebridade misteriosa gostasse da música e a gravasse? Quanto dinheiro renderia? Mas logo vieram os maus pensamentos: será que Edith havia odiado? Será que tinha ficado com vergonha? Será que estava rindo dela, lá em Londres, com as pessoas descoladas? O mouse de Jeannie pairou sobre o ícone. Ela prendeu a respiração e clicou.

Ah. Edith ainda não tinha ouvido.

Ela se agachou no chão da cozinha.

– Ah – repetiu, agora em voz alta. – Tudo bem.

Será que deveria mandar um e-mail para Edith avisando que a música estava lá? Ela meio que queria fazer isso, mas ao mesmo tempo queria que

Edith estivesse tão animada quanto ela. Quero que *ela* abra o Dropbox para ver, pensou. Quero que ela se importe com o que compus.

Lady Sadie levantou a cabeça no cesto, curiosa.

O celular vibrou no chão. Era Owen. *Pode falar agora?*

Jeannie ficou olhando para a mensagem, ainda em dúvida se deveria avisar Edith sobre a música ou não. Owen aparecer agora, ainda que sob a forma de mensagem, só a deixou ainda mais confusa. Ele diria que não. Ele diria: *Nem mande a música para ela.*

Ela hesitou. Ele tinha razão. Mas, ao mesmo tempo, o que Owen sabia sobre a indústria da música? Ou sobre Edith? Se ela respondesse, ele ia perguntar o que ela havia feito.

Mas talvez Owen quisesse conversar sobre a reunião do dia seguinte no hospital. Ele já tinha avisado que não poderia ir, pois teria uma reunião no trabalho. Jeannie tentou não pensar em quão melhor se sentiria se Owen estivesse lá para analisar as informações, fazer perguntas, manter a energia emocional de Andrea sob controle.

Suas mãos se mexeram antes que sua mente pudesse contê-las.

Oi. Tudo bem?

Ele respondeu de imediato: *Preciso conversar sobre uma coisa.*

Os batimentos de Jeannie aceleraram. Ela queria muito conversar com Owen e, em um momento de clareza, percebeu que isso não era bom. Owen a entendia de um jeito que Dan não entendia – ele vira o pior e o melhor que Jeannie tinha a oferecer. Viveram algo devastador, compartilhando conversas mais honestas e constrangedores em algumas semanas do que ela compartilhara com Dan em um ano inteiro. E ela gostava dele, muito. Entendia por que Dan confiava em Owen.

Mas Dan e Owen eram amigos desde sempre. Ela não podia incentivar nada que colocasse em risco essa amizade, a começar por mensagens de "Pode falar agora" tarde da noite.

Desculpa, estou jantando com uns amigos, respondeu ela. É sobre o quê?

Houve uma pausa maior dessa vez. Jeannie se perguntou se ele sabia que ela estava mentindo. O chalé parecia respirar junto com ela, ali sentada no chão, esperando que a tela acendesse novamente.

Preciso falar com você sobre a reunião de amanhã.

Jeannie fechou os olhos. De repente sentiu-se cansada demais para dicas.

Era sobre as mensagens que ele queria confrontá-la? Ou sobre o pacote? Ela não se importava mais com aquilo. Não havia nada que Owen pudesse dizer sobre a reunião que ela já não soubesse, nada com que já não tivesse se preocupado. Ele provavelmente só queria que ela soubesse que ele estava ali, apoiando-a.

Como Owen reagiria se soubesse o que ela havia feito?

Provavelmente como Natalie reagira ao saber da humilhação de Beth. E ele teria razão em desprezá-la. Pensar no rosto de Owen quando ele percebesse que ela não era a pessoa generosa e honesta que ele achava... Jeannie não suportaria isso.

Dedos cruzados por boas notícias amanhã, com Dan em uma clínica ótima e em casa logo. Bj, ela digitou e enviou.

Sadie saiu do cesto e bamboleou até o colo de Jeannie, onde se aninhou com uma fungada. O peso de sua cabeça quadrada era um conforto, e as batidas de seu coração contra a perna de Jeannie a acalmavam. Elas ficaram ali juntas, sincronizando a respiração, esperando que o celular tocasse com uma resposta.

O sol se pôs lá fora e não veio nenhuma resposta. Jeannie ficou decepcionada, depois aliviada. Então, quando estava prestes a se levantar para preparar um chá, a tela se acendeu na cozinha escura.

Você mandou sua música pra Edith?

Ela ficou segurando o celular por vários minutos, tentando peneirar a confusão contraditória de vozes em sua cabeça para definir o que queria dizer a ele. Mas Owen mandou mais uma mensagem antes que ela pudesse escolher as palavras certas.

Não decida nada rápido demais. Sua voz é muito preciosa para entregar a outra pessoa.

– Ah, pelo amor de Deus – disse Jeannie em voz alta. Nem eu escreveria uma coisa tão brega.

Ela se atrapalhou com o celular. *Mandei ontem à noite.*

Nenhuma resposta; depois de cinco minutos Jeannie decidiu que não queria mais esperar. Estava ficando tarde.

– Vamos, Sadie – disse. – Última saída e vamos dormir.

Ela guardou o aparelho na bolsa para não ficar tentada a ver o que Owen responderia.

Uma lua cheia surgira sobre a encosta como uma pérola gorda. Jeannie deixou que Sadie fuçasse as plantas que limitavam o terreno, liberando uma fragrância almiscarada no ar, e olhou para o casarão, se perguntando se Rachel já tinha encontrado o vestido de volta no lugar.

As luzes estavam acesas no andar de baixo e as janelas francesas da sala estavam abertas, deixando uma poça de luz espessa cair sobre o gramado lá fora. Duas silhuetas altas estavam no meio do gramado, abraçadas, encostadas no ombro uma da outra como se o peso perfeitamente equilibrado dos dois os mantivesse em pé.

Dava para ver o rosto pálido de Rachel, enterrado no ombro de George. A cabeça louro-grisalha de George curvada, protetora, sobre a da esposa. Ela estava com um vestido marfim drapeado que reluzia à mistura de luar e luz elétrica. Ele, com uma camisa xadrez, as mangas dobradas. Pareciam estátuas, fortes e sensuais. Uma sustentando a outra.

É um sinal?, pensou Jeannie, desesperada por uma orientação divina. Rachel e George não começaram bem, mal se conheciam, e olhe só para eles agora. Um casamento forte, se ajustando e se adaptando. Será que eu deveria tentar reconstruir a relação com Dan? Será que poderíamos ser assim?

Enquanto ela tentava interpretar a cena, George começou a conduzir Rachel em uma valsa lenta. Ela se virou e o luar iluminou suas costas pálidas, revelando o zíper que só tinha subido até a metade. O vestido não servia. Ela não se importava. Era só ajustar. George murmurou algo em seu pescoço. E Rachel sorriu.

E eles se beijaram, um beijo longo e lento, como se fosse o dia de seu casamento.

Capítulo 27

Na sexta-feira, Jeannie acordou uma hora antes de o alarme tocar e ficou deitada na cama observando o céu lá fora passar de um azul-marinho intenso para um leve turquesa. Queria saborear cada momento daquela manhã, antes que tudo mudasse.

Lady Sadie estava dormindo sobre um cardigã perto da porta, ao lado do ukulele que Jeannie tinha tocado antes de dormir. Lá fora, o coro da madrugada lampejava fragmentos de música na escuridão, e ela deixou a música fluir por seu corpo. Aqueles tinham sido os dois meses mais estranhos, tumultuados, felizes e tristes de sua vida, mas agora chegavam ao fim. Ela ponderou a situação até amanhecer e decidiu: nunca contaria a Dan que tentara cancelar o casamento.

Que sentido teria? Isso só o magoaria, e para quê? Enquanto conseguisse evitar que Andrea reorganizasse a cerimônia, Jeannie sabia que poderia apoiar Dan até que ele ficasse forte novamente. Queria fazer isso. Se tinha aprendido alguma coisa com os últimos meses, era que amar significava ajudar aqueles que amamos a superar seus problemas, não ir embora. Ajustar o amor para acomodar os solavancos aleatórios da vida. Depois… pensaria nisso quando a hora chegasse.

Ficou deitada ouvindo os pássaros cantando e a cadela roncando, e disse a si mesma que ia fazer a coisa certa. Se isso fazia parecer que um peso tinha sido colocado sobre seus ombros, não era nada perto do que Dan estava sentindo. Nadinha.

Jeannie ficou com o celular à sua frente sentada no trem a caminho do hospital, observando os campos pontilhados de ovelhas lá fora recuarem lentamente conforme as casas se multiplicavam e uma expansão urbana mais cinza tomava conta.

Esperava que Owen mandasse mensagem de novo, ou até ligasse, mas o que quer que quisesse dizer com tanta urgência na noite anterior claramente não tinha tanta importância agora. Desviou o olhar da tela em branco e ocupou seus pensamentos com Dan, lendo as primeiras conversas por WhatsApp que tiveram e olhando suas fotos sorridentes, até se sentir entusiasmada e forte com a convicção de que tudo ia ficar bem.

Na metade do caminho para Birmingham, Jeannie checou o arquivo do Dropbox e viu, para sua irritação, que Edith ainda não tinha aberto. Com certeza tinha visto, porque havia outros arquivos lá que ela já havia aberto. Estava fazendo joguinho.

Dane-se, pensou Jeannie de repente. Não tenho mais tempo para os joguinhos dela. Se essa grande oportunidade vai acontecer, não pode ser enquanto eu estiver tentando ajudar Dan. Talvez já seja tarde demais.

Ela discou o número de Edith, o número novo que ela vinha usando desde que tinha se mudado para o sul.

Caiu direto na caixa postal na primeira vez, mas Jeannie não deixou mensagem e ligou de novo na sequência. Duas vezes.

Na terceira, Edith atendeu depois do quinto toque.

– E aí! – disse, toda blasé. – Tudo bem?

– Tudo ótimo, obrigada. – Jeannie não teve vontade de contar a Edith aonde estava indo. – Escuta, você já baixou minha demo? Coloquei na nuvem há dois dias.

Ela sabia que Edith não tinha baixado, só queria saber por quê.

– Dois dias? Uau, desculpa, estamos tão ocupados no estúdio desde que voltei… – Edith bocejou como um gato. – Eu nem dormi ainda.

– Então… você vai ouvir?

– Com certeza. Assim que eu tiver um tempo para me concentrar nisso direito.

Jeannie olhou pela janela e desejou ter falado com Owen na noite anterior.

No espaço de duas semanas, Owen tinha lhe dado conselhos que mudaram a ideia que ela fazia de si mesma. Ele considerava que Edith não era digna de confiança – e tinha razão. De alguma forma, ele entendia que encontrar a própria voz era mais importante que o dinheiro, e que Jeannie tinha muita dificuldade de usar sua voz para se defender. E que sua música vinha de um lugar que ela não conseguia explicar. A reação de Owen à sua canção no evento de gala mostrara a Jeannie que a composição era especial – e não só porque todos tinham aplaudido.

E eu nem comecei a ensiná-lo a tocar ukulele, pensou Jeannie com tristeza, enquanto uma voz em sua cabeça destacava que Dan também achava que Edith não era confiável, assim como seus pais. E Rachel. Não era exatamente uma opinião exclusiva.

Ela podia enviar um ukulele para Owen pelo correio, com um livro.

– Então, sobre o que é? – perguntou Edith.

– O quê? – Jeannie voltou a prestar atenção na conversa.

– A música. Você escreveu sobre o acidente de Dan, afinal? – Uma pausa atrevida. – É sobre mim? Rá! Brincadeira, é sobre o Dan?

Todos pareciam achar isso.

– É sobre amor.

– Legal! Bom, estou ocupada agora, então eu te ligo depois que ouvir, combinado?

– Combinado – respondeu Jeannie e desligou.

Ficou observando as casas geminadas por alguns quilômetros, sentindo o ar entrar e sair de seus pulmões, entrar e sair, entrar e sair, então, com uma respiração que mudou para sempre o relacionamento entre elas, Jeannie calmamente apagou o arquivo do Dropbox.

A música era *sua*, sobre esse momento estranho de *sua* vida, e, se ninguém a ouvisse de novo, tudo bem. Ia guardá-la para si. Ninguém mais ia cantá-la.

A caminhada curta entre a estação e a entrada do hospital pareceu mais rápida do que nunca naquela manhã. Jeannie tirou um tempo para concentrar seus pensamentos em Dan e ajudá-lo a voltar a ser quem era.

Respiração profunda.

Estrada longa, paciência e apoio.

Respiração profunda.

Eles iam se conhecer melhor. O amor podia voltar – e se fortalecer no processo. Eles só tinham sufocado a chama ao fazer tudo às pressas. Agora teriam tempo. Todo o tempo do mundo. Quem é que sabia o que poderia acontecer?

O estômago de Jeannie se revirou.

Respiração profunda.

Estrada longa, pensou mais uma vez, paciência e apoio – e de repente ela se assustou quando alguém segurou seu braço com força.

Virou e ficou chocada ao ver a mãe parada ali, pendurada em seu braço como se fosse um corrimão.

– Mãe?

– Jeannie! Ah, graças a Deus peguei você a tempo.

O rosto redondo de Sue estava corado pelo esforço da caminhada rápida.

– Preciso falar com você, senhorita.

– O que *você* está fazendo aqui? Cadê o papai?

– Estacionando o carro. Que horas é a reunião?

Jeannie teve dificuldade de entender aquele acontecimento inesperado.

– Em uns quinze minutos. Você veio agora de manhã? De Dumfries?

– Quinze minutos! – Sue revirou os olhos. – Bem na hora, então.

– Não quero ser grosseira, mas posso lidar com isso sozinha, sabe? – Obviamente, Sue tinha decidido que ela precisava de apoio na reunião, de alguém que explicasse ao Dr. Allcott que Jeannie sabia como era a reabilitação e seria capaz de ajudar Dan quando ele fosse liberado para ir para casa. – Eu sou adulta e…

Sue não deixou que ela terminasse:

– Seu pai me contou o que aconteceu. Você não ia se casar com Daniel! Mas agora vai fingir que nada aconteceu e se casar com ele porque Dan vai ficar preso a uma cadeira de rodas e você está com pena.

– O quê? Quem disse que vou me casar? O que papai disse? – Jeannie olhou ao redor, procurando a jaqueta que ele usava no verão. – Você está falando isso porque Andrea está procurando locações? Porque…

– Mas você vai ficar com ele?

– Sim! É claro que vou. Ele precisa de mim. – Ela deu um passo para trás, para dar licença para uma cadeira de rodas que estava passando. Macas e visitantes traçavam uma curva aberta ao redor delas. – Você pode falar baixo, por favor?

A mãe agarrou seus braços, obrigando-a a prestar atenção.

– Eu sei como você é, Jeannie. Sempre preocupada com o que as pessoas vão pensar de você. Mas estou te falando agora, como sua mãe, que você não pode se casar com alguém que não ama. Isso vai contra tudo que o casamento significa. Tudo!

– Mas, mãe, o papai deve ter te falado que eu *causei* o acidente, certo? Com minha ligação?

– O amor não é uma coisa que você *deve* a alguém. Partiria meu coração ver você fingir sentir uma coisa que não sente, e acredite em mim: partiria o coração de Dan também.

– Mais do que me ver fugindo das minhas responsabilidades? Isso não partiria ainda mais seu coração? Depois de tudo que você ensinou para mim e para o Angus?

– Se isso significar desistir da sua vida, então sim, Jeannie! Sim, partiria meu coração! – Os olhos de Sue brilhavam de fervor. – Seu pai e eu nos *amamos*. A questão nunca foi se ele ficaria comigo ou não. Casados ou não, não faria diferença nenhuma. Não conseguiríamos viver um sem o outro. Com você e Daniel, seja sincera comigo agora, não é assim, é?

– Mãe…

– Jeannie, eu estou vendo no seu rosto. – Sue balançou as mãos dela. – Eu gosto de Daniel, muito, mas, se você não o ama, não está lhe fazendo favor nenhum fingindo que ama. Porque um dia vai surgir alguém que *vai* mexer com sua cabeça e nada vai ser capaz de impedir que você se envolva. Apenas votos vazios que você sabia que não eram sinceros. E, nesse meio-tempo, como ele fica? Ele merece alguém que retribua o amor dele.

Jeannie tentou se soltar.

– Mãe…

– Meu Deus, Susan, o estacionamento está uma loucura… – Brian cambaleou e percebeu com quem a esposa estava conversando. – Ela…? – Ele olhou de uma para outra, ofegante.

– Sim. – O coração de Jeannie martelava dolorosamente. Nada daquilo estava ajudando. – Ela deixou bem claro o que pensa.

Sue se virou e acariciou o braço dele.

– Obrigada por fazer com que chegássemos a tempo, amor.

– Sem problemas – respondeu Brian, sem ar, o rosto vermelho. – É minha culpa ter demorado tanto para te contar.

– Bom, se eu *soubesse*, Brian...

– Por que não tomam um café e discutem entre vocês de quem é a culpa enquanto eu vou para a reunião? – sugeriu Jeannie, conduzindo-os à lanchonete.

Não podia perder o foco agora.

Dan, pensou. O que importa agora é Dan. Não eu.

Andrea já estava no quarto do filho, arrumando seu roupão e verificando com a enfermeira como exatamente guiar a cadeira em que ele estava sentado, pronto para a reunião.

A cadeira de rodas era um marco muito importante da recuperação de Dan. Seu rosto tenso entregava o esforço que seus músculos enfraquecidos estavam fazendo, mas ele estava determinado a esconder qualquer tensão sob um verniz de otimismo.

– Bom dia, Jeannie! – disse quando ela entrou.

Isso a deixou chocada por um instante. Ele parecia exatamente o Dan de antes. Mas, ao retribuir o cumprimento animado, ela lembrou, culpada, que era a "nova" Jeannie para Dan – a noiva fiel que o visitava todas as manhãs. A mulher que ele conhecia havia menos de sete dias.

– Bom dia, querida – acrescentou Andrea, com um abraço apertado e um beijo.

Ela vestia uma blusa amarelo-narciso e uma saia branca.

Eles encontrariam o restante da equipe em uma parte do hospital aonde Jeannie nunca tinha ido. Ela conseguiu manter um fluxo de conversa animado com Dan e Andrea enquanto a enfermeira levava Dan pelos corredores até a sala de reunião onde Rhys, Heather, a terapeuta ocupacional, Ulla, a nutricionista, Bradley, o psicólogo, e dois novos enfermeiros já estavam sentados, todos aguardando.

– Estamos esperando o Dr. Allcott – explicou Rhys.

– Ele precisou atender uma emergência. Acidente de trânsito.

– Alguma ideia de quanto tempo vai demorar? – perguntou Ulla.

– Não. A secretária dele vai me atualizar assim que tiver alguma notícia.

Houve um momento de silêncio educado, então Ulla se aproximou e perguntou a Heather alguma coisa sobre as férias na Grécia e conversas sussurradas se espalharam ao redor da mesa.

Jeannie brincou com o copo de água e deu um sorriso nervoso para Dan. Ele sorriu de volta, mas parecia abatido. Ela deu uma piscadela, mas logo repreendeu a si mesma. Ele deve estar com medo do que está por vir, pensou. Mesmo que os planos do médico sejam bons, a estrada para voltar a antiga vida é longa. Seu estômago se revirou. *Nossa* antiga vida.

Sentiu Andrea bater em seu joelho para chamar sua atenção.

– Eu ia contar para vocês depois, mas tenho uma surpresa – anunciou para os dois. – Sei que vocês me pediram que não fizesse isso, mas reservei um lugar para 1º de junho do ano que vem. Cadogan Hall. Paguei o sinal para que vocês não precisassem se preocupar com nada. – Ela parecia tão satisfeita consigo mesma. Jeannie mal conseguia suportar. – Falei com seus pais ontem à noite, Jeannie, e eles já reservaram a data na agenda deles. Agora só precisamos nos concentrar em fazer com que Dan chegue lá!

Um pânico sombrio tomou conta do peito de Jeannie. Então foi isso que fez com que papai abrisse o jogo, pensou. Quanto dinheiro será que Andrea tinha desperdiçado com um sinal não reembolsável?

– Ah, mãe… – Dan jogou a cabeça para trás e olhou para o teto. – *Não*. Quantas vezes eu tenho que dizer?

– Não seja assim, Danny, eu só quero que vocês tenham seu final feliz – insistiu ela. – Isso é tão ruim assim?

Era isso. Jeannie sabia o que tinha que fazer. Se Andrea continuasse insistindo em casamento, sua tática de ficar com ele, mas sem compromisso, não ia dar certo. Mais cedo ou mais tarde teria que se justificar, e era melhor fazer isso agora, antes que a memória de Dan voltasse. Antes que a anestesia da amnésia passasse e o rompimento doesse mais do que o necessário.

– Dan. – A voz de Jeannie saiu seca. – Preciso conversar com você.

– E então? – perguntou Dan. – Sobre o que você precisa conversar comigo? Ou só está tão entediada com essas reuniões com os médicos quanto eu?

Estavam sentados em um canto tranquilo do corredor, perto de uma janela grande, onde poderiam conversar sem ser incomodados. Dan olhava fixamente para Jeannie, e a confiança dela fraquejou. Ele era quase o garoto de ouro que ela havia beijado na ponte do Brooklyn nove meses antes. Era quase impossível continuar.

Andrea pagou um sinal para o casamento e não vai desistir.

Jeannie inclinou-se para a frente e pegou a mão dele.

– Ah, meu Deus – disse Dan, inexpressivo. – São más notícias.

– Eu sei que você não tem lembranças do acidente – começou ela. – Nem do dia do casamento.

– Ouvi muitas coisas da minha mãe – afirmou ele. – Quase sinto como se tivesse estado lá.

Foi uma tacada de humor corajosa, o que Jeannie reconheceu diante das circunstâncias.

– Por quê? Você tem mais detalhes que gostaria de acrescentar? – perguntou ele.

– Bom, na verdade, sim... – Ela engoliu em seco. – Eu te liguei quando estava a caminho da igreja porque percebi que estávamos cometendo um erro.

As palavras pairaram no ar.

– O quê?

A testa de Dan se franziu, como se ele não tivesse escutado direito.

Jeannie tentou se convencer de que aquilo não o magoaria porque ele não se lembrava dela.

– Eu não podia seguir em frente com o casamento, então deixei uma mensagem pedindo que você me ligasse. Depois liguei de novo, mas você ainda estava em uma ligação, então deixei mais uma mensagem dizendo que não podíamos nos casar. E em algum momento, não sei exatamente quando, você atravessou a rua... e aqui estamos.

Dan ficou olhando para ela.

– *Por que* era um erro?

– Foi tudo rápido demais. – Jeannie detestava se ouvir dizendo coisas que a faziam parecer tão superficial. – Eu não esperava que você me pedisse em casamento tão cedo e aceitei porque... o que eu poderia fazer? Foi o pedido *dos sonhos*. Você viu as fotos, foi lindo. Estávamos tão felizes! Mas, daquele momento em diante, foi como estar em uma estrada sem saída. A gente só falava sobre o casamento. Nunca tínhamos tempo para conversar sobre como seria depois.

Dan não falou nada. Pelo menos estamos sendo sinceros *agora*, Jeannie disse a si mesma ao preencher o silêncio insuportável com explicações e culpa:

– Eu só via você nos fins de semana, que passávamos viajando e explorando lugares novos, mas talvez o certo fosse que a gente não fizesse nada, só assistisse a filmes e aprendesse a *estar* juntos. Estávamos assumindo um compromisso enorme e eu mal conhecia você. – Ela se esforçou para dar um exemplo: – Como quando eu precisei perguntar sobre a sua família para mandar cartões de Natal. Eu não fazia ideia de quantos primos você tinha, mas nós íamos nos casar dali a alguns meses. Quer dizer, a gente falava sobre coisas como a mudança para cá. Mas não sobre quem a gente queria ser. Ou do que a gente tinha medo. Você só conheceu a minha versão casual. Não quem eu sou por dentro.

Sua voz falhou quando ela percebeu algo que estava tentando ignorar: Dan nunca havia ligado muito para as coisas que importavam para ela. Jeannie tentara várias vezes falar sobre a sensação da música correndo por suas veias como um rio de som; o que a amizade com Edith significava para sua autoestima; a preocupação de achar que não estava vivendo a vida que achava que deveria; mas nunca conseguiu fazê-lo entender. Ela achava que isso acontecia porque não era boa com as palavras como Edith, mas na verdade ele nunca ouvia o que ela estava tentando dizer. Dan tinha curiosidade a respeito das minúcias de sua vida, mas não de sua alma, ela percebeu.

Houve uma longa pausa.

– Você tentou falar sobre isso antes do casamento? – perguntou Dan. – E eu não entendi?

Ela balançou a cabeça, envergonhada.

– Achei que só estivesse nervosa. E, para quem olhava de fora, eu era a garota mais sortuda do mundo, por me casar com alguém como você. Você é areia demais para o meu caminhãozinho, Dan.

– Rá. – Dan deu uma risada sombria. – Valeu.

– Mas aí, a caminho da igreja, meu pai ficou falando sobre o que o casamento significava para ele e... – Era simplesmente como a mãe de Jeannie tinha acabado de dizer: um não conseguiria viver sem o outro. – Eu soube que não podia fazer aquelas promessas a você.

De repente, Dan não parecia um homem que não tinha lembranças dela. Seus ombros se encolheram.

– Você tem certeza de que isso aconteceu mesmo, Jeannie? – perguntou ele. – Não está só tentando cair fora agora que estou em uma cadeira de rodas?

– Não!

Jeannie se curvou e pegou as mãos dele, mas Dan as puxou de volta.

– Eu prometo, Dan, eu não vou a lugar algum. Eu *quero* ajudar você a superar isso. Eu gosto de você. Tivemos momentos incríveis... Você viu as fotos! A gente se divertia muito. Mas casamento é diferente. Precisa ser especial. Precisa... encaixar.

Ela prendeu a respiração, esperando que Dan dissesse alguma coisa.

Ele virou a cabeça. Quando voltou a olhar para ela, seus olhos não estavam cheios de lágrimas como ela temia. Mas pareciam magoados.

– Quem sabe disso?

– Só meus pais. – E Rachel. E Natalie. E provavelmente Johnny também. Eles não parecem o tipo de casal que guarda segredos um do outro.

– E Owen?

– Eu... eu não sei. Acho que não.

– Você *acha* que não? O que isso quer dizer?

– Dan! Jeannie!

Os dois olharam para cima ao mesmo tempo e viram um homem caminhando pelo piso polido em direção a eles.

Era Owen.

O coração de Jeannie parou, e o alívio que ela sempre sentia quando o via se espalhou por seu corpo, mesmo naquele momento tão inconveniente. O que ele queria? Havia uma urgência estranha em seu rosto, como se precisasse chegar até eles mais rápido do que o decoro hospitalar permitia.

Dan se ajeitou na cadeira.

– É melhor a gente voltar para a reunião.

– Owen tentou me ligar ontem para me dizer alguma coisa. Será que era sobre a reserva que sua mãe fez para o casamento?

– Vai saber… Vem, senão vamos nos atrasar. Não quero conversar sobre isso com Owen.

Dan colocou a mão na roda direita e tentou empurrá-la, então soltou um gemido de frustração quando a cadeira não se mexeu.

Jeannie sentiu a frustração de Dan e virou o rosto para que Owen não visse sua expressão quando se aproximasse. Pronto: tinha contado a Dan seu segredo vergonhoso e dado a ele a verdade. E agora podia voltar para a reunião e se comprometer a ajudá-lo a superar os meses seguintes. Ou o tempo que fosse. Anos, talvez. A sensação não era tão boa quanto esperava que fosse.

Owen estava bem na frente deles agora, mas não disse oi. Não disse nada. Ficou olhando para Dan, como se estivesse esperando que ele falasse primeiro. Jeannie percebeu de longe que ele estava de camiseta e calça jeans, não de terno, então não tinha vindo direto do trabalho.

– Oi! – Jeannie forçou um sorriso. – Você não tinha uma reunião importante hoje?

– Houve uma mudança de planos – respondeu ele, e voltou a olhar para Dan. – Dan, você conseguiu conversar com a Jeannie?

Dan mexeu na cânula.

– Acho que o analgésico está acabando. Vamos, Jeannie, vamos voltar.

Owen se colocou na frente dele, bloqueando o caminho.

– Você contou a ela?

– Me contou o quê? – perguntou Jeannie quando Dan não respondeu.

– Quer que eu conte?

– Me contar *o quê*? – repetiu Jeannie.

Owen se virou para ela e Jeannie ficou chocada com sua expressão. Era a mesma do primeiro dia que passaram no hospital, quando ele tentou manter as emoções escondidas sob um verniz de calma. Owen nunca recuara diante de conversas difíceis: não importava quantas vezes tivesse que lidar com médicos, uma mãe histérica ou uma noiva assustada, parecia sempre capaz de encarar qualquer coisa. Agora, parecia temer o que tinha a dizer, mas estava determinado a falar.

– O que está acontecendo, Owen? – perguntou ela, uma agitação repentina perturbando seu estômago.

– Ah, tá bom! – Dan soltou um suspiro. – Eu estava esperando uma oportunidade para falar. – Ele olhou para eles da cadeira de rodas. – Jeannie – disse –, eu sei quem você é.

– O quê?

– Ele está recuperando a memória – explicou Owen.

– Como? O que fez voltar?

O coração de Jeannie disparou. Por favor, que ele não se lembre de quanto eu o magoei, pensou. Por favor, não.

Dan olhou para Owen, então olhou para as próprias mãos.

– É complicado.

– E como – disse Owen, e se sentou no banco ao lado de Jeannie, soltando um suspiro de exaustão.

Capítulo 28

Jeannie enfiou as unhas na palma das mãos, tentando se concentrar naquela reviravolta surreal. A adrenalina a tinha invadido quando se obrigara a fazer sua confissão, mas agora estava desorientada, como se a linha de chegada tivesse mudado de repente e ela fosse obrigada a correr mais uma volta.

– Quando você diz que sua memória voltou – começou ela –, quer dizer que voltou em que ponto? Você não tinha mesmo ideia de quem eu era até... quando? Ontem? O que aconteceu? Um dia você simplesmente acordou e sabia quem eu era?

Dan olhou para o amigo. Os olhos azuis de Owen imploravam.

– Podemos fazer isso depois da reunião? Não quero me atrasar.

– A secretária do Dr. Allcott avisou a todos que ele ainda vai demorar pelo menos uma hora... Pediram que eu viesse avisar vocês. – Owen cruzou os braços. – Vocês precisam conversar sobre isso. *Antes* de começar a fazer planos para os próximos meses. Jeannie merece saber a verdade, Dan.

Dan não disse nada. Ficou olhando para o chão à sua frente.

– Tudo bem, posso facilitar as coisas se você quiser – disse Owen. – Cadê o celular?

Que celular? A cabeça de Jeannie rodou.

– Está na mesa de cabeceira.

– Não está, eu estou vendo daqui. – Ele colocou a mão no bolso do roupão de Dan e pegou o celular. – Aqui. O celular. – Ele agitou o aparelho. Um celular inteiro, intacto e funcionando muito bem.

Jeannie ficou olhando. Por que Owen estava sendo tão ríspido, quase cruel, com Dan? Não era do feitio dele.

– É um celular novo. O do Dan está na lixeira da lanchonete – disse Jeannie. – Ele quebrou.

– Sim, o celular quebrou. Mas o chip está aí dentro. – Owen fez um gesto de cabeça em direção ao celular. – Eu coloquei em um celular antigo e de repente várias coisas que eu não estava entendendo começaram a fazer sentido. – Ele se virou para Dan. – Parceiro, se você não quer falar sobre isso, podia deixar Jeannie ver por si mesma. Mostre as mensagens a ela.

– Ela cancelou o casamento! – Dan apontou para Jeannie, indignado. – Você sabia disso?

– Não! – Owen perdeu o chão por um instante. – Quando?

– Ela ia me largar literalmente no altar!

Dan parecia estar só começando, mas Owen se recompôs e levantou o dedo.

– Pelo menos Jeannie teve coragem de te contar em vez de mentir para todo mundo, incluindo a própria mãe...

– O. Que. Está. Acontecendo? – insistiu Jeannie.

– Ah, pelo amor de Deus. – Owen pegou o celular do colo de Dan e entregou a ela. – Leia você mesma.

Dan começou a protestar, mas parou. As mãos de Jeannie tremiam quando ela pegou o aparelho.

– Qual é a senha? Aniversário da Andrea?

– Sim – respondeu Dan.

Ao mesmo tempo que Owen disse:

– E da Carmen.

Ela digitou os números enquanto os dois observavam, os dedos deslizando sobre o vidro. O celular desbloqueou e mostrou a tela habitual. Estava perfeitamente normal, como se nada tivesse acontecido.

Jeannie se preparou e tocou o ícone das mensagens. Ela estava lá, na lista de contatos, assim como Owen, Andrea, Mark e George Fenwick, mas não estavam no topo. A posição estava em branco, sem nome, apenas um leão rugindo como ícone.

Ela olhou para Owen e Dan, sem entender. Os olhos de Owen estavam fixos nela; Dan olhava para o piso.

– Leia – disse Owen em voz baixa. – E veja as datas e os horários.

Jeannie tocou a linha em branco e imediatamente a tela foi preenchida por mensagens longas. Ela viu as palavras *amor* e *África* e *agora* e *largue* e *saudade*. E *erro*. Ela voltou até a data do casamento, e lá estava:

Sinto sua falta. Cometemos um erro. Me desculpa. Bj.

E a resposta de Dan:

Também peço desculpas. Você pode falar agora? Bj.

E o horário? Ela deslizou a tela: 2:04. Logo antes do casamento. Quando ela tentou ligar. Quando não conseguiu e teve que deixar mensagens de voz.

Então Dan estava mandando mensagem para outra pessoa quando não pôde atender às ligações dela, por isso fora atropelado. Mandando mensagem, conversando, o que fosse. Tinha sido distraído por *outra pessoa*. Ela levantou os olhos. Seu corpo tremia tanto que achou que seus dentes fossem bater.

– Você pode falar… com quem?

– Carmen. Foi ela que mandou aquele pacote para a casa de vocês – disse Owen. – Ela também mandou as flores e o postal para o consultório.

Carmen. Carmen. O nome não soava familiar para Jeannie. Tinha conhecido tantos amigos, parentes, primos, tios nas últimas semanas. Nenhuma Carmen.

– Pode me devolver, por favor? – pediu Dan, estendendo a mão.

– Quem é Carmen? – perguntou ela.

Dan fez uma pausa longa. Longa demais.

– Minha ex.

– *Ex*? – perguntou Owen em voz baixa, mas com um tom afiado.

– Sim, minha ex-namorada.

Dan olhou para ele de cara feia.

Uma luz se acendeu na mente de Jeannie. A fotografia de Owen e a garota de cabelo escuro que ela imaginara ser namorada dele; algo naquela foto fez com que ela sentisse algo tão estranho que teve que guardá-la.

– A sua foto com os burros… aquela garota de cabelo cacheado. É ela.

– Onde você achou isso? – perguntou Dan.

– Na sua caixa marcada como sala de estar. Achei que ela tivesse namorado *Owen*. É ela?

Ela voltou ao celular e abriu as fotos. Dan tentou impedir, mas percebeu que não havia mais motivo para isso.

Jeannie nunca tinha mexido no celular de Dan, ele sempre o mantinha no bolso. Ela teve que voltar bastante, percorrendo fotos do ano que passaram juntos, mas de repente viu uma garota com cachos pretos caindo sobre os ombros em quase todas as fotos. Ela e Dan. Ela posando sozinha. Claramente era um relacionamento bem sério. Carmen com leões sonolentos, Carmen em fotos no deserto, Carmen e Dan em trajes formais em um casamento. Eles pareciam um casal de verdade, abraçados, olhos nos olhos, linguagem corporal casual, possessiva e relaxada. Carmen exibia um brilho sensual nos olhos escuros quando olhava para Dan, como se estivesse pronta para devorá-lo assim que a câmera se afastasse. E Dan? Dan parecia que ficaria bem feliz com isso.

Não como a gente, pensou ela, com uma pontada de dor, lembrando das selfies doces e aconchegadas dos dois. Ele nunca quis me devorar. Me abraçar, sim. Me devorar, não.

Ela olhou para cima. Dan e Owen esperavam pela reação dela. Owen parecia mais ansioso que Dan. Suas sobrancelhas escuras estavam unidas e ele estava com o tronco inclinado para a frente, como se quisesse consolá-la mas não pudesse.

– E? – disse Jeannie. – Quem é ela? Por que você nunca me falou dessa Carmen?

Dan virou a cabeça e ficou olhando para a parede por um tempo, então, quando Owen respirou fundo para começar, ele decidiu abrir o jogo:

– Carmen e eu nos conhecemos no curso de veterinária. Fomos para a África juntos em um projeto beneficente e começamos a namorar. Terminamos e voltamos algumas vezes, por muito tempo. O sonho dela sempre foi voltar para a África e montar os próprios consultórios itinerantes. Ela trabalha muito para instituições beneficentes que tratam animais lá.

Jeannie ficou olhando as fotos enquanto ele falava. Ela percebeu que Dan estava sendo cuidadoso ao falar da vida profissional de Carmen, enquanto as fotos do celular eram de uma criatura muito mais social. Ela tinha braços lindos, um sorriso hollywoodiano perfeito e contagiante e não economizava no decote. O contraste entre seu glamour latino e a lourice britânica de Dan era nítido, mas eles formavam – era estranho notar – um casal atraente. Um belo casal. O coração de Jeannie doeu. Se ela tivesse visto o celular dele só uma vez durante o relacionamento, saberia. Mas não vira.

– Essas fotos… a última de vocês dois juntos foi tirada um mês antes de nos conhecermos – disse ela devagar. – E você nunca falou dela?

– Eu não queria conversar sobre isso. Terminamos logo depois dessa foto e não foi exatamente… tranquilo. Carmen tinha conseguido patrocínio para tirar do papel o projeto da África e quase me convenceu a ir com ela. Eu estava atrás de visto, financiamento, mas minha mãe não estava bem e eu não podia deixá-la sozinha. Carmen achou que minha mãe estivesse sendo manipuladora. Não entendia por que ela tem tanta dificuldade em ficar sozinha. Por que não consegue confiar em ninguém depois… do meu pai.

Jeannie e Owen trocaram olhares disfarçados, uma vez que Dan estava franzindo a testa para o nada, revisitando lembranças dolorosas. Ela imaginou que Owen estivesse pensando o mesmo que ela: se o maior medo de Dan era acabar como o pai, que não era confiável, aquela não era a estratégia certa.

– Andrea a conheceu?

Era difícil imaginar Carmen, que usava vestidos com estampa de oncinha (Jeannie espiou mais uma selfie) e camisetas com slogans taxativos em defesa dos direitos dos animais, conversando sobre novelas e mobiliário com a doce jogadora de tênis Andrea.

– Bom, o fato de elas não terem absolutamente nada em comum além da data do aniversário… isso prova que a astrologia é um monte de besteiras. Não, elas não se entendiam muito bem. Carmen não é paciente como você. Ela acha que as mulheres devem se defender sozinhas. Não entende por que minha mãe não expulsou meu pai de casa na primeira vez que ele bateu nela. E minha mãe sempre teve medo que Carmen me convencesse a ir embora do país, então não havia muito amor ali.

Mais uma ficha caiu.

– Paris? – Jeannie se virou para Owen.

– Sim, e ele estava em Barcelona, não em Paris, quando o voo atrasou. Visitando os pais da Carmen. – Ele olhou para Dan. – Primeira e última vez que você me fez mentir para sua mãe.

Dan pareceu envergonhado.

– É. Desculpa, parceiro.

– E aí?

– Bom, Carmen deu um ultimato: ou eu ia para a África com ela ou nós terminávamos. Terminamos. E eu conheci você. E você era tão, tão diferente. Estou sendo sincero. – Jeannie viu nos olhos cheios de pesar de Dan que ele estava *mesmo* sendo sincero. – Você era exatamente aquilo de que eu precisava. Era uma ótima companhia. A gente nunca brigava. Podíamos viajar nos fins de semana sem ter que contrabandear quatro felinos selvagens para casa. Minha mãe achava que você era a melhor coisa que tinha me acontecido, e você era tão boa com ela... Parecia uma vida adequada, uma vida em família. Era tudo que eu sempre quis.

– Então eu fui só uma aventura que foi longe demais?

Ela não deixou que Dan desviasse o olhar e se recusou a baixar o seu. Precisava ver em seu rosto que não tinha sido enrolada ou enganada.

O Dan Hicks por quem ela tinha se apaixonado correspondeu a seu olhar, o mesmo rosto feliz e lindo que encostou no dela para a selfie de noivado na ponte do Brooklyn. Mas ela sabia que o que tinha visto em seus olhos naquele dia fora o reflexo do pôr do sol, as bolhas de champanhe de uma paixonite, a adrenalina de uma paixão inesperada que estava prestes a chegar ao auge.

– Eu pedi você em casamento porque parecia a coisa certa a fazer – disse ele, com sinceridade. – Porque eu queria que aquele momento durasse para sempre.

Jeannie sabia que Dan estava falando a verdade. Estava grata por isso, embora soubesse que não deveria estar. Os dois sentiram a magia naquele pôr do sol. Mas não era uma magia que se mantinha à luz do dia.

– Você contou à Carmen?

– Contei. Ela levou numa boa. Mandei e-mail para que ela pudesse levar o tempo que fosse para processar tudo. Ela estava viajando muito, a trabalho. Não tive notícias dela, mas você teve, não teve, Ow?

Owen pareceu discordar. Carmen obviamente não tinha ficado tão bem quanto Dan queria acreditar.

– Ela me ligou para perguntar se era sério. Eu falei que Dan estava muito feliz e que eu ainda não tinha conhecido você, mas que, segundo tudo que tinha ouvido, você era fantástica. E só para você saber, Jeannie, tudo que Dan me disse sobre você se revelou verdadeiro. – Ele olhou de um para outro, avaliando quanto mais sobre Carmen Jeannie precisava ouvir. – Carmen disse muitas... *coisas*, e desligou na minha cara. E eu achei que fosse um ponto final.

Dan afastou o cabelo louro do rosto.

– Mas então parece que ela mandou aquelas flores.

– Como você sabe disso?

Jeannie não se recordava de nenhuma flor, mas então lembrou: a caixa encharcada de rosas e lírios mortos que ela jogou fora no primeiro dia que voltara do hospital. Sentiu um arrepio. Carmen tinha descoberto onde eles moravam?

– Ela ligou para *mim* para dizer que só queria desejar tudo de bom a vocês dois. – Owen lançou mais um olhar afiado na direção de Dan. – E que ia mandar os cartões e a caixa devolvendo lembranças de Dan. Eu disse a ela claramente que *não* fizesse isso, mas ela me ignorou. Então eu tive que ir pegar o pacote de volta, não foi?

Então era isso. Jeannie cobriu a boca. As ligações silenciosas faziam sentido agora. As partes escondidas de Dan que ela sentia que não conhecia. Não era de admirar que algo parecesse estranho. Ele estava escondendo uma vida inteira dentro da vida que ela vinha vivendo.

– Me desculpa, Jeannie. – Owen se virou para ela. – Eu me senti um babaca mexendo nos seus armários procurando pelo pacote, mas, quando você me perguntou sobre a foto, percebi que Dan não tinha te falado sobre a Carmen, e se você abrisse... – Ele deu de ombros. – Eu pensei em te contar na época... eu devia ter contado. Quando vi que ela tinha mandado aquele cartão e percebi que ela estava tentando entrar em contato com Dan, mesmo depois do casamento, então tive que fazer alguma coisa. Achei o chip do Dan, coloquei em um celular antigo e...

Ele levantou as mãos e as deixou cair, como se não quisesse pronunciar as palavras. Owen fora colocado entre Carmen, Dan e Jeannie desde o início. Mas tinha feito o que podia para proteger Jeannie, acreditando que *ela* estava de coração partido.

A agitação do hospital seguiu ao redor dos três enquanto eles ficavam em silêncio, reunindo mentalmente os fragmentos do dia do casamento para formar uma imagem muito diferente daquela que cada um achava ter visto.

Eu me sinto traída? Jeannie sondou seus sentimentos. Com raiva? Triste? Todas as opções e nenhuma. O grande dia havia sido uma farsa ainda maior do que ela imaginava. E se ela nunca descobrisse que Dan estava trocando mensagens com Carmen? E se tivesse ido em frente com o casamento? Ele teria lhe contado? Owen teria? Isso teria colocado um fim à melhor e mais longa amizade de Dan?

Havia uma coisa que ela precisava saber, embora não *quisesse* saber. Jeannie se virou para Dan.

– Você estava conversando com a Carmen quando foi atropelado?

– Não lembro. Mas se está aí, no celular, eu devia estar. Me desculpa. Eu sinto muito mesmo. – Dan parecia triste, cansado, com vergonha de si mesmo. Como eu, na verdade, pensou Jeannie. – Eu não queria que nada disso acontecesse, juro.

– Não queria que acontecesse o quê? O acidente? – interrompeu Owen. – Ou a loucura de Carmen? Ou ter sido pego no flagra?

– Tudo isso.

A voz de Dan parecia exausta.

– Você ainda a ama?

Jeannie se sentiu como se estivesse surfando uma onda de honestidade, mal se equilibrando na ponta dos pés, mas elevada o suficiente acima daquela situação complicada para ver uma verdade que podia fazer com que todos eles superassem o estrago de seus erros combinados. Sentiu o olhar ansioso de Owen, mas não virou a cabeça; estava observando Dan, lidando com o fato de que a verdade ia doer, mas que ele não poderia se esquivar agora.

Ele ficou em silêncio por um tempo que pareceu horas.

– Não sei – disse finalmente, mas foi o suficiente.

Jeannie inspirou o mais fundo que conseguiu, então deixou que o ar saísse, estremecendo. Eles estavam quites, um tão errado quanto o outro. Ambos apaixonados por um sonho, não pela realidade. Ela pensou em Andrea, privada de seu final feliz em família, e ficou com pena.

– A Carmen deve amar *mesmo* você – afirmou Jeannie. – Moveu mundos e fundos para se manter no horizonte da nossa vida, lá da África.

Owen e Dan olharam para ela. Jeannie se perguntou se eles esperavam que ela chorasse. Depois de tudo por que tinha chorado e tudo que tinha testemunhado nas últimas semanas?

– Ela sabe? – continuou ela. – Do seu acidente?

Dan se virou para Owen.

– Não – respondeu Owen. – Eu não contei.

– Então eu acho que um de vocês devia ligar para ela – continuou Jeannie, falando com mais calma do que sentia. – Indiretamente, é por causa dela que você está aqui, Dan. O mínimo que pode fazer é avisar a ela que você está bem.

Edith escreveria uma música sobre isso, pensou. Os amantes predestinados destruindo vidas por onde passam. Era tanto material: o amor, o drama, os segredos.

O engraçado era que Edith podia ficar à vontade para fazê-lo. Assim como Carmen podia ficar à vontade para continuar com Dan.

Jeannie não disse nada sobre a conversa quando ela e Owen levaram Dan de volta à sala de reunião. Os três tomaram seus lugares quando o médico chegou. Ela ainda estava tentando processar o que aquilo significaria. Seguiu fazendo anotações no caderno, como sempre, enquanto o Dr. Allcott traçava o plano de tratamento, na clínica e depois em casa, e Andrea chorou de alívio ao saber que já tinham encaminhado tudo para ele e com a esperança que havia nas palavras da equipe de que Dan se recuperaria e aos poucos voltaria a ser quem era.

– É uma jornada longa, Daniel – finalizou o Dr. Allcott –, mas vamos chegar lá.

Depois, Andrea se encarregou da cadeira de rodas, "para aprender a usar isso em casa", mas Jeannie hesitou à porta, deixando que eles avançassem pelo corredor. Não queria voltar para o quarto. Será que Dan contaria à mãe o que tinha acontecido? Ou ela teria que contar? E seus pais, que estavam esperando na lanchonete?

Owen também ficou para trás, como se quisesse conversar com ela.

– Podemos conversar rapidinho? – perguntou ele. – Preciso ir embora logo, meu vizinho está cuidando do Pete. – A expressão séria em seu rosto cedeu. – Estou ficando sem ninguém para cuidar dele. Pete está passando por uma fase e tanto.

– Mordendo tudo?

– Qualquer coisa que não se mexa. Algumas que se mexem também, se ficarem paradas tempo suficiente.

Ela assentiu, compreendendo. Eles ficaram ali sem jeito por um instante.

– Eu só queria pedir desculpas, Jeannie. – Ele estava corado, um vermelho intenso. – Eu devia ter contado sobre a Carmen antes.

– Não, eu é que devia ter perguntado. Eu devia ter procurado. – Um homem como Dan tinha ex-namoradas, claro que tinha. Ela só não queria se comparar a elas, por medo de que ele mudasse de ideia. – Dan colocou você em uma posição impossível, e você só estava sendo um bom amigo.

– Não sei se fui tão amigo assim, na verdade.

Ela conseguiu dar um sorriso triste.

– Eu diria que você foi muito mais que o padrinho daquele casamento.

Agora que tudo estava acabado, um vazio surgiu no peito de Jeannie. Um casamento tão bonito, que devia parecer tão feliz para quem via de fora – mas que não significava nada. Isso para não falar das selfies, das fotos de noivado, do planejamento. Todos tinham sido enganados, incluindo ela e Dan.

– Como você acha que é quando a gente *sabe*? – Jeannie se ouviu dizer. – Sabe que é real? Quando é a pessoa certa?

Owen não respondeu de cara.

Acho que não se trata dos sapatos, ponderou Jeannie, olhando fixamente pela janela comprida. Ou do vestido, ou do carro ou das lembrancinhas. Trata-se de duas pessoas sendo sinceras. Você não precisa de um vestido de conto de fadas para fazer promessas que vai manter para sempre. Só precisa de uma pessoa que faça com que essas promessas pareçam tão naturais quanto respirar. Alguém que não queira viver sem você. A dor dentro dela se expandiu como uma nuvem de chuva, carregada de arrependimento.

Ela cerrou os punhos para segurar as lágrimas que enchiam seus olhos. Eu vou encontrar isso um dia, disse a si mesma. Se Lady Sadie pôde abrir o coração para voltar a confiar nas pessoas, eu posso acreditar que tem alguma coisa melhor para mim por aí.

– Você está chorando?

A voz de Owen a surpreendeu. Era cheia de carinho e preocupação.

Ela assentiu, sem olhar para ele.

– Não chore, Jeannie. Por favor.

Ela balançou a cabeça, comprimindo os lábios com força, e se obrigou a virar para ele.

– Você estava certo sobre ser sincero. Eu queria ter feito isso antes. É sempre melhor.

– Vou ser sincero, então.

A expressão de Owen tinha uma intensidade estranha, e a nuvem escura se movimentou dentro dela.

– Você acabou de perguntar: como a gente sabe que é a pessoa certa? – Ele fez uma pausa. – Você sabe quando alguém oferece o emprego que você sempre quis do outro lado do país.

Do outro lado do país? O estômago de Jeannie se contorceu.

– Parabéns… – começou ela.

Mas parou, porque Owen não tinha terminado.

– … e você não quer aceitar porque prefere ficar para ajudar alguém que está precisando de você. Pelo menos é o que você diz a si mesmo.

Houve uma longa pausa enquanto as implicações daquilo que ele disse eram assimiladas. Owen não estava falando de Dan. Não pelo jeito como olhava para ela, mostrando tristeza. Era a pior confissão que ele podia fazer – errada em tantos níveis diferentes – e claramente estava se torturando ao fazê-la.

– Mas… – continuou ele – Dan é meu melhor amigo.

Jeannie assentiu, sem tirar os olhos do rosto gentil de Owen. Não confiava em si mesma para dizer nada. Uma porta tinha se aberto, só um pedacinho, revelando uma paisagem esplendorosa de flores silvestres e vales ondulantes, uma música distante no ar, e agora estava se fechando. Era uma surpresa, mas ao mesmo tempo ela percebeu que sempre soubera que estava ali.

Não quero que você vá, ela queria dizer, por vários motivos. Mas como poderia? Que bem isso faria?

Owen bufou.

– A vida não é justa, né?

Eles ficaram olhando um para o outro por um bom tempo. O próximo a falar fecharia a porta para um futuro que nenhum dos dois esperava encontrar. Jeannie odiou aquilo, mas Owen tinha razão. O hospital, com suas lâmpadas compridas e o carrossel diário de medo e alívio, era um universo paralelo estranho, onde nada estava sob seu controle, incluindo os sentimentos. Sentimentos confusos, contraditórios, indignos e *sinceros*.

Devagar, Jeannie estendeu a mão e pegou a dele. Todos os nervos pareciam estar na ponta dos dedos quando eles se tocaram, então as mãos encostaram uma na outra com a mesma pressão exata. Ela se obrigou a respirar devagar, guardando aquele momento no coração. Pequenas faíscas atravessaram a ponta de seus dedos e correram até seu punho. Jeannie sentiu a mão dele pressionar a sua, experimentando a mesma coisa que ela: o encaixe, a exatidão. A certeza de que poderia ser muito mais. Mas não ia cometer mais um erro.

– Você é um homem bom, Owen – afirmou ela. – O melhor. Ele nunca mereceu você.

O coração de Jeannie se encheu. Mas ela viu na honestidade ferida que havia no olhar de Owen que ele já tinha pesado e escolhido o caminho mais adequado. Precisava fazer aquilo, por si mesmo, por Dan – e também porque se importava com ela. De verdade.

– Por favor, escreva uma música para mim – pediu ele –, mas não sobre isso.

E Jeannie assentiu, enquanto as lágrimas desciam pelo rosto.

– Prometo – respondeu ela. – E vou guardar para mim.

Epílogo

Por coincidência, Jeannie estava na butique de noivas do Four Oaks no dia em que seu vestido foi comprado por Lydia Rogers, enfermeira odontológica de Little Larton. Foi o primeiro que Lydia experimentou, e – exatamente como Jeannie – ela nem tinha tirado outro da arara quando as anáguas de tule farfalharam ao redor de suas pernas e a amarração do corpete com decote coração foi apertada, marcando sua cintura como uma garrafa de Coca-Cola. Lydia não parecia estar sofrendo de nenhum dos problemas respiratórios que Jeannie sofreu em pé na plataforma forrada de cetim, e sorria como uma princesa em uma carruagem, virando-se para se admirar no espelho a partir de vários ângulos. Rachel e Jeannie a observavam da lateral da butique enquanto, no sofá de veludo dos acompanhantes, a mãe de Lydia secava os olhos com um lenço, e suas madrinhas esvaziavam as taças de champanhe e as reabasteciam sorrateiramente, uma vez que claramente não iam ficar muito tempo ali.

– Este é o vestido com que eu sempre sonhei! – anunciou Lydia, rodando a saia bojuda. – Não acredito que encontrei logo de primeira!

– Tem certeza que não quer experimentar mais alguns?

Rachel gesticulou para a arara de possibilidades que tinha trazido da sala dos fundos. O fluxo de vestidos doados seguia à toda e, sob a administração geral de Natalie e uma entusiasmada equipe de estilistas voluntários, a butique atraía clientes de fora da cidade. Financiava todas as contas de alimentação e cuidados do resgate.

– O amor salva o dia! – Era o que Rachel gostava de dizer a todos.

Esse era também o nome da butique on-line.

– Está mais para "A busca das mulheres de Longhampton por uma pechincha".

Era o veredito menos romântico de George, embora Jeannie tivesse percebido que ele havia parado de falar de aposentadoria e começado a ajudar Rachel na campanha de conscientização sobre as fábricas de filhotes.

– É simplesmente perfeito – disse Lydia, e franziu a testa para uma amiga, que cochichava para outra madrinha no sofá. – O que foi, Helen? Tem alguma coisa nas costas?

Helen corou, pega no flagra.

– Eu só...

– O quê?

– Eu só... Você tem *certeza* que não quer um vestido novo? – Ela olhou de relance para Rachel e Jeannie. – Quer dizer, com todo o respeito, mas você não se pergunta se esse envolveu um divórcio ou algo do tipo? Se não vai dar azar?

– É de um casamento que não aconteceu – disse Jeannie antes que Rachel pudesse responder por ela. – Não foi culpa de ninguém. Só não aconteceu. Então o vestido nunca foi até o altar.

O grupo olhou para ela com curiosidade. Jeannie ainda estava de casaco e cachecol; tinha parado para fazer uma visita a Rachel a caminho da estação. Tinha uma reunião com o advogado em Londres para falar sobre os direitos autorais que receberia no ano seguinte, o que queria dizer que poderia começar a pagar a Rachel pelo Chalé Dorothy em vez de trabalhar no consultório *e* no canil em troca do aluguel.

Edith e os produtores cederam com alguma rapidez a creditar Jeannie como compositora de "Eu não sabia" depois que ela enviou os arquivos originais de gravação da melodia. A reunião com o advogado era mais para planejar o que fazer com o dinheiro. Jeannie não tinha intenção de ostentar, mas, se ia compor em casa, junto com Lady Sadie, precisava de equipamentos de gravação.

– Como você sabe? – perguntou Lydia, espantada, como se Jeannie tivesse o dom de se comunicar psiquicamente com vestidos de casamento.

– É o meu vestido. Eu não me casei.

As madrinhas respiraram fundo, alto.

– Eu mudei de ideia e o noivo também. – Ela sorriu, porque agora era só uma história, um "Escapei por pouco", não uma tragédia. – Foi a decisão certa, para nós dois. Então não tem nada de azar nele. É um vestido lindo e só lamento não ter sido a noiva certa para ele.

– Você ainda está com o noivo? – perguntou Helen, a madrinha barulhenta.

– Não, ele voltou para Newcastle, para ficar perto da mãe. Mas ainda nos vemos de vez em quando. Somos… amigos.

– Ele se casou com outra pessoa?

– Ele está com outra pessoa, sim. Com a garota certa para ele agora. – Jeannie ouviu Rachel bufar ao seu lado e lhe deu um cutucão. – Enfim… eu só queria dar os parabéns e desejar boa sorte. O vestido é seu.

– Obrigada – agradeceu Lydia. – Você também simplesmente soube? Que era a coisa certa?

Jeannie assentiu.

– Acho que a gente sabe.

Jeannie pensava no vestido de vez em quando ao se estabelecer em sua nova vida com a cadela, o trabalho novo, a orquestra de ukulele da escola e os amigos do centro de resgate, e se perguntava se ele teria o final feliz que merecia. Esperava que sim. Porque, embora nada tivesse saído como esperava em Longhampton, estava feliz. Jeannie às vezes imaginava a vida que estaria levando agora se tivesse se recusado a ouvir aquela voz bem baixinha em sua cabeça e se casado com um homem que não conhecia. Será que o primeiro Natal dos dois seria estragado por uma entrega especial de Carmen? Será que ela pegaria Dan enviando flores no aniversário da ex? Será que Carmen apareceria em pessoa à sua porta? Será que ela e Dan teriam se divorciado, voltado, ficado mais fortes e tido um filho para complicar ainda mais as coisas?

Qualquer que fosse o caminho que sua imaginação tomasse, ela e Dan realmente acabavam em uma situação dolorosa, ao passo que agora sua vida era simples. Pela manhã, ela trabalhava na recepção do escritório de George três vezes por semana, no canil duas vezes, à tarde dava aulas de ukulele e à noite escrevia músicas. Duas vezes por dia, percebia cada pequena mudança de estação ao passear com Lady Sadie, a alma perdida que a tinha feito voltar a compor, pelas trilhas sinuosas de Longhampton.

O único segredo que Jeannie guardava agora tinha a ver, ironicamente, com Dan.

Sempre que as pessoas perguntavam se ela sentia falta dele – não as pessoas que a conheciam de verdade, como Rachel, mas os voluntários bem-intencionados, como Freda –, ela dava um sorriso triste e dizia:

– Um pouco.

Triste o bastante para encerrar a conversa. A verdade era que Jeannie não sentia falta de Dan. Sentia falta do romance que tinham vivido, dos fins de semana emocionantes descobrindo lugares novos juntos e do arrebatamento gostoso que era estar apaixonada. Mas não de Dan em si. Não havia o suficiente de Dan para além daquela diversão para que ela sentisse sua falta. Ela se preocupava com ele, mantinha contato para oferecer apoio à medida que sua recuperação progredia. Dan era forte e estava determinado a voltar à vida normal, e o seguro do casamento pagava boa parte da terapia particular – esse era o lado bom, imaginava ela. Graças a Deus Dan tivera a presença de espírito – ou o sentimento de culpa latente – de sacá-lo. Eles devolveram o dinheiro aos pais, e ela abriu mão do restante. Andrea se encarregara do plano de recuperação de Dan, e isso os aproximou de um jeito bom. Eles passavam muito tempo conversando, ela disse a Jeannie durante uma das longas ligações semanais. Jeannie e Dan tinham concordado em revelar a Andrea uma versão condensada da verdade – que tinham decidido de comum acordo que o casamento era um erro –, mas ela ainda parecia gostar de conversar com a ex-futura nora. Se isso a ajudava a construir uma nova vida, Jeannie não se importava.

Se sentia falta de alguém, era de Owen, e ela só disse isso a Rachel uma vez.

– Se joga – respondera Rachel, e Jeannie não achava que aquele fosse um conselho muito útil.

Assim, no quarto sábado de maio, exatamente um ano depois do dia em que o vestido de conto de fadas de Jeannie deveria ter feito sua aparição triunfante nos degraus da prefeitura de Longhampton, sua dona original estava esperando no portão com uma caixa de confetes.

Lydia tinha deixado a data do casamento na loja, com os detalhes dos ajustes, e como Jeannie estava na cidade naquele dia para encontrar um possível aluno novo, pensou em ir até lá para se despedir e desejar boa sorte à nova dona.

No espaço de um ano, Jeannie McCarthy aprendera muitas lições de amor inesperadas – *depois* do momento que deveria ter sido o fim de sua história.

Aprendera que não se deve confundir o ato de se apaixonar com o amor em si.

Aprendera que nem todas as sogras são pesadelos e que é possível acabar tendo mais carinho por elas que por seus filhos.

Acima de tudo, Jeannie aprendera que o amor – sem filtros, sem edições e sem garantias – não era como parece ser no Instagram. Que a hora certa, o comprometimento, o humor, as piadas internas e a mais pura coincidência desempenhavam um papel importante no resultado final, independentemente das nossas melhores intenções. Mas que tinha que começar com um encaixe.

Resumindo, Jeannie não se arrependera do casamento que nunca aconteceu. Tinha aprendido muito sobre si mesma por causa dele e ganhado uma companheira dedicada, ainda que não fosse da espécie com que ela esperava terminar.

Dentro da prefeitura, aplausos indicavam que a cerimônia tinha chegado ao fim, e logo depois Lydia apareceu à porta com o marido, Robin Pritchard. Ela reluzia felicidade ao sol de maio. A cabeça loura estava coroada de rosas cor de creme, o braço dele envolvia sua cintura fina e, quando ela posou gloriosa no topo da escada, Jeannie viu seus sapatos vermelho-vivo. O toque final perfeito.

Ela parece tão feliz, pensou Jeannie, e ficou feliz por ela – e por si mesma. O ciclo tinha se completado, e agora ela podia seguir em frente.

Jogou confetes sobre os recém-casados quando eles correram para o carro que os esperava e se afastou.

– Foi bonito, não foi? – comentou com Lady Sadie. Não se importava mais se as pessoas a achassem louca por conversar com a cadela. – Eu adorei os sapatos. E você?

Lady Sadie sorriu. Estava especialmente elegante com a nova coleira prateada, porque também tinha eventos especiais.

Elas desceram a rua principal de Longhampton, passaram pela butique de noivas beneficente, pela livraria, pela galeria de arte, onde Jeannie gastara uma grana em um quadro enorme da cidade para colocar no quarto.

É uma cidade boa, pensou quando chegaram à lanchonete de Natalie, onde ia encontrar seu novo aluno. Um lugar onde finalmente posso ser eu mesma.

Ela abriu a porta, mas Sadie o viu primeiro e latiu para o velho amigo.

Pete, o cocker-poodle, já era um cachorro adulto e estava sentado ao lado da mesa, oferecendo uma pata delicada, que era muito mais poodle que cocker, em troca de bolo. O tutor se recusava a cortar o bolo no prato à sua frente.

– Você precisa esperar, parceiro – disse ele, claramente sem medo de ser pego conversando com o cachorro também. – Isto é um encontro.

– Não acredito que vocês estão dividindo o bolo! – exclamou Jeannie, e Owen se virou, pego de surpresa.

Quando a viu, o sorriso que se espalhou em seu rosto foi de timidez, esperança e animação, tudo ao mesmo tempo. As reações químicas no estômago de Jeannie efervesceram e estalaram, mas ela disse a si mesma que se acalmasse. Sem pressa, só chá e bolo. E muita, muita conversa que provavelmente nunca chegaria ao fim.

– Todos temos que começar de alguma forma – disse ele, e puxou uma cadeira para que ela se sentasse.

Na outra cadeira, ao lado dele, havia um estojo de ukulele coberto de estrelas.

Agradecimentos

Em primeiro lugar, agradeço, como sempre, a minha agente incrível, que tudo sabe e tudo pode, Lizzy Kremer, e a sua colega Harriet Moore, que sempre me faz desejar que eu estivesse escrevendo o livro que ela leu. Todos da David Higham, principalmente os agentes maravilhosos de direitos de tradução que levaram Longhampton a lugares com que jamais sonhei, e à fantástica Maddalena Cavaciuti: vocês são inspiradores. Se eu não fosse representada pela DHA, com certeza ia querer trabalhar lá.

Tenho muita sorte de ser publicada por uma equipe tão dinâmica na Transworld, liderada por minha editora paciente e perspicaz, Francesca Best. É muito animador estar em meio a tanta criatividade e entusiasmo: obrigada a todos pela magia visível e invisível que fazem para transformar as palavras do meu laptop em palavras que fazem parte da imaginação de outras pessoas. É uma emoção que *jamais* se esvai.

Pesquisar casamentos foi divertido, mas pesquisar fábricas de filhotes com certeza não foi. Agradeço a Kate Grundy, que me deu muitas informações sobre os cães que entram pelas portas do Hope Rescue de South Wales e respondeu a minhas perguntas com uma paciência generosa. Kate faz parte do exército de voluntários incansáveis que recuperam e conseguem novos lares para as vidas que resultam desse comércio abominável. Obrigada, Kate; admiro muito o que a Hope Rescue faz e espero ver chegar o dia em que não precisem mais fazê-lo.

Um abraço grande para minha família, que, neste ano nômade, merece um abraço mais do que nunca: para minha melhor amiga e companheira Nancy, para Chris e especialmente para meu marido indescritivelmente maravilhoso, Scott. E um aceno cheio de gratidão a cada leitor que já entrou em contato comigo por e-mail, Facebook, Twitter ou que já publicou uma resenha em algum lugar – tudo isso é muito importante para mim e agradeço muito. Por favor, continuem em contato!

Finalmente, a dois cães especiais: Miss Betsy e Flint. Nunca conheci dois embaixadores da raça Staffordshire bull terrier mais charmosos e gentis, com sorrisos tão grandes quanto seus corações leais e compreensivos de terrier. Este livro é para vocês, lindas criaturas.

Como ajudar a deter as fábricas de filhotes

As fábricas de filhotes são um negócio cruel, mas lucrativo, e os criadores de fundo de quintal e contrabandistas de filhotes conhecem muitos truques para convencer compradores de que são legítimos. Faça muita pesquisa antes de começar e sempre faça estas perguntas:

1. **Quem são eles?** Se o único contato que você tem é um número de celular, jogue-o no Google e talvez você encontre anúncios de várias raças: um grande alerta. Fotos de bancos de imagens de filhotes saudáveis também são usadas em anúncios; esse não vai ser o cachorro que você vai comprar.
2. **Onde estão?** Sempre veja onde os filhotes vivem; criadores costumam tentar marcar a entrega do filhote em um lugar "conveniente", como um estacionamento. Se eles não querem que você veja onde o filhote nasceu, é porque você provavelmente ficaria horrorizado.
3. **Onde está a mãe?** Colocar uma ninhada importada de maneira ilegal com uma fêmea adulta saudável pode passar ao comprador a impressão de que os filhotes nasceram ali. Mas eles estão mamando? A mãe parece ter dado à luz recentemente? *Sempre* veja a mãe, principalmente se começar a ouvir justificativas para não fazê-lo.
4. **Parece estar tudo certo?** Fábricas de filhotes nem sempre são fábricas literais – pode ser uma casa de família emprestada para "encenar" a venda. Os cães parecem ansiosos? Estão relaxados perto do vendedor?
5. **As datas fazem sentido?** Filhotes devem ser vermifugados desde as duas semanas de idade e vacinados só depois de seis semanas,

geralmente por volta da oitava, e você deve pedir para conversar com o veterinário se ficar desconfiado. Eles só podem deixar a mãe depois de no mínimo oito semanas; filhotes traficados ilegalmente costumam ser separados da mãe muito antes, o que leva a traumas e problemas de desenvolvimento.

6. **Eles fazem perguntas?** Um bom criador quer ter certeza de que os filhotes estão indo para lares responsáveis, então espere ser interrogado sobre horário de trabalho, espaço aberto, rotina diária, família... tudo. Eles também vão querer o cachorro de volta se você não puder mais cuidar dele. Se o criador só demonstra interesse em como você vai pagar, cuidado.
7. **O filhote está saudável?** Verifique se os olhos brilham, se os pelos parecem saudáveis, se o nariz está úmido (não escorrendo) e se o filhote tem energia. Qualquer sinal de secreção, letargia, sujeira, ansiedade ou subdesenvolvimento é um mau sinal. A designação "toy" ou "míni" costuma ser um sinal de alerta para problemas de saúde.
8. **Os documentos são reais?** Peça para ver os exames de saúde dos pais e, se a situação permitir, os documentos do canil. Mas cuidado: com frequência, os documentos são forjados para dar uma melhor impressão. Verifique com clubes especializados da raça se os exames certos foram feitos para evitar problemas genéticos.

Não adotar um filhote de criadores ilegítimos é, infelizmente, quase impossível, mas ao comprar um cachorro doente você só está incentivando a criação de mais filhotes negligenciados, nascidos em condições degradantes e de mães exaustas. Se desconfiar de criadores de fundo de quintal, denuncie-os aos conselhos e associações locais ou à polícia. Existem criadores responsáveis, assim como belos cães esperando por um lar em abrigos de resgate – os links a seguir podem ajudá-lo a encontrar um novo amigo sem colocar dinheiro no bolso de quem abusa dos animais:

Adote Um Focinho (http://www.adoteumfocinho.com.br/)
Amigo Não Se Compra (https://www.amigonaosecompra.com.br/)
Ampara Animal (https://amparanimal.org.br/)
Cão Sem Dono (http://www.caosemdono.com.br/)

Cia do Bicho (www.ciadobicho.com.br)
Clube da Mancha (https://clubedamancha.wordpress.com)
Clube dos Vira-Latas (https://www.clubedosviralatas.org.br/)
Olhar Animal (www.olharanimal.org)
Pata A Pata (www.pataapata.com.br)
Pet Feliz (https://www.petfeliz.com.br/)
Procure 1 Amigo (https://www.procure1amigo.com.br/)

CONHEÇA OUTROS LIVROS DA COLEÇÃO ROMANCES DE HOJE

A pequena livraria dos sonhos
Jenny Colgan

Nina Redmond é uma bibliotecária que passa os dias unindo alegremente livros e pessoas – ela sempre sabe as histórias ideais para cada leitor. Mas, quando a biblioteca pública em que trabalha fecha as portas, Nina não tem ideia do que fazer.

Então um anúncio de classificados chama sua atenção: uma van que ela pode transformar em uma livraria volante, para dirigir pela Escócia e, com o poder da literatura, transformar vidas em cada lugar por que passar.

Usando toda a sua coragem e suas economias, Nina larga tudo e vai começar do zero em um vilarejo nas Terras Altas. Ali ela descobre um mundo de aventura, magia e romance, e o lugar aos poucos vai se tornando o seu lar.

Um local onde, talvez, ela possa escrever seu próprio final feliz.

A casa dos novos começos
Lucy Diamond

Uma terrível descoberta leva Rosa a largar uma carreira de sucesso em Londres e, num impulso, recomeçar a vida como sous-chef em Brighton. O trabalho é árduo e estressante, mas a distrai. Bem, pelo menos até ela conhecer a adolescente emburrada que mora no apartamento ao lado, que a faz questionar suas escolhas.

Georgie se muda para o Sul com o namorado, Simon, atrás de uma incrível oportunidade... para a carreira dele. Mas ela está determinada a ser bem-sucedida como jornalista e faz de tudo para trabalhar para uma revista local. A princípio, a cidade parece recebê-la de braços abertos, mas não vai demorar muito até ela se meter em várias enrascadas.

Após uma grande tragédia, Charlotte passa as noites isolada em seu apartamento. Porém Margot, uma senhorinha estilosa que mora no último andar, tem outros planos para ela. Querendo ou não, Charlotte vai precisar encarar o mundo real... e todas as suas possibilidades.

Quando as três se conhecem, a esperança renasce, a amizade floresce e um novo capítulo se inicia na vida dessas mulheres.

Desencontros à beira-mar
Jill Mansell

Clemency se apaixona por um belo estranho que senta ao seu lado durante um voo e logo começa a fazer planos para um futuro a dois, mas acaba se decepcionando ao saber que ele é casado.

Sam, o homem encantador do avião, aparece três anos depois na cidade litorânea onde Clemency mora, só que não veio à sua procura: dessa vez ele está envolvido com a irmã postiça dela.

Belle parece ter um namoro perfeito com Sam, mas na verdade algo não vai bem na relação deles.

Ronan, melhor amigo de Clemency, aceita embarcar em um plano maluco e fingir um relacionamento amoroso com ela para provocar ciúmes. Pela primeira vez, o jovem sedutor não sabe o que fazer para conquistar a mulher que realmente ama.

E assim os desentendimentos e a confusão começam.

Enquanto o sol esquenta a areia e o mar turquesa cintila, uma verdade fica clara: segredos enterrados sempre acabam vindo à tona.